Mortelle Saison

J. B. Béduneau

Mortelle Saison

Thriller

LES LAURÉATS

ÉDITIONS PRISMA

13, rue Henri-Barbusse
92624 Gennevilliers Cedex
www.editions-prisma.com

ISBN : 978-2-8104-42508

À celle qui fait battre mon cœur plus fort,
qui comprend mes silences et habite mes pensées.

À Emma et Lou, c'est par vous que j'ai découvert
la plus belle des histoires, celle d'être papa.

« Celui qui n'a jamais fait d'erreur, n'a jamais rien fait. »

La légende de Marche-Mort
David Gemmell

La morte-saison, c'est une période de répit dans le monde agricole. Une notion inconnue pour les vieux gars de la Belletière. La production locale de leur viande bio s'adapte aux différents arrivages qui traversent leurs terres, appliquant à la lettre le principe de la vente en direct du producteur au consommateur.

C'était sans compter la curiosité d'un gendarme collectionneur d'amours sans lendemain et de son équipière à la conquête d'une nouvelle vie. Ils réaliseront, bien malgré eux, que cette terre au passé tragique n'a pas fini d'écrire son histoire.

Les personnages de ce roman noir s'entêtent, coûte que coûte, à parvenir à une vie meilleure. Quand la morte-saison se fait mortelle, ils n'hésiteront pas à s'affranchir de toutes limites pour jouer d'égal à égal avec un destin rarement en leur faveur.

Merci à vous qui prenez le temps de lire ces lignes et celles qui vont suivre…

PROLOGUE

Un bonheur n'arrive jamais seul…

Il est toujours accompagné d'une tonne d'emmerdements.

Telle aurait pu être la devise de l'homme qui s'affairait avec tant d'ardeur sur sa table de travail.

Les sourcils froncés, le regard concentré et les muscles contractés au maximum, il coupait, découpait, dépeçait, l'imposant morceau de viande posé sur son étal.

Cette venue inattendue de barbaque, arrivée la veille, tombait à point nommé et était, pour ainsi dire, un petit miracle. Ceci leur permettrait de payer leurs factures et de se remettre à flot.

Voilà, pour le petit bonheur.

Les emmerdes, c'étaient toutes les nervures, le gras et toutes les parties peu ragoûtantes qu'il s'échinait à séparer du reste de la viande.

Il ne s'était pas attendu à un produit exceptionnel, mais l'avancée dans son travail de découpe confirmait que, cette fois-ci, la qualité ne serait pas au rendez-vous.

Dès qu'il avait ouvert la carcasse du sternum jusqu'à l'aine, avant même de commencer à désosser, il avait constaté les pustules, il avait remarqué la noirceur des poumons, la couleur grisâtre et l'aspect gonflé du foie.

Il avait retiré les organes à l'aide d'un petit couteau en

découpant tout autour de l'anus et en le tirant délicatement vers le haut.

Couteau de boucher, hachoir, scie à métaux, il passait de l'un à l'autre et ne cessait de transformer chaque partie de bidoche en jambon, épaule, côtelettes, filets, saucisses, bacon… L'odeur de chair se mélangeait à ses propres effluves, la sueur s'écoulant de son front, gouttant de son nez, dessinant une ombre autour de ses aisselles… Sa respiration bruyante résonnait dans la salle de découpe aux murs blancs.

Étant finalement arrivé au bout de cet impressionnant dépeçage, il prit l'énorme foie et détacha les deux lobes délicatement. Il tira la veine principale en suivant sa trajectoire avec la pointe du couteau puis s'attaqua aux nombreux vaisseaux sanguins. Il saupoudra de sel et de poivre puis malaxa le tout.

Il recouvrit l'ensemble d'un torchon. Il attendrait vingt-quatre heures avant de le plonger au bain-marie.

Une fois tout le travail de découpe et de cuisson terminé, il commença à nettoyer la table blanche maculée de traînées rougeâtres.

À l'aide de son hachoir, il repoussa négligemment en bout de table des morceaux de doigts aux ongles sales et les fit tomber avec indifférence dans une poubelle en inox.

Enfin, il souleva, non sans dégoût, une tête aux longs cheveux gras, puis la balança aussitôt dans la même poubelle.

Il les ferait disparaître à coups de chaux vive. Et les quelques morceaux d'os qui resteraient, il les réduirait en poudre avant de les mélanger au compost.

CHAPITRE I

27 juin 2014 – 14 heures

Bercé par les rayons du soleil, Thomas se sentait d'humeur lascive et n'avait cessé de laisser traîner ses yeux mi-clos sur le parking du centre commercial.

Fatigué de ses dernières nuits de garde, il ne pouvait se décider à sortir de sa voiture, prendre un caddie, passer les portes du magasin, sentir l'air glacé de la climatisation et devoir se perdre au milieu des rayons. Ce rendez-vous incontournable l'oppressait par avance. Chaque fois, la même bonne idée lui venait à l'esprit ; la prochaine fois, il dresserait une liste pour gagner du temps.

La prochaine fois devint aujourd'hui. Toujours pas de liste et la certitude qu'il oubliera la moitié de ce dont il avait besoin…

Un bruit strident le fit sortir de sa torpeur.

L'ouverture de sa portière ne fit que répéter le son agressif. Il venait de pousser un caddie rempli de victuailles contre la voiture stationnée à côté de la sienne.

Il aperçut alors une femme accrochée à son caddie, les épaules voûtées, comme pour se rendre transparente.

— Je peux vous aider ? lui demanda-t-il simplement en s'approchant d'elle et en découvrant la magnifique éraflure le long de sa portière.

Elle se détendit, surprise de ne pas avoir affaire à un grognon qui en aurait profité pour déverser toute la rancœur de sa semaine de travail.

Ses yeux étaient clairs, rieurs, comme il les aimait.

Lorsqu'elle se tourna vers lui, elle découvrit un homme brun, la quarantaine, les yeux plissés par le soleil, portant un polo à manches courtes et un jean qui semblait taillé sur mesure. Elle remarqua les larges épaules, les bras finement musclés ainsi que des souliers impeccablement cirés. Il lui souriait, semblant contempler ses cheveux châtains. Il avait noté son air contrarié, l'esprit ailleurs tandis qu'elle transvasait les courses du caddie à son coffre de voiture.

Cet homme avait un physique agréable et gardait une certaine distance comme pour ne pas l'effrayer.

— Je peux vous aider, répéta-t-il cette fois-ci à l'affirmative.

Elle réalisa qu'elle tenait toujours le lourd pack d'eau qu'elle se préparait à sortir du caddie.

Il prit les douze litres d'eau comme s'il s'agissait d'un sac de plumes et les déposa à l'arrière du véhicule.

Il regarda plus en détail les nouvelles rayures dessinées sur sa portière avant. Avec un minimum d'imagination, il pouvait y voir un soleil se couchant derrière la mer. L'idée le fit sourire.

— Je suis désolée, je n'avais pas vu que vous étiez dans votre voiture…

— Sinon, vous ne seriez pas désolée…

— Si, bien sûr, mais là en plus, je me sens bête.

Il commença à l'aider à transvaser les autres achats du caddie au coffre.

— C'est aussi ma faute. Je suis affalé dans ma voiture depuis trois heures. Si j'avais eu un peu plus de volonté, j'aurais déjà fini mes courses, disparu de ce parking et nous ne nous serions jamais rencontrés.

Il renouvela son sourire.

— Puis-je vous offrir un café et on oublie ce terrible accrochage ?

Elle sourit à son tour tout en rougissant.

— Merci pour le sac… Merci aussi pour le café… mais ce sera non. Et encore désolée pour la portière.

Elle ferma le coffre d'un coup sec.

— Je vous souhaite une bonne journée.

Puis elle ouvrit sa porte, s'installa au volant, remonta légèrement sa jupe et tourna la clé de contact. Elle passa la marche arrière avant de se raviser.

Elle tourna le regard sur sa gauche. L'homme était encore là. Il lui souriait toujours. Elle se regarda dans son rétroviseur et, pour une fois depuis bien longtemps, elle se trouva jolie.

— Et pourquoi pas ?

*

27 juin 2014 – 16 heures

Lorsqu'elle sortit du lit, elle se sentit aussi coupable et aussi excitée qu'une adolescente faisant le mur pour la première fois. Elle récupéra ses vêtements et les serra contre elle, comme pour cacher ce corps qu'elle venait de dévoiler une heure plus tôt.

Thomas, lui, ne se cachait pas. Ses sept heures de sport hebdomadaire lui offraient le luxe de pouvoir faire abstraction de tout complexe. Après l'effort, ses muscles gorgés de sang étaient encore plus saillants.

Elle finit de s'habiller et prit sa veste.

Elle ouvrit la porte et s'en alla en la refermant doucement.

La porte s'ouvrit à nouveau trente secondes plus tard. Elle revint vers le lit. Thomas était resté aussi immobile qu'un lézard au soleil. Elle se jeta sur lui et l'embrassa brièvement sur les lèvres.

— Merci… lui murmura-t-elle dans un souffle.

Puis elle repartit aussitôt, ne laissant derrière elle que l'effluve sucré de sa peau encore trempée de sueur.

Il s'allongea confortablement dans le lit, les mains croisées derrière la tête et laissa ses yeux vagabonder au plafond.

Il repensa avec délice à ces deux dernières heures passées avec cette inconnue, à son grain de beauté sur son sein gauche, à sa façon d'entortiller délicatement sa mèche de cheveux, à ses gémissements retenus.

Bien sûr, Thomas savait qu'il n'était pas un dieu irrésistible. Toutes les femmes qu'il rencontrait ne finissaient pas allongées sur son lit. Mais il restait toujours à l'affût des regards portés sur lui. Puis tout n'était question que de feeling, de lâcher-prise et de complicité. Ses collègues le surnommaient *le tombeur* et le prenaient pour un véritable collectionneur.

Lui se considérait plutôt comme un passionné.

Thomas se leva enfin, prit une rapide douche. Puis il se rasa de près avant de sortir un uniforme de son placard. Le lieutenant Thomas de Melville se préparait à son astreinte du week-end.

Il ne changerait pas tout de suite les draps partagés avec cette inconnue. Il voulait garder son odeur encore quelques jours.

CHAPITRE II

3 juillet 2014 – 15 heures

— Toi, tu vas mourir, se dit doucement Kate sans prendre conscience de ce soudain don de prémonition.

De sa main aux ongles soignés, elle écrasa une mouche contre sa cuisse. L'insecte tomba le long de l'une de ses jambes. Des jambes joliment galbées après avoir parcouru pendant plusieurs jours des kilomètres de pistes qui n'avaient de cyclables que l'adjectif, la plupart se résumant à des chemins de campagne.

Kate et son mari Steve étaient partis de leur camping depuis ce matin au guidon de leur VTT. Ils parcouraient cette région de l'ouest de la France. Une région riche en monuments et encore lourde d'une histoire pleine de massacres et de carnages perpétrés deux cents ans plus tôt.

Blonde et menue, Kate n'était pas tout à fait jolie, mais plutôt *charismatic*, comme diraient ses compatriotes. Seules ses dents légèrement proéminentes venaient contrarier un sourire illuminé par ses magnifiques yeux bleus.

— Y a pas de mouches sans cadavre, remarqua Steve, lui aussi assailli par un escadron d'insectes bruyants virevoltant autour de ses oreilles.

Il examinait les roues de son vélo Boardman d'un air soucieux.

Kate regarda Steve, ou plus précisément les fesses de son compagnon. Elles semblaient raffermies après ces quelques jours de rando en VTT et cela le rendait plutôt sexy dans son short moulant.

Steve était plutôt adepte du sport à la télé. Il n'appréciait que modérément ce séjour en France, même s'il devait reconnaître que la région était plus agréable et accueillante que le Sud qu'ils avaient visité deux ans plus tôt. Bien qu'ensoleillée, la chaleur n'y était pas étouffante et les jours de pluie s'étaient montrés cléments. Pour ce fervent supporter de Manchester United, la France se résumait au PSG, à la tour Eiffel et à Waterloo – petite commune qui, bien que synonyme de défaite napoléonienne et n'en déplaise à Steve, reste ancrée au centre de la Belgique.

La vraie raison de ces séjours en France, c'était Kate. Elle adorait l'hexagone et toutes ses spécificités ; la baguette et les croissants du petit matin, le prêt-à-porter et la lingerie fine et surtout les innombrables variétés de vins et de fromages dont le curieux mélange venait bousculer ses papilles avec délice.

Steve se dit qu'il aurait mieux fait de suivre son intuition plutôt que cette piste cyclable perdue au milieu de nulle part. Auraient-ils dû tourner à droite trois kilomètres plus tôt ? Aucune indication, aucun repère, ni même aucune technologie ne permettaient de le savoir puisqu'il ne détectait plus aucun réseau sur son smartphone, pas même un signal GPS. Pourtant, grâce à une application qu'il avait achetée avant de venir, il aimait voir combien de kilomètres ils avaient parcourus, connaître le nombre de calories dépensées et simplement savoir où ils se trouvaient.

Lorsqu'ils avaient pris cette direction, un panneau de circulation représentant un vélo indiquait bien qu'ils se trouvaient sur une piste cyclable. Ce n'était pas le premier panneau qu'il voyait ainsi, mais la partie droite de celui-ci était étrangement parsemée de trous, comme si quelqu'un avait délibérément tiré dessus à la chevrotine. Probablement le résultat de jeunes désœuvrés ou d'un chasseur passablement éméché.

Mais ce qui le tourmentait actuellement, c'était le pneu de son VTT. Le caoutchouc entourant la roue était plat comme une limace, complètement éventré par des bris de verre.

« Il y a dû y avoir une sacrée biture ici… »

Une partie du chemin était quasiment recouverte de tessons de bouteilles.

— Tu sens cette odeur ? On dirait que ça vient de derrière la haie.

Steve écarta quelques branches d'une haie squelettique et deux fils barbelés pour se faufiler sans se faire écorcher. Une fois les deux pieds dans le champ, il se retourna pour regarder ce que cachait la partie la plus touffue de la haie.

Il s'agissait d'un immense tas de fumier. Il crut distinguer un morceau de crâne totalement recouvert de mouches, mais il lui était impossible de savoir s'il s'agissait d'un mouton ou d'un bovin. Malgré l'odeur pestilentielle, Steve tenta de s'approcher. Il retint sa respiration, attrapa une branche et s'accroupit devant le tas d'effluents organiques, tentant de dégager la boîte osseuse à la décomposition quasi achevée. Le panneau n'avait peut-être pas été la seule victime des tireurs enivrés.

— Je peux vous aider ?

CHAPITRE III

23 mai 2009 – 10 heures

Kévin venait d'éclater le petit chevalier en armure.

Depuis tout petit, il adorait les soldats miniatures, mais il y jouait beaucoup plus souvent depuis ses dix ans, depuis que ses frères lui avaient appris à tirer à la carabine.

Allongé à une dizaine de mètres d'un talus, l'œil dans le viseur de la lunette, il balayait la saynète qu'il venait de constituer. Plusieurs figurines, représentant pour la plupart des GI de la Seconde Guerre mondiale, étaient disposées sur le talus, plus ou moins cachées. Consciencieusement, Kévin tirait sur chaque soldat en plastique, les pulvérisant les uns après les autres.

Il aimait ces moments de calme où personne ne lui demandait de venir aider à la ferme. Pendant les vacances, tous ses copains partaient à la mer ou à la montagne, en colonies de vacances, ou chez leurs grands-parents. Lui restait seul, avec son père et ses deux grands frères.

La ferme était loin de tout. Pas de mobylette, pas de copain à proximité et, depuis le cancer qui avait condamné leur mère, peu de compréhension de la part de son père.

Nicolas, le frère aîné, préférait passer tout son temps libre avec Choupette, animal sans race, ni pedigree, issu d'une longue lignée de bâtards.

Au moindre geste, la petite chienne de la ferme se précipitait aussitôt vers lui pour sauter sur ses genoux.

— Bonjour, la belle. Oui, ma fifille, tu es la plus belle. Mais oui, c'est toi la plus belle.

Face à ces paroles, stupides pour qui n'avait pas idée de l'intensité de la relation entre cet homme et son animal, Choupette renouvelait constamment les preuves de sa fidélité sans faille. Elle parcourut de vigoureux coups de langue le visage de son maître, qui lui rendit cette preuve d'affection en la caressant vigoureusement.

Les doigts encore plongés dans le pelage bouclé de sa chienne, il vit surgir le Renault Espace dans la cour la ferme. Son frère, Martin, sortit du véhicule, déjà énervé, des jurons plein la bouche.

Nicolas le serina.

— C'est à cette heure-là que tu arrives ?

— Un collègue a eu du retard, j'ai dû le remplacer le temps qu'il rapplique.

— Et après, tu as sûrement pris ton temps pour descendre quelques verres au village.

Martin ne répondit pas. Pour faire face au gouffre financier que représentait l'exploitation agricole gérée d'une main de fer par leur père, les deux grands frères travaillaient dans l'agroalimentaire. L'agroalimentaire, c'était le mot passe-partout pour ne pas dire qu'ils tuaient et dépeçaient des bovins pour l'un et de la volaille pour l'autre. La pénibilité de la tâche, les horaires décalés, leur permettaient ainsi de bénéficier de revenus dont ils n'avaient pas à rougir, mais finissaient inéluctablement par renflouer les nombreux crédits de la ferme, pourtant censée faire vivre toute la famille.

Alors oui, après une nuit à tuer des bêtes dans une tiédeur pénible et un bruit permanent, Martin avait besoin de ces moments hors du temps au bar PMU du village.

Tout en ruminant dans sa barbe, il observa son frère dont la forte corpulence était exacerbée par la petitesse de la chienne. C'en serait presque drôle, s'il ne trouvait pas ça pathétique.

— Eh ! Au lieu de faire des papouilles dégoûtantes à ta chienne, tu peux me dire où tu as mis l'huile de vidange ? Sinon cette saleté de bagnole va encore nous laisser en carafe au milieu de nulle part.

— Comme d'habitude, à la grange, répondit Nicolas sans même regarder son frère, les yeux toujours fixés sur Poupette.

Lorsque Martin ouvrit la porte de la grange, il eut la désagréable sensation que quelque chose n'allait pas. Pourtant tout semblait en ordre, dans un bordel savamment organisé où bottes de foin, sacs d'engrais et bidons avaient trouvé leur place au gré du temps, posés ici négligemment, puis comme oubliés depuis la nuit des temps.

Le bazar qui caractérisait tant cette grange était bien toujours là. Ce qui perturbait Martin, c'était le calme qui régnait dans le bâtiment. Pas de roucoulement de tourterelles, pas d'envolée d'hirondelles depuis leur nid fraîchement confectionné. Les squatteurs habituels se faisaient soudainement très discrets.

Pourtant, un son à peine perceptible, répétitif, lénifiant, presque rassurant, fit écho à ses oreilles, comme le pendule d'une horloge sur le point de s'arrêter.

Lorsqu'il aperçut la grande échelle à terre, il leva aussitôt la tête au plafond.

Son père flottait sous le toit de la grange. Les pieds pointés vers le sol, les bras collés au corps, il ressemblait à un oiseau paresseux qui voudrait s'envoler sans même se donner la peine de battre des ailes.

Mais ce qui resterait gravé dans l'esprit de Martin, c'étaient les yeux du patriarche.

Son regard, d'habitude si dur, fixait son fils dans un mélange de terreur et de culpabilité, comme si toute personne découvrant son visage était responsable de sa mort.

L'homme avait voulu partir avec dignité plutôt que de vivre

dans la honte. Pourtant, son corps dégageait une odeur putride de selles qui avaient coulé le long de ses jambes. Sa langue pendante donnait au cadavre l'image d'un attardé mental imitant un clown triste.

Martin fut d'abord submergé par une immense souffrance, tout son être ressentit une sensation de vide. De toute sa masse, cette énorme baudruche qui dansait au-dessus de sa tête transperçait son âme et le changerait à jamais.

Il resta plusieurs minutes le nez en l'air, fixant ce poids mort qui avait fini par s'immobiliser.

Pourquoi pleurer ? Pourquoi regretter ?

Très vite, il n'éprouva que du dégoût face à ce père qui, dans cette dernière posture ridicule, semblait vouloir donner une ultime leçon à ses fils alors qu'il les livrait à eux-mêmes.

C'était ainsi et Martin ne pouvait plus rien y changer. Lui était encore bien en vie, fier de leur terre et conscient de toute la puissance qui l'habitait.

Chaque coup bas que lui infligeait la vie ne faisait qu'attiser sa colère, le rendre plus fort et peut-être même, il l'espérait, indestructible.

CHAPITRE IV

3 juillet 2014 – 15 heures

Surpris, Steve se releva et vit le Renault Espace qui venait de s'arrêter. La carrosserie du véhicule, probablement d'origine rouge pâle, était abîmée de toutes parts et couverte d'un mélange de poussière et de terre. L'homme qui le conduisait était assez jeune et, passant la tête par la fenêtre, arborait une casquette blanche avec un logo NY.

Kate chercha ses mots en français pour lui expliquer la situation.

— Nous avons *une problème avec le bicycle.*

Le jeune homme était sorti de la voiture et examinait déjà le VTT.

— Votre roue est complètement foutue. Vous n'allez pas pouvoir faire grand-chose. Mon frère est bricoleur, il pourra sûrement vous aider. Avec la voiture, on y sera rendus en moins de deux.

Steve jeta un regard interrogateur à Kate qui lui traduisit grosso modo les propos de leur interlocuteur.

Pendant ce temps, celui-ci les détaillait l'un après l'autre. Probablement des Hollandais ou des Anglais, se dit-il. Leurs VTT siglés Boardman étaient racés, presque aérodynamiques et assez légers. Cela changeait des Decathlon qu'avaient la plupart des gens du coin. La fille, blondinette, était plutôt mignonne dans son cycliste qui, bien que rembourré au niveau fessier, laissait deviner de jolies formes. Elle avait également de fines jambes au duvet quasi invisible. L'homme était roux avec des yeux clairs, la nuque probablement rougie par des coups de soleil. Contrairement à elle, il ne semblait pas comprendre le français. Des promeneurs comme ceux-là, on en voyait de plus en plus dans la région, cette partie du territoire étant de plus en plus touristique. Les gens du coin étaient des gens simples, sympathiques, même s'ils pouvaient sembler méfiants au premier abord. Traumatisés par une impitoyable guerre fratricide, pourtant vieille de deux cents ans, les Vendéens avaient, depuis, appris avec succès à ne compter que sur eux-mêmes. Réputée pour le dynamisme économique de ses entreprises familiales implantées en pleine campagne, la Vendée s'était même récemment métamorphosée en destination de choix avec l'irrésistible ascension parfois critiquée, mais jamais égalée, du parc du Puy du Fou.

Le jeune homme leur fit un clin d'œil avant d'ajouter avec un sourire :

— Venez avec moi et dans une heure, tout sera réparé et vous pourrez continuer votre balade.

Le coffre du Renault Espace était suffisamment grand pour contenir les deux vélos. En y déposant leurs VTT, les deux Anglais remarquèrent que le véhicule n'avait jamais dû être nettoyé ; poussière, vieux bouts de cordes, quelques tas noirâtres faisant penser à des morceaux d'excréments et surtout cette odeur pénétrante de lisier qui embaumait la voiture.

— Merci *beaucoû*, lui exprima Kate avec un accent charmant.

— *No souçaille*, lui répondit Kévin qui referma le coffre d'un grand coup sec tandis que Steve ne put détacher son regard de l'attelage remorque.

En possédant un lui-même pour transporter les VTT, il avait déjà vu certains automobilistes recouvrir l'attache par un simple sac plastique ou une vieille balle de tennis par souci d'économie. Mais là, il découvrit que l'attelage remorque était protégé par une tête de poupée blonde qui lui souriait niaisement avec un œil à demi fermé.

L'autoradio hurlait *Run to the hills, run for your lives* et tandis qu'Iron Maiden s'en donnait à cœur joie, le véhicule roulait à toute berzingue sur des chemins de plus en plus escarpés. Ces mêmes chemins un peu plus perdus au milieu de champs protégés de haies de plus en plus touffues et laissées à l'abandon. Livrée à elle-même, la nature y reprenait ses droits. Le jeune conducteur ne quittait pas la route des yeux et prenait un malin plaisir à accélérer avant d'attaquer chaque bosse. Steve et Kate se tenaient aux sièges comme pris au milieu de turbulences. Ils se regardèrent et Steve adressa à sa jeune épouse un sourire forcé. Les chocs étaient parfois si violents que les VTT sursautaient comme sous électrochocs.

Kate crut voir un panneau indiquant *La Valtiere* ou *La Boltiere*, mais elle n'en était pas sûre.

Quelques instants plus tard, Kévin freina brutalement et l'Espace dérapa sur quelques mètres avant de s'arrêter dans une cour de ferme. Encerclée d'arbres et de haies, cette cour semblait surgir d'un vieux film d'après-guerre. Un mélange de *no man's land* et de chantier interrompu dont l'entrepreneur aurait fait faillite. De la tôle froissée, une remorque rouillée dans un coin, des morceaux de ficelle éparpillés un peu partout sur un sol dont la terre était martyrisée par des traces de tracteur. La bâtisse n'était pas plus accueillante. Son toit s'affaissait sur des murs décrépis, parfois troués de fenêtres étroites. Elle était entourée de granges et de bâtiments agricoles, donnant à l'ensemble une forme en U et un faux-semblant de forteresse.

— *Ome souite ome*, leur lança Kévin.

Steve regarda Kate avec de grands yeux.

— *Home sweet home*, dit-elle à son tour.

Un homme au ventre et à l'âge bien mûrs sortit de la maison en hurlant :

— Kévin, nom de Dieu, combien de fois je t'ai dit de…

Il s'arrêta net pour changer en un quart de seconde le ton de son discours.

— Mais qu'est-ce qu'il nous a encore amené ?

— Je vous présente mon frère, Martin, annonça Kévin à ses deux invités.

Kate et Steve saluèrent Martin sans prononcer un mot. Martin était à des années-lumière de l'élégance à la française telle que la fantasmait la jeune Anglaise. Ses tongs présentaient des pieds sales aux ongles jaunâtres. Il portait un bermuda et un marcel tacheté de graisse et d'autres substances aussi poisseuses qu'inconnues. Il donnait l'impression d'avoir vécu dans un camping tout un été… sans jamais avoir trouvé les sanitaires.

— Ils ont un pneu crevé. Je me suis dit que tu pourrais les aider.

— *Bédame*[1] oui ! Mais faut pas les laisser là. Blancs comme ils sont, ils vont nous rôtir au soleil. Venez, rentrez à l'intérieur.

Il leur fit signe d'avancer.

Kate et Steve se figèrent, comme hypnotisés. Le matin même ils avaient quitté leur monde, un monde moderne fait de lumière, de nouvelles technologies et de propreté. Ils pénétrèrent dans une salle à manger, ou plutôt un salon, ou une cuisine ou ce qui paraissait les trois à la fois. La pièce était sombre, faiblement éclairée par un abat-jour rudimentaire pendu au plafond. Du ruban tue-mouches descendait également du plafond, preuve flagrante d'un véritable génocide pour tout insecte volant. Sur un chevet, se tenait l'affreuse

1. *Évidemment*, en patois vendéen.

dépouille d'un chien empaillé, au poil terne, à la position improbable et au sourire avec des dents manquantes. Autour d'une table nappée d'une toile cirée, une armoire en bois massif, des étagères en rotin et un évier ébréché meublaient le reste de la pièce. À la vue d'un gros poste de radio, Kate pensa aux *sanglots longs des violons de l'automne.* Les vitres des fenêtres étaient couvertes de chiures de mouches. Les chaises aux pieds inox et à l'assise en formica crissaient sur le vieux carrelage d'un autre âge. Seule touche de modernité, un énorme écran plat régnait dans la partie la plus reculée, ridiculement coiffé d'un morceau de dentelle.

— Kévin, va nous chercher le pâté et du saucisson ! On va pas en plus les laisser mourir de faim. Vous n'avez rien contre la charcuterie ? Manquerait plus qu'ils soient végans, ces cons-là… Et sors aussi la Troussepinette. Celle des grands jours, hein ? Y fait soif !

Il regarda l'Anglaise comme pour la prendre à partie tout en s'essuyant le front perlé de gouttes de sueur.

— On se croirait en plein mois d'août avec cette chaleur. Y a plus de saison, ma p'tite dame.

Une assiette, étonnamment propre, de charcuterie, fut posée sur la table.

— C'est *biological* ? demanda Kate en prenant une première bouchée.

Martin rit à gorge déployée. Steve fut surpris de voir autant de dents pourries dans la bouche d'un homme dont le pays était envié à travers le monde pour les qualités de son système de santé.

— Si c'est biò ? Hi, hi ! Bien sûr que c'est du bio ! Ah, ah ! Et en plus, ç'a été préparé avec amour. Allez, buvez. Et si vous êtes sages, on vous montrera comment se fait la fabrication bio. Allez, santé !

Kate et Steve levèrent leur verre.

— *Cheers !*

Kate s'attendait à un goût plus raffiné. Elle but tout de même une deuxième petite gorgée par politesse.

Steve but son verre cul sec et sentit l'alcool parcourir son corps. Ce n'était pas vraiment bon, mais ça lui faisait du bien.

— Salut la compagnie ! fit un homme corpulent en entrant dans la pièce.

— Voici mon autre frère, Nicolas, présenta Kévin.

Les deux touristes lui lancèrent un timide bonjour.

L'homme était impressionnant. Environ un mètre quatre-vingt-dix. Son crâne dégarni et son visage imberbe accentuaient encore plus sa carrure. Presque aussi grand que large, il était tout de blanc vêtu, comme un charcutier. Il ne lui manquait plus que le crayon sur l'oreille pour qu'on lui passe commande. Heureux de rencontrer les Anglais, comme si les visites étaient rares dans le coin.

Il prit un verre et l'avala d'une traite. Il s'essuya la bouche avec un mouchoir pris dans sa poche de blouse et tout fier, il demanda :

— Vous leur avez montré notre atelier de découpe ?

Les yeux des deux autres frères s'illuminèrent.

— Nous y voilà ! lança Martin, le sourire aux lèvres. C'est-y pas beau ?

Kate et Steve n'avaient d'abord pas compris où les emmenaient les trois frères. Mais une fois dans la pièce, ils furent subjugués. La salle où ils se trouvaient était d'une propreté irréprochable. C'est ici que se faisaient les produits de la ferme. Une pièce blanche et totalement aseptisée.

Nicolas et Martin commencèrent à s'habiller consciencieusement de vêtements blancs plastifiés.

— On va vous montrer comment on fait. L'hygiène, c'est très important, précisa Nicolas une charlotte sur la tête.

Kate ne put s'empêcher de sourire et traduisit mot pour

mot la phrase à Steve qui ne put retenir un petit rire, surpris par le contraste des lieux.

Entre la cuisine et l'atelier de préparation, c'était le jour et la nuit. Kate étant fan de préparations culinaires, il lui fallait bien admettre que le saucisson goûté dans la cuisine n'était pas mauvais. Elle salivait d'avance à l'idée de pouvoir assister à la fabrication de vrais produits du terroir.

Steve n'eut pas le temps de voir sa vie défiler devant lui. Il n'eut même pas le temps d'avoir peur. Par un unique, mais puissant coup de hachoir, Martin avait réussi à trancher son cerveau en deux, annihilant instantanément toute sensation de douleur habituellement transmise par les neurones. Voyant les giclées de sang, Kate ouvrit grands ses yeux de stupeur et d'effroi. Elle tenta de pousser un cri, mais ne purent s'échapper de sa bouche que des crachats rouges dans un bouillonnement quasi silencieux. Nicolas venait de lui trancher la gorge d'un geste sûr et précis. Il la laissa se vider d'une partie de son sang tandis qu'elle esquissait en vain quelques gestes désordonnés à la recherche d'une ultime respiration, comme tentant désespérément de sortir d'un mauvais rêve. Il l'accompagna jusqu'au sol laissant sa vie s'évanouir dans un ultime soubresaut.

— C'est dommage. Elle était mignonne quand même, dit Kévin en fixant la dépouille de la jeune femme.

Nicolas n'y prêta même pas attention. Il sortit de l'armoire ses ustensiles de boucherie et les déposa religieusement sur la table de travail. Martin récupéra le smartphone de Steve tombé à terre, puis lui retira ses chaussures.

Kévin observa ses deux frères s'affairer. Pour lui, il y avait eu un avant et un après. Pourtant, Martin et Nicolas ne semblaient nullement affectés, comme si ce monde d'après la nuit du 15 août avait toujours été le leur. Comme si ce mode de vie avait toujours été normal.

Kévin ne regrettait pas pour autant leur monde d'avant,

mais il lui arrivait parfois d'être assailli par le doute, puis par la honte. *Un mal nécessaire*, lui avaient dit ses frères pour le rassurer. Cependant, il sentait au fond de lui qu'il n'était pas tout à fait comme eux. Du moins, pas encore.

Nicolas releva soudain la tête de son étal en le voyant inactif.

— Qu'est-ce que tu fous ? Dépiaute-les. Moi, je vais aller chercher des barquettes. Y a pas de temps à perdre. Avec tout le boulot qu'on a là, on n'est pas couchés.

CHAPITRE V

12 août 2009 – 17 heures

— Gare le camtar ici. Ce sera parfait pour les soirées au coin du feu, cria Marcus à Jean-Édouard.

Jean-Édouard s'exécuta et effectua une marche arrière pour stationner le camion à côté d'un grand chêne qui le protégerait du soleil.

Marcus, le crâne rasé, les abdominaux saillants, prit Mélanie dans ses bras et l'embrassa sur la bouche.

— On va être super bien ici !

Mélanie lui sourit et lui rendit son baiser. Elle se leva contre lui contemplant la prairie entourée d'arbres et d'épaisses haies qui deviendrait leur nouveau chez-eux.

Marcus sentit la poitrine de la jeune adolescente contre sa peau et ne put retenir une montée de désir.

Il l'avait rencontrée sur un bord de route. Elle venait de fuguer, laissant derrière elle deux parents coupables de l'avoir trop aimée. Sa peau blanche, ses yeux de poupée et la fraîcheur de sa forte poitrine avaient tout de suite séduit Marcus. Il lui fallait cette pin-up en chrysalide et il usa de toute sa douceur pour conquérir son cœur et son corps.

Pour Mélanie, Marcus était l'Homme. Avec son corps svelte tout en muscles et son anneau dans l'oreille, il représentait l'homme fort, à la fois rebelle et courageux, celui qui saurait la respecter et la protéger. À peine était-elle montée dans son camion ce jour-là qu'elle se voyait déjà avec lui pour la vie, entourés d'enfants, de labradors et d'une flopée de lapins nains. C'est tellement mignon, un lapin nain.

Elle était à des années-lumière de l'univers de Marcus qui avait toujours vécu au jour le jour. Des jours avec et des jours sans. Après avoir foiré son CAP employé de vente, il avait pris l'habitude de fuguer avant de revenir inéluctablement mendier de l'argent à ses parents. Jusqu'au jour où le fils prodigue ne fut plus le bienvenu. Ce fut alors l'armée qui l'accueillit les bras grands ouverts. Bonne recrue, il prit vite l'ascendant sur ses compagnons d'armes et prit goût au pouvoir. Commencèrent alors les permissions et les bitures qui finissaient en bagarres, les premières prises de bec avec les gradés, puis le contrat qui ne fut pas reconduit.

S'enchaînèrent ensuite l'errance, la rue, la débrouille, les missions d'intérim jamais terminées. Ce furent finalement des petits trafics en tout genre qui lui permirent de se remettre en selle avec l'achat de son premier fourgon. Il devint un vrai traveller, version nomade du teufeur, parcourant le pays en camionnette pour errer de fête en free party, écouter de la musique électronique à s'en massacrer les tympans et se mettre minable à coups de drogue et d'alcool. Au gré des rencontres, il s'était constitué une communauté de jeunes paumés en quête de fêtes, d'authenticité et de liberté. Par la force des choses, écartant les plus forts et s'imposant auprès des plus faibles, il s'était naturellement érigé comme le chef de meute.

S'installant dans cette prairie bordée d'une magnifique forêt, tout le groupe s'affairait dans une organisation quasi militaire, au milieu des camions qui arboraient fièrement des autocollants « Non à l'aéroport » *et* « Nucléaire, non merci ! ».

Les premières tonnelles étaient déjà montées. Au moyen de batteries, de groupes électrogènes et de systèmes d'énergie solaire, ils bénéficiaient d'installations électriques leur permettant de recharger leurs téléphones portables, leurs ordinateurs et de brancher leur sono surpuissante.

En voyant son DJ monter les premières enceintes qui allaient constituer un véritable mur de son, Marcus se dit qu'ils allaient faire une putain de tawa ce soir, comme pour cracher au reste du monde que lui et les siens resteraient à jamais maîtres de leur destin.

Et quand ils seraient bien installés, pourquoi ne pas organiser LA free party, celle dont il rêve depuis toujours !

Il prit le visage de Jean-Édouard entre ses mains.

— Pourquoi est-ce qu'on est là, mon poto ?

— On est là pour faire la fête et niquer des meufs.

— On est là pour niquer l'autorité, le corrigea Marcus. N'oublie jamais ça. L'autorité, la police, les politicards, les banquiers… c'est ce qui a fait de ce monde l'immense merdier dans lequel on vit aujourd'hui.

Et il lui cogna la tête affectueusement, mais virilement, contre la sienne.

Jean-Édouard lui répondit par un sourire dissimulant la légère douleur au front provoquée par son ami.

— Allez, on finit de monter le camp avant la nuit et nous aurons notre monde parfait ! lança Marcus.

Jean-Édouard regarda la vaste campagne et déclara :

— Ils pensaient que c'était impossible, alors ils l'ont fait ; trouver le trou du cul du monde !

Il se tourna vers son ami, son smartphone à la main.

— Tu captes quelque chose toi ? Ni 3G, pas même une barrette pour téléphoner !

— Bienvenue dans la vraie vie, lui répondit Marcus.

À la nuit tombée, tout était installé. En plus des indispensables toilettes sèches, ils avaient également le nécessaire pour maintenir les bouteilles d'alcool et de soda à une température idéale à toute heure de la journée.

La nuit était agréablement tiède et le groupe avait tenu à passer la première soirée autour d'un grand feu partageant bières et pétards. Certains s'étaient mis à jouer de la guitare et du djembé tandis que d'autres jonglaient avec des pommes ou faisaient s'envoler leur diabolo.

CHAPITRE VI

5 juillet 2014 – 7 h 30

— C'est prêt ! cria Séverine.

Elle sortit les deux mugs brûlants du micro-onde.

Ses deux filles vinrent s'installer à la table de la cuisine et commencèrent à boire leur chocolat chaud à l'aide d'une paille en bambou.

Bérénice avait hérité de son nez fin et de sa bouche pulpeuse ; Élisa de ses taches de rousseur et de ses yeux noirs. Elles regardaient des clips musicaux sur la petite télé, un peu perdue dans ce salon que Séverine n'avait pas encore eu le temps de meubler. Les yeux hypnotisés par les images, Élisa laissait tremper ses longs cheveux noirs dans son bol tandis que Bérénice léchait le couteau de Nutella.

Séverine commença à ouvrir la bouche avant de s'abstenir de toute remarque. Pas d'onde négative aujourd'hui.

— Comment me trouvez-vous ?

— Comme d'hab… comme une jolie plante dans un sac à patates, répondit Bérénice.

Séverine ne pouvait que confirmer. Elle s'était remise au sport de façon intensive ces derniers mois et l'uniforme était loin de mettre en valeur ses formes retrouvées. Elle tira ses cheveux en arrière pour se les attacher avant de mettre sa casquette *gendarmerie*.

Ses filles venaient à peine de commencer leurs vacances qu'elles avaient dû déménager dans cette petite ville de Vendée. Le climat y était agréable, la campagne jolie et la mer à moins d'une heure. Une mer avec du vrai sable fin et de longues plages encore sauvages à parcourir sur des kilomètres. Les filles rêvaient de sorties en bodyboard depuis qu'elles avaient découvert, sur la chaîne de télé locale, les vagues puissantes de Bud-Bud et de la Sauzaie.

Mais pour Séverine, c'était plutôt jour de rentrée. Avec cette mutation, elle allait intégrer une nouvelle équipe. En s'installant dans la caserne, elle avait pratiquement rencontré tous ses collègues. Tous sauf celui avec qui elle allait passer le plus clair de son temps. Séverine appréhendait cette rencontre. Curieusement, celui-ci vivait en dehors de la caserne et était précédé d'une réputation d'impitoyable Casanova ; le lieutenant Thomas de Melville.

Assis face à son bureau, Thomas regardait la chaise vide de son collègue et vieil ami tout juste parti à la retraite. Les deux militaires partageaient le même local depuis tant d'années. Tous deux s'étaient naturellement réparti les tâches ; les recherches sur Internet pour Thomas, les dépositions des personnes âgées pour son ami. Ce dernier endossait également le rôle du gentil pour les interrogatoires tandis que Thomas jouait avec talent le rôle du méchant. *Le bon, la brute et le truand*, comme ils aimaient s'appeler avant un interrogatoire musclé.

Les deux bureaux étaient presque similaires : pot à crayons, écran, clavier, souris, quelques monticules de papiers et le téléphone posé sur des dossiers. Pas de photos de famille. Thomas avait camouflé au fond d'un tiroir celle de sa femme la veille d'une séparation mal amorcée. Il avait également fini par enlever la photographie de son fils lorsque celle-ci, tel un méchant miroir, lui renvoya l'image d'un père incapable de communiquer avec son adolescent.

Les murs étaient recouverts de cartes de la région, mais Thomas y avait également accroché quelques affiches de films.

Leur collaboration avait pris fin la semaine dernière, lorsque son ami avait fêté l'accumulation de ses laborieuses années de service autour de verres en plastique et de gâteaux délicieux confectionnés par son épouse. Après une ultime tournée d'adieu dans les couloirs de la gendarmerie, il n'avait laissé derrière lui que le silence de ses souvenirs.

Thomas avait repris le service depuis quelques heures seulement et commençait déjà à ressentir tout le poids de la misère du monde sur ses épaules carrées.

La personne qui venait déposer plainte ne lui inspirait aucune empathie, mais il ne pouvait l'en blâmer. C'était juste monsieur Tout-le-monde qui venait étaler sa colère sur le bureau déjà bien encombré de l'officier de gendarmerie. Un homme à l'automne de sa vie, ses cheveux gris avaient déserté le début de son crâne, un goitre s'était substitué à son cou et ses pupilles étaient enfouies sous ses larges paupières. Il vivait le moment le plus important de sa vie, venant jouer son plus grand rôle face à un juré blasé. Thomas l'écoutait distraitement, pensant à la façon dont il devait gérer l'avalanche de merdes qui s'accumulaient à la vitesse du réchauffement climatique et qui s'entassaient au sommet de sa montagne de dossiers.

— J'étais en train de manger mon foie gras, parce que je prends soin de moi et je fais attention à ce que je mange, monsieur l'officier, précisa l'homme en face de lui. La volaille, c'est vraiment meilleur pour la santé que le bœuf ou le cochon, vous savez.

Thomas sourit en entendant la personne insister sur sa

nutrition, tandis qu'il posa un regard discret sur l'embonpoint de son interlocuteur qui reprit :

— J'ai senti quelque chose de dur. J'ai failli m'étouffer. J'ai recraché. C'était une dent ! Une dent dans mon foie gras !

Pour avoir déjà trouvé une chenille dans une salade en sachet, le lieutenant de Melville n'ignorait pas que des corps étrangers pouvaient se trouver dans des produits alimentaires à l'insu de leur fabrication ; petits insectes bien sûr, mais aussi souris, morceaux de plastique, voire des morceaux de verre, parce que les lignes de production sont éclairées par des ampoules qui peuvent éclater. Il n'oubliait pas non plus le scandale de l'année dernière, avec de la viande de cheval que des fournisseurs peu scrupuleux avaient fait passer pour de la viande de bœuf.

Hormis une fraude à grande échelle comme cette dernière affaire, il savait que pour le reste, ce genre de réclamation signifiait une perte de temps considérable avant d'avoir la satisfaction d'élucider cette *importante* énigme, mais il se forçait toujours à ne jamais écarter un incident, quelle que soit sa nature ou son importance. *Les petits ruisseaux font les grandes rivières*, lui aurait confirmé son ancien collègue. Mais au moment d'ouvrir la bouche, il sut qu'il ne pourrait dissimuler sa lassitude.

— Et pourquoi venez-vous nous voir ici à la gendarmerie, plutôt que de vous retourner contre l'enseigne qui vous a vendu la viande ?

L'homme s'offusqua :

— Mais parce que c'est une tentative de meurtre ! Ma petite-fille de six mois aurait pu l'avaler et s'étouffer !

— Parce que vous donnez du foie gras à votre petite-fille de six mois ?

— Non, bien sûr ! répondit l'homme sur la défensive.

— Écoutez, je comprends tout à fait votre colère, je serais

moi-même très remonté si je trouvais ce genre d'objet dans mon assiette.

Il retint un souffle et continua vaillamment son discours :

— Reprenez votre calme. L'important est que personne ne soit blessé. Je vais vous chercher un verre d'eau et vous verrez, ça va aller mieux.

L'homme but le verre d'un trait et sembla plus détendu.

Thomas se rassit à son bureau et posa ses mains sur son clavier.

— Allez, maintenant, j'allume mon ordinateur et nous allons tout reprendre depuis le début.

— Quoi ? Mais je viens de tout vous expliquer !

— Rassurez-vous, cela ne sera pas long. De toute la caserne, je suis celui qui tape le plus vite sur le clavier.

L'homme lui rendit un sourire forcé.

— Alors, si je comprends bien, vous aimez manger de la volaille. Avez-vous essayé de contacter l'enseigne qui vous a vendu le produit, ou directement la marque qui a fabriqué ce produit ?

— Oui, j'ai envoyé un mail et personne ne me répond, déplora monsieur Tout-le-monde.

— Pourquoi n'allez-vous pas directement au magasin qui vous a vendu le produit ?

— J'en avais acheté un lot par Internet. Vingt-quatre heures après, j'ai récupéré ma commande dans un point relais.

— Et il n'y a pas une adresse, un numéro de téléphone sur les boîtes ?

— Il y a bien une adresse, mais elle n'existe pas.

— Comment ça, elle n'existe pas ?

— Comme je viens de vous le dire. Elle n'existe pas. Aucune trace sur Google Maps, Mappy et même sur le GPS.

L'homme avait prononcé *Gogole Mapse*, *Mipi* ; et Thomas

finit par sourire en comprenant le mot *gépéhesse*. Termes qu'il tapa correctement dans son rapport.

La porte du bureau s'ouvrit précipitamment après deux brefs mais vigoureux toc-toc, laissant apparaître le capitaine qui fit entrer une jolie rousse en tenue de gendarmerie.

— Melville ! Je vous présente l'adjudant Achternoen.

Le capitaine Krastzik se retourna vers Séverine.

— C'est bien comme cela que l'on prononce votre nom, n'est-ce pas ?

Étant lui-même habitué à entendre son nom écorché plusieurs fois par jour, il tenait à appeler correctement les noms de famille.

— L'adjudant Achternoen est votre nouvelle équipière. Je sais que vous l'accueillerez comme il se doit. Je compte sur vous, Melville.

Il lança un clin d'œil à son lieutenant et s'en alla en refermant vigoureusement la porte.

— Ce n'est pas *de* Melville, votre nom ? demanda Séverine.

— C'est Thomas. Le capitaine est très à cheval sur la bonne prononciation des noms, il l'est beaucoup moins pour les particules.

Le capitaine revint à nouveau dans la pièce, sans prendre la peine de frapper cette fois.

— Melville, on vient de m'annoncer une IPM[1] près de chez vous. L'individu se montrerait violent. Ce sera l'occasion de faire découvrir le pays à l'adjudant Achternoen. Vous en prenez soin, je compte sur vous.

Thomas balança un trousseau de clés de voiture à sa nouvelle collègue.

— Vous conduisez, je serai votre GPS.

— Et pour moi ?

1. Ivresse publique manifeste.

Melville regarda l'homme aux trente-trois dents dont il avait totalement éclipsé l'existence.

— Vous, vous allez noter vos coordonnées sur un bout de papier et me laisser votre boîte de foie gras. Je vous recontacterai pour vous faire signer votre déposition.

CHAPITRE VII

12 août 2009 – 23 heures

À quelques kilomètres de sa ferme, aussi défoncé que la route qu'il venait d'emprunter, Martin n'avait pu éviter l'animal qui venait de traverser devant les phares du Renault Espace. Bien que totalement saoul, il eut la présence d'esprit de mettre les warnings. Il sortit de la voiture à la recherche de sa victime, simplement éclairé par les déclenchements intermittents des feux clignotants, tel un sapin de Noël à la guirlande tristounette.

Il dut attendre quelques minutes avant de s'habituer à la pénombre. Il s'apprêta à reprendre la route lorsqu'il entendit un gémissement plaintif. Il resta immobile un instant, en tendant l'oreille.

— Y a quelqu'un ? Vous êtes blessé ? demanda-t-il craintivement.

Il distingua une forme agitée de soubresauts. Il s'approcha lentement dans l'obscurité et ses yeux finirent par s'habituer à l'inquiétant manque de lumière…

— Merde ! Choupette ? réalisa-t-il soudain.

Choupette, la chienne de Nicolas, gisait dans l'herbe de l'autre côté du fossé. Pour Martin, il s'agissait plus d'une forte intuition que d'une confirmation car ce n'était plus la Choupette vive et espiègle qu'il connaissait et qui égayait leur vie depuis dix ans.

— Choupette, ma Choupette. Ne t'en fais pas, je suis là. Je vais te ramener à la ferme. On va te soigner.

Il la prit soigneusement dans ses bras, mais l'animal hurla de douleur, essayant vainement de le mordre. Qu'importe, Martin devait l'emmener de toute urgence chez le vétérinaire.

Une fois visible à la lueur des phares, Martin eut un mouvement de recul. La chienne avait un œil qui pendait hors de son orbite. Elle avait perdu ses dents de devant et la moitié de ses membres pendillait dans tous les sens, comme disloqués.

Il déposa ce corps inconsistant un peu plus loin sur le côté. Il repassa devant les phares et observa quelques instants ses mains couvertes de sang.

Il ouvrit le coffre de l'Espace, souleva la roue de secours et prit le cric.

Il revint près du chien et s'agenouilla pour caresser le poil trempé de sang. L'animal s'apaisait par moments puis s'agitait de nouveau pour pousser des gémissements de douleur de plus en plus faibles.

Martin resta ainsi quelques minutes. Soudain, il souleva le cric pour l'écraser aussitôt sur le crâne de l'animal.

Il laissa couler une unique larme au coin de l'œil, détourna son regard de la dépouille et revint à la voiture.

Sur le chemin du retour, il réalisa que Choupette avait toujours été associée à tous les bons moments de ces dix dernières années ; l'enfance de Kévin, les meilleures années de production de lait et de céréales, le Massey Fergusson flambant neuf… puis la mort des parents, lui et ses frères laissés seuls avec cette ferme qu'il n'avait jamais voulue, la chute des cours, les maladies, la diminution du cheptel… Tout ce qu'ils avaient bâti et aimé avait disparu dans la fange d'un nouveau monde qu'il ne comprenait pas.

En reniflant bruyamment depuis qu'il avait repris la route et bien qu'il refusât de l'admettre, il s'était mis à pleurer.

CHAPITRE VIII

5 juillet 2014 – 11 h 30

Comme attirée par l'agitation, la voiture bleue de la gendarmerie vint se garer sur la place de l'église, centre vital de cette petite commune du bocage, d'ordinaire si tranquille. Le salon de coiffure, la poissonnerie, la banque et la terrasse du café se partageaient ce lieu de passage et de convivialité.

Avant même que l'adjudant Séverine Achternoen n'ait coupé le moteur et les gyrophares, le lieutenant Thomas de Melville sortit de la 306 break et ajusta sa casquette de gendarmerie sur son crâne. Fabrice, le patron du bar, quitta sa terrasse et se dirigea directement vers eux, cigarette à la bouche. Thomas lui serra la main sans même lui laisser le temps de prendre la parole.

— Bonjour Fabrice. Alors, c'est chez toi le poivrot trop excité ?

Mais le cafetier garda son visage grave et désigna l'agence bancaire aux portes vitrées située à la vue de tout le monde. Le gendarme aperçut un homme tenant en joue une femme, mains en l'air. Vraiment pas le bon endroit pour un vol de banque. Et un samedi matin en plus.

— Restez là. Achternoen, empêchez quiconque d'approcher de la banque !

L'heure de l'apéro approchait et des passants s'improvisèrent soudainement spectateurs alors que le spectacle était à peine commencé. La terrasse du café se remplissait de ses habitués et certaines clientes du salon de coiffure étaient même sorties sur le trottoir, papillotes dans les cheveux, pour mieux voir l'agence bancaire et ce qui s'y passait.

Thomas s'approcha lentement des portes vitrées de l'établissement, essayant de voir sans être vu. Il fit la moue.

— Merde ! C'est Jean-Paul...

Jean-Paul, c'était *le bon gars*, comme on disait ici. Sauf que parfois le bon gars pétait les plombs. Pour l'officier de gendarmerie, Jean-Paul se résumait à un début de schizophrénie, quelques allers-retours en maison de repos et deux pathétiques tentatives de suicide. Mais aujourd'hui, le Jean-Paul venait d'atteindre un niveau supérieur. Avec sa carabine, il tenait en joue l'hôtesse d'accueil de la banque.

Celle-ci, le souffle court, transpirait à grosses gouttes. Face à tant d'émotions, le maquillage dispersé autour de ses yeux, ses jolis nu-pieds blancs pataugeaient dans une flaque d'urine.

Jean-Paul attendait devant le comptoir, se balançant d'un pied sur l'autre, menaçant l'otage à ses côtés.

L'intérieur de l'agence était assez sommaire. Le distributeur de billets encastré dans le mur de gauche. Le comptoir, fait de quelques blocs modulables, trônait au milieu de la pièce. Sur la droite, deux chaises rembourrées façon moquette. Le reste du mobilier se résumait à une étagère vissée dans le mur et à un panneau publicitaire tel un totem sur roulettes.

Thomas revint d'un pas décidé vers la voiture, attirant vers lui de plus en plus de badauds émerveillés de ce spectacle vivant.

— Bonjour, monsieur le maire.

Thomas ne le connaissait pas intimement, mais il l'avait reconnu. Il était l'un des seuls à porter un costume. Rasé de près, une petite écharpe autour du cou, il était sûrement en route pour la mairie, prêt à recevoir les habituelles doléances du samedi matin de ses administrés.

— Bonjour, répondit-il aux deux militaires. En quoi puis-je vous aider ?

— J'aimerais savoir comment on en est arrivés là.

Fabrice s'approcha à nouveau.

— Le Jean-Paul a pas mal bu depuis ce matin. Je lui ai dit de rentrer chez lui. Il m'a répondu qu'il allait chercher de l'argent à la banque et qu'il revenait. Ce sont des clients de la banque qui nous ont prévenus.

— Faut dire qu'il a pas débourré de la veille ! ajouta Cri-Cro.

Christian, surnommé Cri-Cro, était la grande gueule du village. Il avait le don d'être toujours présent au mauvais endroit au mauvais moment. Au lieu de Cri-Cro, Thomas l'aurait plutôt surnommé Co-Pro pour coprophage, comme ces insectes qui se délectent de la merde des autres

Il l'ignora et se focalisa sur Fabrice.

— Sais-tu s'il y a d'autres personnes à l'intérieur ?

— Non, personne d'autre. Les deux conseillers bancaires ont pu s'échapper par une fenêtre de bureau.

Il pointa le doigt en direction de deux jeunes hommes en costume bon marché en train de tirer nerveusement sur leur cigarette. Thomas retira son SIG-Sauer de son étui, l'arma et le cala derrière son dos, maintenu par sa ceinture. Il s'apprêta à appeler sa coéquipière par son prénom, mais se ravisa.

— Achternoen, prends le fusil et les gilets pare-balles. Ça devrait l'impressionner.

Thomas quitta un instant la banque des yeux et évalua du regard l'agitation autour de lui. Le café était bondé. Stella, la serveuse, faisait d'incessants allers-retours pour servir les clients en terrasse. Les jeunes s'étaient donné rendez-vous et affluaient en horde de scooters sur la place de l'église. Les adjoints s'étaient rassemblés autour du maire. À croire que tout le village était là. À la vitesse où ça allait, il ne manquait plus que des journalistes, le préfet et le GIGN. Et ça, il n'en voulait pas.

Séverine s'approcha de Thomas pour lui parler discrètement à l'oreille.

— Tu ne crois pas que le fusil, c'est un peu trop ? Et cela ne me semble pas du tout réglementaire… On ferait mieux de demander l'appui des collègues, savoir s'il est connu de nos services, s'il a des antécédents psychiatriques… Il serait aussi plus prudent de boucler tout le secteur et attendre l'arrivée des pompiers pour le cas où ça tournerait mal…

— Je connais le Jean-Paul, c'est surtout une grande gueule, alors on va faire à ma façon. Si on arrive bien couillus sur lui, il se sentira intimidé et on aura fait la moitié du boulot.

— Ne devriez-vous pas attendre des renforts avant d'intervenir ? demanda le maire qui n'avait perdu aucune lettre de leur conversation…

Thomas ne lui répondit pas. Le seul renfort sur qui il pouvait compter dans l'immédiat était la femme rousse qui portait le même uniforme que lui et qui armait tranquillement un Famas sous les yeux ébahis de la foule.

— Monsieur le maire, Fabrice, faites reculer tout le monde. Je vais devoir concentrer toute mon attention sur ce qui se passe à l'intérieur de cette banque. Je ne veux pas avoir à me soucier d'une balle perdue dans la tête d'un curieux. Et éteignez-moi ces smartphones, ce n'est pas le Festival de Cannes ici !

Fabrice acquiesça.

— Cri-Cro, viens m'aider à dégager tout le monde. Allez, les jeunes, arrêtez de filmer et foutez le camp !

— Tiens, Fabrice, tu as toujours tes enceintes sur ta terrasse extérieure ? demanda le lieutenant.

— Oui, même si le père Rousseau se plaint que ça fait trop de bruit.

— Parfait. Mets-moi un truc à la mode, que tout le monde écoute tout le temps. Tiens, mets-moi le dernier Daft Punk.

— Stella ! hurla Fabrice en direction de la terrasse. Balance le dernier Daft Punk à fond sur la terrasse ! C'est pour la gendarmerie.

Stella, dépassée par les commandes et énervée de se retrouver seule à servir, lui jeta un regard noir.

— Ils ne veulent pas une bière et un Mars non plus ?

— Fais ce que je te dis !

— Du Daft Punk ? interrogea le maire.

L'adjudant Achternoen accueillit son étonnement avec un sourire gêné.

Elle lança de gros yeux pour obtenir un début d'explication auprès de Thomas, mais celui-ci, concentré, ne se souciait déjà plus du monde qui l'entourait. La musique qui sortait des enceintes allait lui permettre d'opérer sans trop se soucier des paparazzis en smartphones. Si l'un des témoins s'amusait à filmer la scène et se risquait ensuite à poster le film sur YouTube, l'hébergeur de vidéos bloquerait la chaîne dudit paparazzi dès les premières notes d'*Instant Crush*. Les règles de protection des droits d'auteur allaient en partie protéger l'action peu conventionnelle du lieutenant.

CHAPITRE IX

13 août 2009 – 2 heures

Sous le ciel étoilé de cette nuit d'été, le silence régnait dans le camp des teufeurs. Chacun s'était retiré dans son camion pour un repos bien mérité. Seul Jean-Édouard s'accordait un dernier joint près du feu qui s'éternisait. Tandis que son esprit commençait à s'abandonner, il entendit un bruit feutré venant de la camionnette de Marcus. Il distingua de plus en plus clairement les gémissements de Mélanie. Il pensa au corps de la jeune fille et envia son ami Marcus, pour qui il aurait tout donné. Marcus qu'il vénérait. Il aurait tant voulu être comme lui. Mais Jean-Édouard avait été conçu dans un tout autre moule, d'un tout autre monde. Avec une vie rythmée par les études et la famille, il avait été le fils modèle qui faisait l'admiration de ses parents. Taillé pour la réussite intellectuelle, ce fils de professeur de mathématiques, cet intello, avait toujours su conserver sa place de premier de la classe.

Mais sa première fumette fut une révélation ; la découverte du bonheur. D'un vrai bonheur, comme il ne l'aurait jamais imaginé ; celui de prendre plaisir, de ne penser qu'à soi et réaliser que rien n'avait d'importance. Lorsqu'il entendit Mélanie crier, à l'apogée de son plaisir, il se souvint avoir tout lâché avant un oral d'allemand, une vraie jouissance... Encore trop maladroit au contact de cette liberté soudaine, il avait longtemps erré avant de rencontrer Marcus, ce grand frère qu'il n'avait jamais eu. Il avait multiplié les rencontres en tous genres, s'émerveillant de peu, lui qui pensait tout connaître. Ce semblant de bonheur ne se laissait pas si facilement dompter et se limitait pour le moment à quelques jouissances décevantes auprès de filles faciles. Avec ou sans fumette et malgré un piercing dans le nez qui ne cessait de s'infecter, son physique ne l'avait jamais aidé. Grand et maigre, sans l'ombre d'un muscle, il avait le visage grêlé, comme si un Rodin hystérique s'était acharné à lui buriner la gueule afin d'y graver sa laideur dans le marbre. Heureusement, il y avait le shit, la weed, la beuh. Quel que soit son nom, c'était devenu sa raison de vivre.

À des centaines de mètres de là, la lueur du feu n'avait pas échappé à l'œil de Martin. Le propriétaire des lieux urinait en haut d'une colline, de sa colline, une cigarette brune au coin de la bouche avec une magnifique vue sur ses champs. Il lui avait semblé avoir entendu des bribes de musique au cours de la journée, mais le vent soufflant du sud, les notes se perdaient bien au large de la ferme. Leur forêt attirait une faune de cueilleurs de champignons, d'ornithologues amateurs et d'irréductibles chasseurs qu'il faisait déguerpir à coups d'insultes et de menaces. Il avait également eu l'occasion d'effrayer quelques couples qui pensaient trouver un moment d'intimité dans ces terres tellement reculées qu'elles semblaient en dehors de la réalité. À sa simple vue, les couples détalaient comme des lapins, balbutiant des excuses, courbés par le poids de la honte et tâchant de ramasser au plus vite leurs affaires. Cependant, une lueur en pleine nuit, c'était différent. Il devait en avoir le cœur net, mais il avait eu son lot d'émotions et de mauvaises surprises pour ce soir. Demain il irait voir ce qui se tramait à la lisière de sa forêt.

Marcus sortit de son camion. Le vent frais se mit à mordre son torse nu. Il s'apprêtait à chercher un tee-shirt, mais se ravisa en voyant Jean-Édouard toujours assis près du feu. Il vint s'installer près de lui.

— C'était bien ? lui demanda Jean-Édouard, dans un mélange d'envie et de curiosité.

— C'est toujours bien, répondit le chef de bande. C'est comme la cigarette ou les gâteaux apéro, le jour où t'aimes plus ça, c'est que t'es mort.

— Moi, quitte à choisir entre tes gâteaux apéro ou une bonne baise, je préfère encore de la bonne beuh.

— Je sais…

Marcus semblait regretter la réponse de son ami.

— Tu vas me prendre pour un vieux con, mais n'en abuse pas. Je t'ai déjà prévenu sur les dégâts occasionnés par cette merde sur nos cerveaux. Ce qui est bon pour le mental est rarement bon pour le corps.

— Je m'en fous, je n'ai pas l'intention de vivre vieux, de toute façon.

— J'en ai connu d'autres qui ont dit ça.

— Et ?

— Ils sont vieux maintenant… et toujours vivants. Les dents pourries, les doigts jaunis par le tabac, ils passent leur temps à tousser et à rechercher cette sensation que tu as maintenant, mais qu'ils ne retrouveront jamais. Sans compter le ventre qui grossit, la cirrhose qui pointe son nez…

— J'ai l'impression d'entendre mon père, le coupa Jean-Édouard.

— Je sais, je suis mal placé pour te faire la morale. Je veux juste te faire comprendre qu'il faut vivre à fond dès maintenant, mais garder le contrôle. Après, on ne vivra que de souvenirs.

Ils restèrent un moment sans parler, à regarder les flammes danser sous leurs yeux.

— Allez, passe-moi un peu de ta merde avant que j'aille dormir, lança Marcus.

Jean-Édouard partagea son joint avec son ami et le laissa aller se coucher.

CHAPITRE X

5 juillet 2014 – 11 h 40

Adossés de chaque côté de la porte d'entrée, les deux gendarmes se fixèrent un instant. Séverine ajusta instinctivement sa queue-de-cheval de façon réglementaire prit une inspiration et lança un clin d'œil à son binôme.

— Les femmes et les enfants d'abord ! plaisanta-t-elle. J'y vais.

— Pas question, répliqua Thomas. Tu viens tout juste d'arriver dans le service. On n'a même pas eu le temps de partager un verre ensemble. La première tournée est pour moi. Et je serai rassuré en sachant que tu veilles sur moi. Et surtout, ne prends aucun risque, pense à tes gosses.

« Pas faux… » pensa Séverine.

Élisa, Bérénice, l'appartement à peine aménagé, l'arrivée dans cette nouvelle région pour fuir les emmerdes, pour commencer une nouvelle vie. Cela ne faisait pas quatre heures qu'elle était arrivée et sa première intervention sentait déjà le jus de boudin.

Thomas ne la laissa pas tergiverser longtemps. Tous deux devaient rester concentrés sur l'action du moment

— Je vais rentrer tranquillement, reprit Thomas. Tu bloques la porte pour qu'elle reste ouverte et tu te focalises sur l'hôtesse. Et on se la joue cool. En aucun cas, tu ne dois tirer.

Il appuya sur le bouton de sécurité, ouvrit la porte et entra, décontracté.

— Salut Jean-Paul.

— Wow, wow ! Qu'est-ce qu'elle fait ta copine avec son fusil derrière ? s'excita un Jean-Paul, totalement stressé.

— Ma collègue ne bougera pas d'ici. Elle tient seulement la porte. Il faut chaud ici, tu ne trouves pas ? Elle s'inquiète pour la dame à côté de toi. Elle a besoin d'air.

L'hôtesse de caisse fermait les yeux. Priant probablement.

— Je peux faire quelque chose pour toi ? reprit Thomas.

Jean-Paul ne cessait de se balancer légèrement de gauche à droite, totalement surexcité.

— J'ai des revendications. J'en ai marre qu'on se paye ma tête. À partir d'aujourd'hui on arrête de se foutre de ma gueule ! Je suis un bonhomme, moi, un vrai ! Y a pas de raison qu'on continue de me marcher sur les pieds ! C'est à mon tour maintenant ! C'est moi qui vais vous casser les pieds ! Tu comprends ça, policier ? Le respect. Le RESPECT, que j'veux !

Il parlait vite, presque sans réfléchir alors qu'à l'intérieur de son esprit, les idées devaient fuser et se percuter les unes aux autres, écrasant toute logique.

« Un vrai merdier dans sa tête… » pensa Thomas.

— Je veux la télé ! proclama-t-il fièrement. Et si on ne m'écoute pas, je tire sur tout ce qui bouge ! précisa-t-il avec son haleine avinée.

Le gendarme porta sa voix vers l'extérieur de la porte.

— Monsieur le maire, on a quelqu'un de la télé dans la commune ?

— Ah non, pas ici.

— Même pas quelqu'un de *France 3 Région* ou de *TV Vendée* ?

— On a bien un correspondant *Ouest-France*…

— Allez me le chercher !

— Vous êtes sûr ?

Fabrice cria :

— Par chance, il est dans le bar ! On va le ramener !

Une minute plus tard arriva timidement Jean-Luc, le correspondant de presse local. Un petit gros avec une tête ronde. Ce n'était pas par chance qu'il était au bar, c'était par habitude. Certains vont à la pêche, font de la zumba ou soixante kilomètres de vélo le dimanche. Lui, à ses heures perdues, avait pour unique loisir le café du village et quelques brèves dans le journal régional.

— Tu aurais au moins pu prendre un papier et un stylo, lui glissa le maire à l'oreille.

Thomas fut également surpris de voir arriver le petit bonhomme les bras ballants, qui avançait sans vraiment comprendre ce qu'il faisait ici.

— Bien, on a un journaliste. Il t'écoute.

— Ce n'est pas un journaliste, c'est le gros Jean-Luc !

— Il travaille pour *Ouest-France* quand même, insista Thomas.

— C'est le premier journal régional de France ! cria quelqu'un.

— C'est pas le *Courrier de l'Ouest*, plutôt ?

— Ta gueule, Cri-Cro ! lui rétorquèrent les autres.

— Alors je veux passer à la télé ! clama Jean-Paul. À *L'amour est dans le pré*, pour me trouver une femme. Je veux plus être seul. Je veux qu'on m'aime ! cria-t-il avec des larmes dans les yeux. Je veux qu'on m'aime, nom de Dieu

Thomas se tut, observant l'homme si faible qu'il en était dangereux, écoutant les sanglots résonner dans l'agence. Jean-Paul hurlait son désespoir tel un migrant perdu au milieu d'un océan intersidéral. Ce désespoir, il aurait pu le chanter, le crier, le caguer ou en faire une œuvre d'art, les soixante-cinq millions de personnes qui vivotaient autour de lui s'en foutaient royalement. Les seuls qui avaient compris cela, c'étaient ces émissions de télé-réalité qui semblaient si bien connaître leurs spectateurs qu'elles finissaient par les façonner à leur image, comme l'aurait fait un dieu il y a plusieurs milliards d'années. Ces émissions avaient l'art de tisser des liens au fil des épisodes comme on construit une idylle entre deux amants éperdus d'amour, draguant jour après jour leurs cibles audimats pour les inciter à consommer encore et toujours plus. Telle une entraîneuse aguichante et futée dans un bar de nuit, cette émission de télé faisait miroiter l'Amour avec un grand A (comme Argent) à toute une population d'oubliés.

— *L'amour est dans le pré*, bien sûr, répéta calmement Thomas sans laisser apparaître son étonnement.

— Et au *Juste prix* pour gagner un home cinéma. Et une voiture !

— Un home cinéma ? J'adore le cinéma ! Truffaut, Sautet, Sergio Leone, Steven Spielberg, Zack Snyder…

— Danny Boon…

— Oui, Danny Boon ! Très bien aussi, confirma Thomas enthousiaste. Mais quel type de home cinéma souhaiterais-tu ? La 3D, la résolution de l'image, c'est important, mais pour une véritable immersion dans un film, le son, c'est primordial et toutes les marques ne se valent pas. Un 5.1 ou un 7.1 ? Avec le Dolby Atmos ?

Il sortit son smartphone de sa poche et commença une recherche sur Internet. Il s'aperçut rapidement qu'il n'avait aucun réseau, mais fit comme s'il n'en était rien. Il s'approcha de ses deux interlocuteurs. Il montra l'écran de l'appareil un quart de seconde avant de le faire tomber volontairement. L'effet escompté donna un résultat supérieur à ses attentes.

Jean-Paul et son otage essayèrent instinctivement de rattraper le smartphone et se cognèrent la tête l'un contre l'autre. Profitant de la confusion, Thomas écarta l'hôtesse vers la porte vitrée. Il essaya de sortir son arme cachée derrière son dos, mais glissa sur la flaque d'urine et tomba violemment au sol, le revolver s'échappant de sa main et filant tout au bout de la salle. Reprenant ses esprits, Jean-Paul ajusta son arme sur le gendarme. Celui-ci se redressa et put instinctivement protéger son visage de la carabine en se réfugiant derrière le porte-affiche sur roulettes. Il entendit juste la détonation et vit la marque enfoncée laissée par la cartouche dans le support en métal. Il se surprit à lire instinctivement le nom du fabricant : Guinaudeau, Torfou (49).

Pendant ce temps, Jean-Paul cherchait une autre cartouche dans ses poches et s'apprêtait à réarmer sa carabine. Thomas fit tomber sur son bras les vingt-cinq kilos de Guinaudeau *Made in France* et put ainsi désarmer son agresseur qui, sous l'effet de surprise plus que de douleur, lâcha son arme. Pendant ce temps, Séverine avait pu faire évacuer l'hôtesse.

Thomas reconsidéra la situation qui lui était devenue nettement plus favorable.

— Toi, tu vas regretter de m'avoir tiré dessus, grinça-t-il en esquissant un sourire vers Jean-Paul.

Celui-ci tenta de lui envoyer un coup de poing facilement esquivé. Le gendarme appliqua deux coups secs du creux de ses mains simultanément sur chaque oreille, déclenchant un effet de pression insoutenable pour les tympans. Il l'agrippa ensuite par les cheveux, releva son propre genou et y amena la tête de Jean-Paul. Le choc fit entendre un claquement sourd. Le nez brisé de Jean-Paul déversa une giclée de sang tandis que ses yeux commencèrent à évacuer des larmes de douleur.

Se précipitant sur lui, Séverine lui passa alors les menottes en évitant la mare de sang qui commençait à se former, tout comme la troupe de curieux qui s'agglomérait face à l'entrée de l'agence sans même s'assurer que tout danger était écarté.

— Tu n'aurais pas dû lui péter le nez, regretta Séverine.

— Je ne lui ai pas pété le nez, il est tombé du comptoir. N'est-ce pas, Fabrice ?

Fabrice qui, en tant que propriétaire du café, pouvait se retrouver juridiquement responsable de l'ébriété de Jean-Paul, confirma :

— Il est tombé du comptoir. Pas vrai, monsieur le maire ?

— Il est tombé du comptoir, répéta le maire qui, d'angoisse, avait fermé les yeux et avait loupé ce passage de l'interpellation.

Cri-Cro reprit la phrase à son tour.

— On l'a tous vu. Il s'est vautré tout seul du comptoir.

Séverine n'aimait pas cette façon de faire, même si l'important était que tout le monde soit sain et sauf. Elle donna une tape dans le dos de son collègue.

— T'as oublié un détail, lieutenant.

Le gendarme avait oublié deux gros détails ; à deux mètres cinquante de hauteur, se trouvait une caméra de surveillance de chaque côté de la pièce.

— Va falloir relire ton scénario, l'artiste.

Thomas jeta un regard contrit à l'œil sans expression de l'une des caméras. Ça allait effectivement être plus compliqué que prévu.

La pression retomba néanmoins. Thomas réalisa alors que son uniforme était trempé de sueur et qu'il avait oublié d'avoir peur.

CHAPITRE XI

13 août 2009 – 10 heures

Au matin, Marcus coupait du bois lorsqu'il entendit un brouhaha à l'entrée du camp. Il vit alors un homme assez fort venir vers lui, suivi de Jean-Édouard, de Mélanie et des autres qui essayaient de le retenir, tandis que les chiens aboyaient en vain, babines retroussées. Il portait un short de sport, des bottes en caoutchouc couleur kaki ainsi qu'un tee-shirt d'une équipe de foot. Ce pêle-mêle vestimentaire fit sourire Marcus.

— C'est toi le chef de ce bordel ?

— Il n'y a pas de chef comme tu l'entends ici, répondit Marcus. Mais si tu cherches celui qui gère les problèmes. Alors, c'est moi. Il y a un problème ?

L'homme avait le regard aussi broussailleux que les haies bocagères qui bordaient les champs alentour et quelques poils commençaient à germer sur son gros nez. Marcus était hypnotisé par le physique disgracieux de son interlocuteur. Ce qui l'intriguait n'était pas ses dents mal implantées, mais plutôt sa chevelure qu'il avait d'abord prise pour une perruque. De loin, il avait même cru voir une serpillière espagnole posée sur sa tête. Sous leurs faux airs de postiche, les cheveux mi-longs mi-bouclés partaient en dégradé du centre du crâne aux extrémités des pointes. Il ne put retenir un sourire lorsqu'il comprit que ceci devait être le résultat d'une très ancienne coloration. Il fut un temps où cet homme avait pris soin de lui. Un temps où cet homme avait voulu plaire. Tout être humain devrait avoir le droit, l'obligation, d'aimer et d'être aimé. Mais était venu le moment où mère nature avait repris ses droits, décidant que, quel que soit le subterfuge, la laideur, telle une mauvaise herbe aux racines inépuisables, devait être la propriétaire inaliénable de ce visage. Cette laideur n'était pas revenue seule en terrain conquis. Elle était accompagnée d'un ridicule qui, à défaut de tuer, devait blesser un peu plus chaque jour, symbolisé par cet arc-en-ciel bien terne qui se dessinait toujours plus dans la toison bouclée. La chevelure rousse de ce paysan qui le défiait de son regard de monstre, se faisait de plus en plus discrète, se repliant peu à peu et se faisant mettre en pièces par les cheveux blancs dont la domination du crâne semblait maintenant inéluctable. L'homme vieillissait mal et avait fini par s'en foutre totalement.

— Le problème, les petits gars, c'est que vous êtes sur une propriété privée.

— Nous le savons et je suis heureux que vous soyez venu nous rencontrer. Nous sommes prêts à convenir d'un arrangement afin de pouvoir rester quelque temps dans votre charmant pays, lui répondit Marcus.

— Je ne suis pas le prince charmant. D'une, vous piétinez de magnifiques prairies qui venaient tout juste de se remettre de cet hiver pourri. De deux, vous allez créer un incendie avec votre foutu feu de camp. Le temps que les pompiers soient prévenus, qu'ils débarquent avec tout leur barda près de l'étang et qu'ils arrivent à maîtriser les flammes, toute la forêt aura disparu.

Jean-Édouard voulut rassurer l'homme bourru qui les fixait d'un regard noir.

— Ne vous inquiétez pas. Nous sommes habitués à vivre dans la nature et nous n'avons jamais mis le feu. De plus, nous nettoierons le terrain à notre départ. Vous ne risquez rien.

— Vous n'allez rien nettoyer du tout parce que vous allez me

foutre le camp. Vous n'êtes pas à un camping trois étoiles ici. Vous êtes sur nos terres.

L'ensemble du camp avait entouré le propriétaire des lieux, mais il leur tenait tête.

— Vous avez jusqu'à ce soir pour dégager d'ici. Sinon…

— Sinon quoi ? beugla Marcus. Sinon vous appelez les flics ? On n'a pas peur d'eux, vous savez.

— Les flics, on les nique ! précisa Jean-Édouard qui fut soutenu par quelques ricanements des membres du camp.

— Pas besoin des gendarmes dans le pays. Mais je vous aurai prévenus… grinça-t-il en les fixant les uns après les autres.

À part le chef tout en muscles, les autres membres du groupe, garçons et filles, étaient juste une bande de guignols décharnés, pas plus gaillards que des poulets élevés en batterie. Ils lui faisaient face avec toute l'assurance que pouvait avoir un groupe, protégé par le sentiment illusoire de la supériorité numérique. Aucunement intimidé, ils lui semblaient pitoyables avec leurs pantalons trop grands, leurs écarteurs aux oreilles, leurs nez percés, leurs dreadlocks ou leurs crânes à moitié rasés. À en juger par leur morphologie d'épouvantail, ces rigolos manquaient clairement de protéines. Ils n'auraient pas tenu deux jours à travailler sur l'exploitation. Il se retint d'en prendre un au hasard pour lui arracher le bras et le balancer aux chiens. Mais il n'était pas venu pour ça.

Tout en les observant, il jeta un œil discret aux différents objets qui constituaient le camp : camions, tentes, feu de bois, sono…

Après un dernier regard à Marcus, il s'en alla comme il était venu, avec les chiens qui lui gueulaient toujours autour, satisfaits de l'avoir fait repartir tout en conservant la crainte qu'il ne revienne.

À peine Martin eut-il tourné le dos que Jean-Édouard dit à Marcus :

— Qu'est-ce qu'on a à foutre d'un pauvre péquenot ? Il croit

qu'il nous fait peur ? Tu aurais pu lui dégommer la tronche en un claquement de doigts.

Marcus continuait de fixer l'agriculteur qui retournait tranquillement chez lui. Il avait du cran et un foutu caractère pour venir faire face à une douzaine de personnes, sans rien lâcher, sans même laisser apparaître un soupçon de crainte ou une quelconque appréhension.

— Je pense que tu n'as pas bien écouté, répondit l'ancien soldat. Il a précisément dit « nos terres ». *Il n'est donc pas seul.*

Dissimulé par les branches touffues d'une haie, Kévin s'était posté un peu plus haut, le corps plaqué au sol, n'écoutant que sa respiration et le chant des oiseaux qui avaient oublié sa présence. Voyant son frère revenir, il rangea la lunette de sa carabine et rampa à reculons, quittant ainsi son observatoire. Il avait compté onze personnes et trois chiens autour du camp.

Lorsque Martin pénétra dans la cuisine, il cueillit aussitôt une canette dans le réfrigérateur regorgeant de bière. Nicolas était devant la télé, le nez encore plongé devant dans une série américaine.

— On revient de la lisière de la forêt avec Kévin.

Son frère détourna la tête du poste de télévision.

— Alors ? C'est grave ? Gros problème en perspective ?

— Un problème sans solution n'est pas un problème.

Martin fit rouler le cul de la canette fraîche sur son front et ferma les yeux. Il était fatigué de devoir prendre les gens avec des pincettes. Désormais, il les prendrait à coups de pelle.

CHAPITRE XII

10 juillet 2014 – 14 heures

Il s'était planté là, au milieu des caddies, comme un de ces nombreux panneaux publicitaires qui attisaient tant de convoitises et promettaient de combler tant de désirs. Les pieds ancrés dans le bitume, réchauffé par le soleil de juillet, il observait le parking, laissant son regard et son esprit vagabonder, quelque peu désabusé. Le petit nombre de clients qui s'affairaient, telles des fourmis, donnait une impression d'activité désordonnée, alors que tout était déjà calculé, préparé, coutumier, presque transmis génétiquement à chaque génération. Que retrouveraient de notre civilisation les futurs archéologues d'un autre monde ? se demanda Thomas. Quelles découvertes feraient-ils s'ils fouillaient cette terre goudronnée et souillée, pilier de notre univers de consommation ? Une canette de coca ? Un sac plastique ? Un smartphone ? Et quelles conclusions pourraient-ils en déduire sur notre façon de vivre et de penser ? Comment pourraient-ils comprendre la complexité de l'être humain alors que tant d'autres, sous couvert de citations d'un Freud ou d'un Lacan, s'y cassent encore les dents ? Bon courage, les Martiens ! Comment comprendre cet être si abject et si aimant ? Capable du meilleur comme du pire, se dit le gendarme qui supportait de moins en moins le pire auquel il était confronté chaque jour.

Comme à chaque fois, Thomas ne parvenait pas à trouver la force de rentrer dans le magasin. Cette journée, qu'il avait classée dans la catégorie merdique, lui avait dérobé toute volonté.

Habituellement, il débordait pourtant d'énergie, entre le sport, le travail, ses soirées de débauche. Mais tel un enfant terrorisé à l'idée de découvrir une nouvelle école, il se retrouvait souvent démuni face à des lieux publics très fréquentés, Il ne pouvait l'accepter, mais était-il en fait incapable de surmonter ses blessures passées ?

Une douleur parcourut subitement le bas de son corps jusqu'à son cerveau, ajoutant une nouvelle blessure à sa collection.

Un caddie venait de lui rouler sur le pied, déclenchant un juron qu'il expulsa bruyamment de sa bouche.

Ayant clairement bien entendu le *putain de quelque chose* de Thomas, la conductrice du caddie regarda sa victime avec de grands yeux écarquillés.

— Ça fait vraiment mal ? s'enquit-elle.

— À moins d'être sous morphine, bien sûr que ça fait mal !

Elle lui lança un regard amusé. Il s'adoucit aussitôt, non sans danser à cloche-pied le temps de faire passer la douleur.

— Mais ne vous en faites pas, ça devient une habitude sur ce parking.

— Pardon, mais c'est tellement lourd que j'ai du mal à contrôler mon caddie. De toute façon, qu'est-ce que vous faites à traîner ici ? Vous étiez déjà là quand je suis arrivée tout à l'heure.

« Manquerait plus qu'elle m'engueule, en plus ! Dans dix secondes, ça va être ma faute, si mes pieds dépassent et que je chausse du quarante-quatre ! »

Pas plus perturbée que ça de lui avoir massacré son gros orteil, il la vit essayant vainement de sortir un sac de son caddie.

— Je suis là pour aider les gens à décharger leurs courses. C'est un peu ma raison de vivre, ces derniers temps.

Elle relâcha le sac de pellets qu'elle essayait d'extraire du caddie avec difficulté.

— Vraiment ? Alors je suis ravie de vous avoir écrasé les pieds.

Thomas souleva les quinze kilos de granulés de bois vigoureusement, mais prit soin de les déposer délicatement dans le coffre.

Elle le regarda faire, ne sachant que penser. Il lui arrivait régulièrement d'être abordée par des hommes, avec une entrée en matière rarement originale. Il s'agissait plutôt de jeunes hommes en baskets et survêtement, de marques certes, mais au vocabulaire limité. Parfois, il s'agissait d'hommes mûrs, avec bien souvent le ventre aussi gros que la berline et l'alliance vissée à l'annulaire.

Elle examina les doigts de l'inconnu. L'homme ne portait aucun bijou, mais elle remarqua de belles chaussures impeccablement cirées avant de fixer son attention sur son visage.

Ses yeux, légèrement fatigués, étaient tellement apaisants avec leurs cernes en forme de sourire.

Son observation fut interrompue par un message sonore demandant à une certaine Laëtitia de rejoindre la caisse douze. Jessica réalisa alors qu'elle était toujours sur le parking de son hypermarché. Bien que paraissant plus âgé qu'elle, l'homme dégageait une aura particulière.

— Voilà, j'ai terminé.

— Vous faites ça plutôt bien. Mais ce n'est pas trop ennuyeux comme passe-temps ?

— Cela permet de faire belles rencontres… comme aujourd'hui, par exemple.

Elle prit l'allusion en plein vol et lui répondit par un immense sourire.

— Je m'appelle Jessica. Mes amis m'appellent Jess.

— Je m'appelle Thomas. Mes amis ne m'appellent jamais.

— Pourquoi ? Pas d'amis ?

— Parce que. Trop d'amis. Je décroche rarement à vrai dire. Pourquoi partager ses sentiments à distance ? Vivons en direct les instants magiques qui pimentent la vie. Privilégions le lâcher-prise plutôt que les discussions sans fin.

— Lâcher prise, vraiment ? J'aimerais bien voir ça, s'amusa-t-elle… mais je n'ai pas beaucoup de temps.

— Soyez sans crainte. Partageons un café ensemble et je profiterai pleinement de chaque seconde que vous m'accorderez.

CHAPITRE XIII

15 août 2009 – 11 heures

Kévin se souvient encore du regard désemparé de son frère et du flot de larmes qui coulait le long de ses joues. Nicolas portait dans ses bras une masse rigide, informe et dégoûtante. Il avait retrouvé le corps de Choupette écrabouillé sur le bord de la route. L'animal semblait avoir été torturé et avait probablement succombé à ses blessures dans d'atroces souffrances.

— Je sais qui a fait ça ! avait déclaré Martin sans même regarder ce qui restait de la pauvre bête.

— Qui ? Mais qui, putain ? avait crié Nicolas en serrant son chien comme s'il avait pu le ranimer. Quelle est l'ordure qui a fait ça ? Qui a pu faire du mal à ma petite Choupette, elle qui était si gentille…

— Ça ne peut être que les marginaux qui se sont installés dans la prairie qui longe la forêt, conclut Martin.

Nicolas enveloppa Choupette dans une couverture, se recueillit sur sa dépouille et ne cessa de marmonner entre ses dents, comme récitant une étrange litanie. Mais lorsque Martin s'approcha de lui pour lui donner une tape réconfortante, il entendit clairement les propos de son frère.

— Je vais tous les crever, je te promets, ma Choupette, je vais tous les crever…

Il resta ainsi un long moment comme envoûté par l'esprit de son chien.

CHAPITRE XIV

10 juillet 2014 – 18 h 30

Lorsque Jessica sortit du lit, elle récupéra ses vêtements, exposant son derrière sans l'ombre d'un complexe, ni même d'un début de cellulite.

Cette fille n'était pas belle. Elle était bien plus que ça.

Charmé par sa chevelure brune et hypnotisé par ses yeux couleur océan, il éprouvait autant de plaisir à la contempler qu'à lui faire l'amour.

Thomas regretta aussitôt qu'elle n'ait pas encore un moment à lui consacrer.

— Je peux te demander quelque chose ? Une question m'intrigue depuis le moment où on s'est rencontrés…

— Quoi ? Ce que je t'ai donné à découvrir ne t'a pas suffi ?

— Ton sac à pellets, dans ton coffre de voiture, à quoi cela peut-il te servir en été ? Tu cherches à brûler un cadavre dans ton poêle ? Je pourrais t'apprendre de meilleures façons pour faire disparaître un corps, si cela peut te rendre service.

— Tu me vois vraiment me réchauffer auprès de mon poêle en plein mois de juillet ?

Elle rehaussa un sourcil.

— Tu ne me trouves pas assez chaude comme ça ?

Il lui sourit fièrement.

— Justement. Ça ne peut être que pour une raison

romantique. Quoi de plus magique qu'un moment câlin au coin d'un feu en plein été ? C'est comme nager dans une mer chaude en plein hiver.

— L'été, l'hiver… je me fous des saisons. Et en automne, tu fais quoi ?

— J'hiberne !

Elle rit. Simplement vêtue d'un tonga sur les fesses, elle prit le temps de le regarder. Elle avait été agréablement surprise du corps étonnamment ferme et musclé qu'elle avait découvert pendant leurs étreintes.

Il en profita pour lui décocher un baiser.

— Tu m'as vraiment eue par surprise. Je n'arrive toujours pas à comprendre comment je me suis téléportée d'une terrasse de café à ta chambre à coucher.

— C'est pour ça que c'était chouette. C'était spontané.

Elle remonta la fermeture de son jean qui modelait la beauté de ses formes et prit un ton sérieux.

— Il faut que je te fasse une confidence…

— Sur l'oreiller ? espéra Thomas.

— Pas le temps pour l'oreiller. Les pellets… c'est pour Jésus.

— Jésus, le fils de Dieu ?

— C'est un peu ça. C'est le cochon d'Inde de mon fils. Rien de plus pratique et économique que le pellet pour servir de litière… Voilà, tu connais maintenant le moindre de mes secrets.

Elle passa rapidement sa veste et se retourna vers le lit.

— Adieu, vieil ours ! On se reverra à la fonte des neiges.

Elle ouvrit la porte pour sortir et la claqua joyeusement.

CHAPITRE XV

11 juillet 2014 – 3 heures

Trois heures du matin, l'heure des premières sorties de boîte et des premières sorties de route.

En voyant le cul du pick-up Ford Ranger immatriculé dans le 24 dépasser du fossé, Thomas se surprit à envoyer une petite prière pour qu'il n'y ait que de la casse matérielle.

Lorsque sa collègue, l'adjudant Achternoen, s'approcha également du véhicule après avoir sécurisé le bord de route, elle sentit un fort parfum d'alcool envahir ses narines.

— Ça va, ils vont bien, la rassura Thomas tandis que les deux occupants du véhicule riaient à gorge déployée.

— Je vois que c'est la fête, ici.

Elle jeta un regard à Thomas avant d'ajouter :

— Messieurs, nous allons vous inviter à souffler dans le ballon.

— Laisse tomber, c'est Bourinel et Clémot, ils sont de la maison, précisa Thomas.

— Et alors ? La loi est la même pour tout le monde, lieutenant de Melville. J'ajouterais même qu'un militaire se doit de donner l'exemple. Alors collègues ou pas, messieurs Bourinel et Clémot, vous allez devoir souffler et comme je sens votre haleine depuis l'autre bout du chemin, vous allez probablement avoir droit à la petite cellule que vous connaissez si bien, mais de l'autre côté de la grille.

— Séverine, ils ont juste eu une soirée trop arrosée après une semaine bien chargée. Ils se sont vautrés dans le fossé, personne n'est blessé et ils ont la chance d'être tombés sur nous.

— Lieutenant de Melville, le code de déontologie m'oblige à interpeller toute personne alcoolisée au volant. La limite autorisée du taux d'alcool dans le sang par la loi est pour un permis à 0,5 gramme par litre soit en équivalent 0,25 milligramme par litre d'air expiré.

Elle continua en s'adressant directement aux deux hommes qui, comme transportés dans un monde parallèle, ne cessaient de ricaner à chacune de ses phrases.

— Les sanctions prévues par le Code de la route pour une alcoolémie positive sont une amende de cent trente-cinq euros et un retrait de six points ainsi que, potentiellement, un retrait de permis.

— Nom de Dieu, Achternoen, il s'agit de militaires, comme toi et moi !

— Il s'agit de contrevenants !

— Il s'agit de tes voisins, bordel de merde ! jura Thomas. Vous vivez dans la même caserne.

— OK, tu veux te la jouer bon samaritain ? Alors démerde-toi tout seul !

Elle s'apprêta à repartir lorsque Thomas radoucit le ton.

— Séverine, s'il te plaît. Ils ont merdé, on le sait et on ne manquera pas de les remettre au pas lorsqu'ils auront débourré.

— Écoute, je voudrais bien être d'accord avec toi pour te faire plaisir… mais dans ce cas, nous aurions tous les deux tort.

Bien que totalement aveuglé par la lampe torche de sa collègue, il tenta de la fixer droit dans les yeux.

— J'ai besoin de toi pour les ramener à la caserne. Je ne peux pas les laisser là. Et si le capitaine apprend qu'ils ont picolé, ils prendront double peine. Si tu ne le fais pas pour eux, fais-le pour moi.

Séverine soupira puis finit par abdiquer.

— T'aurais pas pour habitude de franchir la ligne jaune, par hasard ?

— Les lois sont écrites par des hommes dans des fauteuils. Toi et moi sommes des hommes et des femmes de terrain, précisa-t-il avec un sourire. C'est bien joli les belles phrases, mais…

Il fut interrompu par un des deux occupants de la voiture qui commençaient à en sortir.

— De Melville ! Le tombeur ! Notre sauveur ! Viens là que je t'embrasse ! cria Bourinel en agrippant Thomas par le cou qui esquissa de peu un baiser sur la bouche. Faites attention à vous, adjudant Achtornieune, Acthornoune, Achtornene… vous aussi tomberez sous son charme.

— Ça ne risque pas. Les hommes qui ne respectent que leurs propres règles, j'ai déjà donné.

Le transbordement se fit sans trop de difficultés, offrant à Bourinel et Clémot un repos bien nécessaire. Ce fut la seule surprise de la nuit plutôt calme pour un jeudi soir.

CHAPITRE XVI

15 août 2009 – 23 heures

Lorsque les trois frères commencèrent à tirer en pleine nuit, le chant amoureux des grenouilles ne fut guère perturbé, déjà mis à rude épreuve depuis l'après-midi face à la musique techno qui déferlait des amplis. Ils réussirent toutefois à provoquer un cataclysme digne d'une apocalypse à l'intérieur du camp.

Ils avaient commencé par neutraliser les chiens un peu plus tôt. Les trois bêtes, peu souvent rassasiées, s'étaient jetées avec avidité sur les boulettes de viande empoisonnées.

Leurs cibles étaient comme des papillons virevoltant autour d'un halo de lumière tandis que le bruit des coups de feu se perdait dans le vacarme de la musique hardcore qui déchirait la campagne alentour. La plupart étaient pétrifiées de terreur et n'osaient pas bouger, ne comprenant pas ce qui leur arrivait, tandis que les autres couraient dans tous les sens, de droite à gauche puis de gauche à droite, revenant sur leurs pas, ne sachant par où fuir, finissant par tomber à terre renversées par les corps déjà au sol, ou la tête pulvérisée par une flèche ou une cartouche.

Marcus sortit de son camion, torse nu, remontant la braguette de son jean.

— C'est quoi ce bordel, putain ?

— Marcus ! s'affola Jean-Édouard qui se précipitait dans sa

direction, on nous tire dessus ! C'est le GIGN ou un truc de ce genre.

— GIGN, mon cul ! Je suis sûr que ce sont ces gros cons de bouseux qui veulent s'amuser à nous faire flipper.

Il scruta l'obscurité.

— Je vous emmerde, les péquenots. Vous ne nous faites pas peur ! On ne lâchera rien ! beugla-t-il à d'invisibles interlocuteurs.

Il sauta à terre et bomba le torse, cherchant à évaluer la situation. Mais il réalisa aussitôt que le jeu virait au drame lorsqu'il vit les corps affalés sur le sol et qu'une balle vint siffler tout près de son oreille.

Il se précipita à l'intérieur de son camion, plongea sa main sous le siège passager et en retira un Smith & Wesson 586. Il ouvrit le barillet et constata avec effroi que l'arme n'était pas chargée.

Bordel, encore un coup de Mélanie. Pourquoi, aussi jolie fût-elle, devait-elle toujours rendre les choses plus compliquées ? Avec sa phobie des armes, elle avait obligé Marcus à désarmer le revolver. Il ouvrit la boîte à gants. Les balles avaient disparu.

— Marcus, j'ai peur, souffla-t-elle, se tenant derrière lui et passant son visage effrayé au-dessus de l'appuie-tête.

Il lui prit la main.

— Mél, où sont les balles ?

— Je veux pas mourir, Marcus.

Il lui plaqua le Smith & Wesson sous les yeux. Elle frémit.

— Mélanie, où sont les putains de balles ?

— Dans le camion de Jean-Édouard ! Je les ai données à Jean-Édouard ! C'est Jean-Édouard !

Marcus baissa la tête tout en lâchant un « putain ! » *dépité, mais se reprit aussitôt.*

— Écoute-moi bien maintenant…

Il avait parlé doucement, mais monta le ton subitement.

— Regarde-moi, bébé ! Et écoute-moi ! Si tu veux vivre,

suis-moi. Tu comprends ? Si tu veux vivre, suis-moi... et surtout ne t'arrête pas !

— Je m'habille et j'arrive...

— Pas le temps, cours !

— Mais je suis quasiment à poil !

Marcus n'écoutait déjà plus, il fallait fuir, survivre. Survivre pour revenir un jour buter ces paysans.

Il prit Mélanie par la main, passa derrière le camion et ils se mirent à courir, s'enfonçant tous les deux dans le bois qui les accueillait dans l'obscurité de ses mâchoires béantes.

La nuit était chaude. La jeune fille ne portait qu'un maigre string et avait enfilé à la hâte un vieux tee-shirt qui couvrait à peine sa poitrine. Les fougères fouettaient ses jambes à chaque foulée. Ses pieds nus se plantaient dans les ronces, les branches des arbres venaient gifler son visage, griffer ses bras, flageller ses cuisses.

Elle entendait derrière elle Jean-Édouard qui leur criait de l'attendre. Mais Marcus filait à travers les fourrés, tel un oiseau de nuit traversant l'obscurité. Motivé par la vengeance, il ne sentait ni la douleur de ses pieds martyrisés par les pierres et les épines, ni ses poumons qui commençaient à le brûler. Il voulait se mettre à l'abri, pouvoir se poser pour réfléchir et trouver un moyen de buter ces ordures.

Mélanie se cogna contre une racine et tomba sur le sol ; sa chute légèrement amortie par un tapis de feuilles. Marcus se retourna et revint vers elle pour la remettre sur ses pieds.

— Relève-toi ! Vite !

Il aperçut, un peu plus loin dans le noir, l'ombre de Jean-Édouard qui les suppliait toujours de l'attendre. Il le vit trottiner à tâtons puis s'immobiliser un instant avant de s'affaisser mollement, le clair de lune laissant deviner un court moment la flèche qui avait transpercé ses joues de part en part.

Marcus blêmit.

— Cours putain, ils arrivent ! hurla-t-il à Mélanie.

Celle-ci se redressa et se remit à courir, violemment poussée par Marcus. Ne voyant pas où elle se dirigeait, elle devait pourtant se jeter aveuglément dans la pénombre. Cette pénombre qui lui faisait si peur étant môme, cette pénombre qui lui rappelait l'immense chambre froide et noire de son enfance. Elle semblait avoir déjà vécu ce cauchemar qui devenait réalité. Mais comment finissait-il ? Quand allait-elle enfin se réveiller ?

Elle fut soudain immobilisée par une immense douleur. Elle se débattit pour essayer en vain de se dégager et se mit à hurler lorsqu'elle comprit ce qui lui arrivait.

Marcus se précipita derrière elle, mais stoppa net dès qu'il la vit. Un nuage venait de s'éclipser, laissant à nouveau la lune éclairer la scène, tel un projecteur. La malheureuse avait foncé dans une double rangée de barbelés et tout le haut de son corps s'était enchevêtré dans cette bobine de fil métallique aux épines tranchantes. Chaque tentative de mouvement pour essayer de s'extirper ne faisait qu'enfoncer un peu plus les piques dans sa chair.

Elle ne criait plus, mais se mit à sangloter :

— Marcus, s'il te plaîîîît, aide-moi…

Marcus essaya de bouger quelques fils en se piquant les doigts, chaque tentative déclenchait les hurlements de Mélanie.

— Chut ! Pas si fort, bébé, ils vont nous entendre et nous retrouver, chuchota-t-il.

— J'ai maaaaaaallll !

Il se prit la tête entre les mains.

— Putain, c'est pas vrai, mais c'est pas vrai… se lamenta-t-il, totalement impuissant face à la détresse de Mélanie.

Elle ne pouvait s'empêcher de crier. Chaque soubresaut provoqué par ses pleurs déclenchait des tiraillements insupportables de douleur.

— Je vais te sortir de là, mais tais-toi, je t'en supplie.

Marcus entendait les pas dans les feuilles, les craquements de bois. Leurs prédateurs se rapprochaient rapidement. Il lui fallait réfléchir, vite ! Et faire confiance à son instinct de survie… quel qu'en soit le prix.

Il recula de plusieurs mètres et se mit à courir pour prendre de l'élan. Arrivé devant les fils barbelés, ses pieds prirent appui sur le dos de Mélanie qui s'enfonça encore plus dans son matelas de fer et il passa ainsi par-dessus la barrière métallique.

Mélanie poussa un nouveau cri de douleur, mais resta sans voix lorsqu'elle vit Marcus s'enfuir au loin, enchaînant les foulées sans se retourner. Son cerveau mit du temps à comprendre, ou plutôt prit du temps à nier l'évidence.

— Marcus, non, ne me laisse pas !

Elle essaya de se débattre, mais la souffrance était chaque fois plus puissante. Son corps saignait de toute part.

Alertés par ses cris, Kévin et Martin n'étaient plus qu'à quelques mètres d'elle. Kévin s'approcha doucement, comme pour ne pas l'effrayer, comme si elle pouvait encore s'échapper. Il voyait les larmes couler de son visage et se mélanger aux rivières de sang qui recouvraient maintenant presque tout son corps.

Elle tenta à nouveau de s'arracher à son sort. Un dernier sursaut de survie.

Puis, la prise de conscience. Elle se mit à sangloter

Et enfin la résignation. Un hurlement.

— Maman, maman, aide-moi !

Une chevrotine vint disperser son crâne en une multitude de morceaux d'os et de chair.

Kévin et Martin ne prirent pas le temps de profiter du spectacle, ils voulaient retrouver le chef de la bande et en finir, laissant derrière eux le corps sans tête d'une jeune femme qui montrait ses fesses de façon obscène dans un amas de barbelés.

Pour Marcus, l'heure n'était plus à la vengeance, mais à l'angoisse. Plus il courait et plus son cerveau s'agitait, poursuivi par cette idée qu'il pouvait mourir, que cette nuit pouvait être la dernière. Il devait combattre ce pessimisme qui l'affolait, cherchant un raisonnement logique dans ce qu'il était en train de vivre.

— Non, ce n'est possible, pas ce soir, pas de cette façon ! Cours, cours et tu survivras ! T'es un guerrier, t'es un putain de killer. Tu vas t'en sortir.

Il allongea sa foulée, oubliant presque de respirer. Il parvint enfin à quitter la forêt et se prit à espérer en ressentant la douceur de l'herbe s'enfoncer sous ses pas.

La réalité finit pourtant par le rattraper lorsqu'il se trouva acculé à une falaise.

Il lâcha un « oh putain… » *de désespoir et tomba sur ses genoux, dépité, essoufflé.*

Impossible à escalader. Trop haut. Trop abrupt. Trop injuste.

— Ils nous ont bien baisés.

Ils l'avaient amené exactement là où ils le souhaitaient. Un sursaut de combativité le fit pourtant se remettre sur ses deux jambes, il se retourna, prêt à tenter sa chance en longeant un côté.

Trop tard, Kévin était déjà tout proche, le fixant dans la lunette infrarouge de sa carabine. Sans compter Martin qui sortait maintenant du bois, comme un loup de la pénombre…

CHAPITRE XVII

11 juillet 2014 – 14 heures

De retour au dépôt après leurs huit heures de récupération physiologique, le capitaine Krastzik interpella Achternoen et de Melville sur le parking de la caserne.

— Melville, vous en êtes où sur l'affaire des Anglais qui ont disparu ?

— Ça suit son cours, mon capitaine, ça suit son cours…

— Vous faites chier, Melville ! Vous faites vraiment chier ! Le consul britannique vient de mettre mon numéro de téléphone dans ses contacts Outlook et j'aimerais avoir quelque chose de chaud à lui servir lorsqu'il me rappellera. Alors, vous vous occupez de cette RIF[1] des deux Anglais aujourd'hui !

— Bien, mon capitaine.

L'officier repartit aussi vite qu'il était venu.

— Une RIF ? Je croyais que ça avait été supprimé ? s'étonna Séverine.

— C'est vrai officiellement. Mais on mène quand même notre petite enquête dès que nous avons des soupçons de disparition inquiétante, précisa Thomas.

1. Recherche dans l'intérêt des familles.

Les RIF permettaient à des proches, dans le cas de disparition de personnes majeures, de déclencher des débuts de recherche. Rien qu'en France, quarante mille personnes disparaissaient chaque année et dix mille n'étaient jamais retrouvées. Ce type d'enquête était la hantise du gendarme.

— Crime passionnel ? demanda Séverine pour se mettre dans le bain.

Thomas lui transmit les quelques éléments du dossier à sa disposition.

— Tout est encore possible. Mais dans la plupart des cas, c'est le mari ou la femme qui avertit de la disparition de son conjoint respectif, histoire de se disculper. Là, les familles s'inquiètent car ni l'homme ni la femme n'ont plus donné de nouvelles depuis une semaine.

Thomas prit un chewing-gum et en proposa un à la nouvelle venue. Elle refusa poliment d'un geste et lui fit signe de continuer.

— Ce n'est peut-être pas si grave. Une fois j'avais enquêté pendant des mois sur un couple de Suisses qui s'était littéralement évaporé du jour au lendemain en laissant tout derrière lui : la voiture, la grosse caravane, le GPS, même les brosses à dents… On avait tous cru qu'ils avaient été enlevés. On avait même espéré une demande de rançon, car la famille était riche. Ce qui me chiffonnait, c'est que je n'avais aucune trace de leur chien, un dogue allemand de la taille d'un poney. Un chien comme ça, mort ou vivant, ça ne passe pas inaperçu. En dernier recours, j'ai alerté les refuges canins et les vétos de la région.

Le gendarme sourit encore en pensant à la résolution de cette histoire.

— Ça a fini par payer. Une fille qui bossait à la SPA a reconnu le chien, à Sauveterre, une plage de nudistes près des Sables. Y a aussi de chouettes vagues pour tes gamines, d'ailleurs. Bref, c'est là que j'ai retrouvé mes petits Suisses, le cul à l'air et totalement épanouis. Ils avaient découvert le naturisme et n'avaient pas osé avouer à leur famille leur désir de quitter leur vie d'argent et de business pour une vie plus « naturelle », si je puis dire.

Son regard s'assombrit.

— Ce qui m'inquiète le plus, ce sont les cas où un corps a été retrouvé et qu'on n'en est pas informés.

La crainte de tout enquêteur était d'effectuer en vain des journées de recherche alors que la personne gisait déjà au fond d'un cimetière. Tous les deux savaient que le corps de nombreuses personnes disparues non identifiées sont enterrées sous X, les communes n'ayant pas l'obligation et pour la plupart pas les moyens, de procéder à des tests ADN.

Thomas gara la voiture devant le camping de la Digue et ses trois étoiles. Tandis que Séverine partait à la recherche des propriétaires du lieu, Thomas faisait un tour du site.

Le camping de la Digue avec ses cinquante emplacements, sa centaine de mobile homes, son couple de palmiers et sa piscine chauffée de fin juin à début septembre était un établissement plutôt modeste, sans originalité. Que pouvaient venir foutre deux Anglais dans ce lieu sans grand intérêt ? Il y avait des centaines de campings beaucoup plus attractifs dans la région ; plus proches de la mer, plus touristiques, avec plus de charme ou ayant au moins un intérêt historique.

CHAPITRE XVIII

15 août 2009 – 23 h 30

— *Dégueulasse, cette bière !*

Martin jeta la canette nonchalamment aux pieds de Marcus. Celui-ci reconnut la marque. Jean-Édouard et lui étaient allés chercher la palette de bières la veille dans un magasin discount. Ils en avaient même caché quelques-unes dans leurs poches pour payer moins cher. Ça lui semblait une éternité maintenant. Jean-Édouard était mort, le corps affalé quelque part dans les taillis d'une forêt sombre. Lui qui doutait de l'existence de Dieu, il devait être fixé maintenant.

Kévin tenait à peine l'homme en joue avec sa carabine. Il commençait à profiter de cette soirée étrangement chaude, de toute cette adrénaline, de la sueur qui glissait le long de son dos.

Aux abois, Marcus se releva et se mit à courir. Sa folle envolée fut stoppée net par l'une des flèches de Martin. Celui-ci réarma aussitôt son arbalète tout en prenant son temps. Marcus ne se tenait plus que sur une jambe, l'autre semblait désarticulée, comme une prothèse molle, transpercée par le bois.

Soudain, hormis les gémissements de Marcus, il n'y eut plus aucun bruit dans la forêt. Resté au camp, Nicolas avait probablement éteint la musique.

— *À l'aide ! Au secours ! Sauvez-moi ! gueula Marcus.*

— *Personne n'a entendu ta sono de toute la soirée. À part*

nous, expliqua Martin. Alors cesse de lancer tes cris de gonzesse. Ça ne sert à rien, on est là, près de toi... et on t'entend très bien.

Les enceintes du campement firent subitement retentir au loin de nouvelles notes de musique. Nicolas avait probablement trouvé un autre CD, plus commercial celui-là. Après une introduction très familière, presque comme un hymne, la chanteuse commença par ces paroles :

« Au-dessus des vieux volcans
Glissent des ailes sous le tapis du vent
Voyage, voyage, éternellement... »

La chanteuse Desireless chantait l'hallali pour Marcus. Il abaissa la tête, vaincu.

« Quel monde de merde... » *pensa-t-il.*

Martin décocha une dernière flèche dans le crâne de sa victime, l'envoyant pour un ultime aller simple vers l'au-delà. Celui-ci s'affaissa mollement, sans un bruit, comme bercé par la mélodie ressuscitée du Top 50.

Kévin et Martin ramenèrent le corps de Marcus jusqu'au camp en le traînant par les pieds. Nicolas avait déjà commencé à fouiller les tentes, les camions, les voitures... et les cadavres.

— Ils s'emmerdent pas les campeurs, cette année, dit-il d'un air goguenard. Ça vit pas sur l'or, mais y a probablement plus de drogue dans leurs foutus camions que dans une cité du neuf trois.

Il balança deux canettes de bière à ses frères qui venaient d'arriver.

— Non, pas d'alcool pour le jeunot, ordonna Martin.

— S'il est assez grand pour tuer, il est assez grand pour boire, rétorqua Nicolas.

Kévin lança un regard interrogateur à son grand frère. Celui-ci soupira puis leva sa bière.

— Alors à la tienne, mon grand !

Ils prirent quelques instants pour savourer cette bière fraîche, accompagnée de ce moment de répit.

La musique s'était tue. Comme gêné par ce calme Martin lança:

— Un vrai silence de mort !

Puis il rit à gorge déployée. Ses deux frères s'esclaffèrent avec lui.

Kévin jeta un œil sur les différents objets trouvés par Nicolas. Au milieu des portefeuilles, des joints, des bières et des paquets de cigarettes, il vit une revue pornographique.

Son regard n'a pas échappé à Martin.

Celui-ci prit le magazine et le feuilleta rapidement avant de le tendre à son jeune frère.

— Si tu es assez grand pour tuer, tu es assez grand pour ça aussi.

Kévin rougit avant de prendre timidement le magazine. Il n'osa pas tourner les pages. Il restait émerveillé face au sourire de la jeune fille de la couverture. Avec sa pose lascive, ses fesses rebondies, sa poitrine avantageuse volontairement comprimée entre ses bras et son sexe à peine caché par un ventre parfait, cette femme était la plus belle qu'il ait jamais vue.

« C'est le plus beau jour de ma vie… »

CHAPITRE XIX

11 juillet 2014 – 15 heures

— C'est par là ! cria Séverine au loin.

Thomas la rejoignit et ils se trouvèrent tous deux en face d'un mobile home blanc avec sa terrasse, ses quatre chaises et sa table en bois. Devant était garée une Renault Mégane avec un autocollant GB collé à gauche de la plaque d'immatriculation jaune. Bentley, Rover, Mini, sans compter Aston Martin, Chevron ou Jaguar, Thomas avait du mal à comprendre comment, avec des marques aussi prestigieuses dans leur pays, des Britanniques avaient pu succomber pour une Mégane tellement commune sur les routes françaises. Seule originalité, somme toute assez logique, le volant se trouvait à droite.

Séverine ouvrit la porte de la maisonnette et y pénétra.

Thomas observa les voisins. Un couple de retraités sur leur terrasse. La femme tricotait en écoutant la radio, tandis que l'homme l'épiait, accoudé à une table.

— Bonjour messieurs dames, gendarmerie nationale. Vous connaissiez le jeune couple qui vivait là ?

— Les Hollandais ? demanda l'homme en se redressant.

Thomas se dit que le type était aussi observateur qu'une taupe ; ça commençait plutôt mal pour une enquête de voisinage. De plus, vu l'état des glaçons dans son verre, il en était probablement à son deuxième pastis et cinq heures n'avaient pas encore sonné.

— Ils étaient Anglais.

— On ne les voyait pas beaucoup. Ils partaient tôt le matin. Et le soir, ils étaient rarement là, probablement sortis faire les restaurants du coin.

— C'est quand la dernière fois que vous les avez vus ?

— Oh, y a bien une bonne semaine, hein Mimine ?

Il s'était retourné vers sa femme qui resta immobile, le temps de la réflexion, puis acquiesça.

— Quand ils étaient là, on ne pouvait pas les louper. Ils étaient tout heureux d'être là. On les a entendus tard dans la nuit. Trucs de jeunes amoureux…

Il fit un clin d'œil à Thomas.

— Vous voyez ce que je veux dire, hein ? Ah, ben, le mobile home, c'est une version luxe de la toile de tente, mais pour l'isolation phonique, c'est tout pareil. On entendrait une mouche péter. Alors pour la bagatelle… et je peux vous dire que ça y allait ! conclut-il avec un clin d'œil.

Thomas força en vain un sourire complice. Son esprit d'analyse reprit aussitôt le dessus.

— Et depuis samedi ?

— Oh, pas grand-chose. Ces gens-là vivent pas comme nous. Ils n'étaient jamais là. On n'avait pas les mêmes horaires. Leur vie, c'était vélo restau.

À l'intérieur des vingt-cinq mètres carrés du mobile home, Séverine avait ouvert le réfrigérateur et le placard de la cuisine. Hormis la marmelade et du beurre de cacahuète, la nourriture était plus cuisine française qu'*english breakfast*. Les bières, probablement pour monsieur et les bouteilles de vin pour madame. Le lit était défait, mais il n'y avait aucune trace de lutte. La vaisselle avait été faite, la douche propre et les serviettes étaient étendues. Aucune trace non plus d'un départ précipité. Pas de papiers, ni carte bancaire, ni billet. Cependant un smartphone éteint, probablement à court de batterie, était posé sur la table de la cuisine.

Séverine fouilla la première chambre. Elle ne trouva rien de particulier, à part un sex-toy rose flashy caché sous le lit. Coquins, les British ! Elle ouvrit la porte de la seconde chambre. Le couple d'Anglais semblait l'utiliser comme une sorte de dressing. Les valises, les chaussures et l'ensemble des vêtements étaient entreposés là. Caleçons, pulls, tee-shirts, mais également de la lingerie fine, de grande marque et plutôt sexy : Aubade, Darjeeling, Victoria's Secret, Lou. Elle trouva même un très joli ensemble plus original d'une marque qu'elle ne connaissait pas, Bordelle. Elle sourit en lisant le nom qui évoquait le nom donné aux anciennes maisons closes et fut surprise de voir *Made in England* sur l'étiquette. Probablement un nouveau concurrent pour les marques françaises. Probablement très cher également. Séverine soupira. Ces sous-vêtements lui semblaient inaccessibles comparés à sa collection personnelle surtout composée de Dim et d'un Wonderbra vieillissant aux bretelles distendues. Dans la valise d'à côté, c'était un tout autre univers. Elle remarqua les nombreuses chaussettes de sport et quelques tenues de cycliste au fond de culotte rembourré.

— Tu as trouvé les vélos ? interrogea Thomas à travers la porte.

Séverine venait de se faire la même réflexion.

CHAPITRE XX

16 août 2009 – 8 heures

L'excitation de la veille avait laissé place à la réalité du lendemain. Onze cadavres, des objets éclatés, des morceaux de chair et des éclaboussures de sang défiguraient la clairière. Il fallait nettoyer tout ça.

Kévin avait vu un film où des mafiosi se débarrassaient de leurs concurrents en donnant leurs corps aux cochons.

Tandis que Nicolas partit faire la traite, Martin et Kévin prirent un premier corps, le transportèrent à la ferme, jusqu'à la porcherie. Ils le balancèrent au milieu des porcs, espérant faire disparaître rapidement toute trace d'existence de cette offrande humaine.

Mais le soir, aucun goret n'avait touché au corps mort.

— Trop bien nourris, ces cons-là, constata Martin

Ils pensèrent à se débarrasser des corps avec de la chaux vive, mais l'achat en si grosse quantité pourrait attirer l'attention. Faire disparaître des cadavres s'avérait plus compliqué que prévu… jusqu'à ce que Nicolas se mît à discuter de la notion d'homéostasie.

— C'est quoi ce truc ? demanda Kévin.

— C'est de la médecine parallèle, répondit Martin

— Pas du tout, rétorqua leur frère, même s'il s'agit à la base d'une notion biologique. De même que le chameau possède deux

bosses pour s'adapter à l'aridité du désert ou que l'ours polaire a le poil blanc pour se fondre sur la banquise, c'est la capacité à résister, quelles que soient les évolutions du monde extérieur. Eh bien, nous aussi, nous allons nous adapter à ce monde en perpétuel changement.

Nicolas et Kévin le dévisagèrent sans comprendre un seul mot.

— Nous sommes les acteurs indispensables de la chaîne alimentaire moderne et pourtant, nous ne cessons de stagner au bas de l'échelle.

— C'est beau ce que tu dis, mais je ne comprends rien, avoua le plus jeune frère.

— Martin, tu trouves cela normal qu'on ait été obligés de travailler à l'usine à découper des carcasses ou à préparer de la viande formatée pour venir en aide aux parents ?

— Bah dame ! On n'avait pas le choix, trop de crédits en cours avec les remises aux normes.

— À force d'avoir le nez plongé dans la merde, nous avons perdu trop de temps à comprendre que bien trop d'organisations s'engraissent sur notre dos ; la coopérative, la grande distribution, Bruxelles, la Chambre d'agriculture, les syndicats… ceux-ci se targuent d'exister pour, soi-disant, nous accompagner à nourrir le monde. Mais vous n'en avez pas marre de vous astreindre à une traite deux fois par jour pour un lait au prix toujours plus bas ? Vous n'en avez pas marre de devoir nourrir des porcs et d'élever des veaux pour les vendre à perte ? La solution est simple, arrêtons le lait, le porc, le mouton… Les gens des villes veulent des produits bios issus d'un circuit court ? C'est ce que nous allons leur donner. Directement du producteur au consommateur.

— Ce n'est pas de notre faute, s'il y a la crise du lait. On travaille comme on a toujours fait, mais le prix du lait continue de baisser et les charges ne cessent d'augmenter.

— Vous connaissez d'autres métiers où on se crève matin et

soir pour rien avoir au bout ? Y a que des couillons de paysans comme nous pour accepter ça. Adieu crise laitière, adieu chute du porc, on arrête tout.

— Mais si on arrête le lait et les porcs, qu'est-ce qu'on va bien pouvoir produire ? demanda Martin en fronçant ses gros sourcils.

— De la viande, juste de la viande. Et rien qu'aujourd'hui dans la clairière, on a déjà plus de neuf cents kilos de barbaque en stock ! s'exclama Nicolas les yeux brillants. Même pas besoin de les nourrir, ça débarque déjà tout engraissé sur nos terres !

Ils commencèrent alors à transformer leur production artisanale de produits laitiers en fabrication de produits du terroir.

Au fil du temps, ils perfectionnèrent leur système et mirent même au point leur propre procédure. Tout comme le cheval, l'être humain est très sensible, donc le stress peut affecter la tendreté de la viande. Ils essayaient donc de mettre en confiance et de détendre leur victime avant de l'abattre et de la découper en un temps record.

Et, au sens propre comme au figuré, ils avaient fini par prendre goût aux promeneurs égarés.

Il leur resta toutefois un problème de taille sur les bras, les camions.

Huit camions aménagés traînaient encore dans la prairie.

Les trois frères les avaient vidés de tout matériel, matelas, livres, ustensiles de cuisine, télé, ordinateur… Dans une frénésie de psychose, ils avaient tout brûlé à l'abri des regards.

— Les voyous brûlent les véhicules, cela permet d'effacer toute trace. Pas d'empreinte, pas d'ADN.

— Oui, mais avec huit camions en train de brûler, on risque de se faire remarquer.

— On pourrait les plonger au fond de l'étang de la Rochetière. Il est très profond et cela ne nous ferait que quelques kilomètres à parcourir. Parce que si on nous chope avec l'un de ces camions sur la route, on est foutus.

— T'as raison.

Par la suite et selon les circonstances, ils trouvèrent d'autres moyens de se débarrasser d'un véhicule. Simplement en le garant près d'un camp de caravanes, dans l'attente qu'il se fasse désosser et avec l'espoir de faire porter les soupçons sur les gens du voyage, ou bien en le faisant calciner aux abords d'une cité un 31 décembre ou un 14 juillet.

Ce nouveau mode de production leur permettait de vivre selon leurs propres règles, faisant abstraction de tous les organismes qui gravitaient autour de leur exploitation. Ils vendirent leur bétail, mirent fin à leurs contrats et ne demandèrent même plus à bénéficier des prestations sociales. Ils échappaient ainsi à tout contrôle. Seuls un numéro de Sécurité sociale et un compte bancaire pouvaient encore prouver leur existence dans un pays dans lequel ils ne se sentaient plus les bienvenus.

CHAPITRE XXI

14 juillet 2014 – 21 heures

Nicolas roula jusqu'au pont qui traversait l'A83. Il sortit de la voiture et passa plusieurs secondes à regarder passer le flot incessant de véhicules. Les beaux jours étaient là. Après le pont du 14 juillet, certains revenaient déjà du long week-end, tandis que d'autres prenaient des vacances improvisées à l'annonce des températures caniculaires prévues pour la semaine. Il sortit le smartphone de Steve de sa poche et l'alluma. Dans son état, l'Anglais n'en aurait désormais plus besoin. Nicolas tapa quatre fois le chiffre zéro à tout hasard. Bingo ! L'appareil vibra et émit une mélodie. Suffisamment de batterie pour encore quelques heures, mais toujours aucun réseau. Il attendit encore quelques minutes. Puis, il vit arriver au loin un camion transportant un magnifique bateau à moteur. Il attendit qu'il passe sous le pont et jeta le smartphone dans le bateau. Le convoi descendait probablement vers Bordeaux et, avec de la chance, il pourrait même continuer jusqu'en Espagne. De quoi brouiller suffisamment les pistes.

Il enleva ses gants en plastique et les jeta également au passage d'un autre camion. Il resta ensuite un moment à regarder les voitures passer sous ses pieds. Même dans le brouhaha incessant des bruits de moteurs, ces moments de solitude l'apaisaient.

Lorsque Nicolas rentra à la ferme, il découvrit que, comme à son habitude, Martin se décrottait les doigts de pieds devant l'écran plat.

Il était fatigué de ce manque de délicatesse. Il regrettait également le manque de curiosité de son frère et sa médiocrité intellectuelle. Une fois encore, il le retrouvait devant *L'amour est dans le pré* en train d'insulter les différents protagonistes de l'émission.

Nicolas trouvait pathétique de voir ce célibataire endurci de quarante ans, probablement encore puceau, donner ses conseils sur les relations amoureuses.

Dire qu'au lieu de cela, il aurait pu regarder *Les Experts* ou *Chroniques criminelles*. À part les soirs de *L'amour est dans le pré*, Nicolas ne loupait jamais un passage des *Experts* ou d'*Esprits criminels*. Avec les rediffusions, il avait parfois vu trois fois le même épisode, mais jamais il ne se lassait d'analyser les raisons qui avaient conduit le meurtrier à se faire pincer. Souvent pour un simple détail.

Lui essayait de ne laisser aucune trace de ses activités. Surtout pas d'empreinte et il tentait de limiter au maximum toute présence d'ADN.

Il fit couler de l'eau chaude dans une bassine.

— Moins de bruit, j'entends rien ! s'agaça Martin en augmentant le volume à l'aide de la télécommande.

Nicolas ne réagit pas, laissant couler l'eau. Puis il ferma le robinet et alla se réfugier dans sa chambre.

Martin soupçonnait son frère d'être homosexuel, voire pire encore. Jamais il ne semblait souffrir d'un manque de présence féminine. Il ne paraissait vivre que pour sa musique classique et ses *séances d'épilation*.

Au tout début de *L'amour est dans le pré*, Martin s'était mis à croire que lui aussi pourrait trouver l'âme sœur. Contrairement aux autres crétins de la télé, il ne ferait pas participer sa femme aux travaux de la ferme. Il lui demanderait juste de lui faire à dîner. Savoir qu'elle serait là à l'attendre suffirait à son bonheur. Il aurait également pris plaisir à prendre soin d'elle ; un bouquet de fleurs de temps en temps, une robe achetée sur un marché, ou des romans d'amour empruntés à la bibliothèque. Mais au XXIe siècle, difficile de faire venir une femme et surtout de la faire rester, quand on vit dans une ferme sans Internet… et sans salle de bains.

Le destin semblait vouloir le garder dans ces lieux qui l'avaient vu grandir, comme ces arbres centenaires qui longeaient le chemin et ne partiraient que déracinés par une terrible tempête.

Alors pour ses besoins de tendresse, il restait les films de la chaîne cryptée et quelques DVD. Car malgré tout, Martin aimait les femmes… à sa façon.

Une fois dans sa chambre aux murs couverts d'affiches de films policiers, Nicolas alluma son lecteur CD. Crescendo, une cantate de Bach commença à se faire entendre. Il se déshabilla face à l'énorme miroir de sa porte d'armoire. Une fois entièrement nu, il fixa son regard sur le reflet de son ventre lourd. L'ensemble de son corps tombait mollement vers le sol.

— Moche et gros.

Lui n'attendait rien des autres, rien des femmes. Elles l'avaient toujours ignoré. Il avait fini par les éviter.

Il plongea un gant de toilette dans la bassine d'eau chaude. Quelques gouttes d'eau retombèrent dans le récipient comme une douce mélodie. Il frotta vigoureusement son corps, puis prit de la mousse à raser et en déposa sur une grande partie de son anatomie, insistant sur les parties génitales. Il mit une lame neuve à son rasoir et commença à retirer la mousse par petites parties.

Une fois le corps quasi imberbe, il examina ses aisselles. Il approcha son visage du miroir et retira encore quelques poils à l'aide d'une pince à épiler.

Il repensa à la jeune Anglaise, à sa stupéfaction face à la mort, au jaillissement du sang, à son regard apeuré et ressentit un début d'excitation. Il augmenta le volume de la musique.

CHAPITRE XXII

15 juillet 2014 – 19 heures

Lorsqu'ils rentrèrent à la gendarmerie à la fin de leur service, Séverine et Thomas constatèrent avec surprise l'ambiance bon enfant qui régnait au foyer ; petite salle de pause comprenant un baby-foot, un comptoir en formica, des tabourets de bar et un réfrigérateur à peine assez grand pour la quantité de bouteilles de bière qu'il devait contenir chaque semaine. Bref, l'endroit convivial par excellence où venaient se détendre les militaires en fin de service.

— Qu'est-ce que vous fêtez, les gars ? lança Thomas à ses collègues rassemblés autour d'une assiette.

— Nous dégustons un petit foie gras, accompagné d'un merveilleux coteaux-du-layon.

— Mais puisque je vous dis que ce n'est pas du foie gras ! s'écria l'adjudant Bourinel avec son accent chantant. Croyez-en un Périgourdin pure souche. Ce truc à goût de tout, sauf de foie gras.

Il se tourna vers Séverine et Thomas.

— Ces gars ne feraient même pas la différence entre du pâté et de la rillette.

Séverine sourit et accepta le verre à vin d'Anjou que lui tendit l'adjudant. Elle était totalement ignorante de l'inépuisable diversité des vins de l'Ouest et plus encore des liquoreux de la vallée de la Loire. Elle fut d'abord charmée par la couleur dorée avant d'être aussitôt conquise par la douceur sucrée du précieux breuvage. C'était de l'or en bouche. Elle se surprit à s'en lécher les lèvres comme une enfant, pour ne pas perdre une goutte du délicieux nectar.

Thomas commença lui aussi à boire le vin moelleux lorsqu'il manqua de s'étouffer en apercevant la boîte de foie gras.

Le ton de sa voix poussa crescendo dans un vent de panique.

— Nom de Dieu ! articula-t-il en s'approchant du comptoir. Vous savez ce que c'est, ça ?

— Beh, du foie gras, répondit un des militaires.

— Ce n'est pas du foie gras, c'est du pauvre pâté bas de gamme, insista Bourinel avant d'être interrompu par Thomas.

— Non, ce n'est pas du foie gras, bande de nuls ! C'est une pièce à conviction ! C'est un pauvre type qui me l'a apportée parce qu'il y avait trouvé une dent qui n'était pas la sienne dedans.

Tout le monde le regarda bouche bée, sauf Bourinel qui recracha immédiatement son morceau dans son assiette. De Melville venait de plomber l'ambiance avec autant d'efficience qu'un M16.

— Comment veux-tu qu'on devine, mon vieux ? Tu déposes ta boîte de conserve ouverte entre nos bouteilles d'alcool et nos restes de repas de la veille.

Thomas savait qu'il avait raison. À force de travailler sur de multiples affaires et de passer continuellement d'un dossier à un autre, il avait fait preuve de négligence.

Et tout le monde était témoin de sa connerie. Dépité, il avala son verre de vin en une gorgée.

Bourinel s'approcha de lui pour lui resservir un verre et, après avoir regardé l'ensemble des gens présents à cette fête impromptue et aussitôt interrompue, il prit tout le monde à partie.

— Écoute Thomas, arrête de roumer comme ça. On t'apprécie beaucoup ici. Et vous autres, vous ne pouvez que m'approuver lorsque je dis que nous t'en devons tous une. Alors déjà, rassure-toi, le capitaine n'en saura rien.

Séverine vit les autres militaires acquiescer sans un bruit.

— Donc, pas un mot sur notre petit apéro dînatoire. Té ! Pour me faire pardonner, je vais religieusement prendre soin du minuscule petit morceau de cette pâte immonde que ces imbéciles considèrent comme du foie gras.

Il lui passa la main sur l'épaule pour le rassurer et lui glissa dans l'oreille l'offre suivante :

— J'ai un beau-frère qui travaille à l'INRA. Je vais gentiment lui demander d'effectuer une recherche sur cette petite boîte et toi, tu pourras ensuite reprendre ton enquête tranquillou avec, en plus, un œil d'expert.

Thomas resta silencieux un moment, puis il donna une tape amicale sur la joue de son collègue.

— Merci Bourinel, t'es un frère... De toute façon, cette enquête commençait plutôt mal.

— Eh bé, nous la finirons avec brio !

Il s'adressa à nouveau aux autres gendarmes au comptoir.

— Je ferai même faire une dégustation de foie gras digne de ce nom à cette bande de galapiats !

— Pourquoi t'appelle-t-on le tombeur ?

Pour se remettre de leurs émotions, Séverine avait proposé à son collègue de prendre un verre dehors. C'était le début de soirée, il faisait beau et encore chaud, après les trente-cinq degrés inhabituels atteints dans la journée. Réchauffement climatique ou non, ils avaient pris le parti de ne considérer que le côté positif de la situation et ils s'étaient installés un peu à l'écart sur la terrasse extérieure. Un parfait point d'observation pour regarder les gens passer dans la rue.

— Pourquoi t'appelle-t-on le tombeur ? répéta Séverine.

Thomas fut gêné par la question. Le regard fuyant, il commença à bredouiller puis finit par fixer ses yeux dans les siens.

— C'est parce que j'aime passer du temps avec des femmes.

— Des prostituées ?

— Noooon ! Des femmes que je rencontre.

— Sur Internet ?

— Parfois, mais je préfère les rencontrer en face-à-face.

— Des vieilles peaux ? Des midinettes ?

— Non, des femmes de mon âge.

Séverine ne cacha pas sa déception.

— Mais qu'est-ce que ça a d'extraordinaire ?

— Rien ! Sinon que je fais ça dès que j'en ai l'occasion, dès que je sens un début d'intérêt, dès que je devine les prémices d'une complicité... Et comme je n'ai pas peur qu'on me réponde non, si ça ne se fait pas, c'est que cela ne devait pas se faire. Et si ça doit se faire, pas de jugement, pas de fausse promesse, on ne partage que ce qui fait vibrer, on enterre les tracas du quotidien pour un moment...

Séverine fut de nouveau intriguée par la vie amoureuse de son collègue et sourit malicieusement.

— Tu veux dire que si je n'étais pas là, tu irais draguer la blondasse, seule au comptoir, là-bas ?

Il jeta un œil en direction du comptoir.

— Non, pas celle-là.

Il tourna la tête dans la direction opposée.

— J'irais plutôt voir celle-ci.

Et il désigna une femme de trente-cinq quarante ans qui parlait avec un homme de même âge. Deux jeunes adolescents les regardaient d'un air suffisant. En observant plus longuement la scène, Séverine en conclut qu'il s'agissait probablement d'un couple séparé et, comme cela devait se faire une semaine sur deux, ils échangeaient leurs enfants en terrain neutre, en l'occurrence le parking de la mairie.

Thomas reprit la parole sur un ton purement chirurgical.

— Elle va être triste de laisser ses enfants. Un vrai déchirement pour une mère. Dans quelques instants, une fois au volant de sa voiture, seule face à elle-même, elle se dira une nouvelle fois qu'elle a foiré sa vie amoureuse, qu'elle a gâché ses plus belles années pour un minable qu'elle déteste autant qu'elle l'a aimé. Oh, bien sûr, elle tentera de se rassurer en se disant qu'à bientôt quarante ans, il est grand temps qu'elle s'amuse, qu'il est enfin temps qu'elle profite de ce regain de jeunesse. Mais plutôt que de la laisser perdre une soirée avec ses autres copines divorcées, je vais lui éviter de se faire draguer par des ringards et lui proposer une meilleure façon de se divertir.

— Et elle sera d'accord ? C'est si simple que ça ?

Thomas sourit.

— Non, ce n'est pas si simple. Elle me dira probablement non… mais la prochaine fois peut-être oui. C'est un peu comme au loto. Plus je joue de numéros, plus je multiplie mes chances de gagner.

— Salut, vieil ours !

Thomas fut encore plus surpris que Séverine de sentir une paire de lèvres l'embrasser soudainement sur la bouche. Jessica la magnifique surgit devant ses yeux.

Elle tendit une poignée de main à Séverine qui la serra en retour.

— Jessica.

— Enchantée. Séverine.

— Alors, c'est comme ça que la gendarmerie protège les bons citoyens ? Avec un verre à la main et en draguant les dames à la terrasse d'un café ?

— Je suis sa collègue. On vient justement de finir notre service, précisa Séverine.

Jessica la jaugea de haut en bas. Cette femme, légèrement plus âgée qu'elle, n'était pas d'une beauté classique, mais dégageait énormément de charme. Son sourire constant mettait en valeur de magnifiques dents blanches. Elle portait un tee-shirt dévoilant un décolleté étoilé de fines taches de rousseur. Jessica la soupçonnait même de tricher en portant un soutien-gorge rembourré afin d'accentuer sa taille de poitrine.

C'est donc avec elle que Thomas passait ses jours, voire des nuits et certains week-ends à patrouiller.

— Tu m'avais caché ça, beau gosse.

— C'est que, toi et moi, on n'a pas vraiment pris le temps de discuter les rares fois où nous nous sommes rencontrés.

Thomas sentait la jalousie de Jessica grandir à la vitesse d'un haricot magique et cela lui procurait un certain plaisir.

— Tu prends un verre ?

— Tu m'as déjà fait ce coup-là, nounours et je sais comment cela finit. Une autre fois… certainement. J'aimerais bien buller avec vous, mais je dois récupérer mon fils chez ma mère. Je vous laisse.

Jessica se retourna pour embrasser Thomas, sur une joue cette fois. Elle posa discrètement sa main sur l'entrejambe de l'homme et lui glissa à l'oreille :

— Ça, c'est à moi et rien qu'à moi.

Puis elle se retourna vers la femme gendarme.

— Ravie d'avoir fait ta connaissance… Séverine, c'est ça ?

— Ravie également… Jessica, je crois ?

Séverine regarda Jessica s'éloigner avec ses fesses fermes et sa chevelure flamboyante. Elle la jalousa secrètement. Cette petite garce symbolisait ce qu'elle n'était plus. Moins de dix ans les séparaient, mais cela paraissait un siècle sur l'échelle de la jeunesse.

« Toi aussi, tu vieilliras, ma belle. Le temps ne t'épargnera pas. Insidieusement, petit à petit, il viendra effacer l'insolence de ta beauté. »

Elle revint vers Thomas.

— Pas trop jeune pour toi ?

— Nous n'avons que quelques années d'écart. Sept ans. L'âge de raison, semble-t-il.

Il soupira confus, mais heureux à la fois.

— L'exception qui confirme la règle.

— Assez parlé de moi. Je crois m'être suffisamment dévoilé ce soir. Parlons de toi. C'est assez rare une femme seule avec deux enfants dans la gendarmerie.

Séverine s'attendait à ce que ce sujet vienne un jour sur la table. Peut-être pas si tôt. Mais elle préférait raconter son histoire telle qu'elle l'avait vécue plutôt que les gens ne la construisent eux-mêmes à partir de suppositions et d'*a priori*.

— J'ai été mariée à un homme charmant, attentionné et aimant. Un peu plus âgé que moi.

Elle fixa Thomas dans les yeux.

— Il y a un âge où les jeunes femmes sont attirées par des hommes, style *bad boy*. Elles croient qu'ils seront plus inventifs, qu'ils leur apporteront une vie plus excitante. Ce n'est que plus tard que j'ai compris que ces hommes restent d'éternels gamins. L'insouciance, c'est enivrant au départ, ça devient un problème quand on doit assumer des enfants. À cela, se sont ajoutés des problèmes professionnels. Quand je l'ai connu, il avait l'alcool joyeux. Peu à peu, il a eu l'alcool mauvais.

Séverine revoyait son passé ressurgir devant ses yeux au fur et à mesure qu'elle déballait sa vie ; la valse des bouteilles, les rentrées tardives, les absences répétées, les engueulades interminables, quasi quotidiennes, la lassitude…

— Puis un jour, il a fini par me frapper. Oh, pas des coups de ceinture, ni même des coups de poing… une gifle un peu trop forte.

Thomas la laissa parler sans l'interrompre, sans même lui montrer un semblant de réaction sur son visage.

— Entre-temps, j'avais intégré la gendarmerie. Je savais comment ça se passait. J'avais déjà *tapé*, entre guillemets, précisa-t-elle en levant les yeux comme pour s'excuser de ce jeu de mots, des dépôts de plaintes de femmes battues, au corps plein d'ecchymoses, aux yeux pochés pour certaines. Beaucoup revenaient pour annuler leur plainte ; « il m'a promis, il a changé, il m'aime… » me disaient-elles. Moi, je ne voulais pas de cette spirale. J'avais manqué de clairvoyance. Alors j'ai tout arrêté. Je l'ai quitté. Pour mes filles et moi, la gendarmerie a vraiment été une seconde famille. J'y ai rencontré des gens qui m'ont beaucoup aidée. Contrairement à d'autres gendarmes qui se plaignent de la vie en caserne, pour nous ç'a été une chance. Un toit sur la tête, des femmes de gradés qui avaient pris mes filles en affection et qui s'occupaient d'elles lorsque je partais en mission, un salaire assuré en fin de mois. Après ce que j'avais vécu, c'était une esquisse de bonheur.

Elle finit par sourire en pensant à tout cela. Finalement, elle ne s'en était pas si mal sortie.

Vers vingt-trois heures, ils quittèrent le bar pour rentrer chez eux. En la raccompagnant à sa voiture, Thomas remarqua que Séverine avait du mal à marcher.

— Entre les rangers et les chaussures à talons, mes pieds sont en feu, expliqua-t-elle.

— Tu devrais choisir des Magnum, au lieu des Bates. Je les trouve plus confortables.

— Tu crois qu'on m'a laissé le loisir de choisir mes rangers ?

— Non, je me suis acheté les miennes. Si tu attends tout de la gendarmerie, tu vas être déçue. Donne-moi ton pied.

Thomas s'était agenouillé, comme pour lui faire une

demande en mariage. Surprise, Séverine lui tendit le pied gauche. Il retira délicatement l'escarpin et le posa à terre, puis fit de même avec l'autre pied. Séverine sentit la douce tiédeur du bitume encore imprégné de la chaleur de la journée. Une sensation de délivrance et de bien-être inattendus envahit son corps.

Ils marchèrent ainsi quelques minutes l'un à côté de l'autre dans les rues qui commençaient à s'assoupir.

Lorsque Séverine arriva à sa voiture, Thomas lui ouvrit galamment la porte. Puis, une fois installée à son poste de conduite, il lui remit ses chaussures.

— Merci. Je t'en serai infiniment reconnaissante.

— Je t'en prie. Ce n'est rien, je vais juste avoir les doigts qui vont sentir des pieds pendant quelques jours, rigola-t-il.

Elle lui lança un sourire.

— Je suis sûre qu'il en faut beaucoup plus pour empêcher le tombeur de dormir seul.

— Bonne nuit, mon adjudant. Une longue journée nous attend demain.

À la lueur de la lune, Séverine rentra sans bruit dans son appartement où tout le monde dormait sauf Laly, la chatte, qui circulait furtivement entre les chambres des deux filles. Les nuits de Laly étaient ponctuées d'incessants allers-retours. Tellement aimée et cajolée, elle restait encore indécise sur le choix de la meilleure couche ; elle passait alors une partie de la nuit dans la chambre de l'une, puis de l'autre. L'arrivée impromptue de Séverine dérangeait clairement la maîtresse des lieux qui exprima son mécontentement par un timide miaulement. Séverine l'attrapa au vol et la posa sur le bord du lit. Ce rituel lui permettait de garder les pieds bien au chaud l'hiver, un rituel bien inutile ces derniers jours avec des températures dignes de la Costa Brava.

L'adjudant avait bu juste assez pour être guillerette et si Thomas lui avait fait le coup du *tombeur*, elle aurait volontiers accepté un moment avec lui. Maintenant que sa vie atteignait une certaine stabilité, elle trouvait que la solitude devenait une compagne trop encombrante. Son corps, qu'elle n'écoutait plus depuis si longtemps, avait soif de liberté. Comme lorsqu'elle était adolescente, une simple scène d'amour à la télé pouvait à nouveau suffire à l'émoustiller et il lui arrivait même parfois d'espérer une rencontre avec un inconnu. Ce soir, son collègue aurait parfaitement fait l'affaire.

CHAPITRE XXIII

15 juillet 2014 – 23 heures

Seul dans sa chambre, face à la porte miroir de son armoire, Nicolas continuait de s'épiler les derniers poils de torse qui refusaient de plier sous le passage du rasoir. Il était obsédé par toute signature que pouvait laisser un corps humain : sang, sperme, poil, fragment de peau, salive… Tout ce que la plupart d'entre nous considèrent comme sale ou dégoûtant est devenu en quelques dizaines d'années un élément incontestable de la culpabilité ou de l'innocence d'un suspect. Pendant des millénaires, les systèmes judiciaires se basaient sur le témoignage, plus ou moins fiable, ou l'aveu, souvent obtenu par la torture. La justice des hommes avait fait un bond de géant avec les portraits-robots et les empreintes, mais ce n'est qu'à la fin du vingt et unième siècle qu'elle crut enfin détenir la preuve absolue : l'ADN.

Pourtant Nicolas savait que longtemps considéré comme incontestable, l'ADN pouvait aussi être sujet à la suspicion.

Parmi ses livres et ses magazines sur la criminologie et autres faits divers, il avait longtemps été fasciné par la *tueuse fantôme*. L'ADN de cette *serial killeuse* avait été retrouvé une première fois sur la scène de crime d'une policière abattue d'une balle en pleine tête. Puis le lien avait été fait avec d'autres affaires plus anciennes. Imprévisible et très mobile, cette femme ne semblait nullement inquiétée par les différentes polices à sa recherche. Elle était impliquée dans de multiples braquages, cambriolages et divers meurtres en Allemagne, en France et en Autriche. Totalement instable, son profil psychologique était insaisissable tellement ses actes semblaient sans rapport les uns avec les autres. Cette *Natural born killer* ne semblait obéir qu'à ses aspirations les plus sombres, tel un loup enragé vivant au milieu d'une bergerie.

Nicolas savait que l'homme cherchait toujours à comprendre les raisons de ses actes et plus spécialement ceux de ses congénères lorsqu'ils semblaient sortir de la norme. Il pouvait juger, pardonner, voire comprendre le crime passionnel ou crapuleux, mais il lui était difficile de concevoir le crime gratuit. Tandis que la plupart des *serials killers* répètent inlassablement le même scénario au fil des crimes jusqu'à ce qu'ils se fassent prendre, la tueuse fantôme ne volait ou ne tuait jamais de la même façon, sans aucun mobile apparent et ne se souciait nullement des conséquences. Pour Nicolas, c'est ce qui lui donnait toujours un temps d'avance sur les policiers. Ceux-ci jouaient une partie d'échecs contre une adversaire qui se foutait bien de respecter les règles du jeu. Vingt ans plus tôt, elle aurait pu tuer impunément pendant des années sans qu'on ne puisse faire le lien entre chaque affaire. Elle aurait alors été la championne des crimes parfaits.

Ce n'est qu'après le triple meurtre de concessionnaires hongrois que la police a pu reconstituer le puzzle. Là encore, son ADN fut retrouvé alors que sa responsabilité n'était plus plausible. La police allemande reconsidéra l'enquête sous un angle tout autre.

Ironie de l'histoire, il s'avéra alors que l'ADN de la plus grande *serial killeuse* de tous les temps n'était en fait que celui d'une simple employée d'une société de fabrication de matériel médical qui aurait accidentellement contaminé des bâtonnets de prélèvement. Disséminant ainsi son empreinte génétique, elle souillait, malgré elle, des dizaines de scène de crimes depuis une quinzaine d'années.

Nicolas n'avait pas besoin d'Internet pour savoir comment se déroulait une enquête criminelle. Les films et séries policières constituaient pour lui une véritable encyclopédie du crime. Il n'était pas le premier. Nicolas avait suivi le procès d'un récidiviste qui avait tenté d'accuser à sa place un mari volage pour le viol et le crime d'une jeune étudiante. Celui-ci avait récupéré le sperme à l'aide d'une seringue dans un préservatif jeté à la poubelle. Arrêté par la police, il avait reconnu avoir reproduit un épisode d'une série policière américaine très populaire. Pour Nicolas, la télé était effectivement une inépuisable source d'inspiration, non pas pour plagier, mais pour y débusquer les erreurs à ne pas commettre, les précautions à prendre et les différents moyens de compliquer les recherches des forces de l'ordre. Il avait également appris qu'en droit français, le doute profitait à l'accusé. Ainsi, dans un tribunal, si un doute subsiste, l'accusé doit être acquitté ou relaxé. Pour Nicolas, s'il devait un jour se retrouver face à la justice, il devait à tout prix jouer la carte du doute. Il s'astreignait donc à suivre scrupuleusement quelques règles qu'il s'était fixées ; pas de corps, pas de témoin, pas d'ADN et jamais d'aveu. Sans preuve formelle de sa culpabilité, il resterait un innocent aux yeux de la loi.

Loin d'être parano, Thomas avait pourtant pris l'habitude de se montrer prudent lorsqu'il rentrait chez lui. Son sixième sens le mit en éveil. Une subtile fragrance avait pris possession de la cage d'escalier. Son ridicule jeu de piste se termina bien vite lorsqu'il vit la femme porteuse du délicat parfum postée devant sa porte d'entrée.

— Et ton fils ?

Jessica l'embrassa goulûment sur la bouche pour toute réponse. Elle s'accrocha à son cou et passa ses jambes autour de son corps. Avec tout le poids de ce délicieux fardeau, il réussit tant bien que mal à sortir les clés de sa poche et à ouvrir la porte.

Après être entrés dans l'appartement, avoir fermé la porte d'un coup de pied arrière, ils tombèrent tous les deux sur le canapé blanc.

Elle entreprit de défaire violemment les boutons de son uniforme, n'hésitant pas à arracher les plus irréductibles.

Il s'arrêta un instant, retira son SIG-Sauer de son étui et se leva pour en ôter le chargeur.

— Non, garde-le, s'il te plaît... supplia-t-elle encore allongée sur le divan.

— Trop dangereux, répondit-il en tirant la culasse en arrière pour éjecter la dernière cartouche restée logée dans la chambre.

— J'aime vivre dangereusement...

— Et moi, passionnément.

— Alors, va me chercher tes menottes. Je vais t'attacher et te retourner ton petit cerveau de mâle alpha nourri à la testostérone...

Cherchant désespérément le sommeil, Thomas quitta le lit, laissant Jessie endormie s'arroger la totalité du matelas. Il se mit à feuilleter un vieil album photo et prit de nouveau conscience du temps qui passe.

Avant d'incorporer la gendarmerie, il avait fait la Bosnie-Herzégovine. Jeune, idéaliste, plein de bons sentiments, il croyait encore en la possibilité d'un monde meilleur.

Mais en 1992, l'ex-Yougoslavie était le dernier endroit où la notion de monde meilleur pût encore avoir un sens. Là-bas, on lui avait ordonné d'être soldat sans combattre, on lui avait ordonné de protéger sans agir. De Split à Sarajevo, comme de nombreux frères d'armes arrivés avant lui, il comprit rapidement qu'ils n'étaient que les marionnettes de décisions ubuesques, parfois contradictoires, prises à des milliers de kilomètres. On avait fait de ces soldats des témoins impuissants pour la bonne conscience du monde occidental.

Pourtant, dans l'ex-Yougoslavie d'alors, il était impossible d'être épargné par la réalité.

Il lui suffit parfois de fermer les yeux pour qu'il se revoie ramassant les corps démembrés d'enfants avec qui il avait joué au foot quelques heures plus tôt.

Il n'y avait pas un jour où il n'entendait un bruit ou un simple son qui ne lui rappelât les pleurs, les obus, les tirs des snipers… Et de temps à autre, mais c'était heureusement plus rare, il semblait sentir à nouveau l'odeur des corps brûlés.

CHAPITRE XXIV

16 juillet 2014 – 11 heures

Le corps en sueur, Sébastien ajusta sa foulée avant d'attaquer la légère côte qui s'offrait à lui. Il en chiait et il aimait ça. Après le marathon de Paris, le marathon de Berlin et plusieurs trails dans des décors sauvages et somptueux le jeune Parisien savourait cette sortie en plein cœur de la campagne. Ses chaussures de trail aux pieds, son sac d'hydratation sur le dos et ses oreillettes reliées à son smartphone Samsung, il déroulait au maximum ses pieds au sol, le buste allongé, afin de préserver ses mollets de toute fatigue supplémentaire.

Il aimait courir seul, mais toujours accompagné de sa casquette fétiche et son éternelle odeur de transpiration. Son application lui indiquait une moyenne satisfaisante de onze kilomètres-heure. Aucune gloire à cela, il était loin du piton de la Fournaise et de ses changements de météo.

Tandis que Sia criait *Titanium* sur un rythme endiablé de David Guetta, Sébastien s'apprêta à aborder une descente fortement inclinée. Il croisa une voiture familiale en sens inverse et réalisa que c'était la seule âme qui vive qu'il ait rencontrée depuis plusieurs kilomètres.

Sébastien préparait rarement ses parcours. Il était de ceux qui préfèrent découvrir la beauté et les difficultés d'une course en plein effort. Il possédait cependant un très bon sens d'orientation. Notifié d'avoir parcouru quatorze kilomètres par son application, il songea à bifurquer sur la prochaine route qu'il rencontrerait et revenir ainsi vers son point de départ.

Une forte odeur de gasoil gênait chacune de ses inspirations depuis quelques instants. Il tourna la tête et découvrit le même véhicule, rencontré dans la descente, rouler à faible allure derrière lui. Depuis combien de temps le suivait-il ? Pourquoi ne pas l'avoir doublé ? Les routes étaient étroites, mais offraient pourtant une bonne visibilité.

Sébastien s'écarta pour le laisser passer. Comme à regret, la voiture finit par le dépasser, laissant derrière elle son relent âcre de vieux moteur diesel. Ce que le jeune coureur aperçut surtout derrière elle, ce fut la tête de poupée qui recouvrait la boule de l'attache-remorque. Certains ruraux n'étaient décidément pas toujours bien finis.

Après une cinquantaine de mètres, il tourna dans un chemin encore plus étroit. Entouré de hautes haies, celles-ci composaient une ombre bienveillante et bienvenue à cette heure de la journée. S'il ne s'était pas trompé dans sa localisation, il devrait être revenu sur ses pas dans cinq à six kilomètres.

Au détour du sentier, il trouva de nouveau le modèle familial. Son conducteur était sorti de son véhicule et semblait attendre Sébastien, le corps reposé sur le bord de la portière avant.

— Hop, hop, hop ! Propriété privée. Il va falloir continuer à courir, mais en sens inverse, exigea ce dernier.

— Oh, s'il vous plaît, soyez sympa. En revenant sur mes pas, je dois me retaper quatorze kilomètres et je n'en ai plus la force, expliqua Sébastien sans ralentir son allure.

Il sentit l'odeur rance de vêtements mal lavés et imprégnés de sueur. Ses poumons se remplirent de ces effluves corporels à chacune de ses inspirations.

Tout en le braquant des yeux, l'homme à l'aspect bourru et à l'air renfrogné le laissa passer devant lui sans prononcer un mot. Le visage de poupée était toujours accroché l'attelage de remorque.

« C'est gagné, pensa Sébastien. Ils sont peut-être moins cons qu'ils en ont l'air finalement. Il suffit de se montrer poli. »

Il se mit toutefois à accélérer le rythme de ses foulées.

— Allez, si je ne me suis pas trompé, encore quelques kilomètres et c'est fini, se dit-il à haute voix.

S'il n'y avait pas eu cette rencontre malaisante, cette course aurait été parfaite. Agréable, jolie, pas trop difficile et surtout une bonne moyenne qui va faire remonter ses statistiques. Enfin, une bonne boisson énergétique à la maison lui permettra de se requinquer avant de retrouver la capitale ce soir.

Alors que Nirvana enchaînait *Smells Like Teen Spirit* dans les oreilles de Sébastien, de nouveau cette odeur de fioul envahit ses narines.

Il se retourna lentement pour constater que la voiture, un Renault Espace de couleur rougeâtre, continuait à le suivre à faible distance et à la même allure.

Sébastien se mit à accélérer doucement. Il regarda en arrière et constata que le véhicule accélérait également et semblait même s'être rapproché de lui.

Il enchaîna les foulées et commença à courir à vive allure.

Il entendit alors le bruit rocailleux du levier de vitesse qu'on force et comprit que son poursuivant se hâtait de récupérer le peu de distance qu'il avait perdu sur Sébastien.

Au contact du pare-chocs, il fut projeté en avant. Ses mains l'empêchèrent de tomber de tout son long, mais s'égratignèrent sur le sol de terre et de pierre. Il se remit aussitôt debout sans même y réfléchir. Devant lui s'étendait ce long chemin bordé de haies, comme la ligne droite d'une piste de course. Il lui suffisait d'être le plus rapide, pensa-t-il.

Le pare-chocs glissa contre son pied gauche, déstabilisa Sébastien qui se cogna tête contre terre, mais il reprit son échappée aussitôt.

Impossible de gagner face à ce duel inégal.

Alors que la voiture tentait une troisième fois de toucher Sébastien, celui-ci s'écarta sur le côté et essaya de se fondre dans la haie. Cette haie n'avait malheureusement rien en commun avec les haies ornementales et peu touffues qui décoraient le bas de son immeuble. Cette haie était composée d'herbacées, d'arbres et d'arbustes. Érables champêtres, charmes ou châtaigniers, frênes et chênes n'avaient cure du passage en force du jeune athlète. Il constata aussitôt que la présence de houx et de nombreuses ronces renforçait la puissance de ces gardiens naturels qui lui lacéraient bras et jambes.

Alors qu'il luttait, empêtré dans cette végétation perfide et scélérate, la voiture continuait de le narguer, frôlant ses jambes en sang dans une danse cruelle.

Affolé, Sébastien revint sur la route reprendre sa course, priant pour que le chauffeur cesse enfin sa battue perverse. À présent, du sang coulait le long de son visage, s'emparant de ses sourcils, inondant ses yeux. Chaque enjambée devenait un effort surhumain réalisé dans un mélange de douleur et de désespoir.

Il courut ainsi, traqué, désorienté, sur plusieurs centaines de mètres, le cœur pétrifié d'angoisse.

Quand il comprit enfin que cette route était sans fin, il ralentit et se retourna vers son prédateur.

— Pourquoi ? Mais pourquoi ? Qu'est-ce que je vous ai fait ?

Derrière son volant, Martin contempla les larmes de sang, puis la tête qui s'affaisse vers le sol et le corps pris de tremblements comme si sa proie n'avait plus que les nerfs à vif.

Il enclencha la marche arrière et s'éloigna du jeune homme encore à genoux qui ne parvenait plus à reprendre son souffle.

Il freina soudain, puis repassa aussitôt la première vitesse, puis la seconde. La troisième ne fut pas nécessaire.

Sébastien ne vit qu'un nuage de poussière s'abattre sur lui. La rencontre fut si brutale que Martin se demanda ce qui avait été le plus douloureux, être projeté à quelques mètres ou se faire ensuite écraser par la voiture ?

Il stoppa le Renault Espace quelques mètres plus loin. Descendit du véhicule, scruta derrière lui et poussa un juron. Le corps du traileur avait disparu.

CHAPITRE XXV

16 juillet 2014 – 11 h 20

Ce n'est qu'après en avoir fait plusieurs fois le tour que Martin pensa à se pencher sous la voiture. Le corps de sa victime était resté accroché sous le bas de caisse.

Martin se glissa légèrement sous l'Espace pour atteindre le bras qui restait à sa portée.

À chaque fois qu'il le tirait vers lui, il pouvait entendre un gémissement, étouffé par la peau brûlée et le sang compactés sous la violence du choc.

Après de nombreux efforts, il ramena enfin à lui le corps tout entier.

Pourtant habitué à la chair et au sang, Martin n'osa jeter un œil au ramassis de vie qui semblait encore se battre pour exister.

Il ouvrit le coffre et y récupéra le cric encore taché du sang de Choupette.

*

16 juillet 2014 – 12 h 30

Nicolas examina promptement les trois corps inertes qui avaient pris place dans le laboratoire de préparation. Dépité, il reposa ses outils sur le bord de la table de travail.

— On ne va pas aller loin avec un type qui n'a que les os sur la peau, enfin ce qu'il en reste. C'est toi qui l'as abîmé comme ça ?

— Non, je l'ai trouvé sur bord de la route, mentit Martin. Foutu pour foutu, je me suis dit... Il était encore chaud quand je l'ai ramené.

— Et l'autre qui me ramène une cardiaque et un cancéreux. Regarde, Kévin, regarde la couleur des organes. Tu en mangerais, toi ?

Kévin afficha une moue éloquente.

— Alors, vous allez me ramener quoi, la prochaine fois ? Un nain ? Un cul-de-jatte ? Je vous rappelle que le Cri-Cro nous a passé une grosse commande, qu'il nous faut du volume et si possible de la qualité. Je fais comment, moi, avec ça ? demanda-t-il en désignant les trois cadavres de la main.

Il dévisagea ses frères l'un après l'autre.

— Alors ? Des idées ? J'attends vos suggestions. À ce rythme-là, ça va vite devenir compliqué.

— J'ai bien une idée, mais cela demande de la préparation, osa Martin, aussitôt scruté par un Nicolas dubitatif. On pourrait intercepter le car scolaire qui passe derrière les Gibères. Bien sûr, c'est de la demi-portion, mais on a de la quantité et ça promet une chair bien tendre.

Kévin resta bouche bée.

— Ils risquent aussi de brailler comme des agneaux, mais il suffira de les enfermer dans la grange, reprit Martin. Puis, on les amènera ici deux par deux.

Sa suggestion provoqua un silence des plus majestueux.

Kévin ausculta la réaction de Nicolas jusqu'à ce que Martin éclate subitement de rire.

— Mais je rigole ! Vous croyez vraiment que je vais tuer des gosses ? Non, mais vous me prenez pour quoi ? Un monstre ?

Nicolas s'esclaffa à son tour, mais Kévin ne riait pas. Il avait bien observé l'iris de son frère aîné scintiller comme jamais et éprouva une gêne jusqu'alors inconnue.

En sortant du labo, Martin remarqua une touffe de cheveux à l'avant du pare-chocs du Renault Espace. Il fallait laver cela rapidement avant que Nicolas ne la voie à son tour et leur fasse un nouveau sermon sur l'importance de faire disparaître toute trace d'ADN.

— Kévin, tu me passes tout de suite un coup de flotte sur la bagnole ! Elle a toujours été crade, mais là, on ne distingue même plus la couleur.

— Kévin, fais ceci. Kévin, fais cela. Kévin commence à en avoir marre d'être la bonniche de deux zigotos qui n'en foutent pas une rame.

Nicolas, qui le surprit à ce moment-là, le reprit aussitôt.

— Tu préfères bosser à l'abattoir ? Tu crois que c'est notre passion ? Tu crois qu'après une nuit de boucherie, j'aime remettre ça quand je suis de retour à la maison, alors que j'en ai littéralement plein le dos ?

— Ce n'est pas ce que je voulais dire, Nico…

— Alors tu fais ce qu'on te dit et tu la fermes ! Tout ce qu'on fait là, ton frère et moi, c'est pour toi.

Kévin baissa la tête, résigné, prit le tuyau entre ses mains et ouvrit le robinet du garage avant d'arroser négligemment la voiture.

Après quelques instants de réflexion, Martin revint vers Nicolas.

— Sinon, pour Cri-Cro et la viande qui nous manque.

On fait le tour des magasins *low cost*, on achète au moins cher et nous, on transforme ça en merguez et chipos à notre façon.

— Bien raisonné, mon frère. Avec le bénéfice que nous allons nous faire, nous pouvons bien acheter de la viande et honorer la commande de l'autre abruti. Sauf que ce ne sera pas que de la viande de macchabée…

— Pour une fois, ricana Martin.

CHAPITRE XXVI

18 juillet 2014 – 22 heures

Après une forte période d'inactivité, Christian, dit Cri-Cro, avait rebranché ses congélateurs qui accaparaient une bonne partie de son garage. Kévin venait de l'appeler pour le nouvel arrivage. Sonia le rejoignit. Les chaussons aux pieds, la pince dans les cheveux et habillée d'un survêtement trop grand pour elle, elle ne ressemblait plus à la jeune fille sexy que Christian avait épousée dix ans plus tôt.

— C'est reparti ? demanda-t-elle.

— Oui. De la saucisse, cette fois. Et en grosse quantité. Bien plus que d'habitude. On va pouvoir tout refourguer à la foire de dimanche. Je n'aurai pas assez de place pour tout stocker. Pourras-tu demander à tes parents s'ils peuvent également en prendre chez eux ?

— Oui, je vais les appeler.

Sonia n'aimait pas voir ces barquettes de viande arriver chez elle et encore moins devoir intégrer ses parents dans les combines de Christian, mais elle était parfaitement consciente que ce business de viande bio était très rentable.

— Vers quelle heure tu seras livré ?

— Pas avant onze heures.

Christian savait que lui et sa famille nombreuse étaient source de médisance et de quolibets. Dans le village, les gens avaient la critique facile sur les *bénéficiaires* du petit nombre de logements sociaux de la commune. Et on n'hésitait pas à colporter mensonges et vérités sur le chômage qui entretenait les bons à rien, sur les allocations familiales qui partaient dans l'alcool, ou sur les primes de rentrée scolaire qui permettaient d'acheter un nouvel écran plat.

C'est donc en plein milieu de la nuit, très discrètement, que Cri-Cro fit reculer l'arrière du Renault Espace de Kévin dans son garage. Au fur et à mesure que le coffre se vidait, les deux hommes remplissaient les congélateurs. Pour Christian, l'argent n'avait pas d'odeur, mais plutôt un poids et une température ; chaque barquette de dix kilos à moins dix-huit degrés représentait à ses yeux une petite liasse de billets.

— Bonjour Kévin.

Toujours les mêmes chaussons moches aux pieds, le corps caché dans une grosse robe de chambre, Sonia venait d'entrer dans le garage par la porte de la cuisine. La lumière des néons accentuait les traînées d'acné sur son visage. Sa peau était blanche et terne. Trop de cigarettes. Pas assez de sommeil. En la voyant, Christian savait qu'il ne faisait pas tout cela pour rien. Avec autant d'efforts, ils allaient finir par s'enrichir et pourraient enfin profiter de la vie qu'ils méritaient.

Elle embrassa Kévin sur la joue.

— On boit un coup et on file chez tes parents, dit Christian.

Il lança une bouteille de bière tiède à Kévin qui la décapsula avant d'en vider la moitié en une seule gorgée.

— Putain, ce qu'il fait chaud ! lança Kévin derrière un rot caverneux.

Même à la tombée de la nuit, le thermomètre ne capitulait pas et arborait fièrement vingt-cinq degrés.

Ils restèrent là quelques instants sans prononcer un mot, bercés par le ronronnement imperturbable des congélateurs.

Les bières finies, Christian jeta les bouteilles dans une

boîte en carton déjà remplie de capsules et d'autres cadavres. Il embrassa sa femme, ferma la porte du garage, puis monta dans l'Espace aux côtés de Kévin qui démarra le moteur. Il s'alluma une cigarette pour cacher l'odeur de merde qui régnait continuellement dans le véhicule.

Lorsque Kévin avait proposé de la viande bio à Cri-Cro, ce dernier avait flairé la bonne affaire. Kévin lui avait expliqué que, pour faire face à la crise, lui et ses deux frères souhaitaient vivre de leur production en vente directe, mais leur ferme était trop isolée pour faire venir le client. Ils étaient prêts à rogner leurs marges pour écouler leurs stocks. Le problème, c'était que parfois les vieux gars de la Belletière se la coulaient douce et d'autres fois ils bossaient comme des acharnés. Cri-Cro devait faire preuve d'ingéniosité car il n'était pas évident de fidéliser une clientèle avec une production si erratique. Fréquence d'arrivage totalement aléatoire, type de production totalement imprévisible ; parfois du veau, parfois du porc et même du cerf. Le packaging était aussi pourri, mais cela donnait alors un vrai côté *produit du terroir fait maison* qui plaisait à la clientèle. Comme il s'agissait de produits périssables, Cri-Cro s'engageait à envoyer les commandes dans un point relais dans les vingt-quatre heures afin que le client puisse les récupérer rapidement. L'avantage, c'était que le bouche-à-oreille fonctionnait à merveille et que les ventes s'écoulaient sur une semaine maximum.

Ces crétins de la Belletière n'avaient même pas Internet. Lui avait vu les choses en grand. Finies les combines à deux balles sur le Bon Coin et les interminables vide-greniers à se faire chier tout un dimanche, il avait créé LE site web *www.bioman.fr* et un slogan : « Bioman, plus c'est bio, moins c'est cher. » Il avait d'ailleurs été surpris de pouvoir acheter si facilement le nom de domaine Bioman.fr. Il aurait pensé que celui-ci existait déjà, non pour de la vente bio, mais en hommage au super-héros de la série japonaise portant le même nom, *Bioman*. Ce n'était pas ce que les Japonais avaient fait de mieux en termes de qualité artistique, mais les héros avaient bercé une bonne partie de son enfance. De jeunes gens coiffés d'un casque de moto, vêtus d'une combinaison ultra-saillante et qui combattaient des monstres improbables. Le tout agrémenté de ralentis et de destructions de maquettes ridicules. Irregardable pour certains aujourd'hui, la série était néanmoins devenue culte pour d'autres.

Le nom de domaine était déjà réservé, mais il avait pu le racheter. Ironie du sort, il avait dû vendre sa belle moto japonaise, une Kawasaki de deux cent cinquante centimètres cubes pour cela. Peu importe, au prix d'achat puis de revente de la viande, l'investissement avait vite été rentabilisé.

Victoire suprême, ce coup-ci, c'est lui qui avait mis la pression aux trois frères. Le comité des fêtes avait accepté son offre de fournir en saucisses le stand de sandwichs pour la foire annuelle. Certains villageois voyaient sa participation d'un mauvais œil, mais le prix proposé par Cri-Cro avait eu raison des dernières réticences. Il ne restait plus qu'aux gars de la Belletière de s'occuper de l'approvisionnement. La commande avait été effectuée avec un zèle qui le surprit lui-même.

CHAPITRE XXVII

19 juillet 2014 – 9 heures

Le lendemain, à la gendarmerie, tandis que Séverine et Thomas étaient en pleine recherche, la porte de leur bureau s'ouvrit précipitamment après deux reconnaissables brefs, mais vigoureux toc-toc, annonçant le capitaine Krastzik qui fit irruption la voix puissante.

— Melville ! Nous avons le fin mot de l'histoire concernant les accusations de violence envers le forcené que vous avez maîtrisé la semaine dernière.

Thomas sentit les premières gouttes de sueur perler sur son front tandis que le capitaine continua :

— Malgré quelques témoignages divergents, on peut dire que vous avez une sacrée veine de cocu, mon vieux ! Les caméras vidéo de la banque étaient hors service. Vous imaginez ça, Melville ? Des caméras de surveillance d'une banque hors service ? Le technicien devait passer le mardi suivant pour les réparer.

Thomas n'en croyait pas ses oreilles.

— De nombreuses personnes ont témoigné en votre faveur, même le maire. Face à cela, la parole d'un pauvre dérangé mental n'a aucune valeur. Vous êtes quasi blanchi, mon vieux. On va pouvoir aller de l'avant. Même si je n'aime pas toujours vos méthodes, lieutenant, je dois reconnaître que vous êtes l'un de mes meilleurs éléments.

Thomas se leva de son fauteuil afin de lui envoyer un salut militaire, trop heureux d'être débarrassé ainsi d'un problème qui aurait pu lui entacher sa carrière.

— Merci mon capitaine ! s'enorgueillit-il la poitrine gonflée, les jambes tendues et la main droite ouverte à hauteur de tempe. C'est toujours un honneur de servir sous vos ordres !

Emporté par l'excitation, il pensa qu'il en faisait peut-être un peu trop.

— Repos, mon garçon ! lui renvoya le capitaine Krastzik avant de quitter le bureau et de fermer la porte.

Thomas poussa un souffle de soulagement.

CHAPITRE XXVIII

28 septembre 2010 – 11 heures

— Bonjour, ça vous dérange pas si je vous donne un papier ?

Cela avait été dit tout bas, presque chuchoté. Avec sa posture maladroite, Kévin évitait le regard de son interlocuteur, tout en faisant trembler sa jambe gauche.

Cri-Cro le considéra d'abord avec condescendance alors qu'il renouvelait l'huile de son Volkswagen Touran après avoir terminé une vidange maison. Quelques outils graisseux et une bassine pleine d'un liquide noirâtre et visqueux traînaient encore près du véhicule.

— Et tu peux me lire ce qu'il y a sur ton papier ? Tu vois bien que j'ai les mimines toutes sales. Je ne voudrais pas te salir ton beau petit paquet de feuilles, précisa-t-il en s'essuyant les mains avec les restes d'un vieux caleçon.

— C'est parce qu'on a une ferme et qu'on vend de la viande, bafouilla Kévin avec son lot de flyers sur les bras.

Il tendit un prospectus tout en gardant une certaine distance, comme s'il avait face à lui, un crocodile affamé qu'il devait nourrir de la main à la gueule.

— C'est pas grave si vous le salissez.

Kévin avait été lâché par ses frères au beau milieu des lotissements. Il devait distribuer le plus de flyers possibles et promouvoir ainsi leur production de viande bio.

Incrédule, Cri-Cro lui balança d'abord un regard vide avant d'être abasourdi par ce qu'il tenait maintenant entre ses mains crispées.

— Et en plus, c'est bio ?

— 100 % bio, mentit Kévin.

Cri-Cro ne dit mot pendant un long moment, ses yeux passant du papier maintenant taché de graisse au gamin qui reprenait peu à peu confiance en lui.

— Et vous en avez beaucoup à vendre comme ça ?

— Ouais, pas mal.

Cri-Cro sentait la bonne affaire. Ce coup-ci, il allait pouvoir se refaire pour de bon. Il entra dans son garage et se posa près d'un congélateur perdu dans un méli-mélo de brocante et de déchetterie.

— Tu peux m'en remplir combien des frigos comme le mien avec ce que t'as ?

Kévin entra à son tour.

— J'sais pas. Faut voir. Ça dépend.

— Ça dépend de la quantité que je t'achète, c'est ça ? Si j'en prends beaucoup, tu me fais un prix ?

— J'sais pas trop, faut que je voie avec mes frères, c'est eux qui s'occupent de tout.

— Bon, en attendant, tu vas me donner tes papiers et arrêter de les balancer à tout le monde, décida Cri-Cro en lui arrachant ses prospectus des mains. On pourrait peut-être parler d'exclusivité avec tes frères, non ?

Tout en contemplant son garage, il commença à calculer le nombre de congélateurs qu'il pourrait entreposer et la quantité de bidoche que cela pourrait contenir.

Kévin remarqua les deux palettes de caisses posées tout au fond, le seul endroit à peu près propre de la pièce.

— C'est quoi, ça ?

— Ah, ça ? Ce sont des lecteurs HD-DVD. Des Toshiba. Les meilleurs. Tu en veux un ? Ils sont neufs.

— *C'est pas ça qui faisait concurrence au Blu-ray et qui s'est pété la gueule quand tout le monde a décidé que seul le Blu-ray remplacerait les DVD ?*

— *Tu savais ça, toi ?*

Kévin sursauta. La voix rauque venait de l'entrée du garage. Une jeune femme aux joues creuses et emmitouflée dans une robe de chambre s'alluma une cigarette et observa avec eux les nombreuses boîtes en carton.

— *Quand Cri-Cro a rapporté ces deux palettes d'Espagne, je ne le savais pas. Lui non plus d'ailleurs. Et ça va faire presque deux ans qu'on stocke ces trucs sans valeur. La belle affaire.*

Sonia tirait constamment sur sa cigarette comme si elle avait besoin de nicotine en guise d'oxygène.

— *Tout le monde peut se tromper, relativisa le coupable. Même Bernard Tapie s'est planté.* « J'ai échoué encore et encore et encore dans ma vie. Et c'est pourquoi j'ai réussi. »

— *C'est de Bernard Tapie, ça ?*

— *Non, Michael Jordan.*

— *Chéri, tu ne peux pas te comparer à un businessman ou à un joueur de basket. Moi, je veux juste qu'on ait suffisamment pour donner à bouffer aux gosses et leur faire plaisir. Elle date de quand ta dernière bonne affaire ? Je suis obligé d'emprunter à ma famille à chaque fois que tu as une nouvelle super idée.*

— *Laisse-moi encore une dernière chance, ma princesse. Et je te promets, tu l'auras ta piscine avec jacuzzi, si belle que tout le lotissement fera la queue devant notre maison rien que pour nous lécher les pieds. Tu me fais confiance, oui ?*

Sonia lui répondit par un regard blasé. Elle écrasa sa cigarette et repartit comme elle était apparue, sans bonjour ni au revoir.

Une fois sa femme disparue, Cri-Cro ne lâcha plus Kévin d'une semelle.

— *Crois-moi, gamin. J'ai déjà réalisé de super bonnes affaires. Tu verras quand tu connaîtras la vie. La vie, c'est des hauts et des bas. Comme quand tu es à la mer, suffit de savoir flotter quand vient la grosse vague.*

Kévin ne comprit pas l'image de Cri-Cro. En revanche, en le voyant balancer son huile de vidange dans la bouche d'égout placée face à la porte d'entrée, il comprit que celui-ci ne s'embarrasserait pas de détails. C'était l'homme qu'il leur fallait.

CHAPITRE XXIX

20 juillet 2014 – 13 h 30

La foire battait son plein sous un soleil de plomb. La bière locale et les sandwichs aux saucisses, que Cri-Cro avait dénichés à un prix défiant toute concurrence, rencontrèrent un succès fou auprès d'un public venu nombreux. Le bourg fourmillait de vie et de rire dans un brouhaha indescriptible.

Cri-Cro savourait sa victoire un verre en plastique à la main. Sylvain, le boucher, le prit à part.

— Dis-moi, Cri-Cro, tes saucisses sont excellentes ou je ne m'y connais pas.

Sylvain gardait constamment un goût amer de chaque évènement organisé sur la commune. Alors qu'il était à la tête d'une boucherie reconnue et renommée, les associations sportives, les associations scolaires, l'équipe paroissiale et même l'équipe municipale lui préféraient la viande des supermarchés du coin bien moins chère.

— Cela ne ressemble pas à la bouffe pour chien qu'on sert d'habitude ici.

Cri-Cro balança son verre, plongea ses mains dans les poches de son pantacourt et lança un regard de biais au boucher.

— Si je te dis que je connais une filière bio et pas chère, reprit-il après réflexion.

— Je te dirais que cela ne peut que stimuler mon appétit.

— Par contre, un prix si minime mérite grande discrétion.

Sylvain fut surpris de la formule employée par Cri-Cro. Lui qui s'exprimait d'habitude avec la richesse lexicale d'un gamin de moyenne section, avait probablement lu cette citation dans un de ses livres sur l'accession au succès.

— Avec mes marges actuelles, je ne vends principalement qu'aux petites mamies et aux bourgeois du coin.

— Pas de scrupules sur la provenance de la viande ? On n'est pas le seul pays à savoir élever du bétail. Les autres ne sont pas plus bêtes que nous. Et ils sont surtout moins chers.

— Je ne ferai pas la fine bouche. Bien au contraire, si cela peut permettre au plus grand nombre de manger la viande de qualité, ajouta-t-il sur un ton confessionnel.

Les deux hommes conclurent leur accord d'un simple regard.

La femme de Sylvain les surprit à se faire des messes basses et, prenant Sonia à témoin, s'exclama :

— Regarde-les, ces deux-là, on dirait qu'ils sont devenus copains comme cochons !

CHAPITRE XXX

21 juillet 2014 – 7 heures

Thomas avait de nouveau passé la nuit avec Jessica. Cette relation charnelle lui procurait des sentiments ambigus. Dès qu'il l'embrassait, dès qu'il sentait son corps battre contre le sien, il se sentait rajeunir et retrouvait ses vingt ans, l'âge où tout est encore à construire, où tout est encore possible.

Jessica, elle, profitait du moment présent, du plaisir qu'il lui procurait, des avalanches d'orgasmes qu'il avait su déclencher et dont elle n'avait jamais soupçonné l'intensité. Cigale de l'amour, à son réveil, elle ne se souciait pas de la nuit qui venait de disparaître dans le néant du passé. Bien au contraire, elle attendait avec impatience et excitation l'arrivée du crépuscule. À quarante-deux ans, Thomas, lui, avait déjà pris conscience des ravages insidieux que provoquait l'accumulation des matins qui se succédaient depuis trop longtemps.

Devant le miroir, son corps prenait des allures de débâcle et le gendarme ne cessait de constater les dégâts. Les cheveux, moins fournis, qui se mettent à grisonner, ces rides qui s'exhibent au moindre sourire ou à la moindre contrariété. Et, bien qu'il s'efforçât à continuer de prendre du muscle, même sa peau commençait à se relâcher. Mais ce qui l'agaçait par-dessus tout, c'était cette invasion de poils, toujours plus épais et toujours plus raides sur ses sourcils, sans oublier les plus fourbes qui commençaient à s'installer dans ses oreilles, lui qui pensait avoir la paix après avoir capitulé face à ceux qui avaient subrepticement colonisé ses narines.

Alors, après chaque rasage, il passait de plus en plus de temps à inspecter son visage. Puis, tel un jardinier, armé d'une petite paire de ciseaux et d'une pince, il arrachait ces mauvaises herbes de sa figure, s'arrêtant parfois entre deux picotements de douleur. Il se dit que de nos jours la femme devenait enfin l'égale de l'homme, puisqu'il fallait également souffrir pour être beau. Ses yeux se mirent à sourire en pensant que si Dieu a réellement créé l'homme à son image et que si ce gros malin ne possédait pas de pince à épiler, il devait être diablement laid.

C'était donc le plus imberbe possible qu'il commença sa journée à la gendarmerie, équipé d'un sac de croissants au beurre, achetés à la boulangerie située juste en face de chez lui.

Chaque fois qu'elle voyait ces viennoiseries encore chaudes sur le bureau, Séverine ne savait si elle devait le remercier ou le maudire pour cette attention, tiraillée entre sa gourmandise et son désir de garder ce corps qu'elle commençait à reconquérir après des heures de footing et de RPM.

Les autres gendarmes ne se posaient pas tant de questions, s'empiffrant sans complexe de ces croissants si gras qu'ils en faisaient glisser les doigts. Séverine avait d'ailleurs remarqué que Thomas n'y touchait jamais. Vivait-il ce plaisir de bouche par procuration, ou cherchait-il inconsciemment à faire grossir son entourage, creusant ainsi encore plus l'écart entre son corps svelte et celui de ses collègues au ventre ramolli ?

Le soleil s'annonçait radieux, les températures idéales pour la saison et l'humeur était au beau fixe. Cette journée se présentait trop belle pour être bonne.

En effet, Bourinel appela Séverine et Thomas, son café encore chaud dans la main :

— Eh, les tourtereaux ! J'ai Clémot au bout du fil. Vous devez partir immédiatement sur la côte. Il pense qu'on a retrouvé vos deux Anglais !

Étourdie par le parfum d'iode et les embruns qui caressaient son visage, l'adjudant Achternoen écoutait le doux roulement des galets projetés par les vagues qui venaient se fracasser sur le bord du rivage. Elle ouvrit les yeux et sourit face à ce spectacle qui s'offrait à elle.

— La nature nous offre quand même de magnifiques tableaux, se réjouit-elle en contemplant la mer.

— Oui, de magnifiques tableaux, grinça Thomas en jetant son regard en bas de la falaise où ils se trouvaient. Un véritable atlas du corps humain…

À quelques dizaines de mètres sous leurs pieds, deux formes blanches tranchaient avec le bleu de l'océan et la noirceur des rochers, semblables à deux marionnettes aux membres désarticulés dont on aurait coupé les fils. Étalés parmi des rochers éclaboussés de rouge, on pouvait deviner quelques organes tels que boyaux et viscères, mélangés à de nombreux autres morceaux de chair inqualifiables. Au centre de la scène, Thomas distingua deux semblants de visages défigurés, méconnaissables, comme torturés par un Picasso en pleine période surréaliste.

— Qu'est-ce qu'on fait ? leur demanda un homme en tenue de pompier.

— Qu'est-ce qu'on fait ? Qu'est-ce qu'on fait ? répéta Thomas. On attend les TIC[1]. C'est à eux qu'il revient de récupérer l'ensemble des indices pour remettre un peu d'ordre au

1. Techniciens en identification criminelle.

puzzle du dessous et tâcher de comprendre ce qui a pu se passer. Crime, accident, suicide, intoxication alimentaire… qu'est-ce que j'en sais moi ? C'est le boulot des TIC… Bref, essayer de rassembler des pièces à conviction avant que nous ayons pollué cette magnifique crique avec nos grosses bottes.

— Et ce sont de bons nageurs, vos TIC ?

— Qu'est-ce que ça peut foutre ?

— Parce que dans vingt minutes, avec la marée qui monte, vos pièces à conviction, il faudra les récupérer au large avec une épuisette.

Les deux gendarmes restaient sans voix face à la remarque du pompier tout en scrutant la mer. La nature imperturbable commençait à reprendre ses droits en lançant des assauts successifs de vagues qui se rapprochaient peu à peu pour venir s'échouer sur le rivage, à quelques centimètres de la première victime.

— Vous avez un appareil photo digne de ce nom avec vous ? demanda Séverine.

— Ouais, un de mes gars doit avoir ça.

— Tiens, prends mon iPhone. Ce sera toujours mieux que rien, proposa Thomas.

— Vous et moi, on prend un maximum de photos, précisa-t-elle au pompier.

— Quant à moi, je vais ratisser le périmètre aussi vite que possible. Faut pas être spécialement futé pour comprendre que les deux corps ont été jetés, volontairement ou non, du haut de cette falaise. Vos hommes doivent se préparer à nettoyer la plage rapidement… tout en ramassant le maximum de morceaux… enfin, vous voyez ce que je veux dire.

— Voilà plus de trente ans que je fais ce métier. Je vois très bien ce que vous voulez dire, confirma le pompier qui s'activa aussitôt en criant vers le bas de la falaise. Oh, les gars ! Tenez-vous prêts, on descend.

Tandis que Séverine commençait à prendre des photos du

haut de la falaise, elle fut hélée par Thomas qui commençait à descendre.

— Les TIC ne vont pas apprécier qu'on leur salope ainsi le boulot.

— Je ne pense pas qu'ils apprécient la pêche au large non plus. Tu les vois avec des Crocs aux pieds, toi ? Quoi qu'on fasse, on va se faire engueuler. Autant limiter les dégâts.

— Je vais faire au mieux.

Une fois en bas, le lieutenant de Melville manqua de glisser sur un rocher. Il se retint de tomber en reprenant l'équilibre, non sans avoir écrasé un bout d'intestin, ce qui n'échappa pas au chef des pompiers.

— Si c'est comme ça que vous *ratissez*, comme vous dites, on ne va pas avoir grand-chose à récupérer.

— Désolé, fit le gendarme confus, avec un regret sincère plus destiné à la victime qu'au pompier témoin de la scène.

— Ils ne m'ont pas l'air très jeunes, constata un second pompier qui, à peine arrivé, commençait à prendre les premières photos.

Thomas vida les poches du gros morceau de corps qui se trouvait à ses pieds. De sa main gantée, il récupéra un portefeuille et sortit quelques papiers dont une carte d'identité.

— Si c'est bien ce monsieur, nous sommes en présence de Lucien Gariou qui habite à La Tranche.

— C'est le nom d'un village du coin. Ce n'est pas très loin d'ici.

— Né en 1935, continua de lire Thomas tout en réalisant que les chances de retrouver ses deux jeunes Anglais parmi ces rochers devenaient quasi nulles.

— Vous tirez une drôle de gueule. Vous le connaissiez ? demanda le chef pompier.

— Non. Je pensais trouver quelqu'un de moins âgé… quelqu'un d'une région plus lointaine.

— Y a des types en blanc là-haut. Ce seraient pas vos

copains TIC ? fit remarquer l'autre pompier photographe amateur.

Thomas leva les yeux vers le haut de la falaise. En voyant un type totalement emmitouflé dans une combinaison blanche agiter nerveusement ses bras de *Télétubbies* dans tous les sens, il pouvait deviner que l'adjudant Achternoen était en train de se prendre un sacré savon par le gars de l'identification criminelle pour une enquête qui, pour finir, ne les concernait pas.

— Encore une journée de chiotte, lança-t-il à voix haute.

Heureusement, après-demain, il serait de repos. Il avait hâte d'être à ce soir, de se servir ce premier whisky *on the rocks*, celui qui lui apporterait un début d'apaisement avant d'enchaîner les verres jusqu'à oublier, le temps d'une nuit, la multitude d'emmerdes qui lui collait à la peau.

CHAPITRE XXXI

21 juillet 2014 – 19 heures

La journée continua aussi mal qu'elle avait commencé. Après le fiasco du bord de mer, les deux gendarmes avaient dû se rendre chez un buraliste victime de cambriolages en série. Parce qu'il avait cru entendre un semblant d'accent de la part d'un de ses agresseurs, le commerçant foncièrement empathique se laissait peu à peu envoûter par le côté obscur de la nature humaine et leur lâcha un témoignage précis, mais assaisonné de quelques banalités racistes. Face à cette accumulation de vols avec plus ou moins de violence, sa femme était sous cachetons et lui surarmé.

Thomas avait mené l'interrogatoire, mais Séverine, qui prenait des notes, prit soin de préciser que rien ne permettait d'affirmer qu'il s'agissait de délinquants d'origine étrangère. Ils promirent de faire avancer l'enquête au plus vite et d'organiser plus de rondes dans le quartier. Thomas savait que ces bureaux de tabac étaient victimes de leur succès ; cigarettes, jeux à gratter, cartes téléphoniques et conneries en tout genre. Avec cette profusion de marchandises faciles à écouler, ces devantures, moins sécurisées qu'une banque, étaient bien trop tentantes pour des individus malintentionnés. Thomas avait déjà résolu de nombreuses affaires de ce genre, dont une concernant ce commerce précis, mais le même scénario se répétait à l'infini.

Ils se trouvaient encore dans le centre-ville lorsque Thomas reçut un appel de l'adjudant Bourinel. Séverine vit son visage se renfrogner tandis que son attention semblait de plus en plus accaparée par le discours de son collègue. Il raccrocha après de longues minutes.

— Tu te souviens du type qui avait trouvé une dent dans sa boîte de pâté ?

— Oui. Enfin, tu veux dire dans sa boîte de foie gras ?

— Ouais… enfin peu importe, de toute façon, ce n'était ni l'un ni l'autre.

Il essaya de trouver les mots, mais abandonna rapidement et finit par lâcher la vérité toute crue.

— C'était de la viande humaine.

— Oh, purée ! Il faut qu'on prévienne le capitaine.

— Pour qu'il apprenne que la moitié de ses hommes a croqué de la viande de macchabée, accompagnée d'un verre de coteaux-du-layon ? Pas question.

— Mais Bourinel est au courant.

— Il ne dira rien. Et son beau-frère, qui a fait les analyses, non plus. Bourinel lui a fait croire qu'il s'agissait d'une mauvaise blague d'étudiants en médecine.

— Que devons-nous faire alors ? C'est une situation extrêmement grave ! Il s'agit probablement d'une piste criminelle. Je n'ose même pas imaginer les conséquences sur la population, les médias…

— Moi, j'imagine très bien. Quand je vois le boxon que ça a fait avec le scandale de la viande de cheval, alors avec de la viande humaine…

Il se laissa une pause de quelques secondes.

— Ce qu'on va faire, c'est très simple. On va faire comme j'ai déjà fait dans ce genre de situation. On va se la jouer discrets tout le long de notre enquête et lorsque nous connaîtrons la fin de cette foutue histoire, on trouvera un moyen d'enjoliver les choses et de donner une cohérence à tout ce bordel.

Tandis que Séverine se dit qu'ils étaient tous deux en train de sauter à pieds joints de l'autre côté de la ligne jaune et qu'ils allaient immanquablement au-devant de graves problèmes, Thomas fronça les sourcils et essaya de reconsidérer les éléments sous un autre angle. Il avait de mauvaises cartes en main et il devait les battre à nouveau afin d'avoir un meilleur jeu.

Après un moment de réflexion, il regarda autour de lui et sembla se diriger instinctivement vers le logo d'une agence d'intérim.

Signe du destin, *happenstance* ou simple coïncidence, il s'approcha de la devanture et son visage s'illumina lorsqu'il vit accrochées par de simples fils des annonces proposant différentes missions dans la restauration et l'agroalimentaire.

Une femme distinguée s'apprêtait à en sortir lorsqu'il se décida à pousser la porte.

Le lieutenant de Melville fit son numéro habituel en y ajoutant un zeste de charme dans sa voix et son regard.

— Bonjour madame, gendarmerie nationale. Auriez-vous quelques minutes à nous accorder ?

La femme se figea net sur la vision de l'uniforme et lança un regard inquiet dans la rue.

— Je suis encore mal garée ? J'allais partir de toute façon…

— Les problèmes de stationnement concernent la police municipale, madame. Nous, nous intervenons sur des affaires… disons, d'une tout autre importance.

— Un de mes intérimaires est impliqué dans une affaire de drogue ? Vous savez, j'essaye de donner une nouvelle chance à toute personne qui franchit le pas de cette porte. Parfois cela fonctionne, mais ça ne marche pas avec tout le monde.

Vous avez un mandat de perquisition ou quelque chose de ce genre ?

Séverine observait son équipier faire son charmeur, sourire en coin, voix de velours et yeux pétillants.

— Si je puis me permettre, vous regardez trop de séries américaines. Il n'y a pas de mandat de perquisition en droit français. Et ce que j'attends de vous serait plutôt une conversation informelle.

Il pointa la vitrine du doigt.

— Votre connaissance du secteur agroalimentaire pourrait nous fournir de précieuses informations.

Aussi maquillée qu'une berline volée prête à partir pour un pays de l'Est, la responsable d'agence finit par les inviter à rentrer.

— Vous avez de la chance, je devrais être fermée depuis une heure déjà, mais je déteste partir sans avoir traité tous mes dossiers. Vous savez, avec vos compétences, je pourrais vous placer très rapidement. Ordre, rigueur, polyvalence et visiblement bonne aptitude physique. Avec toutes ces qualités, je pourrais vous recommander facilement et je pense même pouvoir vous proposer une promesse de CDI dans la semaine.

— Nous ne cherchons pas du travail. Comme vous vous en doutez, nous n'en manquons pas. Nous cherchons à avoir des informations sur le type de profil que vous placez dans des missions de l'agroalimentaire. Particulièrement, dans le secteur de la mise à mort ou de la découpe.

Elle proposa un paquet de chewing-gum et en avala une poignée après avoir reçu un refus poli de ses interlocuteurs. Assis face au bureau, Thomas remarqua la photo de deux enfants posée à côté de l'écran d'ordinateur. Il confirma aussi l'absence de tout objet tranchant ou contondant. Comme dans de nombreux lieux d'accueil où il était de plus en plus fréquent d'avoir affaire à des visiteurs de moins en moins compréhensifs et parfois violents, il avait été fortement conseillé, par mesure de sécurité, de retirer tout objet de bureau pouvant se transformer en une arme, aussi ridicule soit-elle. Donc adieu coupe-papier, paire de ciseaux et fourchette pour la pause de midi. Restait encore le câble du téléphone, si on tenait vraiment à tuer quelqu'un, pensa-t-il. Avec la percée du Bluetooth et du sans-fil, l'agence finirait par devenir presque aussi sûre qu'une fan zone. Tout cela n'était qu'une question de temps.

— Vous savez, nous sommes dans un département où le chômage est très bas, comparé aux autres régions. Certains journalistes parlent de Silicon Vendée. Nous sommes également dans une région qui nourrit une grande partie du pays… Mais si nous avons du travail à proposer, il s'agit de travail difficile. Découper de la viande à la chaîne, c'est d'abord repoussant, dégoûtant, répétitif.

Elle mima le geste de quelqu'un qui découpe, inlassablement, de la même façon.

— Ce geste, vous le répétez des milliers de fois dans la même journée de travail. Ce sont des postes usants et peu valorisants… même honteux, à tel point que certains cachent leur métier à leurs propres enfants et s'inventent une tout autre activité. Vous savez, j'ai vu mes grands-parents tuer leurs propres animaux, lapins, poules, canards et pour eux, il n'y avait rien de plus naturel à cela. Aujourd'hui, les gens ont oublié que pour manger de la viande, d'autres ont tué avant eux ce qu'ils trouvent dans leur assiette. Il faut pourtant une sacrée dose de courage pour rempiler cinq jours sur sept. Avec les horaires décalés, pour ceux qui n'ont aucune formation, cela permet de pouvoir bénéficier d'une paie plus que correcte, sans avoir besoin de diplôme ou d'entretien d'embauche avec des tests psychotechniques compliqués. Pour les congés scolaires, j'arrive même à placer des étudiants motivés par l'appât du gain. Il faut juste en vouloir et ça, je le vois tout de suite.

— Faites-vous appel à des personnes d'origine étrangère ?

— Bien sûr. Contrairement à ce que certains croient, l'Europe a du bon, la migration également. Le système est tel qu'il est, mais lorsqu'un bon Français vous supplie de lui trouver un travail, qu'il fait la fine bouche, pour finalement se désister au dernier moment, vous êtes bien heureux de pouvoir faire appel à de la main-d'œuvre d'origine étrangère. Je peux comprendre que les différentes missions proposées par mon agence ne sont pas les plus faciles, mais qu'on arrête de dire qu'il n'y a pas de travail. Il y en a… pour ceux qui sont prêts à tout pour travailler.

Elle approcha son visage pour mieux fixer leur regard.

— Le courage n'a pas de frontières. Qu'ils soient Polonais, Grecs ou Maliens, quand ces gens-là cherchent du travail et que vous leur en trouvez, ils donnent le meilleur de ce qu'ils ont. Ils serrent les dents parce qu'ils font ce que les autres ne veulent pas faire, mais ils ne vous décevront pas. L'ironie dans tout cela, c'est qu'ils vous en sont même reconnaissants.

Elle se recula dans son fauteuil.

— Vous savez, je viens d'un tout autre milieu. Avant de commencer dans ce secteur, je n'imaginais pas que cela pouvait être aussi instructif. En quelques mois, j'ai été surprise de découvrir que le monde était composé de plusieurs races bien distinctes. En fait, il y en a deux : la race de ceux qui attendent que tout leur tombe du ciel et la race de ceux qui triment comme des bêtes. C'est ceux-là qui font tourner l'économie. Après les questions comme *qui ils sont, d'où ils viennent, combien ils gagnent, ou s'ils prennent le travail des Français de souche*, tout ça, ça reste juste des thèmes de campagne pour les journalistes et les politiciens.

Quittant subitement son ton sérieux, elle lança un sourire

en direction de Thomas, accompagné d'un clin d'œil complice.

— À quelle heure finissez-vous votre service, inspecteur ? J'ai un petit cognac arménien qui ne demande qu'à se déguster.

Lorsqu'ils repartirent dans la voiture, les deux gendarmes mirent leur ceinture de sécurité et Thomas lança :

— Bon, faisons le point. Concrètement, qu'est-ce qu'on a ?

— Un plan cul pour vendredi soir, répondit Séverine sur un ton lapidaire.

Elle n'avait su définir cette sensation qu'elle avait ressentie lorsqu'elle avait assisté à cette complicité grandissante entre Thomas et la recruteuse tout au long de l'entretien. Était-elle jalouse d'avoir assisté à un simulacre de parade amoureuse dont elle avait été totalement mise à l'écart ? Son équipier avait fait le beau pour obtenir ce qu'il souhaitait. Et il avait réussi. Aurait-elle voulu que cela soit pour elle, plutôt que pour cette inconnue aussi grimée qu'une toile d'impressionniste ? Était-il possible qu'elle puisse éprouver des sentiments envers ce roi de la drague à deux balles ?

Thomas préféra répondre par un sourire. Il n'était pas peu fier d'avoir su déployer toutes ses ficelles de séducteur pour parvenir à ses fins.

— Nous avons effectivement récupéré un numéro de téléphone très intéressant, mais dans le cadre de l'enquête pure ? Qu'as-tu retenu de cet entretien ?

— Qu'elle se maquille trop et qu'à force de mâcher du chewing-gum, elle doit péter comme une grosse vache…

Elle se retourna vers son collègue.

— Ce n'est pas une chandelle que j'ai tenue pendant que vous vous faisiez les yeux doux, c'est une Maglite !

Thomas sourit encore, mais ne releva pas, il continua son raisonnement.

— Elle a confirmé ce que je pensais. Nous avons, grâce à elle, la liste de tous les sites agroalimentaires de la région. Ceci va nous permettre d'orienter nos recherches sur des suspects qui, de près ou de loin, sont familiers de la découpe de viande, de la mise en préparation… et de la mise à mort.

Tandis que Séverine boudait et faisait mine de ne pas l'écouter, son collègue poursuivit quand même.

— Tout le monde est susceptible de pouvoir tuer son semblable sous le coup de l'émotion, de la colère ou de la peur. Mais il faut une sacrée paire d'amourettes pour tuer quelqu'un, le dépecer, puis le faire rentrer dans des boîtes en conserve.

CHAPITRE XXXII

21 juillet 2014 – 23 heures

À peine rentré chez lui, Cri-Cro alla directement dans le salon, en prenant soin d'éviter les jouets qui traînaient par terre. Il alluma l'écran d'ordinateur du bureau casé dans un coin de la pièce et s'enfonça dans son fauteuil de bureau en simili cuir. Il arrêta les téléchargements de films et de dessins animés qui, en plus des droits d'auteur, piquaient énormément de bande passante et se mit sur son site Internet.

Même si la foire annuelle avait été un succès, il restait à Cri-Cro encore une petite quantité de viande à écouler. La mise à jour ne prit pas beaucoup de temps. Il modifia l'image d'une tête de bœuf par un logo représentant une tête de cochon récupéré sur Google. La mécanique était maintenant bien rodée. Il passa plus de temps sur la préparation de son e-mailing. Il ne souhaitait pas envoyer le mail promotionnel à ses clients dès maintenant. À deux heures du matin, le message a moins d'impact que s'il est envoyé en pleine journée. De plus, Christian savait qu'il devait le faire relire à Sonia pour qu'elle corrige les nombreuses fautes d'orthographe qu'il ne cessait de traîner derrière son clavier. Avec le sentiment du travail bien fait, il décida enfin d'aller se coucher.

La télé était encore allumée dans la chambre à coucher et la lumière qu'elle diffusait donnait à la pièce un air glauque de fermeture de discothèque. Il se déshabilla et se coucha près de sa femme dans leur lit *king size* bien trop grand pour la petite chambre de neuf mètres carrés.

Sonia ne dormait pas. Elle plongea sa tête sous la couette. Elle savait que demain, avant même que la marchandise ne soit écoulée, Christian serait généreux avec elle et les enfants. Elle en profiterait pour lui demander quelques cadeaux. Et tandis qu'elle s'affairait entre les jambes de son mari, elle ne cessa de penser à ces magnifiques escarpins qu'elle avait vus pendant les soldes.

CHAPITRE XXXIII

28 juillet 2014 – 10 heures

À sa grande surprise, Thomas constata avec ravissement que la simple carte de visite de la responsable d'agence d'intérim lui permettait d'ouvrir de nombreuses portes de l'agroalimentaire. Dès le lendemain, ils arrivèrent sur l'un des sites sécurisés d'un grand groupe où l'agence avait délégué l'un de ses meilleurs collaborateurs.

Après avoir assisté à une présentation classique et élogieuse du travail effectué dans l'usine, les deux gendarmes furent affublés de blouses blanches et de charlottes sur la tête.

Lorsqu'ils pénétrèrent dans la salle de découpe, les deux officiers furent d'abord saisis par l'odeur particulière et nauséabonde qui se dégageait de la pièce. Malgré la moiteur, le corps de Séverine fut parcouru de frissons qu'elle tenta de maîtriser aussitôt, cherchant à ne pas laisser paraître sa stupéfaction. Le deuxième choc fut visuel. C'était l'usine au sens strict du terme. Les volailles, accrochées par les pattes, tête en bas, sur des crochets métalliques suspendus à un rail passaient au-dessus des crânes des ouvriers qui, tel un orchestre, saignaient, vidaient, découpaient les chairs dans un rythme effréné. Ils étaient dans l'antre de l'industrialisation de la mort. Un mélange de merde et de sang vint s'étaler sur la joue de Séverine. À sa surprise, Thomas lui retira délicatement comme si de rien n'était. Il ne semblait pas affecté par ce charnier qui devait nourrir des consommateurs de plus en plus exigeants sur le prix et la qualité. Ici, rien n'était laissé au hasard, aucune place n'était perdue, rien n'était laissé de côté. Le chef leur confirma également que le moindre morceau de viande était récupéré.

Séverine ne s'était jamais vraiment demandé d'où venaient les nuggets que ses filles prenaient plaisir à avaler lorsqu'elle avait la flemme de cuisiner. D'ailleurs combien de personnes avaient conscience de ce qu'il y avait dans leurs assiettes ? Combien réalisaient qu'avant d'être préparées et rendues appétissantes, ces pièces de viande étaient passées dans les mains d'hommes et de femmes qui, chaque jour de l'année, continuaient d'approvisionner l'énorme réservoir à bidoche qui alimentait tous les acteurs de l'industrie du pays.

Thomas s'attarda devant le poste d'une femme dont la tâche consistait à élargir l'anus des animaux qui lui étaient présentés, avant d'en retirer les viscères avec une dextérité qui impressionna le gendarme.

— Où se trouve notre homme ? demanda-t-il en déplaçant son regard sur cette armée de blouses blanches qui travaillait sans relâche.

— Il est dans la pièce d'à côté, précisa le chef d'atelier en désignant une porte coulissante.

Thomas préféra précéder Séverine et se trouva dans une salle plus exiguë. Il vit alors un homme, équipé d'une lame rotative, trancher le cou de chaque animal qui arrivait à sa portée.

Le chef chercha à dédramatiser la scène en expliquant cette étape de la chaîne alimentaire.

— Ici, c'est la saignée. C'est la manière utilisée pour la mise à mort des poulets et c'est la phase indispensable à toute forme de transformation de la viande. Après avoir étourdi l'animal, la mise à mort doit être obtenue le plus rapidement possible. Puis, comme vous l'avez vu, il est suspendu afin qu'il se vide de son sang pendant un délai minimum de quatre-vingt-dix secondes avant toute transformation ultérieure de la carcasse.

Thomas ne put s'empêcher de fixer les gestes répétitifs de l'homme qui donnait le coup de grâce. Sentant leur présence, l'ouvrier tourna la tête et leur jeta un regard, imperturbable, sans même ralentir la cadence. Son visage était plutôt cordial, mais Thomas connaissait ce regard. C'était le regard de ceux qui avaient côtoyé la mort et qui s'étaient habitués à son existence.

Il s'apprêtait à venir lui parler lorsque le chef d'atelier le retint.

— Attendez ! On ne peut pas arrêter la chaîne comme ça…

Le chef les invita à sortir et les dirigea dans un petit local. Il y avait des tables, des chaises, une grande poubelle et un cendrier. Probablement la salle de pause.

— Nous avons besoin de lui. Il finit dans trente minutes. Vous pourrez lui parler plus tard… si vous parlez albanais.

— Pardon ? fit Thomas qui n'avait pas apprécié d'être interrompu. Est-ce que je pourrais voir ses papiers, ou le dossier de travail que vous avez sur lui ?

— Il est parfaitement en règle. Et il commence à bien parler français, mais si vous souhaitez lui poser des questions avec un vocabulaire assez précis, alors pour lui, comme pour vous, je vous conseille de faire appel à un interprète.

Pour Séverine, de Melville faisait fausse route. Interroger un Albanais, sans vouloir attendre l'interprète de surcroît, n'avait rien donné. Et à y regarder de plus près, que pouvait-on reprocher à un homme qui avait appris à découper un cochon sans sourciller dans l'Albanie de son enfance ? Un homme pour qui il était bien plus naturel d'égorger un mouton de ses mains plutôt que de laisser sa femme sortir en jupe entre copines. Faire le tour de tous les abattoirs ou de tous les sites de transformation de la région ne permettrait pas de coincer *leur boucher*. Elle ne comprenait pas que Thomas ne cherchât pas précisément à coincer le meurtrier en opérant ainsi, mais à s'imprégner de l'ambiance, du milieu et, de ce fait, à mieux comprendre l'homme qu'il chassait.

CHAPITRE XXXIV

6 novembre 2014 – 9 heures

Le réveil fut difficile et passablement douloureux pour Thomas, avec cette terrible sensation qu'un pachyderme s'obstinait à faire de la corde à sauter sur son cerveau encore imbibé d'alcool. On frappait à la porte, mais le lieutenant avait plutôt l'impression qu'on tentait de la défoncer. Il sortit du lit, prit quelques secondes avant de trouver l'équilibre. C'était le lendemain d'un *cheat day*, ce moment tant attendu où, après une semaine de privation, d'abstinence et de sport, il ne s'accordait plus aucune limite : alcool, *junk food* et plus si affinites…

Il ouvrit péniblement la porte. L'adjudant Achternoen passa la tête.

— Ah, quand même ! Je dérange ? Tu es tout seul ?

— Oui, ça m'arrive de dormir seul, figure-toi, lui balança-t-il avec une haleine de chameau.

— Désolée. Je sais que tu ne bosses pas aujourd'hui, mais… Bonne nouvelle ! On a reçu le retour de l'IRCGN[1] !

Le lieutenant se jeta sur la première enveloppe.

— C'est le relevé du numéro de téléphone de l'Anglais, précisa sa collègue. Selon les croisements des données,

1. Institut de recherche criminelle de la gendarmerie nationale.

son smartphone aurait bipé à plusieurs reprises entre ces antennes.

— Putain, quatre mois pour avoir enfin quelque chose à se mettre sous les dents. À ce train-là, le capitaine sera parfaitement bilingue lorsqu'on les aura retrouvés ! Il avait encore l'ambassadeur anglais au bout du fil pas plus tard qu'hier.

Cette disparition du couple d'Anglais était une véritable casserole pour la caserne. La famille relançait régulièrement l'ambassade britannique qui, elle-même, insistait lourdement auprès des autorités françaises, lesquelles faisaient pression sur le capitaine qui, à son tour, pourrissait régulièrement la vie du lieutenant de Melville. Ce dernier, avec peu d'éléments, s'efforçait de faire avancer l'enquête qui stagnait à la vitesse d'un escargot sur une pente savonneuse. L'analyse des empreintes du mobile home loué dans le camping de la Digue n'avait rien donné. Même si la famille se refusait à l'admettre, la disparition des deux tourtereaux semblait bien volontaire sur certains points. Mais le lieutenant attendait les résultats de l'analyse du smartphone pour confirmer son impression.

Bien que la grande maison *gendarmerie* soit composée de personnes rigoureuses, le manque de moyens et d'effectifs provoquait parfois la perte de pièces à conviction ou de tout autre élément relatif à la multitude d'enquêtes qui jaillissaient continuellement d'un puits sans fond.

Achternoen et de Melville avaient bien cru ne plus jamais avoir de retour de leur dossier, mais c'était sans compter sur la pugnacité du capitaine aussi chiant envers ses subordonnés qu'envers ses supérieurs.

Un militaire avait dû se faire taper sur les doigts et avait finalement réussi à faire réapparaître les pièces du dossier comme par magie !

Thomas lança un site de navigation sur sa tablette et rechercha les différents points où auraient été captées les ondes du téléphone.

Il prit un Doliprane et revint avec un mug brûlant. Sans même lever les yeux sur sa collègue, le gendarme continua sur ses recherches :

— La Rochelle, Bordeaux… ils continuent tranquillement leur balade à vélo. C'est bien ce qu'il me semblait.

— Tranquillement ? Tu as vu l'heure à laquelle a borné leur smartphone la dernière fois ? Tu en connais peut-être un rayon en musculation, mais tu n'y connais vraiment rien en cyclisme. Ils ont une pêche d'enfer ou ils sont sacrément dopés, tes deux Anglais. Deux heures pour aller d'ici à La Rochelle en VTT ? Ça représente combien de kilomètres ?

— Une centaine, à peu près. Et en prenant les routes les plus directes… réfléchit Thomas qui constatait comme Séverine que les relevés suivaient deux traits parallèles de couleur bleue.

— Ils tournent donc à cinquante kilomètres-heure de moyenne… Même Lance Armstrong est incapable de faire ça… Et sans jamais quitter l'autoroute. Y a plus bucolique comme piste cyclable ! Donc, soit ils continuent leur voyage tranquillement en voiture, sans voiture, parce qu'elle est toujours au camping…

— Soit quelqu'un leur a pris leur téléphone et se dirige vers le sud de la France… Je préviens Bordeaux. C'est la dernière région où le smartphone a borné.

Après avoir rajouté du sucre dans son café et attendu que Thomas ait fini son appel, Séverine observa l'appartement de son collègue.

Dans son salon, cohabitait un mélange de vintage et de moderne. Tout un pan de mur était habillé d'une bibliothèque remplie de livres, de bandes dessinées et de DVD. Entre ces piles d'histoires, se tenait un buste de *Spider-Man*. Çà et là, quelques objets miniatures : une DeLorean, une locomotive à vapeur 141 R, une Lotus 49… En plein milieu de la pièce, un immense canapé blanc en cuir posé sur un tapis épais et moelleux. Une chaîne hi-fi avec une platine vinyle était placée à côté d'un fauteuil en cuir imitant une gigantesque main de gorille. De Melville gardait en lui une part de *teenager*. Séverine reconnaissait bien là son désir de jeunesse éternelle.

En revanche, elle ne comprenait toujours pas ce que son collègue faisait dans la gendarmerie, bien trop rigide pour un type comme lui. Avec son esprit cow-boy, elle l'aurait plutôt vu à la BAC ou à la mondaine.

Dès qu'il eut terminé sa conversation, il balança son smartphone sur le canapé, revint vers elle et reprit aussitôt le cours de leur conversation.

— Et que nous dit la fadette[1] ?

— Rien de spécial. Peu d'appels et ceux des derniers jours étant uniquement des échanges téléphoniques avec l'Angleterre, principalement quelques amis et la famille. Les mêmes qui nous ont fait part de leur disparition…

Tout en l'écoutant, il ouvrit la seconde enveloppe.

— Ce sont les informations concernant le site internet qui vend ton pâté de chair humaine.

— Alléluia ! Mais c'est Noël aujourd'hui ! Alors, à quoi peut bien ressembler un cannibale en 2014 ? se réjouit Thomas, content d'avoir enfin accès à un début de piste.

Le lieutenant parcourut rapidement le document avant de trouver l'information qu'il recherchait.

— Il s'agit d'un site web ouvert par un certain… Christian Cronilleau… que le monde est petit !

— Tu sembles surpris. Tu le connais ?

— Je suis plutôt déçu. Je vois très bien le personnage et je m'attendais à quelqu'un de plus grande envergure. Le temps de récupérer son adresse et on file chez lui.

1. Relevé des appels transmis par les opérateurs de téléphonie mobile.

CHAPITRE XXXV

6 novembre 2014 – 11 heures

Quelques heures plus tard, ils arrivèrent devant une maison entourée d'un grillage métallique vert et aux murs à l'enduit si fin qu'on arrivait à percevoir les contours des parpaings au travers. La pelouse aurait mérité un bon coup de tondeuse, les abords de la petite propriété étant colonisés par de mauvaises herbes. Thomas s'approcha d'un portillon en plastique à la recherche d'une sonnette, mais leur arrivée fut annoncée par les aboiements d'un mélange de dogue allemand et de mastiff. Probablement le fruit de générations de bâtards, l'énorme chien jouait son rôle de gardien avec forte conviction. Sa haute taille et son sourire carnassier avaient effrayé Séverine, impressionnée par les babines ruisselantes de bave.

— Ne lui montre pas que tu as peur, lui conseilla Thomas.

— Tu m'excuseras, mais à part mon sourire crispé, je n'ai rien d'autre à lui montrer pour le moment.

— J'ai un peu de mal à identifier sa race, mais je sais par expérience que plus c'est gros et plus c'est affectueux.

— Et moi je sais par expérience que plus c'est petit et plus c'est mignon. Et là, on est aux antipodes de l'adjectif *petit*. On est en plein dans l'adjectif *énorme* et par conséquent, moins c'est petit et moins c'est mignon.

Ignorant la dialectique de sa camarade, Thomas se risqua à

ouvrir le portillon tandis que le molosse amplifiait la tonalité de ses aboiements. Le gendarme se mit à lui parler calmement comme s'il s'adressait à un enfant, approchant lentement, tout doucement, sa main de l'animal jusqu'à parvenir à la lui faire sentir. Lorsqu'il le vit battre de la queue, il sut que c'était gagné et se risqua à le caresser tendrement puis vigoureusement au niveau de la gorge.

— Beh alors, pépère. Tu sais que tu m'as foutu la trouille pendant une seconde ? Tu dois coûter une fortune en nourriture, toi !

Conquis par les caresses, l'animal coucha ses quatre-vingts kilos dos contre terre, totalement soumis. Thomas acheva de le séduire en lui frottant le ventre. Il savait que s'il devait revenir un jour, l'autre se souviendrait de lui et n'aboierait que pour lui annoncer sa joie de le revoir. Toujours peu rassurée, Séverine resta de marbre face à ces élans de tendresse et essaya de se frayer un chemin parmi les innombrables crottes qui minaient la pelouse. Ce chien de garde était une véritable fabrique à merde. Avançant péniblement dans ce labyrinthe, elle remarqua un vélo d'enfants au pneu arrière crevé, une Fiat Panda au capot ouvert et au moteur manquant. Un peu plus loin, cela devait être la terrasse, constituée de quelques palettes de bois, posées çà et là. Un barbecue rouillé, un pot de peinture vide rempli de bouteilles de bière, une cabane de jardin en tôle à la porte branlante, une touffe de palmier sans branche encore dans son pot… Ce jardin était une vraie caverne d'Ali Baba façon quart-monde.

Enfin arrivée à la porte d'entrée, elle appuya sur le bouton de la sonnette.

La femme, qui leur ouvrit, sembla surprise de les voir parvenus si proches de la maison. Elle chercha le chien du regard qui, la langue pendante, battait toujours de la queue derrière les deux gendarmes.

« Cette sale bête devient une contrainte bien inutile… » pesta-t-elle.

— C'est pour quoi ?

Aussi blasé qu'une vieille hôtesse de l'air en partance pour un énième Paris-Nice, Thomas balança son speech habituel :

— Bonjour madame, gendarmerie nationale. Est-ce bien le domicile de monsieur Cronilleau ?

Elle jeta un regard à la maison d'en face. Elle devina les regards exorbités des voisins derrière leurs rideaux. Thomas semblait lire dans ses pensées.

— Si vous nous laissez rentrer, notre visite n'en sera que plus discrète.

Ils s'engouffrèrent dans le couloir de l'entrée qui était de la même veine que le jardin. Des morceaux de tapisserie étaient arrachés au-dessus des plinthes, une trottinette sans roue gisait sur le sol et une multitude de chaussures s'empilaient les unes sur les autres au pied d'un escalier en colimaçon.

La femme durcit son regard et les reçut, crocs en avant, en leur jetant :

— Qu'est-ce que vous lui voulez ?

Thomas ne répondit pas, s'efforçant de ne pas réagir de la façon la plus logique, mais disproportionnée qui lui parvenait à l'esprit. Il renvoya un regard las à la femme qui lui faisait face.

Affublée d'un vieux survêtement, les pieds perdus dans des chaussons roses bas de gamme qui auraient fait vomir un Jean-Paul Gaultier, elle n'était nullement intimidée par l'uniforme de ses visiteurs.

Une petite fille s'était collée à ses jambes.

Séverine s'abaissa et lui envoya un immense sourire.

— Bonjour beauté, comment t'appelles-tu ?

— Chloé.

— Chloé, c'est un très joli prénom.

La petite fille sourit.

— Chloé, peux-tu nous laisser seuls un moment avec ta maman, nous avons des choses d'adultes à nous dire ?

— Ce n'est pas ma maman, c'est Sonia, ma nounou, répondit crânement l'enfant.

— Je suis assistante maternelle, précisa l'intéressée.

Elle s'avança dans un salon au sol jonché de jouets. Thomas remarqua un petit garçon, plus jeune que Chloé, le regard vide, hypnotisé par la télé grand écran. Affalé dans un immense canapé en simili cuir craquelé, il suçotait la tétine d'un biberon au chocolat.

— Les enfants, vous allez rester bien sages, je vais vous mettre un tout nouveau dessin animé. Vous allez adorer. Il est encore mieux que celui que je vous ai montré hier, annonça l'assistante maternelle sur le ton d'un dealer promettant son meilleur shoot.

Le garçonnet semblait déjà avoir eu sa dose, mais il en redemandait encore.

Comme beaucoup de petits Occidentaux, ils étaient gavés au cartoon du matin au soir et la plupart avaient visionné l'intégrale des Disney avant même de savoir lire et écrire. Ces gosses avachis dans le canapé passeraient probablement plus de temps avec cette télé qu'avec leurs propres parents. Et finalement, les plus grands profiteurs des allocations familiales, c'étaient les grosses sociétés de production audiovisuelle, pensa Thomas en son for intérieur. Et tant pis pour la lobotomisation des plus fragiles, elles se chargeraient de penser pour eux.

Les trois adultes laissèrent les enfants face à leur plaisir solitaire et se réfugièrent dans la cuisine.

Après avoir fermé la porte et ouvert la fenêtre, la jeune femme aux traits fatigués s'alluma une cigarette.

— Alors, qu'est-ce que vous lui voulez à Christian ?

Séverine vint s'asseoir face à elle.

— Nous savons qu'il gère un site internet de vente de produits fermiers.

— Et alors ? Il n'y a pas de mal à cela.

Thomas restait debout un peu à l'écart.

— Sans vouloir critiquer les talents informatiques de votre mari, ce site internet fait très amateur.

Il jeta un regard circulaire à la cuisine dans laquelle il se trouvait.

— Et ceci ne ressemble pas au siège social d'une société industrielle.

— Faut bien qu'on vive ! aboya-t-elle. Avec les deux enfants de son premier mariage, on a cinq bouches à nourrir. Et s'il ne suffisait que de les nourrir… ça veut toujours la dernière console, les dernières baskets à la mode, les survêtements les plus chers… Mais vous ne pouvez pas comprendre ça, vous, avec votre salaire qui tombe à la fin de chaque mois.

— Détrompez-vous. Nous sommes confrontés à des situations bien plus difficiles chaque jour. Nous ne sommes pas là pour vous juger. Alors, dites-nous, c'est bien lui qui gère le site Bioman ?

La jeune femme écrasa rageusement sa cigarette dans une tasse.

— Je savais bien que c'était une mauvaise idée ! C'est tout Christian, ça. Il a toujours des projets plein la tête. Il veut toujours se lancer dans une nouvelle activité, ou un nouveau business, comme il dit. C'est supposé nous rendre la vie plus facile… mais ça finit toujours par foirer.

Elle jeta un regard suppliant à Thomas.

— On ne va pas aller en prison pour ça, quand même ? On n'a rien fait de mal, c'est juste de la vente de viande. On n'a volé personne. Les gens sont même contents. Christian m'a même dit que certains se mettaient sur liste d'attente pour la prochaine livraison.

— Faire du commerce sans le déclarer, cela reste illégal

et vous pouvez être poursuivis pour cela et sanctionnés, bien sûr.

— Une amende ? Mais on n'a déjà pas de quoi payer nos factures ! Mais pourquoi ça n'arrive qu'à nous, mais pourquoi qu'on n'a jamais de chance ?

Le lieutenant de Melville s'approcha de la jeune femme, prêt à la ferrer.

— Eh bien aujourd'hui, Sonia, je peux vous appeler Sonia ? Aujourd'hui, c'est votre jour de chance. Mais cela doit rester entre nous. Un juge ne comprendrait pas. Ce que nous souhaitons savoir, c'est où s'approvisionne votre mari.

— Ah non, ça, je ne peux pas vous le dire ! Il m'a fait promettre de jamais rien dire.

Séverine rentra dans le jeu de Thomas.

— On comprend que c'est difficile pour vous. Justement, *nous*, on comprend. Si vous ne nous dites pas qui lui fournit toute cette viande, nous serons obligés de revenir avec d'autres collègues. Ils vont fouiller la maison, éplucher chaque détail de votre vie et comme l'a dit le lieutenant, un juge appliquera la loi à la lettre. Vous risquez gros. Pensez aux enfants…

La jeune femme était scotchée aux lèvres de Séverine. Elle imaginait probablement la prison, la mise à l'écart de sa famille. Son imagination peut-elle refléter ne serait-ce qu'un quart de la triste et douloureuse réalité ? se demandait l'adjudant.

Thomas insista :

— Nous sommes là pour éviter ça. Vous n'êtes que la partie visible de ce commerce, mais comme je vous l'ai dit, c'est votre jour de chance. Ce qui nous intéresse, c'est tout ce qui se passe avant. D'où vient la viande ?

La femme s'obstina dans son silence.

— Donnez-nous un nom, un seul nom et vous êtes tirés d'affaire.

Séverine remarqua une photo de famille.

— C'est lui, là ? Son visage me dit quelque chose.

— Oui, tu as dû le croiser lors de la prise d'otage à la banque le jour de ton arrivée. C'est lui qu'on surnomme Cri-Cro, précisa Thomas.

Madame Cronilleau fixait, elle aussi, la photo de cette famille qu'elle et son mari essayaient de *recomposer*.

— La Belletière. C'est les vieux gars de la Belletière, cracha-t-elle soudain.

— Ils ont un nom, un prénom, un numéro de téléphone ?

— Je ne les connais pas. Ce sont trois frères qui tiennent une ferme. Ils n'ont pas Internet. Je ne sais même pas s'ils ont l'électricité. On dit qu'ils vivent comme des sauvages. Moi, je ne connais que le plus jeune, Kévin. C'est lui qui vient nous apporter la viande. C'est tout ce que je sais !

— Merci, lui dit Séverine.

— Bien, disons que c'est un bon début, relativisa Thomas. Et Christian, où est-il actuellement ? Il aurait probablement beaucoup plus de choses à nous dire.

— Il est à l'étranger ! Il est en Espagne pour son travail, puisque vous voulez tout savoir !

Quel travail ? se demanda Thomas. Le type était un véritable touche-à-tout. Il avait travaillé dans l'hôtellerie, le bâtiment, l'agroalimentaire... Personne ne pouvait lui reprocher d'être un feignant. En revanche, en se penchant un peu plus sur le spécimen, le lieutenant était sûr de découvrir qu'il faisait probablement encore des heures au black le week-end et qu'il reviendrait le coffre plein d'alcool ou de cigarettes ramenés d'Andorre.

— Merci, lui dit Séverine.

— Une dernière chose, précisa Thomas. Dès que votre mari rentre à la maison, dites-lui bien de passer nous voir à la gendarmerie. Nous essayerons de gérer cette histoire le plus discrètement possible. Expliquez-lui que c'est pour votre bien à tous les deux. On pourrait mettre Interpol à sa recherche, mais on veut juste vous éviter de graves ennuis.

Il fronça les sourcils et fixa le regard de madame Christian Cronilleau, comme s'il cherchait encore à démêler le vrai du faux.

— Si j'apprends qu'il est dans le coin et que vous ne m'avez pas prévenu, je ferai en sorte que vous et toute votre smala vous retrouviez en garde à vue. Et croyez-moi, il faudra vendre beaucoup de boîtes de foie gras pour être défendus par un bon avocat.

Lorsque les gendarmes quittèrent la maison, Sonia se pressa de refermer la porte, comme pour effacer le souvenir de cette visite impromptue. Mais le temps avait déjà fait son œuvre. Le véhicule de gendarmerie savamment garé devant la petite maison avait attiré la curiosité de tout le lotissement. Le lieutenant de Melville savait que ce genre de publicité pouvait aider certaines langues à se délier.

Une fois monté dans la voiture, Thomas se mit à penser tout haut :

— Ce n'est pas une très jolie maison, mais c'est toujours mieux que de vivre dans une barre d'immeubles.

— Si ça te plaît, tu n'as qu'à te marier avec miss chaussons roses. Tu auras ton gros chien affectueux, tes gosses de dix-sept à huit heures et ceux des autres de sept à dix-neuf heures, se moqua Séverine. Et n'oublie pas de réparer la bagnole et de tondre la pelouse, s'il te plaît, car ça laisse à désirer.

— Tu crois vraiment qu'on est mieux qu'eux ?

— J'ai peu de doute à ce sujet.

— Tu crois vraiment que tu es la mère parfaite pour tes filles ? Que tu as le temps de les connaître ? Tu crois qu'elles s'arrêtent de vivre quand tu pars travailler ? Que leur vie reprend seulement quand tu rentres du travail ? Tu ne connais de leur vie que ce que tu vois et que ce qu'elles veulent bien te dire.

— J'aime mes filles et je leur donne l'exemple d'une mère qui travaille dur pour qu'elles réussissent dans leur propre vie.

Thomas s'arrêta un moment.

— On se croit supérieurs parce qu'on croit incarner l'ordre, la justice, le bien… jusqu'à ce que ton gamin te voie comme une merde.

Il soupira avant de prendre une grande inspiration.

— Tu sais, le mien, je ne le vois plus que quand il a besoin d'une console ou d'un nouveau portable.

Elle le regarda d'un air triste, ne sachant comment le réconforter.

— Malheureusement, l'exception qui confirme la règle, comme tu dis, Thomas. Je crois en l'exemple et en l'amour qu'on donne à nos enfants.

— Alors, je n'ai pas su aimer, conclut-il en mettant ses lunettes de soleil, ébloui par un rayonnement d'automne.

— Mais si, mon vieux. Et pour te le prouver, je t'invite à déjeuner avec moi. Car malgré tous tes défauts et crois-moi, ils sont nombreux, je t'aime beaucoup, moi !

CHAPITRE XXXVI

6 novembre 2014 – 13 heures

Le restaurant de Momo n'avait de turc que le nom. *Aux délices d'Istanbul* permettait à Mohamed de proposer des kebabs sauce blanche remplis de morceaux de poulet reconstitué. Une reconstitution bien fragile qui tentait, avec peu de conviction, d'imiter l'agneau délicatement rôti à la broche. Inexistant pour les guides culinaires et disposant d'une image mitigée sur les applications, l'établissement permettait à son propriétaire de vivoter et d'éviter de déclarer une partie du liquide qui venait s'échouer dans la caisse, entre deux canettes et un sandwich américain.

Lorsque les deux gendarmes poussèrent la porte de son établissement, Momo leur adressa un bonjour chaleureux et les accueillit comme le prophète. Le lieutenant de Melville, qui avait pourtant l'habitude d'inspecter du regard chaque pièce dans laquelle il pénétrait, ne remarqua pas tout de suite le jeune homme qui consommait un kebab, bourré de frites et de ketchup, accompagné d'un soda.

Séverine s'adressa directement au maître des lieux.

— Bonjour Mohamed, je peux emprunter vos toilettes un instant ?

— Bien sûr, la gazelle. Tiens, *j'ti* donne les clés, *j'ti* fais confiance. Tu me rends les toilettes aussi propres qu'elles sont.

L'adjudant Achternoen s'éclipsa aussitôt avec le trousseau à la main.

À la suite d'un dégât des eaux, l'établissement ne disposait plus de ses propres toilettes. Il fallait sortir par une porte de derrière, marcher dans une ruelle étroite et glissante, puis filer encore sur quelques mètres avant d'accéder à une porte blanche, entièrement taguée. Enfin, il fallait déverrouiller la porte, l'ouvrir puis poser un doigt sur un interrupteur luisant de gras. La lumière éclairait alors un local à l'hygiène douteuse où gisait un trône à la faïence fatiguée. Tout le reste n'était question que de courage ou d'envie.

Resté à l'intérieur du restaurant, alléché par les effluves de graisse et de viande rôtie, Thomas tâchait de contenir une faim de loup.

— Je pourrais avoir un kebab, mais sans pain, sans sauce, sans frites…

— Une salade quoi ! l'interrompit Momo.

— Oui, ce serait bien ça. Une salade avec du poulet, des légumes. Un truc léger.

— À quoi ça sert que tu viens chez moi alors que tu manges pas kebab ? s'offusqua le tenancier.

— Parce qu'il n'y a qu'ici qu'on trouve le meilleur thé à la menthe de la ville.

Mohamed prit une seconde de réflexion et retrouva son sourire légendaire.

— Ah ça… ça, ça fait plaisir. Ça fait beaucoup plaisir.

Il s'empressa de revenir derrière son comptoir.

— Et si je mets en plus fromage et tomates ?

— Alors ce serait sûrement la meilleure salade César de la ville, l'encouragea Thomas.

Il se servit une bouteille d'eau gazeuse dans le réfrigérateur à porte vitrée qui regorgeait de sodas à défaut de boissons alcoolisées.

Il s'attarda sur la décoration personnalisée de l'établissement.

Quelques guirlandes de Noël datant du siècle dernier s'allumaient par intermittence. Une banderole du Galatasaray trônait fièrement au-dessus de l'entrée. Des tables et des chaises de jardin permettaient de se restaurer assis, tout en regardant la télévision. Le grand écran plat affichait en continu Al Jazeera, BFMTV ou beIN SPORTS selon l'actualité et la clientèle du moment.

Le lieutenant de gendarmerie posa alors les yeux sur le jeune homme assis au fond de la salle. À peine sorti de l'adolescence, cheveux rasés courts, mais compensés par une grosse touffe sur le crâne, il semblait mal à l'aise dans la chaise en plastique, son pied droit ne cessait de s'agiter et il s'efforçait de finir son sandwich en toute hâte. Il avala avec difficulté sa dernière bouchée. Thomas vit son visage rougir et crut qu'il allait s'étouffer.

— Ça va, monsieur ? s'inquiéta-t-il.

Le jeune homme toussa plusieurs fois avant de faire signe, au bord de l'asphyxie, que tout allait bien.

Il attrapa un casque Jet posé sur le bord de la table et quitta le restaurant en trombe, abandonnant derrière lui canette, serviette sale et papier gras.

Tel un chien à l'arrêt, Thomas se tenait derrière la vitrine, entre deux réflexions, ne sachant quelle décision prendre. Bien que n'étant plus gêné par la luminosité du début d'après-midi, il avait gardé ses lunettes de soleil et les ajusta mécaniquement sur son nez, comme pour mieux réfléchir. Il était seul, séparé de sa collègue, l'estomac tenaillé par la faim et tout son corps n'aspirait qu'à un peu de tranquillité… mais son instinct flairait l'embrouille. Il se précipita subitement sur la porte, sortit du restaurant et héla le garçon qui venait de faire démarrer un scooter.

— Jeune homme, un instant, s'il vous plaît !

Le *jeune homme* vit le gendarme se rapprocher d'un pas sûr. Il le fixa crânement tout en attachant son casque. Puis il lui balança un sourire narquois, les yeux cachés par la visière baissée, avant de démarrer à plein gaz et de s'enfuir au guidon de sa monture.

Les effluves d'essence et un doigt ostensiblement levé du motard firent sortir Thomas de sa torpeur qui se mit aussitôt à courir derrière l'insolent tandis que le deux-roues, en guise d'insulte complémentaire, pétaradait de plus belle.

— Petit connard ! C'est pas un cinquante centimètres cubes qui va m'arrêter ! se persuada-t-il en le poursuivant au pas de course.

L'échappement lança un cri strident de pot trafiqué. Un son familier qui n'arrangeait pas les affaires de l'officier. Au lieu d'être bridé à quarante-cinq kilomètres-heure, cette saleté de scooter pouvait alors atteindre les soixante-dix, voire quatre-vingt-dix kilomètres-heure.

Le gendarme jura, mais n'abandonna pas. Il savait qu'aucune partie n'était jamais perdue avant le coup de sifflet final. Il réussit vaille que vaille à maintenir sa vitesse tandis que son cœur s'emballait et ses poumons s'enflammaient. Il misa tout sur un feu rouge, une panne sèche, une crise de foie, n'importe quoi qui puisse arrêter cet engin de malheur et son motocycliste au comportement louche et horripilant.

Deux minutes plus tard, à bout de souffle, Thomas ne put conserver son allure. Il réaccéléra une dernière fois, demandant un ultime effort à son corps. En vain. La distance entre lui et le scooter ne cessait de s'amplifier.

Il finit par s'arrêter, épuisé, les mains sur les cuisses, crachant ses poumons.

Une voiture le frôla et se mit à klaxonner.

Thomas tourna péniblement la tête pour voir la vitre passager s'abaisser.

Un grand sourire se mit à l'apostropher.

— Beh alors, la bleusaille, on se traîne ?

Séverine le regardait, triomphante, au volant de la 306

bleue, le gyrophare tournoyant au-dessus de sa tête. Thomas oublia aussitôt son manque d'oxygène et se précipita dans la voiture.

— Fonce, ma belle… parvint-il à dire en reprenant son souffle entre deux aspirations.

— On est sur quoi, là ? Un flag ? Un braquo ? s'enquit sa coéquipière qui avait déjà redémarré et repris la course.

— Presque. Ça sent le vol de deux roues. Et mon instinct me dit qu'on est probablement sur une affaire de trafic. Surtout ne le perds pas de vue.

Grisée par l'adrénaline, Séverine accéléra de plus belle.

Par chance, peu de monde dans les rues à cette heure de l'après-midi. Le scooter prenait des risques inconsidérés pour semer le véhicule qui le poursuivait, manquant de glisser au contournement d'un rond-point, prenant les ralentisseurs comme des tremplins, ce qui le faisait voler avant de rebondir sur l'asphalte.

Concentrée sur le fuyard, Séverine continuait de le serrer tout en gardant un œil vigilant sur les automobilistes et les piétons qui, alertés par le bruit strident du scooter poussé à fond et la sirène des gendarmes, restaient pour la plupart médusés face à la scène furtive qui se déroulait sur leur passage.

Soudain, le deux-roues freina brusquement et se rétablit aussitôt pour tourner à gauche dans une ruelle.

Trop tard pour la 306 d'aborder sereinement le virage. Séverine appuya sur la pédale d'embrayage. En arrivant à l'intersection, elle tourna le volant à gauche tout en serrant le frein à main. Elle accéléra aussitôt, relâchant la pédale d'embrayage et tourna le volant dans l'autre direction. Thomas sentit alors la voiture se dérober sous ses fesses et sa tête cogner la fenêtre.

Séverine accéléra de plus belle, continuant à faire déraper la voiture. Elle réduisit ensuite son accélération tandis que le véhicule s'engouffra dans la ruelle.

Enfin en ligne droite, elle aperçut le jeune qui, tête baissée sur le guidon, fonçait toujours devant eux.

Elle poussa chaque rapport de vitesse à leur limite dans un vrombissement de moteur assourdissant et vit enfin le scooter réduire son écart avec la 306.

— Viens par là, mon petit, viens voir maman… chuchota-t-elle tandis qu'elle gagnait de l'avance sur sa cible, mètre par mètre.

— À mon signal, tu freines, lui cria son collègue.

La voiture doubla le scooter qui continuait de filer dans la ruelle.

— Freine ! hurla Thomas.

Séverine arrêta le véhicule dans un crissement de pneus.

Elle vit Thomas prêt à ouvrir la portière.

— Thomas, ne sors pas, il va te percuter !

Mais le lieutenant, aux aguets, resta sagement assis une demi-seconde avant d'ouvrir brusquement sa portière. Le scooter pila, ralentit sa course, mais ne parvint à éviter l'obstacle. Il s'y encastra dans une cacophonie de compression métallique, de verre explosé et du bruit plus discret, presque ridicule, du casque en polycarbonate qui rencontra l'embrasure de la porte.

Le motard se retrouva au sol, la jambe bloquée par son deux-roues. Le lieutenant l'enjamba avant de soulever le scooter et de dégager son pilote par le cou.

— Putain, t'as intérêt à avoir une bonne raison de nous avoir fait courir comme ça !

— Y a que toi qui as couru, bouffon ! Ta meuf est beaucoup plus maline.

Thomas lui passa les menottes.

— Et là, c'est qui le plus malin ?

— T'as les papiers de ton scoot ? demanda Séverine.

— Moi, je veux bien vous donner mes papiers, m'dame. Mais votre copain, il m'fait mal.

Thomas resserra violemment les menottes du jeune homme.

— Et ça, ça fait mal ?

— Aïe ! Putain, ah, le bâtard… Tu vas me le payer, sur la vie de ma mère, tu vas me le payer !

Ignorant cette dernière altercation, le gendarme avait déjà ouvert le blouson et en retira un portefeuille à scratch qu'il balança à Séverine.

Il bloqua le garçon contre la voiture et ne put s'empêcher de lui coller un coup de genou dans le ménisque. La jambe droite du garçon fléchit aussitôt. Ainsi déséquilibré, il se cogna la tête contre la vitre arrière, mais ne vit pas le signe réprobateur de Séverine à l'encontre de son collègue.

— Alors c'est quoi, le menu du jour ? demanda celui-ci.

— Brandon Michon…

— Dis donc, tu dois en faire fantasmer des filles avec un nom pareil, ironisa Thomas à l'attention de son fuyard.

— Réside pas loin d'ici… est bientôt majeur, notre petit ami. C'est une question de jours, mais…

— Mais quoi ? s'agaça le lieutenant.

— Mais ses papiers et ceux du scoot semblent en règle. À première vue… je vais demander une confirmation.

— Ouais, je pense qu'une confirmation s'impose.

L'adjudant Séverine Achternoen s'engouffra à l'avant de la voiture et prit la radio.

— Je suis né un 11 novembre. Tu sais ce que ça veut dire, ça ? demanda Brandon.

— Que des millions de pauvres types se sont fait tuer pour rien… Et que cent ans plus tard, des jeunes comme toi n'en ont rien à foutre.

— Mauvaise réponse. Ça veut dire que dans quelques jours, je suis majeur. Et qu'en attendant ce jour-là, vous pouvez quasiment rien contre moi.

Séverine sortit de la voiture, le visage contrarié. Un visage que Thomas n'aimait pas.

— Me dis pas qu'ils n'ont rien trouvé.

— Laisse, il est clean.

— Putain, fait chier !

— Il y a quand même outrage à agent, précisa Séverine.

— Ça me fait une belle jambe, tiens !

Il considéra le jeune homme, le corps toujours collé à la voiture.

— On peut dire que tu as une chance de...

Mais le lieutenant ne finit pas sa phrase.

— Si tu es en règle et que tu prends le risque de nous semer, c'est qu'il y a autre chose...

Il palpa le pantalon de Brandon et se mit à sourire. Il lui retira les menottes et le retourna, le dos contre l'arrière de la 306.

— Vide les poches de ton fute !

Le jeune fit mine de ne pas comprendre.

— Pour une fois, comporte-toi en bonhomme. On sait tous les trois ce que tu as dans ton futal. Alors retourne tes poches et vite. Ma collègue et moi, on aimerait bien aller bouffer.

Le garçon défit une première poche vide, comme pour prolonger le suspense, puis, démasqué, sortit une petite boule d'aluminium qu'il tendit à Séverine.

Celle-ci retira le papier aluminium et porta la boulette à ses narines. À son regard, Thomas sut immédiatement ce que ce que c'était.

— Bingo ! Y a au moins dix grammes là !

— Mais c'est pas pour moi.

— Beh voyons ! Tu trafiques en plus !

— Je te l'ai dit, c'est bientôt mon anniversaire ! C'est pour mes potes. On a bien le droit de s'amuser un peu, non ? On fait de mal à personne, merde !

— C'est interdit ! Tu piges, ça ? Interdit !

Séverine fit signe à Thomas qui s'approcha d'elle sans perdre Brandon des yeux.

Elle lui chuchota dans l'oreille :

— On n'a quasiment rien contre lui. Et ce ne sont pas ses dix grammes de shit qui vont peser lourd face au procureur… par contre le scooter éclaté contre la portière, ça fait désordre.

— Mais ce gosse pue les embrouilles !

— Mais ce n'est qu'un gosse, comme tu le dis toi-même. Et je trouve ton comportement disproportionné… On lui a sauté dessus comme s'il était armé jusqu'aux dents.

— Mais d'habitude, c'est toi qui es intransigeante face à la loi…

— Justement, on est là pour faire appliquer la loi, pas pour rendre justice. Sinon, c'est quoi demain ? Tu vas éclater le pare-brise d'un type parce qu'il s'est garé sur une place handicapée ? Tu vas péter le genou de chaque client qui ne dit pas merci à la boulangerie ? Et tu sais très bien que malgré le délit de fuite, avec son âge, il risque peu. Attends encore quelques jours. Il va déconner et là, tu pourras le serrer. À ce moment-là, il sera majeur et vacciné.

Thomas lança un regard noir à Brandon, réfléchit un instant avant de s'adresser à sa collègue :

— C'est bon, OK.

Il regarda le scooter en deux morceaux.

— On efface l'ardoise…

— Et mon scoot !

— On efface l'ardoise, je t'ai dit ! C'est un beau cadeau d'anniversaire ça, non ? Et toi, tu la fermes pour ton scooter !

Brandon ne répondit rien. Il releva le scooter et parvint tant bien que mal à le faire rouler à côté de lui. Tandis qu'ils le regardaient s'éloigner, Séverine finit par dire :

— Avec tes conneries, tu vas finir par nous faire avoir des gros problèmes.

— T'inquiète, la portière, c'est pour moi.

— Il ne s'agit pas que d'une portière, il s'agit de tout ce que tu fais. Il s'agit de toi, de nous. Chaque fois que tu poses les pieds dans la merde, ça m'éclabousse ! Et des emmerdes, j'en ai suffisamment sans toi. Alors maintenant, j'aimerais que tu te comportes comme le militaire que tu es supposé être, comme une personne normale et pas comme un justicier à deux balles qui fait ses propres règles et agit comme bon lui semble ! On est supposés donner l'exemple.

— Mais tu l'as constaté comme moi. Parce qu'il est mineur, on ne peut pratiquement rien contre lui…

— On aurait pu, si tu ne l'avais pas arrêté comme un cowboy, si tu n'avais pas bousillé son scooter…

— C'est moi, le bandit dans l'histoire, alors ?

— Arrête, je n'ai pas envie d'avoir cette conversation maintenant. Tu es un gendarme, comporte-toi comme tel, c'est tout ce que je te demande.

Jessica et Thomas étaient tous les deux nus, vautrés dans le canapé du salon à écouter de la musique après avoir fait l'amour. Peu sensible, voire parfois carrément agacé face aux sons d'aujourd'hui, Thomas se sentait pourtant apaisé. Elle avait gardé ses chaussures à talons et il adorait ça. Ils laissaient filer le temps, un verre de bonnezeaux à la main.

Après cette journée où Séverine lui avait sorti ses quatre vérités, Thomas était rentré chez lui, frustré, incompris.

Jessica l'attendait déjà et, sans un mot, avait changé les draps du lit. Il lui était reconnaissant pour cela. Elle ne cherchait pas à le comprendre, ni à le juger. Elle ne lui avait pas promis fidélité. Elle ne venait que furtivement plusieurs fois dans la semaine. Elle ne lui tenait pas rigueur de ses amours d'un soir. Lui-même se lassait de ces brèves rencontres sans lendemain. Elles se faisaient plus rares, car la jeune femme prenait de plus en plus de place dans son cœur.

Toujours sans aucune parole, ils filèrent sous la douche.

Il fut heureux de voir de l'admiration dans ses yeux, heureux de ne pas être vu comme le minable que certains semblaient déceler en lui.

Lavé, le corps encore mouillé, il l'avait prise avec une violence retenue, l'étreinte sexuelle étant son unique exutoire. Le sport lui permettait de se défouler et de se maintenir en forme, mais cette activité physique était incapable d'assagir son esprit torturé.

Jessica contempla le corps musclé de son gendarme favori.

— Tu as vraiment un très beau corps. Beaucoup de mes amis aimeraient avoir ne serait-ce qu'un quart de ton physique. Tu as toujours été sportif ?

— Plus ou moins. C'est surtout mon ex-femme qui m'a poussé à prendre soin de moi. Lorsque nous avons commencé à nous engueuler, on n'arrêtait pas de se faire des vacheries. Tu sais, du genre à espionner le portable de l'autre, à oublier les moments importants… mais elle a été incontestablement la plus forte à ce petit jeu.

— Quoi ? Elle a envoyé ta collection de revues érotiques à ta gentille maman ?

— Mieux que ça. Elle a pris toutes mes fringues et les a mises à laver à quatre-vingt-dix degrés. Juste de quoi les rendre un peu plus près du corps. Et moi, je n'y ai vu que du feu. Du jour au lendemain, j'ai cru avoir pris dix kilos. Je devais rentrer le ventre pour fermer mes pantalons. Même mes chaussettes étaient difficiles à enfiler. Je ne te parle même pas de l'uniforme. Alors, je me suis pris en main, je me suis imposé une discipline de fer avec du sport tous les jours et sans m'en rendre compte, je me suis affiné, musclé et le regard des autres a également changé. C'est fou ce qu'une personne au corps harmonieux en impose aux autres. Et depuis, je n'ai jamais arrêté. J'ai longtemps cru que c'était un coup du destin pour faire face à mon divorce, en me faisant réconforter auprès d'autres femmes trouvées çà et là… Mais aujourd'hui, je sais pourquoi j'ai vécu tout ça. C'était pour que je sois prêt pour le jour de notre rencontre.

Jessica ne répondit pas. Elle lui sourit et prit sa main pour l'embrasser. Lui ne sut plus quoi dire. Alors, il demanda :

— Comment va ton fils ?

— Bien. Sa double vie se passe bien. Une semaine avec moi, une semaine avec son père. Il semble heureux et je l'aime, c'est le principal.

— Son père ? Tu l'aimes toujours ?

— Oui, bien sûr que j'aime encore son père. On s'est connus trop jeunes, on a eu Jules trop tôt, on manquait d'expérience…

— Mais tu aimes toujours le père de ton enfant, conclut Thomas songeur et contrarié.

— Son père m'aime aussi. Il aime également sa bande de potes et sa console. Et là, je t'énumère le tiercé dans le désordre.

— Et moi ?

Elle se rapprocha pour se coller à lui, passant une jambe par-dessus la sienne.

— Toi, c'est tout à fait différent. Toi, c'est la tuile qui m'est tombée sur la tête et qui me fait voir plein d'étoiles.

Elle posa un baiser sur son front.

— Tu me fais vivre des moments magiques où je ne pense qu'à moi, qu'à nous…

Elle embrassa son torse musclé qu'elle se mit à picorer avant de s'attarder sur cette cicatrice positionnée au-dessus du sein gauche. Elle s'était étonnée de cette trace de blessure dès leur première rencontre, mais n'en avait jamais parlé.

Il l'arrêta dans sa course aux baisers, prit son visage dans ses mains et l'attira à hauteur de sa bouche. Ils s'embrassèrent longuement.

CHAPITRE XXXVII

12 novembre 2014 – 8 heures

Thomas avait passé une mauvaise nuit. Après plusieurs jours de recherche, l'enquête était retombée au point mort. Il avait espéré passer la soirée avec Jessica, mais la jeune femme avait eu d'autres projets. Il décida du coup d'adapter les siens, mais avait perdu des heures à enquiller des jus de tomates, accoudé au comptoir du Macumba Club, attendant patiemment les premiers clients du mardi soir.

Tel un vampire, ces sorties dans le monde de la nuit lui permettaient de prendre la température de la faune qui se couchait tard.

D'un simple coup d'œil, Thomas avait tout de suite remarqué Brandon Michon à une des meilleures tables de la discothèque. Sans l'uniforme et les lunettes de soleil, le jeune Brandon n'avait pas reconnu le gendarme qui avait ruiné son scooter après une intense poursuite.

Les cheveux plaqués en arrière, vêtu d'un jogging de marque et portant ostensiblement deux chaînes en or et une fausse Rolex, le jeune garçon ressemblait à un prince de cité du neuf trois. Entouré de sa bande de copains et de jeunes filles vulgaires dont les rires se perdaient dans le tumulte de la musique, ils accumulaient les bouteilles que Brandon payait cash, montrant sans complexe la masse de billets qui sortait de sa poche. De même qu'il avait vu la mère pleurnicher à la mairie quelques semaines plus tôt car le couple ne parvenait plus à payer la cantine scolaire de leurs plus jeunes enfants, Thomas observait leur fils aîné fanfaronner et faire disparaître l'argent aussi vite qu'un rail de coke dans le nez d'un toxico.

De l'argent sale provenant probablement d'un trafic de shit minable à la hauteur des ambitions de cette famille modeste, mais Thomas n'en avait jamais eu la preuve. À la campagne, on n'était peu bavard à ce sujet. Si bien que Thomas gardait un œil sur les fréquentations du jeune homme et commençait à bien le connaître.

CHAPITRE XXXVIII

12 novembre 2014 – 15 heures

Il devait être tard dans l'après-midi lorsque Brandon se réveilla au milieu de nulle part. La tête en vrac avec des relents d'alcool et de mauvaise herbe dans la gorge, il ne se souvenait pas de grand-chose. Il savait seulement qu'il avait poussé la fête jusqu'au milieu de la matinée. Il avait ainsi passé plus de vingt-quatre heures sans dormir, à boire et à fumer.

Il rêvait depuis longtemps de cette journée où il obtiendrait sa majorité. Il allait pouvoir se prendre en main sans que son père, ce raté, ne vienne le récupérer par la peau des fesses, comme il le faisait depuis ses quatorze ans. Il allait enfin pouvoir faire quelque chose de sa vie. Il l'avait toujours su tout au fond de lui.

Ce qu'il ne savait pas, c'est que tôt ce matin, alors que son esprit semblait s'arracher de son corps, ses amis avaient profité de l'occasion pour lui jouer un tour ; ils l'avaient déposé à l'orée de la forêt de la Belletière.

Ce qu'il ne savait pas, c'est que son blouson, avec ses papiers, son portefeuille et son smartphone, était resté dans le coffre de la Golf, celle-là même qui les avait trimballés de bar en bar ces dernières vingt-quatre heures, avant d'atterrir en boîte. Brandon se trouvait ainsi totalement isolé dans une forêt suffisamment épaisse, inquiétante et éloignée du monde moderne pour que les jeunes refusent de s'y aventurer à la tombée du jour.

Ne sachant différencier sa gauche de sa droite et encore moins le nord du sud, Brandon avançait là où l'avait toujours mené son destin, dans la mauvaise direction.

Rentrant de la caserne, à la fin de leur service, le lieutenant Thomas de Melville et l'adjudant Séverine Achternoen entendirent un homme crier à l'accueil de la gendarmerie. Ils crurent comprendre quelques bribes de la conversation et les mots *fugue*, *danger*, *encore mineur*.

Lorsqu'ils s'approchèrent de l'entrée, leur collègue Bourinel tentait d'expliquer que la personne était majeure et qu'il ne pouvait donc s'agir de fugue au sens légal du terme.

— Mais il n'est majeur que depuis hier ! Il a toujours vécu à la maison ! Il n'a jamais quitté la ville ! Il n'a pas de travail, pas d'argent ! Si on ne le retrouve pas, il peut lui arriver n'importe quoi !

— C'est son choix, monsieur. Il est maintenant un adulte à part entière. Il est libre d'aller où il veut et de faire ce qu'il veut et ce, sans votre autorisation.

— Mais sans un toit et sans argent, il va finir dans la rue !

L'homme avait à peu près l'âge de Thomas. Vêtu entièrement d'un jogging et de chaussures de sport de marque, il était rasé de près, avait les cheveux mouillés et sentait encore le gel douche. Il s'était fait propre avant d'aller supplier les gendarmes. Thomas reconnut le père de Brandon.

Il était accompagné d'une jeune fille blonde, saucissonnée dans une jupe minuscule. De petite taille, trapue, avec une encolure massive et un centre de gravité très bas, elle rassemblait toutes les caractéristiques d'un poney Shetland. Ses ongles partiellement recouverts de vernis s'écaillaient et l'excès de rouge à lèvres n'arrivait pas à cacher une dentition irrégulière.

Un tel physique ne s'oubliait pas et Thomas l'avait identifiée parmi la bande de jeunes qui accompagnait Brandon à la discothèque la veille au soir.

Elle donna quelques détails sur cette disparition quelque peu involontaire.

— C'étaient les dix-huit ans de Brandon hier soir, alors on a beaucoup fait la fête et on a voulu lui faire une blague. Alors quand il s'est endormi ce matin, on l'a déposé à la forêt des Gibères.

— Et il s'est laissé faire ? interrogea Séverine.

— Il avait tellement bu qu'il n'a pas réalisé. Il était dans un sale état, si vous voyez le tableau.

— Et depuis, plus rien ! précisa le père. Pas d'appel, il n'est toujours pas rentré à la maison et aucun de ses copains n'a de nouvelles. Je suis sûr qu'il lui est arrivé quelque chose.

— Calmez-vous, ne nous alarmons pas. Avait-il de l'argent sur lui, un téléphone ?

La jeune fille baissa la tête, laissant découvrir l'absence de coloration à la racine des cheveux.

— Ça aurait été moins drôle si on lui avait laissé son téléphone et de l'argent. On lui a vidé les poches et on l'a laissé à la forêt, juste avec ses vêtements.

Le père se retenait de foutre une claque à la gamine qui se faisait de moins en moins grosse à côté de lui.

— Bon, ce n'est pas grave, la rassura Thomas. On va prendre une voiture, tu vas nous montrer où c'est et on va le retrouver.

— Mais c'est ce qu'on a fait ! répliqua le père. Mais il n'y est plus !

— Bon, quelqu'un l'a probablement récupéré, vous devriez rentrer chez vous et je suis sûr qu'il va revenir dans la nuit.

— La forêt des Gibères, c'est bien celle qu'on appelle la

forêt de la Belletière ? demanda Bourinel qui avait commencé à taper un rapport.

Thomas et Séverine se regardèrent aussitôt.

— Tu as bien dit *la Belletière* ?

CHAPITRE XXXIX

12 novembre 2014 – 15 h 30

— Holà, calme-toi, Thomas ! La Belletière, ce n'est pas le bois de Boulogne. Cette forêt, c'est juste un vaste espace boisé où ne traînent que des animaux en liberté. Je crois que c'est une forêt privée où il n'y a jamais personne. Probablement une réserve de chasse pour clients fortunés.

— Mais bordel, je suis ici depuis des années et on ne m'a jamais parlé de cette foutue forêt ?

— On dit que la forêt est hantée et que tous les gens qui y ont été tués s'y baladent les nuits de pleine lune, s'empressa de révéler la jeune fille comme s'il s'agissait d'une information capitale.

— Il s'agit juste d'une histoire pour faire peur aux enfants, relativisa Bourinel. C'est une histoire vieille de plus de deux siècles. Des femmes, des vieillards et des enfants s'y étaient réfugiés. Mais acculés au bas d'une falaise, ils furent massacrés par les armées républicaines. Il n'y eut que quelques survivants, les fantasmes et les racontars ont fait le reste. Et c'est normal qu'on ne t'en ait jamais parlé car il ne s'y passe jamais rien.

— Bourinel, on a besoin de nous ! s'égosilla Clémot en surgissant à l'accueil sans même prendre la peine de saluer. Carambolage sur l'A83 !

— Mais comment veux-tu que je fasse ? Je n'ai pas trente-six bras !

— Vas-y Bourinel, je m'occupe de la disparition du jeune homme.

— Merci Thomas, fit Bourinel conscient que son collègue avait fini son service.

Et il disparut aussitôt avec Clémot.

— Bon, je vais y faire un tour, affirma Thomas qui tentait d'apaiser son excitation.

— *On* va y faire un tour, précisa Séverine dont la curiosité était piquée au vif.

— Vous deux, rentrez chez vous au cas où Brandon rentrerait de lui-même. Essayez de dormir…

— Comment voulez-vous que je dorme ? s'énerva le père.

— Si on ne le retrouve pas ce soir, nous organiserons des recherches demain matin. D'accord ?

— Je n'ai pas vraiment le choix.

— Mais d'abord, montrez-moi où se trouve cette forêt mystérieuse, demanda Thomas en sortant comme par magie une carte IGN d'un casier.

Séverine fixa l'objet comme si elle découvrait une véritable carte aux trésors.

Le père de Brandon fit glisser son doigt sur une fine ligne de couleur bleue avant de s'arrêter.

— Vous voyez toute cette partie en vert ? Je pense que c'est toute la forêt. Les gens d'ici ne connaissant que cette petite partie car elle longe la départementale.

Il regarda la jeune fille en conservant son air courroucé et ajouta :

— D'après les jeunes, ils auraient laissé Brandon ici.

Thomas et Séverine approchèrent leur visage de la carte et lurent à haute voix :

— Les Gibères.

— La première fois que nous sommes allés chercher

Brandon avec les copains, on a croisé un vieux qui ne semblait pas content de nous voir dans le coin, reprit la jeune fille.

— Vieux, comment ? Chauve ? Avec des cheveux gris ? Avec une canne ? s'excita Thomas.

— Non, juste vieux… comme vous.

« Outch ! » pensa l'adjudant Achternoen en imaginant la douleur de son lieutenant toujours en quête de jeunesse éternelle tandis que celui-ci ne laissait rien paraître.

— Mais en moins beau, bien sûr… et avec de gros sourcils.

Le lieutenant ne put retenir un sourire et l'adjudant Achternoen ne put s'empêcher d'ironiser :

— Et comme des plus moches que lui, on n'en voit pas beaucoup, cela va beaucoup nous aider pour l'enquête.

À peine le père du jeune disparu et sa petite copine sortis de la gendarmerie, Thomas et Séverine se précipitèrent dans une voiture de service, la leur ayant été prise par Bourinel et Clémot. En s'asseyant dans le siège à l'assise défoncée et en constatant l'incommensurable kilométrage affiché sur le tableau de bord, le lieutenant reconnut tout de suite le véhicule ; c'était le plus ancien du parc auto. La voiture avait des pneus lisses, un problème de radiateur, mais et c'est ce qui la rendait si précieuse, c'était la seule disponible.

— Tu comptes vraiment organiser des recherches demain matin ? demanda l'adjudant Achternoen.

— Pas vraiment, non. Pas si vite. Pas pour un grand gamin de dix-huit ans qui cumule les conneries depuis sa première cigarette. Et si on devait vraiment ouvrir une enquête, j'aurais commencé comme il se doit par travailler l'entourage du môme et sa famille de cassos.

Il tourna son visage vers sa collègue avec un grand sourire.

— Mais j'avais tellement hâte de voir à quoi ressemblait la Belletière !

Tandis qu'ils s'enfonçaient dans la campagne, le smartphone de Séverine se mit à vibrer.

— Oui, ma chérie ?

Thomas fut charmé par la voix douce que prenait la mère aimante pour s'adresser à l'une de ses filles. Mais le ton se fit rapidement plus autoritaire.

— Tu ne peux pas aller chez ta copine car tu ne peux pas laisser ta petite sœur toute seule. En plus, je risque d'arriver un peu tard ce soir…

Petite discussion familiale. Voilà bien une chose qui ne manquait pas à Thomas. Divorcé, sans bonne ni mauvaise relation avec son ex-femme, il accueillait parfois son fils quelques jours afin de conserver un lien qui s'étiolait avec le temps. Le mot *famille* et ses nombreuses déclinaisons lui provoquaient toujours un malaise, sa relation avec les siens se concluant par une succession d'échecs.

— Bon, tu remercieras sa maman de vous accueillir toutes les deux et je passerai vous reprendre demain midi.

Thomas se demandait qui de la mère ou de la fille avait le mieux négocié. La fille qui réussit à dormir chez sa copine, ou la mère qui s'octroyait ainsi du temps supplémentaire pour son enquête.

— Et Élisa, n'oubliez pas vos brosses à dents. Je dépense une fortune pour que vous ayez de belles dents, alors vous prenez soin de… Allô ? Allô !

— Ne cherche pas, je n'ai plus de GPS non plus.

Séverine fixa l'écran de son portable d'un air contrarié avant d'enchaîner :

— Si tu savais le fric que je dépense pour qu'elles aient un beau sourire toutes les deux. J'ai l'impression que l'orthodontiste prend leur mâchoire pour une tirelire. Je suis une vraie poule aux œufs d'or pour lui. Mais bon, elles dorment chez une copine, cela nous laissera plus de temps pour inspecter le terrain.

— J'avais cru comprendre effectivement... C'est incroyable, plus on avance sur ces petits chemins et moins cela correspond à ce qui est indiqué sur la carte.

Séverine venait de réaliser qu'ils avaient quitté des routes bitumées pour un chemin de terre.

— C'est comme si tout le secteur avait été remembré et qu'il n'y avait pas eu de mise à jour de la cartographie.

Thomas ralentit le véhicule, hésitant un moment puis tourna brusquement le volant avant d'accélérer.

— Bon, allez, je prends l'intersection à gauche.

Le paysage se faisait de plus en plus oppressant, la route s'avançant miraculeusement entre deux étroites rangées de haies.

Soudain, un panneau de circulation indiquant une piste cyclable les intrigua. Contrairement aux précédents, il était étrangement criblé de trous.

— Je dirais un magnifique calibre douze, pronostiqua Achternoen.

— Sans aucun doute. Nous avons des adeptes de la chevrotine dans le coin.

CHAPITRE XL

12 novembre 2014 – 16 h 30

— C'est bien les Gibères, ici ?

Les bleus. Ils étaient là. Dans la cour. Avec leurs uniformes, leurs bottes et leurs armes. Comme en 1793, comme en 1832 comme en 1942. Toujours à prêts à tuer ou à envoyer vers la mort femmes et enfants sous couvert d'ordres hiérarchiques. Toujours présents, mais jamais coupables. Toujours prêts à obéir aux ordres comme des chiens d'attaque pour faire respecter la loi, pour faire respecter *leur loi* qui se transforme et se contredit au rythme des guerres et des révolutions. La seule évolution dans cette organisation répressive, c'était la présence de femmes qui s'étaient perverties dans cette besogne.

— Pas tout à fait. Ici, vous êtes à la Belletière, répondit Martin.

Le couple de gens d'armes qui se tenait là observait les lieux. L'homme jeta un regard satisfait et ajouta :

— C'est bien l'endroit que nous cherchons.

Il continua de scruter la cour, les bâtiments.

— Ça ne doit pas toujours être facile de vivre dans un lieu qui, officiellement, n'existe pas. Aucune trace de la Belletière dans Google Maps, Mappy ou n'importe quel autre navigateur internet !

— On n'a pas Internet ici, précisa sèchement Martin.

— Ni Internet, ni GPS, pas même un simple réseau de téléphone. Un vrai voyage à travers le temps.

La ferme construite en forme de U ne ressemblait pas aux autres fermes de la région. La plupart des exploitations étaient souvent constituées des mêmes types de bâtiments : la stabulation, la maison, parfois un préfabriqué en guise de bureau et les hangars pour protéger le matériel et le fourrage de la pluie et du vent.

Ici, cela ressemblait plus à une forteresse. Les bâtiments, qui montraient des signes flagrants de décrépitude, étaient collés les uns aux autres et n'offraient aucune vue sur les champs, la ferme étant en grande partie entourée par la forêt.

De part et d'autre de la cour étaient stationnés un tracteur assez récent, un vieux Renault Espace et une remorque hors d'âge. En inspectant rapidement le monospace, le regard du lieutenant fut attiré par le cache-boule de l'attelage qui, à défaut d'être réglementaire, était des plus surprenants. Une tête de poupée blonde était empalée sur la boule de l'attelage. L'œil gauche à demi fermé, le visage du poupon semblait lui faire un clin d'œil comme pour lui souhaiter la bienvenue dans cet endroit sordidement décalé.

Après un va-et-vient entre les différents bâtiments, tel un chien marquant son territoire, le gendarme se campa devant le tracteur, au milieu de la cour et scruta son interlocuteur.

Son équipière se tenait légèrement en retrait, sa main pendant nonchalamment près de son arme, prête à défourailler et à tirer si besoin. En attaquant de côté comme une hyène, pensa Martin.

Lui se tenait face au militaire, gonflant la poitrine de son corps massif, prêt à défendre sa terre, prêt à tuer… s'il avait seulement eu le temps de récupérer une arme.

Soudain, Thomas vit Cri-Cro sortir de la maison. Plutôt étrange pour un type qui était supposé être en Espagne pour son travail. À la vue du gendarme, Cri-Cro pâlit, pétrifié, chercha ses mots, mais ne réussit à sortir que quelques balbutiements.

Thomas fit discrètement un signe de la main à Séverine, pour lui faire comprendre de reculer. Il eut soudain un mauvais pressentiment. Ça ne sentait pas bon et cela ne venait pas de l'odeur de lisier qui encombrait ses délicates narines. Il venait pourtant d'inspecter une partie des lieux, mais quelque chose lui échappait. Le paysan montrait beaucoup trop d'assurance face à l'autorité qu'il représentait.

Une balle siffla soudain près de son oreille gauche et confirma son intuition.

Sans même réfléchir, il se retourna et courut se réfugier derrière le tracteur. Séverine s'y trouvait déjà.

— Sniper ! résuma-t-il entre deux respirations.

Tout lui revint en un instant. Son cerveau fit un bond de vingt ans en arrière, au temps où des Serbes et des Bosniaques s'exterminaient, terrés dans les décombres, à l'affût de l'ennemi, fussent-ils victimes, femmes ou enfants. À l'époque, c'était œil pour œil et sang pour sang et chacun des dieux, au nom desquels ils s'entretuaient, reconnaîtrait les siens.

Thomas retrouva instinctivement les réflexes de cette époque à jamais gravée dans sa chair. Il se recroquevilla sur lui-même, cherchant à se faire le plus petit possible. Se retrancher pour se protéger, se reprendre, réfléchir puis contre-attaquer.

Il jeta un œil sur Séverine, qui s'était mise à l'abri derrière l'une des roues arrière du tracteur. L'une des plus grosses.

— Gendarmerie ! cria-t-elle. Jetez votre arme !

Un nouveau coup de feu retentit en guise de réponse.

— Ça a le mérite d'être clair, dit Thomas à sa collègue.

Elle lui montra quelque chose du regard et lorsqu'il tourna les yeux dans la direction indiquée par son équipière, il comprit tout de suite leur erreur.

La Peugeot 306 bleue et tout ce qu'elle contenait se trouvaient à l'opposé de la cour, avec la radio, le fusil, les gilets pare-balles. Merde, merde, merde !

— J'aimerais savoir à qui on a affaire avant de les démolir, reprit Séverine en retirant la sécurité de son SIG 2022.

— En Bosnie, on avait une blague entre nous. Tu sais comment on reconnaît les méchants ?

— Non.

— C'est ceux qui nous tirent dessus !

Et il se mit à rire nerveusement. Séverine n'y prêta pas attention, concentrant son esprit sur la meilleure façon de se sortir du guêpier dans lequel ils s'étaient fourvoyés.

— Le bâtiment situé à huit heures ! On y sera à l'abri et on pourra s'organiser une défense digne de ce nom.

— OK, j'y *go* !

Séverine n'eut pas le temps de crier pour l'en empêcher. Le voyant partir à découvert, elle se mit aussitôt à tirer au hasard en direction des bâtiments opposés, espérant effrayer le sniper et couvrir son collègue trop impulsif.

N'écoutant donc que son courage, Thomas s'était élancé pour atteindre la porte, mais se trouva acculé face à un bâtiment fermé. Re-merde !

Il essaya d'enfoncer la porte. En vain, elle était beaucoup trop lourde, beaucoup trop épaisse. Une balle vint à nouveau titiller ses oreilles et il distingua nettement la marque laissée par son impact dans la porte métallique. Pas d'autre choix que de revenir en courant, en espérant que le tireur n'ait pas le temps de recharger avant d'atteindre le tracteur. Il entendit Séverine tirer de nouveau.

Il se remit en boule une fois arrivé derrière la roue avant qui le protégeait du tireur.

— Je n'aurais pas cru que la porte serait fermée, lâcha Thomas en essayant de reprendre son souffle.

Séverine se tourna vers lui, quittant un instant du regard l'autre côté de la cour.

— Sérieusement ? Tu as quel âge ?

— Quarante-deux ans, pourquoi ?

— Et à quarante-deux ans, tu crois toujours au Père Noël ?

— C'est quoi le rapport ?

— Le rapport, c'est d'arrêter de croire n'importe quoi. Faut pas foncer sans réfléchir. Faut anticiper, bordel ! J'ai gaspillé la moitié de mon chargeur avec tes conneries. Et maintenant baisse-toi, ta casquette dépasse !

Bing ! Le sniper venait d'essayer d'atteindre sa tête, mais la balle atterrit dans la carlingue du tracteur. Ils entendirent gueuler.

— Kévin, nom de Dieu, pas sur le Massey Fergusson !

Thomas put mettre un nom sur la colère qui montait en lui. Kévin, c'est ainsi que s'appelait le petit salaud qui essayait de les tirer comme des lapins. Et cet enfoiré semblait assez doué, même si, fort heureusement, il avait loupé sa cible à chaque fois.

Thomas s'adressa à son équipière :

— Kévin, ce ne serait pas le nom que nous aurait donné la femme de Cri-Cro ? Tu sais, l'associé qui leur fournit la viande…

— Oui, c'était un nom comme ça, répondit Séverine après avoir vite fait appel à sa mémoire. Elle avait aussi parlé de trois frères. Pour l'instant, nous n'en avons rencontré que deux et ils ont une définition bien particulière d'un accueil chaleureux. Espérons que le troisième sera moins sauvage.

Thomas devait se faire une idée de la position où se cachait Kévin. Les détonations semblaient venir de sa droite, mais il ne miserait pas sa vie là-dessus. La disposition des bâtiments qui constituaient cette cour de ferme faisait se répercuter le son comme un écho. Il devait se mettre dans la peau du tireur afin d'avoir une chance de le débusquer. Il savait qu'un sniper se placerait volontiers dos au soleil, de préférence en hauteur.

— Dis-moi, beauté, ça te dirait de voir la tête du bouseux qui nous prend pour des galinettes cendrées ?

— Oh que oui ! J'aimerais beaucoup lui offrir un joli piercing de neuf millimètres au milieu du front !

Thomas lui balança sa casquette et un malheureux bout de bois trouvé sous le tracteur.

— Prends ça et tends le bout de bois à dépasser de ta roue. Fixe ton regard à deux heures, dans la lucarne. Si j'avais une lunette au bout du calibre, c'est là que je me mettrais.

Séverine posa la casquette sur la ridicule branche qu'elle tenait du bout des doigts. Elle l'exposa hors de leur abri et la conséquence ne se fit pas attendre. La casquette vola et la branche se réduisit de moitié dans un nouveau bruit de détonation. Mais dans la pénombre de la fenêtre minuscule, Séverine avait vu la lueur de l'arme et crut même deviner une tête blanche, comme un bonnet, ou probablement une casquette portée à l'envers.

— Tu l'as vu comme moi ?

Séverine fit oui de la tête.

Thomas avait lui aussi remarqué la tête blanche et ce détail le rassura un peu. Kévin n'était qu'un amateur. Un professionnel aurait porté une couleur plus sombre pour se fondre dans le décor.

Il continua :

— Pour le bâtiment, c'est mort. La porte est trop lourde pour être défoncée et trop épaisse pour qu'on soit sûrs de pulvériser la serrure avec notre arme. Il ne nous reste que la forêt qui se trouve derrière nous. En faisant diversion, on devrait y arriver. Notre tireur est rapide, mais prévisible.

— Je peux essayer de le déloger de son terrier, proposa Séverine, il me faudrait juste un tir de couverture.

— Avec nos calibres à canon court, nous faisons

difficilement le poids face à son arme de précision. On risque de gaspiller nos cartouches pour rien.

Séverine aurait préféré tirer à tout-va, mais le raisonnement de son collègue était plus réfléchi.

Thomas arracha le rétroviseur du tracteur en y mettant tout son poids.

— Je vais l'aveugler avec ça, ce qui te donnera quelques secondes pour atteindre l'orée du bois. Cours sans te retourner jusqu'à ce que tu sois hors de son champ de vision.

— Et toi ? s'inquiéta Séverine.

— Voici mon deuxième chargeur. Tu voulais des tirs de couverture, ce sera à toi de me protéger, le temps que je puisse te rejoindre. De toute façon, tu tires mieux que moi.

Il observa son regard, cherchant un signe d'approbation.

— OK pour toi ?

Séverine se positionna prête à partir et tenta de contrôler sa respiration.

— OK pour moi.

Thomas se mit légèrement à découvert de façon à diriger la lumière du soleil en pleine lucarne à l'aide du rétroviseur.

— Maintenant !

Séverine s'élança et se mit à courir. Aveuglé par la luminosité renvoyée par le miroir que tenait Thomas, Kévin tira quand même en direction du tracteur, mais la balle se perdit au loin. La détonation surprit Séverine qui accéléra sa course, vit avec soulagement la verdure qui se rapprochait d'elle, sauta par-dessus un buisson, roula sur le côté et s'aplatit contre le sol. Elle avait réussi. Elle tenta de reprendre sa respiration le plus rapidement possible en pensant déjà à son équipier resté pour la protéger.

Elle vit sur sa droite un tronc d'arbre mort couché dans les fougères. Elle rampa pour s'y protéger. Une fois le dos contre l'arbre, elle voulut se redresser, mais son polo se prit dans une des branches et déchira l'échancrure de son col.

Elle gémit car la branche avait excorié sa poitrine, déchirant sa chair et laissant du sang couler légèrement entre ses seins.

— Pas le temps pour s'attarder sur tes petits bobos, ma grande, murmura-t-elle en serrant les dents.

Elle introduisit le chargeur plein dans son arme de service et commença à ajuster son tir en direction de la fenêtre du chasseur, mais ses bras tremblaient, secoués par sa respiration encore saccadée. Il lui fallait pourtant se concentrer, la distance entre elle et la zone de tir était maintenant plus importante et, comme l'avait prévu son équipier, son arme de poing allait manquer de précision.

« Il va falloir y mettre le paquet pour l'impressionner ! »

Thomas ne cessait de jeter des regards insistants dans sa direction. Elle lui fit enfin signe qu'elle était prête. Il commença un compte à rebours silencieux avec ses doigts. Terminant d'abaisser son index, il s'élança tandis que Séverine commença à tirer.

— Écarte-toi de ma ligne de tir ! lui cria-t-elle.

Elle risquait effectivement de blesser son équipier qui frôlait dangereusement les balles censées le protéger. Thomas ne pensait qu'à courir le plus vite possible, obnubilé par le danger bien vivace qui planait sur son dos.

Il s'élança par-dessus le tronc, se prit les jambes dans ces satanées branches et s'étala comme une merde de type 7 sur l'échelle de Bristol. Mâchoire en avant, il dégusta au passage une macédoine d'humus et de feuillage. Il se redressa comme si de rien n'était, cracha un mélange de terre et de salive avant de se masser le menton.

— Sympa le décolleté, s'amusa-t-il en découvrant l'échancrure du polo en sang.

— Je te croyais plus subtil avec les femmes.

— Désolé princesse, mais notre tireur ne fait pas non plus preuve de galanterie. Alors, si madame veut bien se donner la peine de m'accompagner dans les bois… il faut qu'on se déplace loin d'ici avant que l'autre nous retrouve dans sa ligne de mire.

Ils s'élancèrent en se faufilant parmi les fougères. À peine eurent-ils quitté leur abri de fortune que deux volées de chevrotine vinrent s'abattre sur l'écorce d'un arbre situé à quelques centimètres de l'épaule de Thomas. Séverine cria de peur.

Une voix grave et rocailleuse retentit dans la forêt :

— Ils sont là, nom de Dieu ! Je les vois, ils sont là !

— Ça veut dire quoi ça ? Que tous les bouseux du coin sont après nous ? s'exclama Séverine.

— Ça veut surtout dire qu'on ne court pas assez vite, répondit Thomas qui devinait au loin l'homme rechargeant son fusil de chasse.

— Courez, mes poulets ! leur cria Martin. Ça rendra votre chair plus tendre !

Séverine se mit à courir de plus belle et prit sur la gauche où la forêt semblait plus touffue, espérant ainsi être protégée par les arbres et la végétation. Thomas la suivait de près, espérant que son dos lui offrirait une protection supplémentaire d'un éventuel coup de fusil. Il ne voulait pas leur donner le loisir de tirer sur deux cibles en même temps. Quitte à ce que les balles fassent mouche autant que cela soit sur lui d'abord.

Ils coururent ainsi sans même se retourner, n'entendant plus que leur respiration et leur cœur qui battait la chamade, la course rythmée par leurs jambes qui martelaient le sol et fouettaient les ronces et les fougères.

Au bout de plusieurs minutes, ils ralentirent instinctivement l'allure, pour arriver à un rythme plus tenable. Plus ils allongeaient la distance et plus la fatigue se faisait sentir, rendant les foulées de plus en plus pesantes.

Séverine serra le poing, tentant de faire disparaître une pointe de côté, chaque effort étant de plus en plus pénible. Thomas leva les pieds de moins en moins haut et trébucha dans une racine qui dépassait du sol. Son corps glissa au milieu d'un amas de terre dure et de racines. Cette chute fut moins spectaculaire que la première, mais il ressentit une légère douleur à la cheville gauche.

— Stop ! J'en peux plus… lâcha-t-il entre deux souffles.

Séverine revint vers lui, se positionna à sa hauteur et en profita pour reprendre sa respiration et ses esprits.

— Je pense qu'on peut s'arrêter ici. Je suis épuisée, moi aussi. Et je ne pense pas qu'ils nous retrouveront jusque-là.

— Difficile d'évaluer la distance que nous avons effectuée dans cette forêt, mais nous sommes encore beaucoup trop près, précisa-t-il en profitant de cette accalmie pour remplir ses poumons durement sollicités.

— Ils n'ont pas notre forme physique, ils n'ont pas notre endurance. Nous avons probablement creusé un bel écart entre eux et nous. Ça ne va pas leur être facile de nous retrouver.

— Je n'en suis pas si sûr. Contrairement à nous, ils connaissent le terrain. Et comme moi, tu as entendu le fusil de chasse. Qui dit fusil de chasse, dit chien de chasse.

— Y a pas de chien. S'il y avait eu des chiens, avec tout le raffut qu'il y a eu dans la cour, on les aurait entendus gueuler, dit Séverine essayant de s'en convaincre elle-même.

— Écoute, cette forêt n'est peut-être pas si grande…

— Qu'en sais-tu ? Tu ne connaissais même pas cet endroit il y a une heure.

— Mais je connais la région. On est dans un département touristique, agricole, industriel. Avec des gens, des maisons, des hôpitaux, des écoles, des gares… En continuant tout droit, on finira bien par arriver sur une route ou un village.

Séverine sortit son smartphone de sa poche. Elle essaya d'y distinguer quelques barrettes et tendit son bras vers le ciel pour essayer de capter une hypothétique onde de communication.

— Rien. Pas un semblant de réseau.

— Seule la radio dans la voiture aurait pu nous permettre de demander du renfort, précisa Thomas. C'est ma faute. J'étais trop sûr de moi. On s'est embarqués dans cette histoire comme si on partait pique-niquer. J'en ai oublié les précautions de base. Je suis vraiment désolé.

— Ne t'en veux pas. On est une équipe. Les conneries, on les fait à deux. Moi aussi, j'aurais dû être vigilante et penser à signaler notre situation dès notre arrivée à la ferme.

— Ce n'est qu'un putain de mauvais moment à passer. On est assez forts pour y faire face. On va se sortir de là. Je te le promets, souffla-t-il d'un ton grave, mais confiant.

Séverine le crut un instant.

— Tu n'as pas trop mal ?

— Si, ça me lance. Mon corps doit être couvert d'ecchymoses, j'ai l'impression d'avoir mal partout.

Thomas examina la blessure située au milieu de la poitrine.

— N'en profite pas, ajouta-t-elle en fermant les yeux.

Il essaya de nettoyer la plaie à l'aide d'un mouchoir. Il retira délicatement un petit morceau de bois.

— Rien de bien méchant, mais tu vas avoir une jolie cicatrice à montrer à tes petits-enfants. Vaut mieux ça qu'un œil borgne ou une jambe de bois. C'est beaucoup plus sexy.

— Venant d'un expert, me voilà rassurée.

Il se releva et l'aida à faire de même.

— Allez viens, cœur de pirate. Nous devons rester mobiles si nous voulons éviter qu'ils nous retrouvent. Et comme je le pense, c'est la meilleure façon de trouver une route ou un village qui nous permettra de communiquer avec le PC.

À la ferme, Martin n'avait couru que quelques mètres dans la forêt. Il pensait pouvoir compter sur Kévin pour se lancer à la poursuite des deux gendarmes, mais le temps que le jeune homme descende de son poste de tir, ils étaient déjà loin. Il lui jeta un regard noir.

— À part tirer sur les tracteurs, elle te sert à quoi ta carabine ?

— Désolé, Martin. Mais reconnais tout de même qu'ils ont eu de la chance. D'habitude, je ne loupe jamais ma cible.

— D'habitude, tu tires sur des bouteilles ou sur des cibles en carton. C'est beaucoup plus facile que sur des cibles mobiles.

Kévin baissa les yeux, tel un aveu de faiblesse. Contrairement à son frère, il ne prenait aucun plaisir à tuer des animaux. Sur ce point, il lui avait toujours tenu tête, se refusant de donner la mort aux bêtes sauvages.

Nicolas sortit de la maison en criant d'une voix stridente :

— C'est quoi, ce bordel ? Et que fait cette voiture de gendarmerie dans la cour ?

— Toi, si tu t'épilais un peu moins souvent les couilles, on pourrait peut-être compter sur ton aide. Excuse-nous de ne pas t'avoir attendu, mais pendant que tu te refaisais une beauté, le gosse et moi, on s'occupait des deux gendarmes qui nous ont mis le grappin dessus.

Nicolas commença à pâlir et à paniquer.

— Des gendarmes ? Non, c'est impossible. Comment auraient-ils pu remonter jusqu'à nous ? Comment ont-ils pu trouver la ferme ? Ils vous ont dit pourquoi ils sont venus ?

— Tu crois peut-être qu'on allait attendre qu'ils nous mettent gentiment les menottes ? ironisa Martin.

Nicolas prit soudain conscience de la situation. Et il retrouva sa voix stridente.

— Vous avez tiré sur des gendarmes… se dit-il. Vous avez tiré sur des gendarmes ! leur hurla-t-il au visage.

— On a toujours fait comme ça, insista Kévin.

— Mais il ne s'agit pas de SDF ou de pauvres touristes perdus dans les bois, il s'agit de gendarmes ! Ils ne sont pas là par hasard. Et vous, vous tirez dessus sans même savoir pourquoi ! Mais vous êtes crétins ou quoi ?

— Arrête de nous traiter comme des mongoliens. Celui qui a dit que cela n'arriverait pas, c'est toi. Celui qui se fait passer pour le cerveau de la famille, c'est toi. Celui qui dit avoir tout prévu, c'est toi. Et dis-moi, gros con, la visite imprévue de deux poulets, tu l'avais prévue, celle-là ?

— Martin, baisse d'un ton, s'il te plaît. On va gérer comme on l'a toujours fait. Amenez-moi les corps au labo.

Kévin prit un air gêné, mais Martin alla directement au but.

— Y a pas de corps, y a pas de cadavres. Y a deux gendarmes échappés dans la forêt.

Nicolas fit des yeux ronds.

— Et c'est maintenant que vous le dites !

— T'affole pas, ils viennent de partir et je pense même en avoir touché un.

Nicolas tenta de se calmer afin de reprendre ses esprits. Il en voulait à ses frères de ne pas avoir agi de façon plus subtile.

Cri-Cro osa enfin sortir de sa cachette, la mine confuse.

— Bon, je pense qu'il vaut mieux que je rentre chez moi. Je vous laisse à vos affaires…

— Oh toi, tu ne bouges pas d'ici, insista Nicolas. À part nous, il n'y a que toi qui es au courant de notre business. Et je ne vois pas comment deux crétins de gendarmes ont pu remonter jusqu'à nous, à moins que quelqu'un nous ait vendus…

— Putain, Cri-Cro, c'est dégueulasse de nous faire ça ! beugla Kévin.

— Mais arrêtez, j'y suis pour rien ! se défendit Christian. Je suis autant dans la merde que vous.

— Et encore, tu ne sais même pas à quel point. Kévin, va chercher ta lunette infrarouge, ordonna Martin, moi je vais chercher mon arbalète.

— Pas si vite ! l'arrêta Nicolas, les yeux fixés sur le véhicule de gendarmerie, perdu dans ses pensées. Cette forêt qui nous entoure a toujours été notre protection. Elle n'est pas illimitée, mais elle est vaste. Nous la connaissons beaucoup mieux que nos visiteurs qui, eux, sont à pied dans un environnement totalement inconnu.

— Alors, qu'est-ce qu'on attend ? Allons-y !

— Attendez, j'ai une bien meilleure idée… souffla Nicolas avec un sourire.

CHAPITRE XLI

12 novembre 2014 – 17 heures

Avec un soleil couchant qui arrivait difficilement à percer entre les arbres, Séverine réalisa que l'obscurité et la fraîcheur viendraient beaucoup plus vite qu'elle ne l'avait prévu.

— Il va falloir se rendre à l'évidence, lieutenant, on va devoir passer la nuit ici.

Thomas ne répondit pas. Il comprit qu'ils se battaient inutilement contre un destin qui s'acharnait sur eux depuis qu'ils avaient mis les pieds dans cette ferme. Lui qui avait cru pouvoir les sortir de là avant que la pénombre ne s'abatte sur eux devait accepter la dure réalité. Il ressentait une forte douleur à la cheville gauche. Une entorse, à coup sûr. Cette saleté de guigne ne le lâchait pas. Et comme si cela ne suffisait pas, le bois dans lequel ils s'étaient perdus était beaucoup plus étendu qu'il ne l'avait imaginé. Il avait même envisagé un moment de revenir sur leurs pas, la ferme étant leur seul point de repère, mais cela signifiait se jeter dans la gueule du loup. Un loup enragé et qui ne cherchait qu'à tuer. Le gendarme devait se résigner à les sortir de la forêt coûte que coûte par un autre moyen.

Séverine était exténuée et l'obscurité naissante commençait à peser sur son moral.

— Je commence à avoir froid.

Thomas l'entoura de ses bras nus pour lui redonner un semblant de chaleur. Ils étaient juste partis avec leur polo manches courtes, leur pantalon d'intervention, leurs chaussures montantes et leur casquette. Il pensa au blouson polaire probablement enfermé dans le coffre de la vieille 306.

— Je sais. Moi aussi. Nous ne pouvons pas nous permettre d'allumer un feu. Ils n'attendent probablement que ça afin de nous repérer dans la nuit.

Il tenta une plaisanterie.

— Puisqu'ils ne veulent pas de nous au camping à la ferme, nous ferons du camping sauvage. Et au diable les toilettes sèches !

Séverine ne sourit pas, mais regarda affectueusement son équipier. Elle était loin de chez elle, loin de ses filles, loin de tout, pourtant elle remerciait le ciel d'être avec Thomas et non pas un autre collègue. Avec lui, elle allait s'en sortir, elle en était certaine. Il le fallait.

Thomas arborait son masque d'optimisme à toute épreuve, mais sa cheville le lançait quasi continuellement maintenant. Il tâcha de ne pas le montrer afin de ne pas ajouter une mauvaise nouvelle de plus à annoncer.

Pour construire leur abri de fortune avant qu'il ne fasse tout à fait nuit, Thomas empila des grosses branches pardessus un amas de troncs tombés à terre. Ils commencèrent à y poser des branches de sapin qu'il trancha à l'aide de son couteau. Séverine compléta également par un amas de fougères.

Disposés ainsi, ces éléments naturels les protégeraient du vent. D'autres branches de conifères posées à même le sol constitueraient un matelas peu confortable, mais isolant. Enfin, ils composèrent un tas de feuilles qui ferait office de sac de couchage.

— Je propose que tu te reposes quelques heures tandis que je ferai le guet. Nous devrons jouer le rôle de sentinelle chacun notre tour, au cas où nos poursuivants auraient l'idée de nous chercher pendant la nuit.

Thomas devina un geste d'acquiescement de Séverine qui se coucha sous l'ébauche de hutte qu'ils venaient de construire à la hâte.

La blessure à la poitrine continuait de la faire souffrir, son corps était parcouru de frissons, mais elle ne voulait pas être une nouvelle source d'inquiétude.

— Tu es confortable ?

— Eh bien, compte tenu de la literie toute neuve et de la magnifique vue depuis la chambre, je dirais que cet hébergement mérite amplement ses cinq étoiles. Il me manque juste mon grand pyjama pilou pilou pour m'endormir comme un bébé.

Thomas sourit, puis leva les yeux vers le ciel et son pessimisme tenta de prendre le dessus.

Au fil du temps, il s'était habitué au crachin de la région, mais les nuages qu'ils voyaient s'amonceler ce soir étaient annonciateurs d'une nuit bien pluvieuse.

— Quelle chance que tu aies un couteau sur toi. Cela aurait été difficile avec ma simple pince à épiler.

Thomas regarda son DPX HEST, un couteau de survie petit par la taille, mais grand par ses possibilités.

— C'est grâce à *Crocodile Dundee*, précisa Thomas.

— *Crocodile Dundee*, le film ?

— Oui, c'est grâce à lui que j'ai ce couteau. À quatorze ans, j'ai vu ce film, ou Dundee arrive à New York, il affronte un voyou et lui taillade son blouson.

Il mima la scène :

— *Donnez-lui votre portefeuille, Mike.*

— *Pour quoi faire ?*

— *Il a un couteau !*

— *Un couteau ? Naaaan. Ça, c'est un couteau, fils.*

Séverine se mit à rire.

— Je me souviens de ce passage. Mais c'est ridicule. Quel est le rapport avec ce petit couteau ? Dans le film, Dundee a un couteau long comme le bras.

— Je n'avais pas de poche assez grande. J'ai donc dû en prendre un plus petit, plus discret, mais qui nous a permis de construire ce magnifique nid douillet.

— Si je comprends bien, c'est surtout grâce à ta testostérone d'adolescent. Tu as été subjugué par l'exemple d'un personnage grande gueule et viril avec son *grand* couteau bien long. Truc de mec, quoi !

— Ce n'est pas gentil de se moquer…

— Je me moque, mais je ne m'en plaindrai pas. Si tu étais amateur de comédies musicales, on n'en serait sans doute pas là…

— Nous chanterions sous la pluie ! conclut Thomas dans un grand sourire.

Séverine ne réagit pas. La tête posée sur le sol, elle avait le regard levé vers le ciel.

— Toi aussi, tu as remarqué les nuages ? demanda-t-elle, revenant à l'affligeante réalité de leur situation.

— Avec un peu de chance, le vent va les pousser et nous éviter la pluie, tenta-t-il de la rassurer.

— Avec un peu de chance…

Bien qu'exténuée, elle n'arrivait pas à s'endormir. La forêt était pourtant paisible. Séverine essaya tant bien que mal de se laisser bercer par le bruit du vent s'engouffrant parmi les hautes branches des chênes et des pins. Toujours à l'affût, les deux gendarmes sursautaient au moindre bruit causé par les animaux qui peuplaient la forêt : bécasses, lièvres, chevreuils… Tous paraissaient s'être donné rendez-vous près du camp improvisé.

— Nous n'avons pas fait tout ça pour rien.

— Quoi ? demanda Thomas, qui devinait plus qu'il ne voyait le visage de Séverine dans l'obscurité.

— Je me disais… cette volonté de vouloir nous tuer à tout prix, de nous faire disparaître… c'est parce qu'on touche au but, pas vrai ?

— Oui, je pense que Cri-Cro et les gars de la Belletière sont à la tête d'un commerce de transformation de viande illégale.

— De viande humaine ?

— Oui. Cela paraît fou, totalement incroyable, mais cela pourrait également expliquer certaines disparitions dans la région.

— Comme nos deux Anglais ?

— Éventuellement… Je pensais plutôt à quelques paumés qu'on n'a plus revus du jour au lendemain.

— Oui, je vois. De pauvres marginaux pour qui personne ne s'inquiète. Des gens totalement invisibles aux yeux de la société.

— Il n'y a rien qui t'a choquée quand on est arrivés dans cette ferme ?

— Si, les deux pécores qui se sont amusés à nous tirer dessus.

— C'était surtout étrangement calme pour une cour de ferme. Pas un bruit. C'est tout de même étrange que des producteurs de viande ne possèdent ni veaux, ni vaches, ni cochons, pas même une poule. Je pourrais comprendre s'il s'agissait de céréaliers, mais ce sont ces gars-là qui approvisionnent Cri-Cro en bidoche.

— Cela confirmerait ton hypothèse de trafic de viande humaine. Mais comment peut-on en arriver à cette extrémité à notre époque ? Même dans les pays les plus miséreux où les gens crèvent de faim, les gens ne se dévorent pas les uns les autres.

— On a bien nourri pendant des années des bovins avec de la farine animale…

— Oui et ça a donné la maladie de la vache folle ! Et du

point de vue éthique, c'est le pire des crimes... J'ai tellement de mal à y croire. Il faut absolument mettre fin à cette monstruosité.

— Aux premières lueurs du jour, on trouvera un moyen de sortir de cette forêt et on reviendra avec une armée de TIC. Un corps laisse toujours des traces, on trouvera bien de quoi inculper nos agriculteurs véreux.

Il vint s'allonger sur leur matelas de feuilles et se tourna vers elle, la tête posée sur une de ses mains.

— On peut se parler franchement ?

D'abord surprise, Séverine répliqua aussitôt.

— Puisque nous allons passer notre première nuit ensemble, je pense qu'on peut tout se dire.

— Tu sais, cela n'a pas été facile pour moi. Passer d'un collègue rabougri à une équipière pétillante et pleine de vitalité n'est pas une mince affaire. Avec mon ancien équipier, on s'envoyait des petites vannes machistes, des histoires drôles pas toujours très fines. Du coup, quand je te parle, j'essaye de faire attention, de freiner mon petit côté macho.

— J'apprécie l'effort.

— Te moque pas.

— Sincèrement, on est très différents tous les deux et pourtant je sens bien que tu prends parfois des pincettes avec moi. Je suis sûre que tu étais beaucoup plus direct avec ton ancien collègue.

— Disons, qu'on était rapidement sur la même longueur d'onde. Alors que parfois nous deux, on s'excite, on s'emballe pour se rendre compte qu'au final, on n'est pas partis dans la même direction.

— Mais maintenant qu'on a parcouru un petit bout de chemin ensemble, que penses-tu de ton « équipière pétillante et pleine de vitalité » ?

— Eh bien, tes dérapages contrôlés dans le centre-ville

m'ont vite fait prendre conscience que tu conduis beaucoup mieux que moi.

— Ouais, c'est vrai ça, je ne suis pas mauvaise, crâna-t-elle.

— Tu es meilleure tireuse que moi.

— Ce n'est pas très difficile.

— En fait, quand j'y pense, il te manque juste un peu plus de biceps et de moustache pour que tu sois le meilleur équipier que je n'aie jamais eu.

— Rigole, avec un peu d'entraînement, je te prends au bras de fer quand tu veux.

— Non, impossible ! Pas avec mes exercices de musculation. Touche ça ! fit-il en guidant la main de Séverine vers son biceps qu'il tentait de durcir au maximum en gardant une tension continue, le bras plié.

— Pfff ! Que de la gonflette.

— Demain, dès qu'on rentre à la gendarmerie, j'appelle tous les collègues, on s'installe à une table, chacun de son côté et je te donne une bonne leçon d'humilité.

— Je reconnais qu'avec ta quantité d'hormones, je pars avec un handicap. Il faudrait une compétition plus équitable.

— Tout ce que tu veux. Même en endurance, je suis plus fort que toi, miss RPM.

Séverine se tut un instant, légèrement vexée, puis se ravisa et s'écria :

— Je sais ! J'ai trouvé la compétition qui pourrait nous départager. Mais tu dois d'abord accepter le défi.

— Qu'est-ce que c'est ?

— Dis-moi d'abord que tu l'acceptes, je te le dirai après.

— Ce n'est pas très fair-play.

— Tu fais ta chochotte ?

Piqué au vif, Thomas répondit aussi sec :

— Adjugé ! Quelle que soit ton épreuve, je suis ton homme.

— On va faire… un *cuisse de fer* !

— Quoi ? Qu'est-ce que c'est ce truc ? Ça n'existe pas.

— Bien sûr que si ça existe, je viens de l'inventer ! C'est comme un bras de fer, mais avec les cuisses. Et avec toutes mes heures de RPM, de squat, de fentes et de pilates, toi et ton arrogance, je vais vous pulvériser ! Yes ! Je savais bien que tous ces efforts finiraient un jour par payer.

— J'aimerais bien voir ça. Moi aussi, je fais des squats, madame ! Moi aussi, j'ai souffert.

— Oh, monsieur a souffert ! s'exclama-t-elle en riant. Essaye d'abord deux accouchements, dont un sans péridurale et on pourra discuter *douleurs*, tous les deux.

— D'accord, je m'avoue vaincu. À moi les gros bras et à toi l'immense pouvoir de donner la vie.

— C'est bien, les gros bras aussi, le rassura-t-elle, en lui donnant une petite tape complice sur l'épaule.

Ils restèrent songeurs un long moment, puis laissèrent leur esprit se focaliser sur les êtres qu'ils aimaient. Ils devaient se raccrocher à cela pour se rassurer et faire face à la situation.

— Thomas…

— Oui ?

— Viens près de moi.

Il s'approcha d'elle.

— J'ai si froid.

Il devina sa bouche et ses yeux tristes dans la pénombre. Il s'allongea et se colla contre elle. Tandis qu'il lui réchauffait le dos par le contact de son buste, il souffla également sur ses doigts. Ils étaient si fins, si froids. Enfin, il fit ce qu'il n'avait pas fait depuis très longtemps et ce, malgré Jessie et l'interminable liste de femmes qu'il avait tenues entre ses bras. Il lui caressa tendrement le visage afin qu'elle s'endorme, glissant ses doigts sur son front, sur ses joues et finissant sur sa bouche. Il pensa à Catherine, son ex-femme. Il avait fini par oublier leurs premières années de bonheur. Puis tout lui revint en masse : les longs baisers, l'amour partout, tout le temps et ce poème. Ce poème qu'il lui avait écrit, mais où il était question d'une femme blonde car il n'avait pas trouvé de rime avec le mot *brune*. Qu'à cela ne tienne, Catherine s'était teint les cheveux pour correspondre en tout point à la muse de son amant et apprenti poète. Comment tout ce bonheur et tout cet amour avaient-ils pu flétrir pour disparaître au fil des années ?

Et puis il y avait Jessica. Une deuxième chance, beaucoup trop belle pour être vraie. Mais que pouvait bien attendre une femme comme elle d'un homme comme lui ? Un homme qui ressassait en boucle une jeunesse broyée par des souvenirs de guerre et de charniers. Comme bien d'autres, il avait ses problèmes, un beau paquet d'excuses pour justifier ses erreurs. Catherine avait tenu presque vingt ans. Son fils de quinze ans ne faisait plus l'effort de le comprendre, ni même de faire semblant. Thomas était devenu le connard de père, flic de surcroît, à l'éducation stricte et à l'alcoolisme avéré. Il était devenu le cliché qu'il avait tellement dénigré à ses débuts.

S'il s'en sortait, il fallait qu'il alerte Jessica. Il fallait qu'il la prévienne de ce côté sombre, tout en lui promettant de réussir à surmonter ses démons cette fois. Avec elle, tout devenait possible. À quarante ans passés, il ne se voyait plus vraiment s'occuper d'un enfant, mais pour Jessie, il saurait trouver le temps et la patience pour s'occuper de son petit garçon. Il ferait de lui un jeune homme idéaliste et droit qu'il aurait dû toujours être.

Il se serra un peu plus contre son équipière.

À son contact, Séverine se laissa emporter, oubliant l'angoisse et la peur. La chaleur, le souffle et la douceur de son équipier éveillèrent une ivresse charnelle qui la berça dans un océan de quiétude. Elle écouta son cœur s'apaiser avant de s'endormir en ayant pour ultime pensée qu'il était bon d'être deux.

CHAPITRE XLII

13 novembre 2014 – 4 heures

Thomas ouvrit brusquement les yeux et fut pris de panique. Une poussée de stress le transperça de part en part, provoquant une montée d'adrénaline qui envahit son corps pourtant transi de froid. Il s'était endormi ! Ils se trouvaient en terrain hostile et il s'était endormi ! C'était impardonnable. Il se sentait minable. Il avait merdé et il n'en avait pas le droit. Sa faiblesse aurait pu leur coûter la vie.

Il tendit l'oreille au cas où son sixième sens l'aurait mis en éveil. Hormis le cri d'une chouette, rien ne semblait perturber les bruits étouffés de la forêt. Il s'écarta délicatement du corps endormi de sa coéquipière pour sortir de leur abri et effectuer le tour de garde qu'il venait de foirer. Il essaya de faire un minimum de bruit, tout d'abord afin de ne pas la réveiller et surtout pour rester le plus discret possible, gardant à l'esprit qu'ils restaient des proies aux yeux des propriétaires de ce domaine.

Il se mit à palper sa cheville brûlante qui devait avoir gonflé de volume et lui faisait un mal de chien. En revanche, le froid avait pris possession du reste de son corps et son polo était recouvert d'une étrange substance poisseuse qui lui collait à la peau. Il agrippa son téléphone portable. Constatant qu'il lui restait peu de batterie, il l'alluma quand même pour éclairer le vêtement qu'il portait tout en limitant le faisceau de lumière. Une énorme tache sombre lui avait recouvert la poitrine et le ventre.

Il mit quelques secondes à comprendre, mais l'explication lui semblait impossible. Pourquoi ne l'avait-il pas vu plus tôt ? Il voulut se précipiter vers Séverine, puis se reprit et s'approcha finalement tout doucement de son corps allongé dans le lit de feuilles et de branches. Il approcha la lumière de son smartphone et découvrit la même substance qui recouvrait une plus grande partie de son corps.

Il souleva délicatement le polo de son équipière troué au niveau de la hanche. Depuis qu'il s'était endormi, il baignait dans le sang de celle qu'il s'était juré de protéger.

Il frappa le sol de rage et voulut se mettre à crier. Sa vision fut assaillie de souvenirs qu'il pensait avoir enfouis tout au fond de lui-même. Le froid et la nuit le replongèrent dans l'hiver bosniaque des corps déchiquetés, éparpillés sur le sol, aspergés d'un rouge sombre. Il crut même sentir l'odeur des chairs calcinées pénétrer dans ses narines.

« Reprends-toi de Melville ! Tu peux faire face à cela. Tu as connu bien pire. »

Il secoua la tête comme pour faire disparaître ses macabres pensées. Il serra les poings et se mit à maudire le ciel.

— J'emmerde le destin ! J'emmerde la malchance ! Qui que tu sois, toi qui t'acharnes contre nous, Dieu ou n'importe quel autre pouvoir suprême, tu peux aller te faire foutre ! J'arriverai à la sauver, même sans ton aide.

Il prit une grande respiration pour retrouver son calme, pour faire abstraction de sa colère et inspecta plus précisément le corps de sa collègue encore endormie, probablement anéantie par sa blessure. Gêné par l'obscurité, il eut d'abord du mal à se faire une idée de l'état dans lequel elle se trouvait. Après quelques tentatives pour faire tenir son smartphone contre une branche afin qu'il l'éclaire correctement, Thomas fut un court instant tenté de nettoyer la plaie avec sa main ou à l'aide de feuilles. Il se retint, craignant de l'infecter. Il put toutefois procéder à un examen sommaire après avoir passé un coup de mouchoir. La blessure n'était peut-être pas si grave. Probablement un plomb qui était passé à travers le gras de la hanche. Rien de vital au premier abord, mais du sang frais sur son doigt confirma son impression que celui-ci continuait de couler. Il fallait arrêter cela. Il lui fallait trouver de l'aide et vite.

Il la prit dans ses bras et se mit debout en prenant appui sur sa jambe encore valide. Ils gémirent tous les deux.

— Finalement, je ne suis pas mécontent d'avoir une collègue *petit gabarit* plutôt qu'un vieux collègue bien dodu que j'aurais été incapable de soulever, lui chuchota-t-il. Je vais te ramener à la voiture. De là, on pourra demander de l'aide par appel radio. Et tant pis pour ceux qui se trouveront sur mon chemin.

Il se prépara à repartir en direction de la ferme, mais réalisa qu'il ne voyait rien. Enfoncé dans la pénombre de la forêt, il eut la sensation d'être plongé dans les ténèbres. Il scruta le ciel recouvert de nuages, jusqu'à ce qu'il vît la lune se frayer un chemin et s'illuminer, comme si elle lui faisait un clin d'œil.

Il remercia cette boussole fortuite. S'il ne s'était pas trompé, Thomas et Séverine avaient fui en direction de l'est. Pour revenir sur leurs pas, il suffisait de repartir dos à la lune qui finissait inlassablement sa course nocturne vers ce point de l'horizon depuis que le monde est monde.

Le ciel s'assombrit à nouveau et Thomas s'élança vers son tracé imaginaire. Un bruit de feuilles le fit sursauter et se retourner. Probablement un lièvre ou un écureuil, pensa-t-il pour se rassurer. De toute façon, avec une entorse à la cheville et cinquante kilos de princesse endormie sur les bras, il n'allait pas pouvoir s'enfuir bien loin. En cherchant à distinguer une forme mouvante dans le noir, il crut voir une lueur au loin. L'obscurité totale mettait en évidence ce minuscule halo de lumière qui disparaissait par intermittence, caché par le mouvement des feuilles et des branches.

Il s'arrêta un moment pour reprendre des forces après avoir déposé délicatement Séverine sur le sol humide et froid de la forêt. Il prit l'arme de service de sa collègue et alluma son smartphone pour savoir combien de cartouches il avait encore à disposition. L'arme était vide. Il prit machinalement son SIG, mais cela ne fit que confirmer ses craintes. Séverine avait utilisé toutes les balles.

— Tu vas devoir te défendre avec tes petits poings, mon grand, se dit Thomas pour se redonner un peu de courage.

Il reprit le corps de Séverine, tout en évitant de s'appuyer sur sa cheville endolorie et le bloqua contre son torse en sueur, puis il se dirigea vers la lumière, tentant d'éviter quelques trous et enjambant branches et fougères avec de plus en plus de difficultés. La fatigue gagnait du terrain, mais il tenait bon, ragaillardi par cette vision inattendue. Il avançait tel un roi mage hémiplégique guidé par son étoile. Le corps inerte qu'il portait dans ses bras était de plus en plus pesant, mais la chance leur souriait-elle enfin ? Il fit de même en s'approchant de l'habitation dont la fenêtre illuminait un petit carré de forêt.

Plus que quelques mètres. Thomas n'osait y croire. Il aperçut une bicoque vétuste, d'allure minuscule, faite de planches et de pierres avec de la fumée qui s'échappait d'une cheminée. Il sentit l'odeur du bois qui brûlait. Ils allaient pouvoir se réchauffer. Grisé par ses pensées, il avança de plus en plus vite.

La porte de la cabane s'ouvrit d'un coup, laissant passer un rayon de lumière. Une masse sombre se tenait au milieu de l'embrasure.

Surpris par cette soudaine apparition, Thomas se coucha

difficilement au sol, tenant toujours son équipière dans ses bras. Il farfouilla parmi les feuilles, ses doigts cherchant une branche ou une pierre qui pourrait lui servir d'arme. Mais aussi apeuré qu'un animal acculé, il savait qu'il n'avait plus la force de se défendre. Il chercha alors à ramper sur le côté afin de se réfugier dans la pénombre.

Trop tard. L'imposante forme humaine sortant de la bicoque s'avança directement vers eux. Thomas tenta désespérément de ramener le corps de Séverine avec lui, priant pour devenir invisibles.

CHAPITRE XLIII

13 novembre 2014 – 5 heures

— Laissez-moi vous aider, lui dit une voix bienveillante.

Avec l'aide de leur hôte, Thomas put déposer Séverine sur un lit aux draps grisâtres et à l'oreiller taché. Il se figea un instant en la voyant allongée telle une *Belle au bois dormant* attendant la fin de ce cauchemar. Puis il recouvrit son corps d'une couverture trouée aux bords élimés. Comparée à leur cabane de branches et de feuilles, cette couche avait bien plus de valeur que la suite d'un palace. Le gendarme sentait derrière lui les flammes de la cheminée venir caresser son dos. Il comprit toute la relativité du bonheur. En se retrouvant dans cette cabane, quasi spartiate, où se déplaçaient pourtant quelques courants d'air, Thomas avait enfin accès à la lumière, à la chaleur et à un semblant de repos.

— Tenez, buvez ceci. Cela vous aidera à vous réchauffer, lui dit l'homme qui venait de les accueillir.

— Pas le temps, ma collègue a besoin de secours et je dois absolument prévenir mon QG et…

— Vous allez devoir faire preuve de patience. Ici, aucun réseau téléphonique, pas de lampadaire, ni trottoir et la route la plus proche est à plusieurs kilomètres. Nous sommes en plein milieu de la nuit, dans une forêt que vous ne connaissez pas, que je connais à peine moi-même. Aux premiers rayons du soleil, j'irai chercher du secours. Partir dans cette obscurité est le meilleur moyen de s'égarer et de perdre un temps précieux pour aider votre amie.

Il sortit une trousse de premiers secours.

— Je vais nettoyer sa plaie et la panser afin de ralentir sa perte de sang. Je ne suis pas médecin, mais sa blessure ne semble pas si grave. Je m'inquiéterais plutôt de savoir si son vaccin antitétanique est à jour. C'est la première chose que j'avais faite avant d'accepter de passer quelques jours dans cette forêt. Aidez-moi à la relever.

Il prit une paire de ciseaux et découpa directement le polo de Séverine pour le lui retirer. Le sang séché collait le vêtement comme une seconde peau. Il nettoya la plus grande partie du corps à l'aide d'un chiffon à la propreté douteuse qu'il avait trempé avec de l'eau.

Les deux hommes se surprirent à contempler la femme uniquement vêtue de son soutien-gorge.

— Je ne pense pas qu'il y ait grand-chose en lingerie ici.

— On n'est pas chez vous ici ?

— Il s'agit d'une cabane prêtée par des amis. Je m'y rends parfois pour m'y retrouver seul. Pour méditer et vivre en harmonie avec la nature. Cela peut vous sembler ridicule, mais c'est ainsi.

— Il n'y a rien de ridicule à vouloir fuir ce monde de fous, le rassura Thomas en retirant sa ranger gauche dans un rictus de douleur. Et sans vous, Séverine et moi serions encore au milieu de ce bois hostile.

— Séverine ? Vous semblez très attachée à elle…

L'homme plia un linge et le comprima contre la blessure de la jeune femme. Il appliqua plusieurs bandages et arriva à maintenir la pression à l'aide d'une bande de tissu.

— Ceci devrait considérablement ralentir la perte de sang à défaut de la stopper.

Il vit le regard inquiet de Thomas.

— Soyez sans crainte. Je vous le répète. Nous devons attendre la lumière du jour pour agir. Votre amie sera tirée d'affaire dans quelques heures.

Puis il baissa les yeux vers le sol.

— Vous avez toujours eu un pied plus gros que l'autre ?

Thomas regarda son entorse qui avait pris encore plus de volume.

— Cela doit être douloureux, si j'en crois la grosseur de votre cheville.

— J'ai connu des jours meilleurs…

— J'ai déjà vécu ce type de lésion. L'idéal serait une poche de glace sur la zone blessée puis d'entourer votre pied avec un bandage…

— Mais vous n'avez pas de glace…

— Et vous allez devoir vous contenter d'un bandage, conclut l'homme au crâne rasé.

Il s'assit sur l'un des deux tabourets, posa le pied de Thomas sur ses genoux et commença à dérouler ledit bandage.

— À vos uniformes, vous semblez tous deux faire partie de la gendarmerie. S'agit-il d'un déguisement ou êtes-vous vraiment militaires ? Qu'est-ce qui vous a amenés ici ? Une partie de paintball sauvage ?

— C'est une bien longue histoire, rétorqua le gendarme en plongeant enfin ses lèvres dans la boisson chaude qui lui était tendue.

— J'ai tout mon temps. Les premières lueurs de l'aube ne viendront percer les ombres de cette forêt que dans quelques heures.

Réconforté par son hôte, Thomas se laissa aller à la discussion.

— Eh bien, tout a commencé par la disparition d'un couple d'Anglais…

Allongé sur le sol, Thomas ouvrit brusquement les yeux

et fut pris de panique. Il s'était à nouveau endormi ! Putain, deux fois en une nuit, c'était quasiment suicidaire !

Il voulut se relever aussitôt, mais sa cheville n'oublia pas de se rappeler à son bon souvenir. De plus, il ne lui fallut qu'une demi-seconde pour réaliser qu'il avait les mains menottées derrière le dos. Il allait payer le prix de sa négligence.

Thomas jeta rapidement un regard circulaire dans la pièce. Personne dans les quelques mètres carrés que constituait la bicoque. Son tortionnaire pensait sans doute qu'avec deux mains et un pied en moins, sa victime resterait immobile, comme ces gallinacées à qui on pète l'aile pour les empêcher de s'envoler.

Grimaçant de douleur. Il réussit à s'asseoir sur le tabouret. Il s'apaisa en découvrant que Séverine était toujours couchée sur le lit. Il tourna légèrement la tête et, voyant ses vêtements qui traînaient au pied du lit, il se mit à rire nerveusement.

Le gros malin qui l'avait attaché n'était pas si futé qu'il le pensait. Thomas s'approcha de l'uniforme de sa collègue à cloche-pied. Il s'agenouilla difficilement sur le sol, dos aux vêtements. De ses mains entravées, il chercha à tâtons du bout des doigts dans la tenue de Séverine, farfouillant chaque pli, explorant presque chaque couture. Il lui fallut de longues minutes avant de parvenir à sentir du bout des doigts la clé ronde des menottes de l'adjudant. Aussi stupide que cela puisse paraître, toutes les menottes ont la même clé, ce qui permet à chaque officier de pouvoir ouvrir les menottes de son collègue et vice versa. Cela fonctionne en fait avec toutes les menottes administratives.

Après maintes tentatives et quelques jurons, non sans avoir fait tomber à plusieurs reprises le précieux objet de métal entre ses doigts, Thomas s'arrêta quelques instants. Il devait faire vite, mais en se précipitant, il cumulait les échecs. Il prit une inspiration, se contorsionna et faisant preuve d'adresse et de concentration, il parvint finalement à se séparer de ses propres menottes.

Une fois libéré, il posa la main sur le front brûlant de Séverine. Des gouttes de sueur glissaient sur son si charmant minois. Même transpirante, les cheveux mouillés et le maquillage glissant, il la trouva belle. Il releva la couverture et le drap pour évaluer l'état de sa blessure. Taché d'une légère auréole rougeâtre, le pansement réalisé par leur hôte avait parfaitement rempli son rôle.

D'ailleurs, où était leur bon samaritain ?

Thomas sautilla jusqu'à la porte et sortit sa tête de la cabane. Pas un bruit. Il continua à avancer sur un pied. Les bois étaient encore sombres et seul le vent faisait frissonner les feuilles des arbres. Il sentit une minuscule goutte de pluie s'éclater sur son visage.

Il rentra se mettre à l'abri. L'homme de la cabane qui leur était venu en aide aurait-il été agressé et enlevé ? Était-ce un coup des fermiers de la Belletière ? Mais dans ce cas, pourquoi auraient-ils laissé les deux gendarmes seuls ?

Son cerveau brumeux mit quelque temps à connecter tous ses neurones.

Puis il vit le bol posé sur la table. Ce gentilhomme des bois l'avait probablement drogué !

Furieux, il se mit à fouiller et ne trouva qu'un reste de bandage, la trousse à pharmacie, quelques bouteilles de bière et un jerricane d'eau, mais pas de nourriture. Pas même l'ombre d'une boîte de conserve ou d'une barre chocolatée. Difficile de croire que l'homme obèse qui leur avait ouvert sa porte puisse tenir plusieurs jours sans manger.

Il leur fallait partir d'ici. Tant pis pour la nuit qui s'éternisait, le jour finirait bien par pointer son nez.

Mais il devait d'abord trouver un moyen pour arriver à marcher. Poser son pied gauche à terre lui était devenu impossible. Il réfléchit en inspectant du regard l'intérieur de la cabane. Il finit par se diriger vers le tas de bois qui servait à alimenter le feu de la cheminée. Il choisit deux rondins de bois assez long et peu épais. Il en disposa un de chaque côté de sa jambe qu'il cala à l'aide du reste de bandage. En serrant fortement et en tâchant de faire abstraction de la douleur, il put maintenir ce mix de prothèse/échasse qui lui donnait une allure de Capitaine Crochet. Il arrivait ainsi à se tenir sur ses deux pieds sans que sa cheville endolorie ne touche terre.

— C'est un peu casse-gueule, mais ça m'évitera de jouer à la marelle sur plusieurs kilomètres.

Il s'approcha du lit et essaya de soulever Séverine en la prenant par les bras, puis s'arrêta. Il resta immobile un moment, l'esprit traversé par des options diverses et contradictoires. Il y avait urgence, mais quelles étaient les bonnes priorités à gérer ? Sa cheville restait un handicap, même s'il était maintenant capable de marcher comme un bipède digne de ce nom, mais porter Séverine allait considérablement le ralentir. Si l'homme qui les avait accueillis était parti dans la nuit, c'est probablement parce qu'il était proche d'un véhicule, donc d'une route. Un village n'est finalement peut-être plus si loin.

Il caressa le front de Séverine, qui gémit à son contact. Les yeux fermés, elle tourna son visage vers lui. Ce geste de tendresse apaisait ses traits, pourtant, la mort dans l'âme, Thomas s'apprêtait à laisser son équipière.

— Je vais revenir, princesse. Je vais devoir te laisser un petit moment, mais quand tu te réveilleras, je serai là avec du secours pour te ramener chez toi. Tu pourras embrasser tes filles, leur raconter notre incroyable histoire et...

Un rire nerveux l'assaillit.

— Et prendre un bon bain, parce qu'on doit probablement sentir le poney, tous les deux.

Il l'embrassa sur son front trempé et regarda une dernière fois son visage illuminé par la lueur de la cheminée.

Clopin-clopant, il sortit de la cabane, s'arrêta un moment à la recherche d'un bruit suspect, puis rassuré, se mit en marche vers un soupçon d'espoir.

Dix minutes plus tard, il se retourna et crut distinguer un semblant de lumière aux abords de la cabane. Il était parti dans la direction opposée d'où ils étaient arrivés. C'était un vrai coup de poker. L'obscurité était totale. Les nuages avaient pris possession du ciel après capitulation de la lune et des étoiles. Et pour montrer la puissance de leur écrasante victoire, ils commençaient à pilonner les feuilles de gouttes de pluie de plus en plus grosses. Thomas avança, la lampe de son smartphone en avant et une longue branche à la main qui lui servait de canne.

« La nuit continuera à être longue et froide… » se dit-il en sentant les premières gouttes mouiller ses vêtements.

Il ancra son esprit sur le seul côté positif de la situation : marcher permettait de réfléchir.

Comment une forêt aussi vaste pouvait-elle encore exister dans la région ? Tous les autres domaines boisés qu'il avait parcourus possédaient des sentiers et des pancartes. Même perdu, il était impossible de faire trois kilomètres sans tomber sur une route, une piste cyclable ou un hameau. Quinze degrés de plus et il aurait pu se croire dans une forêt vierge d'Amérique du Sud. Au XXIe siècle, qui avait encore le culot de ne pas exploiter d'aussi grandes surfaces de terre ? À la vue d'arbres morts, de fougères presque aussi hautes que lui et de buissons si touffus qu'il devait les contourner, il conclut qu'il se trouvait prisonnier d'une vraie zone naturelle à l'abri de toute intervention humaine.

Le cri d'une chouette lui fit hérisser les poils de peur. Cet endroit était par conséquent un vrai paradis pour animaux. Ici, pas d'homme pour faire du bruit et encore moins de gros cons pour jeter des sacs plastiques ou des mégots de cigarettes.

— Il est où ?

Les trois frères de la Belletière, suivis de Cri-Cro plus en retrait, avaient ouvert violemment la porte de la cabane pour surprendre les gendarmes. En vain…

— Il est où, putain ? répéta Martin, furieux.

La pièce ressemblait à une médiocre mise en scène d'un musée de cire fauché. Un style forestier très épuré avec, allongé sur le lit, le corps de Séverine statufié, telle une *Blanche Neige* dans l'attente de son baiser princier libérateur. Mais les hommes qui se tenaient maintenant face à elle ressemblaient plus à des farfadets surgis des anciennes légendes du pays qu'aux sept nains protecteurs d'un conte pour enfants.

— Il s'est barré, ce bâtard. Ce lâche n'a pas hésité à abandonner sa petite copine. Ah, elle est belle, la police !

— Le gendarme que j'ai rencontré me semblait quelqu'un de réfléchi. Bien que fatigué et affaibli, il paraissait quelqu'un de fiable, précisa Nicolas. Mais comment a-t-il fait pour détacher ses menottes ? Ce type, c'est David Copperfield ou quoi ?

— Ton flic est aussi magicien que moi devant une pinte de bière. Il a dû récupérer les clés dans les fringues de sa copine et il s'est barré comme une petite fiotte.

— Tu le sous-estimes autant que moi. Je pense au contraire qu'il est parti sans elle pour revenir plus rapidement avec de l'aide.

— Dans ce cas, il n'y a pas de temps à perdre, il est peut-être déjà loin. Il faut le rattraper avant qu'il ne trouve la route du Gâtinais.

— Gardons notre calme. Avec le bandage que je lui ai fait au pied, il ne peut pas aller bien vite notre petit poulet. Vous pensiez courir derrière un lièvre, je vous l'ai transformé en tortue, rassura Nicolas.

— Une tortue qui nous a posé un lapin ! s'exclama en riant Martin.

Mais Cri-Cro ne riait pas. Les yeux écarquillés, le visage blafard, il reculait en lorgnant du côté de la fenêtre.

— Il est là ! Putain, il est là ! Je viens de l'apercevoir, il nous matait à travers la fenêtre.

CHAPITRE XLIV

13 novembre 2014 – 6 heures

Les trois frères le regardèrent, abasourdis par ses cris stridents, mais restèrent immobiles. Ce qui excitait encore plus le Cri-Cro.

— Mais puisque je vous dis qu'il est là, dehors, putain ! Il nous regardait avec de grands yeux !

Toujours incrédule, Martin s'adressa à ses deux frères :

— Je doute qu'il soit assez bête pour revenir alors qu'il vient de nous voir rentrer à quatre bonshommes dans la baraque, mais on ne sait jamais. Nicolas, tu restes ici avec la bichette endormie. Allons-y, les gars !

Kévin et Martin coururent hors de la cabane comme deux chiens de chasse. Cri-Cro s'empressa de les suivre.

Une fois seul, Nicolas lorgna du côté du lit. Une lueur de lubricité sembla soudain enflammer ses pupilles. Tel un messager de mauvais augure, son ombre le précéda au-dessus du visage de la femme blessée.

Les chasseurs n'eurent pas à courir longtemps pour rattraper celui qui avait osé les espionner. Ils le bloquèrent contre un arbre et Martin lui braqua brutalement la lumière de sa torche en plein visage.

— C'est qui çui-là ? fit-il déjà bien essoufflé et pas

mécontent d'avoir si rapidement mis le grappin sur l'objet de leur poursuite.

— Je le connais, répondit Cri-Cro. C'est Brandon, le fils d'Eddy. Mais qu'est-ce que tu fous dans ce bois ? Et à une heure pareille ?

D'abord terrifié, acculé et sans défense, le jeune Brandon se sentit d'un coup rassuré d'avoir affaire à quelqu'un qui le connaissait.

— Je me suis barré de chez moi, se justifia le jeune adulte du mieux qu'il pût. Ils me font tous chier à la maison. C'est que des cons. Mon père est un con, ma mère est une pauvre pouffe qui pense qu'à sa gueule…

Il connaissait Cri-Cro, il tenta donc plutôt d'amadouer Martin dont il devinait le regard perçant à travers la pénombre et qui commençait déjà à s'agacer du manque de respect du gamin pour sa famille.

— Je cherchais juste un endroit où me mettre à l'abri. J'ai rien vu, m'sieur, j'vous jure. J'suis venu tout seul, y a personne d'autre que moi. J'vous jure, m'sieur. C'est mes potes qui m'ont laissé dans c'te forêt… Si vous voulez, je dirai même pas que je vous ai vus.

Sans quitter le jeune des yeux, Martin s'adressa à Cri-Cro :

— T'as bien dit que tu le connaissais ?

— Oui, je le connais. C'est un gamin qui a fait quelques conneries, mais il est réglo. Il sera muet comme une tombe.

— T'as tout compris, Cri-Cro, il va être muet comme une tombe… si tu le butes !

— Quoi ? Tu déconnes ! s'exclama Cri-Cro, incrédule.

— Il te connaît, il sait qu'on fait quelque chose de pas très propre alors on doit s'en débarrasser. Bute-le !

— Mais Martin… son frère est l'école avec mes gamins. Je monte les stands de la kermesse avec son père tous les ans, sa mère est copine…

Martin interrompit sa litanie.

— Je ne te demande pas son pedigree. Je te demande de nous débarrasser d'un malheureux contretemps.

Il lui tendit son Luger P08. Cri-Cro refusa de le prendre et fit un pas en arrière, comme si l'arme allait le brûler.

— Kévin, dis quelque chose ! Raisonne ton frère ! Ce n'est qu'un gamin. Il ne ferait pas de mal à une mouche. Il ne parlera pas, j'en suis sûr.

Kévin inspecta le visage de son frère avant de s'adresser à son ami.

— Je pense que tu devrais faire ce qu'on te dit.

Cri-Cro avait les yeux fixés dans ceux de Brandon. Ce dernier ne bougeait pas, il restait immobile, comme un lapereau surpris entre deux phares et prêt à se manger un pare-chocs.

— Je ne peux pas… je ne peux pas faire ça…

Martin lui glissa l'arme entre les mains.

— On ne doit prendre aucun risque. Si on laisse une seule preuve derrière nous, un jour ou l'autre, on se fera pincer. C'est la règle chez nous. On ne laisse jamais rien traîner. Suffit de faire le ménage dès que ça commence à être un peu le bordel.

Le cerveau de Cri-Cro était trituré dans tous les sens. Comment en était-il arrivé là ? Comment pouvait-il être obligé de tuer un garçon de dix-huit ans ?

— Pense à tes gosses, Cri-Cro. Pense à ta femme. Pense à Benji, il a un tel potentiel, ce gamin.

Martin avait raison. Son fils était tellement plus intelligent que lui, tellement plus intelligent que les autres. Il fallait lui donner les moyens de réussir, lui offrir les meilleures écoles, lui donner les chances que son père n'avait jamais eues. Et avec de l'argent, c'était tellement plus facile.

— On n'a toujours pas réglé le problème du gendarme qui continue de fuir avec sa patte folle. Alors, prends ce flingue, butte ce gosse et dépêche-toi, s'il te plaît.

Le jeune Brandon, qui se tenait toujours immobile contre

le tronc de l'arbre, comme s'il s'était déjà enterré lui-même, ne sentit même pas le filet d'urine glisser le long de ses jambes.

— Tire, Cri-Cro ! Tu ne fais que rendre les choses plus difficiles…

Cri-Cro pensa à tous ces efforts, à tous ces sacrifices, à toutes ces heures de travail pour que les siens aient une vie meilleure. Il voulait tellement offrir à sa femme la vie de princesse qu'il lui avait toujours promise. Pourquoi toujours les autres et jamais eux ? Pourquoi il n'arrivait jamais à sortir sa famille de leur situation merdique ? Ça avait pourtant si bien commencé. Ses efforts commençaient enfin à payer.

Et il a fallu qu'il y ait les flics et puis maintenant Brandon. Il a fallu qu'il y ait ces putains de grains de sable à gérer.

Tandis que Martin s'agaçait de voir Cri-Cro tergiverser, Kévin resta subjugué par le comportement de Brandon face à la mort qui, à la fois incrédule et comme déjà crevé, semblait n'être que spectateur de cette tragédie dont il était le principal moteur. Il avait mille occasions de prendre ses jambes à son cou et permettre au destin de lui offrir une nouvelle chance. Mais non, ce crétin restait là à supplier Cri-Cro du regard, comme si sa fortune ne dépendait que de lui.

— Non, je ne peux pas ! finit par lâcher Cri-Cro dans un mélange de cris et de pleurs.

— Alors, tu ne nous sers à rien, conclut subitement Martin qui lui arracha le Luger des mains, l'ajusta aussitôt sur sa tempe et lui fit exploser la tête.

Le corps de Cri-Cro s'affaissa sur le côté, transmettant, au passage d'une giclée de sang, une traînée rouge sur la veste de Martin.

Il prit le temps de s'adresser à Brandon.

— Désolé p'tit, rien de personnel, mais *biz'ness is biz'ness*.

Là encore, le jeune fugueur ne semblait toujours pas comprendre. Il garda la même expression débile lorsqu'il reçut les deux balles de neuf millimètres qui traversèrent sa carcasse et se mirent à claquer dans l'arbre contre lequel il était adossé. Sans vie, sans force, son corps glissa le long du tronc, sa tête dodelina et il s'immobilisa comme une poupée de chiffon.

Martin rangea son Luger dans la ceinture de son pantalon et donna une tape sur l'épaule de son petit frère.

— Désolé, Kévin. Ton pote était un gars bien gentil, mais il lui manquait une paire de couilles. Et nous avons besoin de toute notre force et de tout notre courage pour régulariser la situation.

Encore abasourdi par ce qui venait de se passer, Kévin restait immobile face à la dépouille de Cri-Cro.

— J'ai promis aux parents de toujours prendre soin de toi, insista Martin. Et si je dois tuer pour cela, je suis prêt à exterminer la terre entière.

CHAPITRE XLV

13 novembre 2014 – 6 h 30

Plus loin dans la forêt, Thomas s'était immobilisé au premier coup de feu. Il se remit à marcher encore plus vite lorsqu'il entendit de nouvelles détonations. Il ne devait plus perdre de temps. Bien qu'aidé par le bâton qui lui servait de canne, avec sa jambe emmaillotée entre les bandages et les deux grands bouts de bois, il savait qu'il pouvait être rapidement rattrapé. Branches cassées, feuilles balayées par les glissements de sa patte blessée, empreintes dans le sol mouillé, ce n'était pas une piste qu'il laissait derrière lui, mais un véritable tapis rouge pour les invités au festival du carnage.

Le soleil allait se lever d'un instant à l'autre. Pour se diriger dans la nuit, Thomas avait dû utiliser la lumière de son smartphone et toute l'énergie de celui-ci. Avec une batterie totalement vidée, même s'il parvenait à se retrouver dans une zone couverte par un opérateur téléphonique, il n'avait plus la possibilité de passer un quelconque appel aux secours.

Il reprit courage lorsqu'il vit la forêt s'éclaircir. Un petit chemin s'ouvrait devant lui et il crut distinguer une route au loin. Il avait raison, ce bois, aussi vaste fût-il, ne pouvait être sans fin. L'issue était proche, à portée de regard. Il accéléra son déhanchement de pingouin et se dépêcha de sortir de cette forêt diabolique.

Son enthousiasme fut de courte durée lorsqu'il entendit le déclenchement d'un cliquetis sous son pied gauche.

Son cri de douleur résonna jusqu'aux oreilles de ses prédateurs. Martin en éprouva même un certain plaisir.

— Voilà ce que j'intitulerais *l'appel de la forêt*, dit-il à Kévin.

Les deux frères se regardèrent en souriant.

— Va le cueillir avant qu'il ne refroidisse. Il doit avoir tellement mal qu'il ne doit même plus savoir où il est. On va le retrouver aussi paumé qu'un fils de pute le jour de la fête des Pères. Cours-y vite ! Je te suis juste derrière… à mon rythme. Poursuivre ce petit enfoiré de Brandon m'a pas mal essoufflé.

Kévin ne se fit pas prier, il arma sa carabine et se rua en direction de l'extrémité de la forêt, imaginant déjà le gendarme se tordant de douleur.

À peine arrivé au sentier, Kévin vit avec surprise le gendarme qui tentait de s'enfuir en boitant. Il accéléra sa course en allongeant sa foulée. Ce poulet les avait suffisamment fait chier. Il s'apprêtait à lui balancer un grand coup de crosse derrière la tête lorsqu'il se mit à hurler avant même de tomber au sol. Une mâchoire d'acier s'était refermée sur sa cheville et s'était enfoncée dans la chair comme dans du beurre. Il gueula toute sa souffrance sans aucune retenue.

Traquenard. C'est le nom qui était donné à ce type de piège depuis les balbutiements du Moyen Âge. Initialement créé pour capturer les loups, son utilisation était formellement prohibée en Europe depuis les années quatre-vingt-dix. Telles des mines antipersonnel, ce piège, qui n'a de loup que le nom, continuait pourtant de blesser, d'amputer et de tuer sans distinction renard, blaireau, chien, chat… Kévin connaissait bien l'instrument de torture qui venait de broyer sa jambe. C'est Martin qui les posait aux limites de la forêt. Ces pièges avaient quelque chose de particulier. Ils avaient été choyés par son frère, légèrement modifiés, avec des crocs tranchants, finement aiguisés. Contrairement au modèle initial, pourvu d'une chaîne qui permettait à la bête captive de se déplacer dans un rayon d'environ un mètre, les pièges de la Belletière étaient plantés en profondeur. Fruit d'un travail de précision et d'une perversité totale, le traquenard maintenait fermement Kévin, tel un carnivore maintenant sa proie dans sa gueule aux canines acérées.

Affolé par la douleur, Kévin ne saisissait pas encore toute l'ironie de la situation. Thomas n'avait pas feint d'avoir été pris au piège et n'avait pas non plus simulé son exclamation de souffrance. Quelques minutes auparavant, l'engin de capture s'était bien refermé sur la cheville du gendarme qui avait hurlé de douleur sous la pression libérée, mais sa jambe était si bien protégée par les deux branches qui lui servaient d'attelles et le bandage, que les pics n'avaient pu que broyer le bois et n'avaient pas atteint la chair et encore moins les os.

Il n'avait eu que quelques instants pour comprendre le mécanisme de l'appareil, s'en libérer à l'aide du bâton qui lui servait de canne et surtout rendre le piège à nouveau opérationnel, prêt à recevoir sa prochaine victime.

Revenu sur ses pas, il contempla froidement Kévin qui s'obstinait à se contorsionner dans tous les sens comme si cela suffirait à adoucir son calvaire. Sa jambe n'était dès lors retenue que par une fine épaisseur de chair et de ligaments à vif. Thomas crut voir de la matière blanchâtre, probablement osseuse, parmi le mélange de sang et de muscles.

Il se posa avec difficulté sur le sol pour ramasser l'arme de Kévin qui, dans son passage brutal à l'état de victime, avait perdu toute hostilité. Il cherchait désespérément à apaiser la douleur cinglante qui le rongeait sans relâche.

Thomas entendit brusquement comme le déferlement d'un rhinocéros dévastant toute végétation sur son passage et meuglant à travers la forêt.

— Kévin ! Nom de Dieu, Kévin ! Réponds, mon petit ! Réponds, merde ! J'arrive ! Tiens bon, j'arrive !

Totalement essoufflé, la rougeur de son visage d'alcoolique exacerbée par l'effort, Martin fulmina en apercevant le gendarme allongé sur le sol, qui semblait tranquillement l'attendre près du corps de son frère.

Puisant aux tréfonds de ses poumons, il trouva la force de brailler :

— Je vais te crever !

Ventre à terre, Thomas savait qu'il était trop tard pour se relever. Depuis sa position, il ne pouvait viser que les jambes de son agresseur qui ne se trouvait plus qu'à quelques mètres de lui. Curieusement, il eut une pensée pour Séverine qui lui aurait rappelé de ne tirer qu'en cas de légitime défense. Face à l'hystérique qui fonçait vers lui avec toute la force d'un 38 tonnes, ce concept était pourtant le cadet de ses soucis. Il appuya sur la gâchette de la carabine avant que l'autre en face n'ait l'idée d'en faire autant. Conçue pour être tirée à longue distance, la balle conserva toute l'amplitude de sa force destructrice lorsqu'elle explosa le genou de Martin. Il s'écroula tel un cheval de course loupant sa réception au passage d'une haie et beugla dans un mélange de rage et de douleur.

Ayant à peine touché le sol, il tenta aussitôt de constater l'ampleur de sa blessure, mais même un professionnel n'aurait pu y distinguer ce qui relevait de la boucherie ou de la charcuterie face à cet étal de chair et de sang. Le genou broyé, il lui était devenu impossible de se tenir debout. Il se mit à geindre tout en cherchant des yeux son Luger. Il ne pensait même plus à son frère qui avait renoncé à se débattre.

Pendant ce temps, Thomas s'était relevé. Ayant vidé toutes les cartouches de la carabine et retourné le canon vers le sol, il s'en empara comme d'une béquille pour supporter le poids de son corps. Ignorant Kévin qui n'était plus que l'antonyme d'une menace, il mit en joue Martin qui mugit lorsqu'il découvrit son Luger dans la main du gendarme.

— Même avec une jambe en moins, ça ne m'empêchera pas de sauter ta petite copine. Je vais te montrer à quoi sert une paire de couilles, guignol !

— Pas le temps pour ça, répondit Thomas qui lui envoya un coup de crosse au visage suffisamment violent pour le rendre inoffensif quelques instants.

Il le retourna et lui passa les menottes dans le dos. Il lui arracha sa ceinture et lui fit un garrot au-dessus du genou afin de limiter la quantité de sang qui commençait à irriguer le sol. Voyant que Kévin n'était vêtu que d'un simple survêtement et n'avait pas de ceinturon, il se défit du sien et vint serrer au maximum au-dessus de la blessure, non sans provoquer une nouvelle poussée de douleur.

Il approcha son visage de celui de Kévin.

— Cette route, elle mène où ? Quel est le moyen le plus rapide pour rejoindre un putain de monde civilisé ?

— Va te faire foutre, sac à merde !

Thomas serra un peu plus le ceinturon, déclenchant une nouvelle vague de souffrance sur sa victime.

— Si tu ne le fais pas pour nous, fais-le pour toi et pour ton frère. On est tous en train de se vider lentement de notre sang, mais pas à la même vitesse. Ma collègue et moi on sera encore debout quand vos corps seront aussi froids que la rosée du matin. Alors garde tes insultes de kéké pour tes prochains copains de cellule et dis-moi où conduit cette route !

Il ne reculerait devant rien pour mettre un terme à cette mésaventure. Trouver la route, chercher de l'aide, récupérer Séverine, quitter cet enfer et la sauver.

CHAPITRE XLVI

13 novembre 2014 – un peu plus tard

Lorsqu'elle reprit conscience, Séverine sentit la chaleur d'une pièce surchauffée, les draps rugueux sous ses doigts et une odeur aigre qui lui remplissait les narines.

L'esprit à peine sorti du brouillard, elle ne voyait pas plus loin que le bout de son lit. Et pourtant elle sentait qu'une ombre la scrutait du fond la pièce. Une silhouette qu'elle ne pouvait distinguer. Personne ou monstre, il lui était impossible de différencier.

Sa vision s'ajusta enfin après quelques secondes. Elle découvrit un homme à l'haleine fétide qui se tenait à quelques centimètres d'elle et se réjouissait de la voir ouvrir les yeux.

Rapidement, elle comprit qu'elle se trouvait à moitié nue dans des draps sales au coin d'une pièce uniquement éclairée à la lanterne et à la lueur d'un feu de cheminée.

Elle tenta de se dégager du lit, mais Nicolas la retenait, ses mains emprisonnant fermement ses poignets. Sans même attendre de l'avoir totalement maîtrisée, il pencha sa tête pour lui lécher les seins de bas en haut. De dégoût, Séverine ne parvint qu'à basculer son visage en arrière et sentit chaque centimètre de la langue râpeuse qui parcourait sa peau. Elle ne put retenir un haut-le-cœur et se mit à gémir. Arrivé au sommet du buste, Nicolas se redressa et lâcha un filet de bave qui retomba sur les lèvres entrouvertes de l'objet de ses désirs.

Il tenta de l'embrasser sur la bouche, mais la jeune femme tourna la tête au dernier moment et en profita pour essayer d'arracher le lobe de l'oreille de son assaillant. Il recula son visage, mais ne put éviter le pincement des dents qui s'étaient refermées sur la chair tendre.

Il poussa un cri strident. Furieux, il agrippa la gorge de Séverine d'une main, l'empêchant de respirer, avant de lui donner un brusque coup de poing dans le nez de l'autre main. La douleur fut instantanée. Séverine ressentit des picotements atroces atteindre chaque nerf de la muqueuse nasale et dut ouvrir la bouche pour inspirer.

— Tu crois peut-être que, parce que je n'y connais rien aux choses de l'amour, je n'y connais rien aux femmes. Ne t'inquiète pas, ma belle, je suis un expert de la saillie naturelle, alors je saurai très bien mater une femelle dans ton genre.

Nicolas retourna brutalement le corps de Séverine à demi consciente et lui retira son pantalon trop large pour elle avec une facilité déconcertante. Face au spectacle du corps presque nu, quasi immobile, uniquement secoué de soubresauts irréguliers, l'homme s'arrêta un instant. Il savourait ce moment qui ravivait tous ses sens, jusqu'au fond de ses entrailles et qui allait concrétiser ses désirs les plus obscènes.

Il finit par arracher violemment le slip et se figea à nouveau en reluquant les fesses nues.

— Bon Dieu, c'que t'es bandante. J'en pleurerais presque tellement c'est beau…

Lorsqu'elle revint à elle, Séverine replongea immédiatement en enfer. Elle n'arrivait pas à se dégager. Elle était coincée sous le poids de Nicolas beaucoup plus lourd qu'elle.

De profonds souvenirs ressurgirent de sa mémoire ; les caresses trop prononcées d'un cousin plus âgé, la première nuit avec ce petit ami maladroit, le bizutage de première année…

Et tandis qu'elle sentait le sexe raide, à la taille ridicule de l'homme essayer de venir en elle, des larmes de rage coulèrent le long de ses joues. Les grognements de son agresseur s'accompagnaient d'un souffle court qui finissait en râle dans son oreille.

Elle devait rester forte. Elle devait se reprendre. Une fois qu'il aurait fini, il la tuerait. Elle en était sûre. Elle n'avait qu'un petit instant, ce court moment où il se relèverait après avoir joui. C'était sa seule et dernière chance pour riposter et parvenir à s'enfuir. Essoufflé, trop gras, l'homme pourrait alors être distancé rapidement.

CHAPITRE XLVII

13 novembre 2014 – 7 heures

Nicolas se redressa avant même de parvenir à la pénétrer. Dégagée du corps qui la bloquait, Séverine se roula sur le côté et se retourna pour frapper… dans le vide !

Son agresseur avait le cou bloqué par le bras d'un autre homme. Il tenta de se dégager. Chaque effort était vain, ne provoquant que douleurs supplémentaires. Le bras de son étrangleur était maintenu de telle façon qu'il était impossible pour Nicolas de le bouger et meurtrissait sa nuque à chaque mouvement.

Il leva innocemment les mains en l'air, faisant signe de se rendre, mais l'homme continuait à lui bloquer la respiration. Nicolas regarda alors Séverine dans les yeux. Immobile, elle recula jusqu'au fond de la pièce et resta prostrée sans le quitter du regard, les flammes de la cheminée reflétant un regard de braise dans ses yeux remplis d'une haine implacable.

Il comprit soudain qu'elle ne ferait rien, qu'elle le laisserait mourir, s'asphyxiant peu à peu. Il s'entendit alors couiner. Il ne voulait pas mourir. Pas comme ça. Pas le sexe à l'air. Pas comme un vulgaire poulet qu'on étourdit avant d'être plumé.

Séverine n'arrivait pas à se rassasier du spectacle et n'eut même pas un regard pour Thomas qui maintenait la pression autour du cou de Nicolas. Seule la mort de ce porc pourrait exorciser toutes ces horreurs, pensa-t-elle.

Dès que Nicolas fut inconscient, Thomas relâcha la pression et récupéra la paire de menottes accrochée à la ceinture du pantalon de sa collègue. Une fois le violeur maîtrisé, il rampa près de Séverine et essaya de la couvrir avec les draps du lit. Elle poussa un petit cri en rejetant l'étoffe et fit signe à Thomas de ne pas la toucher. Son corps était agité de tremblements et sa blessure s'était remise à saigner à travers le pansement.

Il s'approcha tout doucement d'elle.

— C'est fini, murmura-t-il, c'est fini…

Elle lui jeta un regard apeuré avec des yeux écarquillés qui firent frémir Thomas.

— Plus personne ne te fera de mal.

Il n'arrivait pas à la calmer.

— Séverine, regarde-moi dans les yeux.

La jeune femme essayait de se faire de plus en plus petite et son corps continuait d'être agité de soubresauts.

— J'ai vu le bout de la forêt. J'ai vu une route. Une route, Séverine ! On va pouvoir rentrer chez nous ! Tu vas pouvoir retrouver tes filles.

— Mes filles !

Séverine sauta au cou de Thomas. Sous le choc, il ressentit toujours cette même douleur vive à la cheville qui lui avait compliqué la nuit, mais peu lui importait, il avait réussi à renouer le contact.

— Mes bébés ! Je veux voir mes bébés ! Bérénice et Élisa me manquent.

Le lieutenant laissa sa collègue se vider de toutes les larmes de son corps. Exténué, affaibli et les nerfs toujours à vif, il se mit lui aussi à pleurer en silence.

Il dut reprendre rapidement le contrôle en voyant

l'uniforme taché de sang, roulé en boule près de la cheminée, triste rappel de cette nuit sans fin.

— Habille-toi, beauté. Je suis sûr que tes princesses t'attendent avec impatience.

Lentement, l'adjudant enfila son pantalon en prenant appui sur son collègue, qui dissimulait tout signe de souffrance en serrant les dents.

Il retira le drap du lit et le passa autour de son équipière.

Péniblement, ils quittèrent la maison de bois, laissant derrière eux leurs trois agresseurs. Séverine avançait, l'esprit vide, les yeux hagards. Pour Thomas, chaque enjambée était une douleur supplémentaire, il s'efforçait de focaliser son esprit sur ce qui l'attendait derrière le bout de ce chemin. Un bon whisky et Jessie, sa belle Jessie.

Enfin arrivés à l'orée de la forêt, ils posèrent les pieds sur une route bitumée. Une belle route départementale, conclut Thomas à la taille des zébras imprimés sur le sol. Du bitume comme il l'aimait.

Un vrombissement toussotant et monocorde annonçait la venue d'un tracteur.

Les deux gendarmes et ce qu'il restait de leur uniforme se mirent à agiter les bras, tels deux misérables naufragés perdus au milieu d'une île déserte.

Thomas vit le tracteur avancer puis ralentir au fur et à mesure qu'il se rapprochait.

Son conducteur, en bleu de travail, casquette sur la tête et les yeux médusés, prit quelques secondes avant de descendre de son engin.

— Bah, nom de Dieu ! Qu'est-ce qui vous est arrivé ?

— Trop long à expliquer… le coupa Thomas. Vous pouvez nous déposer chez vous ? Cette femme doit rapidement être hospitalisée. Je vais également avoir besoin de secours pour trois lascars qui mériteraient pourtant de fertiliser cette saleté de forêt.

— Montez ! La ferme est à dix minutes d'ici.

L'agriculteur prit Séverine dans les bras, trop faible pour monter dans la cabine par elle-même. Puis Thomas prit appui sur sa jambe valide pour se hisser à son tour.

— Allez, en route, Simone ! s'écria le chauffeur au tracteur qui commença un brouhaha assourdissant.

Rassuré et épuisé, Thomas commença à se laisser bercer par les tressautements du véhicule tout en distinguant nettement chaque arbre, chaque fougère, chaque feuille qui composait la forêt de leur cauchemar.

— Vous ne pourriez pas aller un peu plus vite ?

— Bah dame, non ! J'suis à fond, là.

La chance venait de leur revenir. Il ne fallait peut-être pas en demander trop non plus, se résigna Thomas.

— Comme ça, ça vous laisse le temps de me raconter ce qui vous est arrivé !

C'était le premier paysan qui n'essayait pas de les trucider au cours des dernières vingt-quatre heures, réalisa Thomas.

CHAPITRE XLVIII

13 novembre 2014 – 9 heures

Le premier coup de fil fut passé pour faire venir un véhicule d'urgence médicalisé.

Une fois Séverine entre de bonnes mains, Thomas repartit avec l'agriculteur, en voiture cette fois, pour indiquer à d'autres secours la position de ses agresseurs. Ils furent rapidement rejoints par Clémot et toute l'équipe.

— Faites attention à ces trois-là, mêmes blessés, ils peuvent encore mordre.

— Tudieu, de Melville, mais qu'est-ce que c'est que ce bordel ? l'apostropha Clémot avec l'accent plus prononcé que jamais. Mais c'est quoi c'te manie de broyer les jambes ? Il y a du sang et des morceaux de chair partout !

Il observait les Kévin et Martin qui gémissaient en chœur, passant de l'un à l'autre, ne sachant comment aider l'équipe du SAMU.

— Je t'expliquerai tout dans les moindres détails, Clémot. Tout est de ma faute, vieux. J'ai merdé façon tsunami. Demande aux gars de prendre soin de nos trois loqueteux, ils sont plus dangereux qu'ils n'y paraissent. Il faut aussi quadriller toute la forêt, il en manque encore un pour compléter la collection et tel que je connais celui-là, il doit être en train de se cacher derrière un fourré. Quant à toi, emmène-moi à la caserne. Il me reste une dernière chose à faire avant de me plier aux dépositions d'usage.

Lorsque Séverine ouvrit péniblement les yeux, elle distingua d'abord Bérénice qui s'était mise à pleurer face à la vision de sa mère branchée à de multiples machines. Élisa, qui semblait plus forte, mais qui en fait ne réalisait pas la gravité de la situation, s'approcha et prit sa mère par la main.

Les deux sœurs revenaient tout juste de chez leur amie et n'avaient pas eu le temps de s'inquiéter de l'absence de leur mère lorsque de Melville les avait fait monter dans une voiture de service pour les emmener à l'hôpital.

Séverine les contempla et les trouva encore plus belles que dans ses souvenirs qui dataient pourtant de la veille. Une éternité.

Elle remarqua le maquillage couler autour des yeux du visage poupin de Bérénice et réalisa qu'elle n'avait pas vu grandir ses bébés. Elle promena son regard de l'une à l'autre pour s'assurer qu'elles étaient bien là et graver leur image dans sa mémoire. Une façon à elle d'empêcher le sort de les voir partir à jamais.

Elle adressa un clin d'œil à Thomas qui restait discret près de la porte ; il lui répondit par un bref salut militaire, faisant mine de lui envoyer une volée de baisers.

Elle sourit brièvement à Bérénice et Élisa, puis apaisée, referma doucement les yeux.

— Vous avez vraiment une super maman ! lança Thomas avant de les quitter toutes les trois.

À peine sorti de la chambre, son smartphone sonna. L'horripilante mélodie lui sembla pour le coup réconfortante.

— Allô ?

— Salut, sexy cop !

La voix lui était chaleureusement familière.

— Alors tu étais où hier soir ? Tu cherchais à te faire désirer ? s'enquit la jeune femme au téléphone.

Thomas ne parvint à sortir aucun son de sa bouche, bouleversé et assailli de sentiments contradictoires, un peu comme quelqu'un rentrant chez lui après un long voyage, changé et pourtant heureux de retrouver ce qu'il n'avait jamais vraiment quitté.

— Je passe chez toi ? J'ai très envie de te donner une bonne leçon de savoir-vivre, vilain garçon. À moins que tu ne préfères d'autres leçons à ma façon…

Il ferma les yeux et devina la belle et resplendissante femme qui le désirait. Un sourire incontrôlé parvint à lui dérider les lèvres.

— Oui, toi aussi, tu m'as manqué, Jessie chérie.

De retour à la ferme, le lieutenant de Melville fit le tour de la cour. Comme Séverine et lui le présumaient, l'exploitation n'avait ni chien, ni aucun animal d'élevage. Après avoir jeté un œil dans les bâtiments ouverts, il conclut également que le tracteur et la vieille remorque étaient les seuls matériels agricoles de l'exploitation.

Tout ceci ne faisait que confirmer ses doutes. Ce site fournissait de la viande, pourtant sans aucune trace de matière première.

Des renforts arrivèrent, puis les TIC débarquèrent à leur tour. À l'intérieur d'un petit local accroché à la pièce principale, Thomas reconnut un vélo de marque Boardman, un modèle plutôt rare dans la région et similaire aux VTT des deux Anglais disparus. Si les deux touristes avaient croisé la route des frères de la Belletière, leur attribuer la disparition de ceux-ci ne serait pas chose facile. Il fallait parvenir à faire parler les trois crapules coûte que coûte.

— Thomas, viens voir par ici, l'apostropha Clémot.

De Melville se dirigea vers la lourde porte métallique qu'il avait essayé d'atteindre quelques heures plus tôt alors qu'il était sous le feu de la carabine de Kévin. À peine eut-il pénétré dans la pièce qu'il se fit autoritaire.

— Que personne ne rentre ici ! Je ne veux voir aucun uniforme, que des blouses blanches. Faites venir les TIC ici. Il faut qu'ils scrutent cette pièce millimètre par millimètre.

— Ça ne va pas être facile, rétorqua Clémot. Cette pièce est aussi immaculée que la Vierge Marie. On pourrait y manger par terre.

« C'est donc ici qu'ils préparaient leur viande... » pensa Thomas.

L'atelier de transformation était effectivement d'une propreté irréprochable. Nicolas prenait toujours énormément de précautions pour ne laisser aucune trace des différents *arrivages* passés entre ses mains et ceci compliquerait d'autant plus l'enquête du lieutenant. Pourtant, tout semblait s'assembler et lui paraître plus clair au fil de ses découvertes. Sans aucune certitude, Thomas prit conscience toutefois que toute personne foulant la terre de cette cour finissait tailladée, découpée, préparée dans cette pièce qui servait probablement de lieu d'abattage également.

Mais si les trois frères avaient été capables de laisser une dent dans l'un de leurs produits, comme ce faux foie gras, déclencheur de cette histoire, ils avaient forcément dû commettre d'autres erreurs. Compte tenu de leurs caractères, les aveux seront compliqués à obtenir et la seule présence d'un vélo et d'un local de transformation justifierait difficilement une condamnation.

Compte tenu de l'état de Séverine, c'est au lieutenant de Melville que le capitaine Krastzik demanda des explications sans dissimuler son agacement.

— Nom de Dieu, Melville, je vous avais demandé de prendre soin de cette petite et vous me l'envoyez au casse-pipe !

— Oui, mais nous avons mis à jour une sacrée affaire !

— Une sacrée affaire ? Mais quelle affaire, Melville ? Je croyais que vous étiez sur la disparition de mes deux Anglais et que je vous avais cantonnés à gérer les plaintes et les délits ? Et là, vous me servez trois pauvres types à moitié morts…

— Je les ai juste neutralisés, mon capitaine. Aucun d'entre eux n'est en danger malgré la menace que représente chacun…

— Je vais avoir besoin d'explications et vite, très vite !

— Mon capitaine, ça peut paraître brouillon à l'heure actuelle, mais ces trois hommes pourraient être mêlés à la disparition de nos Britanniques, ainsi qu'à d'autres disparitions inquiétantes et à une escroquerie alimentaire. Et je pèse mes mots, mon capitaine. Si nous dévoilions toute l'affaire à la presse, ceci déclencherait une vraie bombe. Il y a certaines choses qu'il vaut mieux ne pas savoir…

— Bordel de merde, Melville ! Aujourd'hui, c'est notre anniversaire de mariage avec ma femme et comme ce n'est pas assez compliqué à gérer comme ça, je vais devoir me taper le préfet, le colonel, sans compter les journalistes… parce qu'un petit prétentieux se prend pour John McClane ! J'attends votre rapport avec les moindres détails sur mon bureau à la première heure demain. Et tant pis si vous devez y passer la nuit. En attendant, vous ne faites plus rien, vous ne touchez à rien ! Vous laissez faire la SR[1] et vous vous faites minuscule !

Le capitaine Krastzik tourna les talons prestement.

Thomas dissimula un sourire. Il était dans une situation délicate, mais il était parvenu à sauver Séverine. Et, comme le lui rappelait invariablement cette douleur à la cheville, comme le lui avait également rappelé Jessie qui lui promettait encore de nombreuses nuits d'amour, il était toujours en vie.

---

1. Section de recherches, unité dédiée à la police judiciaire.

Il continua à faire le tour de la ferme et fut saisi par le contraste entre l'atelier de transformation et la saleté de l'habitation. Les chambres des frères avaient un niveau de propreté disparate entre chacune d'entre elles. Il consulta quelques revues policières dans la chambre impeccablement bien rangée de Nicolas, puis en continuant sa visite, fut surpris de la taille du téléviseur dans le sombre salon qui semblait gardé par la dépouille d'un vieux chien empaillé à la va-vite.

Il monta ensuite au grenier qu'il longea sur une vingtaine de mètres avant de se trouver face à une fenêtre sans vitre. Il s'allongea sur le sol et constata que ce poste d'observation était un placement idéal pour un tireur embusqué. Il remarqua aussi quelques douilles que Kévin avait négligemment laissées sur le plancher. À défaut de mieux, ceci permettrait au moins de l'accuser de tentative d'homicide sur représentants des forces de l'ordre. Le travail de la balistique sur le fusil de chasse de Martin et son Luger trouvés sur lui devraient également renforcer cette volonté de tuer les deux gendarmes.

En redescendant du grenier, il nota la présence de deux brancards placés au centre de la cour et sur lesquels reposaient deux sacs mortuaires.

À son approche, Clémot descendit la fermeture éclair du premier, faisant apparaître un visage terne.

— Tu connais ?

— Oui, c'est Cri-Cro, répondit Thomas, presque déçu de le retrouver ainsi. Je pensais qu'il avait fui… Je pensais que grâce à lui nous aurions les réponses à toutes nos questions. J'aurais voulu qu'il me dise de sa bouche comment il s'était retrouvé impliqué dans cette foutue histoire. Il me donnait plus l'impression de quelqu'un qui s'est fait manipuler. Maintenant qu'il est mort, les trois frères vont pouvoir l'enfoncer et lui mettre un maximum sur le dos, histoire de se défausser.

Les deux gendarmes passèrent ensuite au second sac.

— Et lui ?

— Merde. C'est le fils Michon. C'était un petit voyou, mais il ne méritait pas de finir comme ça. Tué par un fusil de chasse ?

— Les deux sembleraient plutôt avoir été abattus par le Luger. À bout portant. Je ne sais pas auquel des frères appartient cette arme, mais celui qui a fait cela était déterminé et n'a fait preuve d'aucune pitié, pensa tout haut Clémot.

— J'ai retrouvé le Luger sur Martin. Et du peu que j'ai vu de lui, je ne serais pas surpris que ce soit lui qui les ait assassinés. En revanche, je n'arrive pas à trouver ce qui a pu justifier la mort de ces deux-là.

— Lieutenant, par ici ! Je pense qu'on a trouvé quelque chose pour vous ! héla un des TIC.

Thomas revint au local ou l'attendait une femme en blouse blanche, tandis que Clémot fit signe à deux ambulanciers d'emporter les deux cadavres.

— Regardez ce que nous avons trouvé en dévissant la tuyauterie de l'évier, dit-elle triomphante, en lui montrant une répugnante touffe de poils glissée dans un petit sachet en plastique transparent.

— Qu'est-ce que c'est ?

— Au premier regard, je parierais sur des cheveux. Je doute que vos agriculteurs se lavaient les cheveux dans ce lavabo. Cela ressemble à des restes d'êtres humains qu'on a voulu faire disparaître. Des analyses ADN nous en diront plus.

— Conservez-les précieusement, ce que vous tenez entre vos deux doigts pourrait expliquer et justifier tout ce gâchis.

Instinctivement, Thomas avança ensuite en direction de la lisière vers laquelle Séverine et lui s'étaient précipités et qui leur avait permis de se protéger de leurs assaillants. Il s'imprégna des odeurs de cette forêt qu'il avait haïe durant toute une nuit. Il observa les grands arbres qui l'entouraient. Il les trouva finalement magnifiquement beaux à la lueur du jour. Il parvint à isoler ses pensées au milieu du vacarme des ambulances et des véhicules de gendarmerie qui résonnaient au loin. L'aventure n'était pas tout à fait terminée. Elle offrait pour le moment un florilège de crimes et délits : disparitions, meurtres, tromperies sur la marchandise, harcèlement criminel, violences et menaces physiques, agression sexuelle, anthropophagie… Pour donner un semblant de cohérence à cette enquête menée comme un sudoku façon scrabble, en évitant de mentionner les négligences et les contournements à la loi, Thomas allait devoir s'accrocher à son sens de la répartie et faire preuve d'autant de génie qu'un Umberto Eco et qu'un James Patterson réunis.

ÉPILOGUE

Date et lieu tenus secrets.

— *Des chasseurs fous créent un carnage en Vendée* ! Mais qu'est-ce que c'est que ces conneries ? hurla Thomas en balançant le *Ouest-France* au visage de son supérieur.

— C'est la charmante petite histoire que vous et l'adjudant Achternoen allez nous conter, répondit fermement le capitaine Krastzik. Et arrêtez de nous faire chier avec vos états d'âme.

Séverine tâchait de rester stoïque face aux deux hommes qui se faisaient face.

— Mais ce qui s'est passé est abject et votre proposition ignoble… insista Thomas.

— C'est bien justement pour cela qu'on vous demande *gentiment* de vous en tenir à cette version édulcorée, objecta un officier aux multiples galons qui venait d'entrer dans la pièce.

Imposant par sa grandeur, ses nombreuses médailles et son visage émacié, le militaire qui se tenait fermement devant Thomas le fixait du regard sans ciller.

— Et vous êtes ? demanda Séverine, d'abord surprise puis intriguée par cet homme qui ne leur avait pas été présenté.

— Moins vous en saurez et mieux cela vaudra, adjudant.

— Beh, voyons ! Je ne la fermerai pas, pas sur une enquête de cette ampleur… insista Thomas.

— Quelle enquête ? Quelle ampleur ? J'ai lu votre rapport décousu, vos déductions sont irrationnelles et vous arrivez comme par magie à mettre la main sur trois dégénérés qui bouffent tout ce qui passe.

— Je ne pense pas qu'ils consommaient leur propre produc…

— On s'en fout ! coupa l'inconnu sans un semblant de respect.

— Et les deux Anglais ? Les TIC ont confirmé qu'on avait matché leur ADN avec les cheveux retrouvés dans la tuyauterie du labo.

— La réponse officielle est que vos deux Anglais sont tranquillement en train de vivre en totale autarcie sur une plage naturiste des Sables-d'Olonne et qu'ils ont coupé tout lien avec leur vie d'avant. Cette histoire en vaut bien une autre, pas vrai, lieutenant ?

— Et si leur famille décide de débarquer aux Sables pour leur demander des explications ?

— Eh bien, si cette famille de culs bénis se met à fouiner, on leur expliquera que Mr et Mrs Jones ont finalement rejoint une secte très fermée… On trouvera à les convaincre, vous pouvez me croire.

— Et comment allez-vous inculper les trois frères de la Belletière si vous occultez toute la partie *anthropophage* des nombreux crimes commis ?

— Accident de chasse, folie furieuse, suicide… Ne vous inquiétez pas pour cela, lieutenant, votre mission était de trouver des réponses, ma mission dorénavant est de trouver des solutions. Vous faisiez face à trois frères au passé compliqué qui ont perdu les pédales face à une situation qui les dépassait. La perte de leurs parents, les difficultés financières, les normes toujours plus nombreuses à respecter, l'impression de ne pas être considérés et par-dessus le marché, on vient les emmerder chez eux, sur leurs terres qu'ils s'échinent à valoriser. En un sens, ils se sont montrés plus malins que d'autres avec l'aide de petites gens crédules et ils ont été aveuglés par l'argent facile qu'engendrait leur petit business.

— Petit business ? s'étouffa Thomas.

— Ils ont pété les plombs. Ça vous parle ça, péter les plombs, lieutenant, non ? Vous êtes pourtant coutumier du fait. Alors, on leur a mis la main dessus, ils ne pourront plus nuire à personne. Affaire terminée. Au suivant !

— Je refuse de cautionner cela ! Foutez-moi un blâme si ça vous amuse, mais moi, Thomas de Melville, j'expliquerai au monde entier que des hommes ont mangé d'autres hommes…

— Lieutenant, vous savez comme moi que la vérité n'est pas toujours la meilleure option. Vous vous mentez à vous-même depuis des années et je ne vous en blâme pas, vous avez sûrement vu les pires horreurs en opé…

— Vous n'allez tout de même pas comparer une République démocratique comme la France avec un pays ravagé par la guerre ?

— Je ne compare rien. Notre rôle est de protéger nos concitoyens et, dans certains cas exceptionnels, il est demandé à des gens comme moi de transformer la vérité lorsqu'elle est trop difficile à encaisser pour monsieur et madame Tout-le-monde. Et si vous tenez à ouvrir votre grande gueule, vous devrez trouver une autre famille que la gendarmerie pour payer votre pension alimentaire ou votre réserve de capotes et de whisky !

— Je ne vous permets pas…

— Oh si, je me permets de Melville, car on arrête de jouer maintenant ! Les gens que je représente ne rigolent pas, ne bluffent pas et ne donnent pas de seconde chance. Alors si vous n'obéissez pas, ce n'est pas seulement vous qui en subirez les conséquences, mais aussi l'adjudant Achternoen que vous avez embarquée dans cette histoire.

Un léger cri de stupeur parvint à s'échapper de la bouche de Séverine.

— Désolé, Achternoen. Je sais combien vos deux filles et vous-mêmes aspirez à une vie tranquille, près de la mer… et loin de votre ex-mari.

Séverine pâlit et Thomas sut que la partie était perdue en la voyant.

— C'est dégueulasse, conclut-il.

— La tranquillité d'une nation est à ce prix, lieutenant. D'autres catastrophes, bien plus dramatiques, nous attendent. Et nous aurons besoin du soutien et de la confiance de tous. Croyez-moi. N'allez pas effrayer tout le monde avec un nouveau scandale alimentaire.

Sans même se soucier de savoir s'il les avait réellement convaincus, l'inconnu fit apparaître de sa sacoche un document dupliqué en plusieurs exemplaires. Il sortit un stylo de sa poche intérieure et le tendit à Séverine.

Elle tenta d'explorer les pensées de son interlocuteur en le fixant du regard, mais fut subrepticement assaillie de maux de tête qui s'amplifiaient sous l'éclairage blafard du néon de cette pièce sans fenêtre. Elle n'était pas encore tout à fait remise de sa triste expérience dans la forêt. Très vite, elle s'approcha de la table et commença à parapher feuille après feuille.

— Je suis sincèrement désolée, Thomas. Je… je n'ai pas vraiment le choix que d'accepter. J'ai tenté de te l'expliquer, je dois avant tout protéger mes filles et…

— Je sais, Séverine. On a tous nos démons. Je ne t'en veux pas. On a affaire à plus forts que nous. De toute façon, qui nous aurait crus ?

— Pas grand monde, je pense… confirma le gradé

anonyme. Quelques complotistes et peut-être des antispécistes probablement. Manger de la viande, déjà, cela devient inenvisageable pour certains, alors s'il s'agit en plus de chair humaine…

Lorsque vint le tour de Thomas, celui-ci apposa sa signature sur les nombreux papiers avec une nonchalance affirmée, mais à l'intérieur, il bouillonnait de rage. Le capitaine Krastzik était le seul satisfait de la tournure des choses.

Séverine et Thomas purent finalement sortir et furent escortés dans une voiture banalisée.

Lorsque Séverine rentra dans son petit appartement, ses deux filles se précipitèrent pour la couvrir de baisers. Après ce qu'elles avaient vécu, toutes les trois cherchaient à profiter pleinement de chaque moment passé ensemble. Cela se résumait parfois à peu de choses, juste être ensemble dans la même pièce.

Bérénice et Élisa décidèrent de jouer à un jeu de société. Leur mère les observa longuement, sans parvenir à oublier ces dernières heures.

Toute vérité n'était pas bonne à dire. Elle en savait quelque chose, elle qui gardait en elle de douloureux secrets.

Cacher cette histoire lugubre de la Belletière lui permettrait peut-être de passer plus facilement à autre chose. Elle s'en était sortie sans trop de casse et c'était le principal. Quant aux familles des victimes, il valait probablement mieux qu'elles se rattachent à ce scénario de fait divers qui allait leur être apporté, plutôt qu'à cet abattage d'êtres humains, sensationnel et trop immoral.

Elle s'allongea sur le canapé, s'émerveilla de voir ses filles aussi heureuses. Elle parvint enfin à évacuer toute pensée négative et se plongea dans un sommeil serein.

Lorsque Thomas rentra chez lui, il retrouva Jessica à demi allongée dans le canapé, un livre à la main et un sourire évocateur aux lèvres. Il l'embrassa et se laissa tomber dans son fauteuil.

Jessica partit dans la cuisine et revint avec un verre à la main. Thomas prit le whisky et la remercia d'un geste de la tête.

Il avala une gorgée, sans même l'apprécier. Ce n'était pas d'alcool dont il avait besoin. Ce dont il avait besoin, c'était de tout lâcher, d'alléger ce qu'il portait avec lui depuis le début de cette enquête et qui ne serait jamais révélé au grand jour.

Elle vint s'asseoir à côté de lui et chuchota doucement :

— Je t'ai préparé un de tes plats préférés. Des burgers, mais façon Jessica.

— Tu commences à trop bien me connaître.

Avec sa bienveillance, Thomas eut enfin l'impression de respirer à nouveau. Il fixa longuement son verre de whisky, comme s'il pouvait y trouver une réponse à toutes les questions qui assaillaient son esprit épuisé, puis son regard revint vers celle qui cuisinait sur la table de travail de la kitchenette.

— Cette histoire m'aura au moins permis de faire ta connaissance.

— Quoi ? Je n'entends rien avec le bruit de la hotte ! expliqua-t-elle avec un clin d'œil.

Il retrouva son sourire et contempla cette magnifique femme qu'il aimait et qui semblait l'aimer en retour. Redécouvrant, comme à chacune de leur rencontre, la finesse de ses traits, ses yeux incroyables et son corps éblouissant, il se leva, la prit par la taille et déposa un baiser chaste dans le cou.

— Tu as raison. Je ne résiste pas à l'appel de la chair fraîche.

— Encore un peu de patience, mon amour, c'est prêt dans un instant.

Il prit les assiettes et les serviettes et revint vers le canapé. Après les avoir posées sur la petite table du salon, il alluma la télévision.

Jessica précéda son arrivée d'un « attention, c'est chaud ».

— Bon appétit, très cher.

Ils croquèrent chacun dans leur burger au pain moelleux. Le mélange de saveurs et de textures était divin.

— Jess, tu es la plus talent… tttrrr… koff…

Surpris, Thomas venait de croquer un bout d'os qui, par un réflexe aussi stupide qu'involontaire, vint s'enfoncer dans sa trachée. Les voies respiratoires bloquées, il ne parvenait plus à respirer. Il chercha, en vain, à expulser l'intrus et se mit à paniquer tandis que ses poumons réclamaient l'air qui leur était interdit.

Jessica lui prit la main pour le faire se lever, le pencha en avant et lui administra plusieurs claques entre les omoplates. Thomas continuait à tousser, son visage de plus en plus rouge. Elle frappa plus fort encore, sans succès.

Elle se plaça alors derrière lui, entoura sa taille avec ses bras, plaça l'un de ses poings contre son abdomen, qu'elle plaqua de son autre main et l'enfonça violemment vers le haut comme si elle voulait le soulever. Une fois encore, impossible d'extraire ce qui commençait à la tuer à petit feu.

Elle essaya encore et ce n'est qu'à la troisième tentative de son amie que Thomas parvint enfin à recracher le morceau qui avait failli lui coûter la vie… Il reprit sa respiration bruyamment, mais très vite il plissa les yeux et se mit à froncer les sourcils.

À ses pieds, plongé dans la bile parmi quelques morceaux de viande, il crut distinguer le mot *Samsung* sur le bout d'oreillette qui venait d'obstruer sa gorge…

REMERCIEMENTS

Merci à vous, famille et amis, qui m'avez soutenu en y croyant autant sinon plus que moi.

Et à vous aussi, autres proches bienveillants, qui m'avez laissé rêver sans même y croire vraiment.

À Vesna, à Chloé, aux Éditions Prisma, au jury du prix du Thriller Télé-Loisirs et bien sûr au grand maître Franck Thilliez, merci d'avoir ouvert les pages de mon univers. Le voyage ne fait que commencer…

Merci à Sophie, pour son œil affûté et sa précision redoutable. Votre vigilance a été précieuse.

Merci à celles et ceux qui ont nourri mon imaginaire : amis aux histoires hors du commun, rencontres d'un soir, personnalités mythomanes ou lumineusement folles… vous êtes tous quelque part entre ces lignes.

Merci au monde agricole, théâtre involontaire de ce roman, mais pilier bien réel de nos vies. Votre travail humble, constant et essentiel, mérite tous les hommages.

J. B. BÉDUNEAU

Né en 1972, détenteur d'une maîtrise de langues étrangères, J. B. Béduneau a multiplié les voyages et les rencontres, puisant dans chaque expérience la matière de son imaginaire. Pour son premier roman, il dévoile la brutalité d'une terre… et de ses âmes.

Nos autres Lauréats à découvrir

« UNE INTRIGUE AU CORDEAU »
Préface d'Olivier Marchal
LE LIVRE QUI A INSPIRÉ LE FILM NETFLIX BASTION 36
N
THRILLER
Flics Requiem
Michel Tourscher
LE LIVRE QUI A INSPIRÉ
BASTION 36
LE FILM ÉVÉNEMENT SUR NETFLIX

« UN PREMIER ROMAN PERCUTANT »
Alexis Laipsker
THRILLER
Le Passeur des enfers
Richard Gougis
GRAND GAGNANT 2025
PRIX SUSPENSE Histoire
Président : Alexis Laipsker
LES LAURÉATS

« UN HUIS CLOS ÉMOUVANT »
Ça m'intéresse Histoire
THRILLER
Gardée à vue
Emmanuelle Petit
PRIX DU JURY 2025
PRIX SUSPENSE Ça Histoire
Président : Alexis Laipsker
LES LAURÉATS

« UN JEU DE FAUSSES PISTES PALPITANT »
Ça m'intéresse Histoire
POLAR
Crime à l'encre blanche
Laurent Reynart
COUP DE CŒUR 2025
PRIX SUSPENSE Ça Histoire
Président : Alexis Laipsker
LES LAURÉATS

Couverture : © Magdalena Russocka / Trevillion Images
Ligne et conception graphique de la couverture : OFF graphisme Paris
Studio Fabrication : Flora Bellanger
Responsable Développement : Vesna Veljkovic
Chef de projet : Chloé de Jerphanion
Correctrice : Sophie Gombeau
Composition : IGS-CP à L'Isle-d'Espagnac (16)

Impression en France par Sepec Numérique

Dépôt légal : novembre 2025 – N° d'impression : N31247250507

Depuis 2009, Prisma Média met en place une politique d'achat écoresponsable.
Ainsi, une majorité du papier de nos magazines est certifié (gestion durable des forêts).
La fabrication des livres des Éditions Prisma s'inscrit également dans cette démarche.

Cet ouvrage a été imprimé en France sur un papier composé de fibres naturelles, recyclables, et fabriqué à partir de bois provenant de forêts plantées et cultivées pour la fabrication de pâte à papier.

PEFC
10-31-3532

BIENVENUE À STOCKHOLM !

Stockholm, ville entre mer et terre, ciel et eau, où la natu est toujours proche... Bâtie sur un splendide archipel entr la mer Baltique et l'embouchu du lac Mälaren, la "Venise scandinave" se compose de 14 îles. Voilà sans doute l'une des rares capitales au monde qui puisse s'enorgueillir d'autant de parcs, de plages, de rives propices à la baignade et à la pêche au saumon, et même d'une station de ski en pleine ville !

C'est pour contrôler les voies navigables que la cité fut fondée au XIIIe s. Son histoire débute à Gamla Stan, la Vieille Ville : ses ruelles pavées rayonnent autour de Stortorget, place centrale aux façades colorées, des XVIe-XIXe s. À deux ponts de là, vers l'est, Skeppsholmen, l'île de la culture, arbore d'importants musées entourés de verdure, dont le Moderna Museet. Mais c'est Djurgården, un peu plus loin, la véritable île verte. Cette ancienne chasse royale abrite le musée Vasa, où trône le fameux navire éponyme, qui coula le jour de son baptême, en 1628.

La ville n'a pas échappé aux grands chantiers du XIXe s. : ainsi est né Östermalm, quartier aisé où s'alignent immeubles cossus et commerces luxueux. Dans les années 1950-1960, a émergé la City, quartier ultramoderne hérissé d'immeubles-miroirs et doté de grands magasins. Rien à voir avec les friperies déjantées, les ateliers de jeunes créateurs, et les bars tendance de Södermalm, le faubourg du sud. Avec Cartoville, la ville s'ouvre à vous !

SOMMAIRE

Les incontournables

✪ Gamla Stan

Aux origines de la ville de Stockholm

Vieille Ville (A)
Personne ne sait exactement quand Stockholm fut fondée, mais une chose est certaine, son berceau se trouve à Gamla Stan — la "vieille ville" en suédois — sillonnée de ruelles pavées aux façades ocre, rose pâle ou encore vermillon. Tout commence au XIIIe s., quand l'île s'impose au cœur des échanges commerciaux de la région baltique, grâce à sa position stratégique. Au contraire de Norrmalm, au nord, et de Södermalm, au sud, encore champêtres à l'époque, l'île est alors le centre des affaires. Peu à peu, le labyrinthe de rues étroites et escarpées s'étend, et les murailles de l'île sont déplacées au fur et à mesure… jusqu'à ce que la partie sud-ouest de la ville parte en fumée en 1625. On en profite alors pour détruire les murs imposants le long de Prästgatan, Bollhusgränd et Baggensgatan (**A** D2-E3), et y ériger de nouvelles et nobles résidences. Dans les années 1870, en plein réaménagement de la capitale, Gamla Stan est sur le point d'être rasée, mais y échappe de justesse… Heureusement, car c'est aujourd'hui l'un des quartiers médiévaux les plus préservés d'Europe !

Bollhustäppan (**A** E2)
L'une de ces places cachées de Gamla Stan. On y trouvera la plus petite (15 cm !) des sculptures de Stockholm : *Järnpojke* (1967), "Le Garçon de fer", de Liss Eriksson.

Stortorget (A E2)
Au Moyen Âge, Stortorget, place du marché, regroupait l'hôtel de ville ainsi que l'église — dont un pan préservé constitue la partie la plus ancienne de la cathédrale Storkyrkan. Les visiteurs admirent, au numéro 20, la belle façade rouge à l'entrée richement sculptée, typique d'une demeure bourgeoise du XVIe s., et des maisons à pignon des XVIIe-XVIIIe s., ocre, vertes et grises. L'ancienne bourse abrite dans un bâtiment classique le musée du Prix Nobel. Au coin de Stortorget et Skomakargatan ("la rue des cordonniers"), un boulet de canon est incrusté dans la façade — la légende raconte que Christian II du Danemark l'aurait presque reçu dans la tête durant l'insurrection menée par Gustave Vasa en 1521. Mais en vérité, c'est un détaillant de meubles qui fit construire cette maison en 1795 et y aurait fait placer le boulet.

Storkyrkan (**A** E2)
→ Trångsund 1 Tél. 08 723 30 00
Jan.-mars, oct.-déc. : tlj. 9h-16h ;
avr.-mai, sep. : tlj. 9h-17h ; juin-août : tlj. 9h-18h
Derrière une façade baroque du XVIIIe s., la cathédrale royale déploie un intérieur majestueux, de style gothique tardif, avec ses hautes voûtes délicatement soulignées par la brique rouge. On y admire un retable d'argent et d'ébène du XVIIe s., d'éblouissantes loges royales (1684) de Nicomedus Tessin le Jeune. Mais c'est la sculpture de *Saint Georges terrassant le dragon danois* (1489), en chêne et en corne d'élan, qui attire tous les regards. Commémorant la victoire de Sten Sture contre les Danois en 1471, elle fut réalisée par Bernt Notke, un sculpteur de Lübeck. De nombreux concerts sont donnés dans la cathédrale.

✪ Kungliga slottet

Symboles et histoire de la royauté suédoise

CHÂTEAU ROYAL (A E2)

→ *Tél. 08 402 61 00 www.kungahuset.se Mai-juin, sep. : tlj. 10h-17h ; juil.-août : tlj. 9h-17h ; oct.-avr. : tlj. 10h-16h Tarif 160kr (+30kr visite guidée en anglais)*

Bienvenue dans l'une des plus grandes demeures royales d'Europe ! À l'origine, se dressait le château médiéval des Trois Couronnes, qui brûla en 1697. Reconstruit dans un style baroque italien par l'architecte Nicodemus Tessin le Jeune en 1754, ce palais destiné à abriter le souverain et sa famille, mais aussi l'administration du pays, compte 600 pièces, près de 1 000 fenêtres, et 7 étages ! Aujourd'hui, il accueille les cérémonies officielles, et l'actuel monarque Charles XVI Gustave y travaille.

Les appartements d'apparat

Aux 1er et 2e étages, le roi de Suède reçoit ses invités de marque dans l'appartement Bernadotte, l'appartement de réception et l'appartement des invités. S'y égrènent au fil des salles des œuvres datant du début du XVIIe s. à nos jours, dans des styles baroque, rococo et classique. Ne pas manquer l'intime cabinet de travail d'Oscar II (XIXe s.), la chambre d'apparat de Gustave III (XVIIIe s.) aux motifs allégoriques au plafond (1690) et la galerie de Carl XI (XVIIe s.), inspirée de Versailles. Cette dernière sert de salle à manger — la table peut loger 150 convives ! — lors des dîners officiels. Dans la salle des États, se dresse Silvertronen, le "trône d'argent" de la reine Christine, sauvé des flammes en 1697.

Le musée des Trois Couronnes

Au rez-de-chaussée de l'aile nord du bâtiment, derrière les vestiges d'un mur de défense de 5 m de large datant du XIIIe s., on en apprend davantage sur le premier château de Stockholm, au départ une forteresse en bois.

Le Trésor royal

La Skattkammaren, gardienne des emblèmes de la monarchie suédoise, expose deux épées ayant appartenu à Gustave Vasa, la scintillante couronne du roi Erik XIV (XVIe s.) et les fonts baptismaux en argent Silverdopfunten (1696), toujours utilisés pour les baptêmes royaux.

Le musée des Antiquités de Gustave III

Dans ce musée ouvert en 1794, des galeries de sculptures réunissent la collection du roi Gustave III, qui était passionné par l'Antiquité. Voyageant incognito sous le nom de "comte de Haga", il acquit plusieurs de ses 200 sculptures en Italie, entre 1783 et 1784 — un voyage durant lequel il effectua aussi une visite privée de la galerie de sculptures au Vatican accompagné par le pape Pie VI en personne.

La Chapelle royale

Au sein du palais, elle a aussi été dessinée dans un style baroque par Nicodemus Tessin le Jeune et décorée par les plus talentueux artisans de l'époque.

La relève de la garde royale

→ *Tlj. 12h15 (13h15 dim.) Durée 40 min*

Exécutée depuis 1523, la relève de la garde attire un grand nombre de spectateurs, fascinés par ses soldats vêtus d'uniformes bleu roi et coiffés d'étincelants casques à pointe ! L'été, la parade s'accompagne d'une fanfare qui interprète parfois des chansons d'ABBA !

L'armurerie royale

→ *Slottsbacken 3 Tél. 08 402 30 30 Mar.-dim. 11h-17h*

Dans les somptueuses caves voûtées du château, on découvre armes et armures, ainsi que les costumes des souverains et de sublimes carrosses.

✪ Nationalmuseum

Un “Louvre suédois” très lumineux

Musée national (**B** B3)
→ *Södra Blasieholmshamnen Tél. 08 51 95 43 00 www.nationalmuseum.se Mar.-dim. 11h-19h (21h jeu.) Entrée libre, sauf expositions temporaires*

Le temple suédois des beaux-arts, voulu par Gustave III au XVIIIe s. pour renforcer le rôle culturel de la Suède en Europe, est l’un des plus anciens musées d’art au monde ! Achevé en 1866 par l’architecte allemand Friedrich August Stüler, il a été pensé comme un palais vénitien de style néo-Renaissance, baigné de lumière et jouissant de beaucoup d’espace. Située face au Château royal, ce magnifique édifice a souffert dans les années 1990, quand les fenêtres furent obstruées... Fort heureusement, depuis la rénovation qui s’est terminée en 2018, le musée s’affiche tout en couleurs et en lumière, car les nouveaux vitrages permettent de bloquer les rayons ultraviolets. Dans les salles parées de bleu, de jaune, de vert, de violet et de cerise, le parcours chronologique mêle peinture, arts décoratifs et dessins, pour replacer chaque œuvre dans son époque. Le musée s’est également agrandi en déménageant ses bureaux. Résultat, le bâtiment tout entier est ouvert au public, offrant 2 300 m2 de plus à son inestimable fonds, soit la plus grande collection d’œuvres d’art en Scandinavie : environ 590 000 toiles, sculptures, dessins et objets ornementaux du XVe au XXe s., dont bien sûr, les toiles des peintres suédois des XVIIIe et XIXe s., et une exposition sur le design. Même le café-restaurant, conçu par plusieurs créateurs, vaut le détour !

Le jardin de lumière
Dans un jardin d’hiver qui fut initialement une cour ouverte puis un restaurant, sont dorénavant installées des sculptures. Parmi elles, noter Thor, Odin et Balder, trois dieux de la mythologie nordique, ainsi que trois hommes en toge : il s’agit de Nils Ericson, Torsten Rudenschöld et Pehr Henrik Ling — respectivement pères du chemin de fer, de l’école primaire et de la santé en Suède. Le musée a également mis en valeur la sculpture de l’écrivaine Fredrika Bremer (Carl Gustaf Qvarnström, 1866) pour rendre hommage à son action féministe contestant la domination masculine dans la société du XIXe s.

Le deuxième étage
La visite commence ici. On passe d’un salon rouge orangé à une salle vert pastel pour découvrir des œuvres des XVIIe et XVIIIe s. dont le *Joueur de flûte* par la Hollandaise Judith Leyster, *La Dame au voile* du Suédois Alexander Roslin ou *La Conspiration de Claudius Civilis* de Rembrandt.

Le premier étage
On redescend pour s’émerveiller devant l’âge d’or hollandais, les peintures françaises des XIXe et XXe s. — on y retrouve *La Dame en noir* d’Edgar Degas, ou *Le Cabaret de la mère Antony* d’Auguste Renoir — mais surtout pour se plonger dans la grande peinture suédoise du XIXe s., aux artistes préoccupés par la nature et les questions sociales. Carl Larsson y est bien représenté, ainsi qu’Eva Bonnier, Hanna Pauli et Gustaf Fjæstad. Anders Zorn livre, avec la *Danse de la Saint-Jean*, une représentation de “Midsommar” (pourtant loin d’être authentique, car l’artiste fut obligé d’organiser lui-même la célébration pour la peindre, l’église l’ayant interdite cette année-là !).
Enfin, on se prend à rêver devant les bijoux et portraits miniatures de la salle du Trésor, Skattkammaren.

✪ Skeppsolhmen / Kastellholmen

Entre nature et culture

Ancienne base navale, Skeppsholmen ou "l'île des bateaux" offre aujourd'hui un paysage très boisé. Elle est entourée de beaux navires, anciens ou modernes, et ses musées publics **Moderna museet** (**B** C4), **ArkDes** (**B** C4) et **Östasiatiska museet** (**B** B3) se révèlent passionnants.
On y accède par le magnifique pont **Skeppsholmsbron** de 1861 orné de deux couronnes dorées : les toucher porterait bonheur ! Idéal pour une belle parenthèse au calme après un tour dans la City, qui n'est qu'à quelques minutes de là. Sur place, et comme souvent à Stockholm, on se demande si l'on est vraiment en ville ou bien dans la nature.

L'Île (B B3)

D'abord stationnée aux abords du Palais royal puis sur Blasieholmen, la flotte de la marine s'installe finalement à Skeppsholmen dans les années 1640, sur décision de la reine Christine. L'ancienne île de pâturages sera alors interdite d'accès aux Stockholmois pendant 300 ans. Quand la base marine déménage en 1969, on imagine y construire des immeubles, projet finalement abandonné. En arrivant sur place, on aperçoit d'abord une auberge de jeunesse pas comme les autres : le trois-mâts **Af Chapman**. À sa gauche se dresse **Amiralitetshuset** (**B** B4), la très élégante maison de l'Amirauté. Plus loin se trouve une école d'art, sise dans l'ancienne caserne des maîtres d'équipage. Plus au sud, sur la colline de l'îlot de Kastellholmen, trône la seconde version du château **Kastellet** (**B** D5) — le premier ayant explosé en 1845. Depuis 1665, on dit que le drapeau hissé au sommet indique que le royaume de Suède est en paix. En descendant la colline vers le sud, on arrive au hangar à charbon **Kolskjulet** (**B** D5) — construit au milieu des années 1800 quand la flotte remplaça ses voiliers par des navires à vapeur. C'est ici que le beau deux-mâts *Tre Kronor* est amarré quand il ne navigue pas. Avant de revenir sur Skeppsholmen, on découvre la bâtisse néogothique **Skridskopaviljongen** (**B** D5), construite en 1882 et utilisée comme vestiaire par Oscar II pendant les compétitions de patinage. On débouche, une rue après le pont, sur **Långa raden** (**B** C4), où une ancienne caserne bâtie au début du XVIIe s. pour les officiers s'étant distingués au combat a été transformée en hôtel-restaurant de charme, le Skeppsholmen. Plus loin, des vaisseaux sont à quai comme aux XVIIe et XVIIIe s., au détail près que le quartier était alors très vivant, grâce à l'activité des chantiers navals ! Enfin, tout près du **Moderna museet**, se trouve l'église désacralisée **Skeppsholmskyrkan**, aménagée en salle de concert depuis 2009.

Moderna museet (B C4)

→ *Exercisplan 4 Tél. 08 52 02 35 00 modernamuseet.se*
Mar.-ven. 10h-18h (20h mar., ven.), w.-e. 11h-18h
Entrée libre, sauf expositions temporaires
Depuis 1958, ce musée loge une très importante collection d'art contemporain comptant entre autres des œuvres de Picasso, Marcel Duchamp, Magritte, Dalí, Louise Bourgeois, Irving Penn, Andy Warhol et des Suédois Vera Nilsson, Siri Derkert et Öyvind Fahlström. Dans le même bâtiment, le centre **ArkDes** présente architecture et design suédois ainsi que des expositions temporaires. À l'extérieur, ne pas manquer **Paradiset**, un jardin de sculptures où dialoguent jusque dans les arbres les vivantes *Nanas* de Niki de Saint Phalle et des mobiles de Jean Tinguely.

✪ Stadshuset

Banquet des prix Nobel et Conseil municipal

Hôtel de Ville (**C** C4)

→ *Hantverkargatan 1 www.international.stockholm.se/the-city-hall* ***Visite guidée*** *Tlj. 10h-15h (ttes les heures)* ***Accès à la tour*** *Mai, sep. : tlj. 9h10-15h50 ; juin-août : tlj. 9h10-17h10 (ttes les 40 min)* *Tarif 90kr (nov.-mars)-120kr (avr.-oct.)*

Tout en briques rouges, avec sa tour en forme de phare, la mairie de Stockholm apparaît telle une sentinelle sur les bords du Riddarfjärden. Chef-d'œuvre de Ragnar Östberg inauguré en 1923, le bâtiment, de style romantique national, allie des influences de la Renaissance italienne, du gothique nordique et de l'art islamique. De l'extérieur, il évoque le palais des Doges de Venise.

La tour

À 106 m de hauteur, elle offre une superbe vue sur Stockholm. Elle est surmontée du symbole national des trois couronnes, qui apparaît sur le blason royal et représente les royaumes de Suède, de Norvège et de Scannie.

Blå hallen

La Salle bleue, une immense *piazza* couverte, devait à l'origine être peinte en bleu, mais l'architecte suédois changea finalement d'avis à la dernière minute, séduit par la beauté de la brique rouge. Balconnets, arcades... l'inspiration du baroque italien est bien présente. Chaque année, elle accueille le grand banquet qui suit la remise des prix Nobel. Y trône également le plus grand orgue (à 10 000 soufflets) de Scandinavie.

Rådssalen

La salle du Conseil rappelle le temps des Vikings et leurs réunions sous la coque de navires retournés : la structure de la charpente est visible.

Ovalen

La Salle ovale accueille les mariages civils les samedis de 14h à 18h. Aux murs, des tapisseries tissées à Beauvais en 1690.

Prinsens galleri

La galerie du Prince, salle de réception de 47 m de long, donne sur le lac Mälaren. Séparées par une rangée de colonnes noires, les fresques (1917-1923) Art nouveau sont signées de la main du prince Eugène.

De Hundrades valv

La voûte des Cents, inspirée par l'architecture islamique, se situe dans la partie inférieure de la tour et arbore, comme son nom l'indique, une centaine de petites voûtes au plafond.

Salen Tre Kronor

Dans la salle des Trois Couronnes, des draperies de soie et de fil d'argent ornent deux murs, une toile représentant Stockholm au XVIIIe s. le troisième.

Gyllene salen

La Salle d'or dessinée par Einar Forseth constitue le clou de la visite avec sa mosaïque foisonnante : elle nécessita plus de 18 millions de tesselles de verre et d'or ! Les parois, elles, sont dédiées à l'histoire royale suédoise du IXe s. aux années 1920, figurant notamment des scènes du bain de sang de Gamla Stan en 1520 et l'avènement de Gustave Vasa en 1523. Le bal annuel du banquet du prix Nobel a lieu ici.

La terrasse

Au bord de l'eau, se dressent diverses œuvres, une statue représentant August Strindberg les mains sur le torse, une autre le héros de la révolte contre les Danois Engelbrekt Engelbrektsson (1390-1436), au sommet d'un pilastre, et enfin, une sculpture signée de Carl Milles.

✪ Sergels torg / Kulturhuset

Une City moderne

SERGELS TORG (**C** D3)
Désormais considérée comme l'épicentre de la ville, la place de Sergels torg n'existait pas il y a 70 ans. À l'époque, le lieu se composait de nombreuses maisons, bâtiments XVIIe s., fermes et rues étroites en mauvais état. L'idée de prolonger Sveavägen jusqu'à une place qui serait nommée Sveaplatsen avait certes été lancée en 1928, mais c'est seulement dans les années 1950 que le projet s'accélère. La mode est à la démolition des vieilles constructions, notamment dans cet ancien quartier de Klara, où résident de nombreux journalistes, auteurs et artistes. C'est alors que l'on désigne l'architecte David Helldén pour dessiner la place qui deviendra Sergels torg, d'après le nom du sculpteur Johan Tobias Sergel (1740-1814). En 1971, elle est achevée. En 1974, l'obélisque de verre vient parer le centre de sa fontaine. Initialement, de l'eau devait couler le long de cette tour de 37 mètres, mais cela se révéla impossible.

La City
Dans le même temps, le quartier se couvre d'immeubles modernes accueillant des banques, des bureaux, des magasins et des restaurants. Stockholm peut se targuer de posséder sa City ! Aujourd'hui, le sous-sol de la place est occupée par un plateau à ciel ouvert, orné de triangles noirs et blancs, "Plattan", apprécié des habitants et adopté pour les rassemblements et les manifestations. Cet espace en duplex, large de 31 000 m^2 vient tout juste d'être rénové (2018) après quasiment 50 ans d'utilisation — son apparence est restée inchangée, si ce n'est l'étendue majeure accordée aux piétons. Au nord de Sergels torg, sur Sveavägen, on ne peut manquer les Hötorgsskraporna, cinq gratte-ciel parallèles en forme de barres, exemplaires de la deuxième moitié du XXe s., tout de verre et d'acier, construits dans les années 1950 et 1960 avec pour but de libérer de la place pour les voitures. Un concept très en vogue à l'époque !

KULTURHUSET STADSTEATERN (**C** D3)
→ *Sergels torg 7 Tél. 08 50 83 15 08 kulturhusetstadsteatern.se Tlj. 11h-19h (17h w.-e.)*

Alors que Stockholm est marquée par les démolitions et le renouveau urbain, un concours d'architecture est organisé par la municipalité et la Banque de Suède pour concevoir une maison de la culture, un théâtre et une banque nationale sur Sergels torg. C'est le moderniste radical Peter Celsing, l'un des architectes les plus importants de Suède au milieu du XXe s., qui le remporte. Sa proposition envisage un centre culturel suggérant des étagères ouvertes sur plusieurs niveaux, toutes vitrées, fixées à un immense mur de béton. Le résultat est surprenant : malgré le matériau lourd, l'espace est aéré et agréable, car la vue est constamment dégagée sur le reste de la City — surtout au dernier étage, du Café Panorama. Désormais, difficile de se passer de Kulturhuset quand on habite à Stockholm : elle rassemble six bibliothèques, l'important Théâtre de la Ville, des expositions et plusieurs cafés !

DROTTNINGGATAN (**C** D2-D3)
→ *Drottninggatan*
La rue commerçante de Stockholm, piétonne, est jalonnée de lions en pierre, symboles de la monarchie. Vers le nord, les magasins de chaînes cèdent la place à de petites boutiques, bars et cafés plus authentiques.

✪ Strandvägen / Historiska museet

Les “Champs Élysées” suédois

Strandvägen (**D** B4)
Difficile d’imaginer que cette avenue huppée d’Östermalm, longue de 1 200 m, fut un chemin boueux jusqu’à l’Exposition internationale de 1897… Aujourd’hui, la grande artère bordée de tilleuls compte certains des immeubles les plus cossus de la ville. Au n° 9, œuvra l’architecte Johan Laurentz, qui dessina plusieurs autres édifices sur la somptueuse promenade. La façade, qui date de 1897-1900, est composée de brique rouge et de pierre calcaire gris clair. Au sommet, un fronton à volutes et deux flèches rouges. Le riche banquier Ernest Thiel, connu pour son musée d’art scandinave Thielska galleriet, dans Djurgården, habita ici. Au n° 11, observer la sublime entrée aux motifs sculptés et les fenêtres ouvragées des étages supérieurs. Aux n°s 19-21, un immeuble sort du lot Art nouveau et romantisme national avec son style Renaissance florentine. La forme est cubique, parée de murs à bossages, et de décorations succinctes. Aux n°s 25-27, l’architecte Oskar Erikson s’inspira du style monumental et classique de Vienne et de Berlin

avec fausses colonnes et cariatides. Aux n°s 29-33, ne pas manquer la résidence érigée (sur un pâté de maison entier !) pour le magnat du bois Bünsow, avec son parement de briques à croisillons et ses jolies tourelles d’angle. Au n° 53, la façade détonne avec ses pignons à redents. Au n° 55, le palais von Rosenska fut le premier bâtiment à utiliser le marbre d’Ekeberg — avant le Théâtre national Dramaten. Au n° 58, l’ambassade israélienne se niche au milieu des arbres, dans les anciens locaux de l’institut de la Forêt, sobre palais Renaissance. Enfin, aux n°s 65-67, on retrouve un édifice typique des années 1920 : alors que les logements sont rares, les architectes Nordenskjöld et Falk optent pour le modernisme d’un immeuble fonctionnel et très peu décoré. De Nybrokajen (**D** A4) ou du nord de Djurgårdsbron (**D** C4), on jouit d’une jolie vue d’ensemble sur Strandvägen.

Historiska museet (**D** B3)
→ *Narvavägen 13-17 Tél. 08 51 95 56 00 www.historiska.se Juin-août : tlj. 10h-17h ; sep.-mai : mar.-dim. 11h-17h (20h mer.) Entrée libre*
L’histoire de Suède, de la préhistoire au règne de Gustave Vasa (10 000 av. J.-C.-XVIe s.) en passant par les Vikings (env. 800-1050). Dans ce musée fondé en 1866 sont exposés entre autres un squelette vieux de 9 000 ans, une tête d’élan en diorite (une roche magmatique), des tissus et de splendides retables médiévaux. La collection sur les **Vikings** est la plus passionnante, avec notamment l’immense maquette de la ville de Birka — disparue au Xe s. —, mais aussi des bijoux, des outils, des armes, et des modèles réduits de drakkars. On y tord le cou aux clichés : si les Vikings se sont fait connaître pour leurs conquêtes, le peuple était surtout composé de marchands et de gens ordinaires, pour la plupart paysans. La **Salle d’or** éblouit avec ses 3 000 objets en or et d’autres en argent datant de l’époque des Vikings et du Moyen Âge ultérieur, dont un collier impressionnant, gravé d’innombrables figures ; et un reliquaire incrusté de gemmes et de perles. Une salle d’exposition restitue la **bataille de Visby**, sur l’île de Gotland où, en 1361, 1 800 fermiers improvisés soldats périrent sous les coups des Danois. Les autres salles présentent la préhistoire, l’art médiéval et le textile — ainsi que des expositions temporaires.

✪ Vasamuseet

Le bateau naufragé le mieux conservé au monde

Vasamuseet (**E** A2)
→ *Galärvarvsvägen 14 Tél. 08 51 95 48 80 www.vasamuseet.se Juin-août : tlj. 8h30-18h ; sep.-mai : tlj. 10h-17h (20h mer.) Tarif 150kr*
Le joyau de Djurgården ! Avec ses 64 canons en bronze, ses 52 m de haut, ses 14 000 pièces et 700 sculptures en bois, le vaisseau royal Vasa avait été conçu pour glorifier la puissance suédoise en pleine guerre de Trente Ans. La Suède est alors en conflit avec la Pologne et le roi Gustave II Adolphe a besoin d'un nouveau fleuron pour sa flotte. Mais ce phénix sombre dès son baptême, en 1628, 20 minutes et 1 300 m après avoir quitté le quai ! Le monarque a vu les choses en grand, mais il est trop impatient : pendant un test de stabilité précédant le départ, le bateau avait pourtant déjà failli se retourner... En 1957, une incroyable opération de sauvetage – en scaphandre ! –, démarre et parvient à renflouer le navire de guerre, presque intact, avec son mobilier, de la figure de proue à la boîte à biscuits !

Le musée
En entrant dans le hall, on met un peu de temps à se faire au clair-obscur ambiant et à la vue de cet immense épave – la plus grande et la mieux préservée au monde. Ce n'est pas pour rien que le musée attire chaque année près d'1,5 million de visiteurs ! La mer Baltique n'étant pas si salée, le bateau a échappé à la décomposition, et ce malgré les 333 années passées sous l'eau. La visite commence par un film : Anders Franzén, celui qui découvrit le navire en 1956 près de Beckholmen, raconte son aventure. On étudie ensuite la maquette du Vasa, recolorée après maintes recherches, puis la proue longue de 3 m et figurant un lion tenant un blason – symbole de la monarchie suédoise depuis le Moyen Âge. Suit une explication détaillée des circonstances du naufrage et de l'incroyable remontée du Vasa du fond de la mer. Comme il est logiquement interdit de monter à bord, on déambule sur les six mezzanines étagées qui permettent d'évoluer tout autour de ce bâtiment de 69 m de long et d'en admirer chaque élément. Au 5e étage, on inspecte deux des canons présents à bord – chaque canon reposait sur un chariot à quatre roues en chêne et en fer. Tout près, sur une reconstitution du pont supérieur, on apprend comment la vie avait été planifiée à bord, où l'on prévoyait d'accueillir (serrées) 450 personnes sur 600 m². Le quotidien devait se dérouler au milieu de l'artillerie et dans une semi-obscurité ! Au 6e étage, on peut admirer le château arrière, richement décoré et sculpté de deux anges présentant les armes de la dynastie Vasa. Pour comprendre la méthode de conservation du vaisseau, direction le 2e étage, où sont également présentés les résultats de recherches pour l'avenir – le musée s'enrichit d'ailleurs en permanence de nouvelles connaissances. En 2015 par exemple, les scientifiques ont constaté après avoir testé les canons qu'ils tiraient bien plus loin et plus puissamment que précédemment imaginé. Parmi les 13 expositions différentes, celle sur la place des femmes embarquées est passionnante. À l'extérieur du site, on prend le temps d'observer la construction coiffée de cuivre, édifiée en 1990 par Marianne Dahlbäck et Göran Månsson pour abriter et mettre en valeur le rescapé, en laissant ses trois mâts émerger du toit : une reconstitution grandeur nature (52 m de haut) de ceux cassés lors du naufrage !

✪ Skansen

Un musée ethnographique en plein air

Skansen (**E** C2)

→ *Tél. 08 442 80 00 www.skansen.se Fin juin-août : tlj. 10h-20h ; mai-fin juin, sep. : tlj. 10h-18h ; oct.-mars : tlj. 10h-15h (16h w.-e.) ; avr. : tlj. 10h-16h Tarif 140-220kr en fonction de la saison*

En créant ce musée en plein air — le plus ancien au monde — en 1891, le philologue Artur Hazelius voulait préserver et présenter le mode de vie et l'habitat suédois pour que les générations futures connaissent leur passé. Il ne fit pas les choses à moitié : environ 150 bâtiments, du début du XVIIIe s. au mitant du XXe s. furent transportés de leur lieu d'origine et réimplantés à Skansen. Fermes, église, école, manoir, hutte de forestier, ateliers, maisons de ville, camp du peuple Sami... C'est un condensé de la Suède d'antan que l'on découvre ici. L'été, des employés en tenue d'époque font vivre les lieux. Skansen est aussi habité à l'année par des ours, des élans et des rennes. Pour les tout-petits : ne pas manquer le zoo Lill-Skansen.

Les bâtiments

Le parc respecte la répartition géographique des bâtiments du nord au sud (dans le pays et à Skansen). Autour d'elles, la végétation veut aussi rappeler les paysages d'origine. Passé l'entrée principale et l'escalator, on arrive dans le quartier reconstitué d'une ville moyenne du XVIIIe s., avec sa poste, sa pharmacie, ses boutiques, ses fabriques et ses logements. L'artisanat y tient une place de choix — dans l'ancienne boulangerie de Södermalm, la boulangère prépare les brioches à la cannelle, dans la verrerie, le verre est soufflé... Chez le quincaillier (début XXe s.), on vend des articles de métal et le marchand voisin (maison de 1930) proposait du lait, du pain, des gâteaux et des bonbons. On se régale ensuite chez Petissan, un café datant des prémices du XVIIIe s. et qui était situé entre Drottninggatan et Kungstensgatan à Vasastan. Juste à côté, se trouve Hazeliushuset (1720), la demeure (déplacée de son lieu d'origine) où naquit l'inventeur de Skansen en 1833, et faisant face à un petit jardin d'herbes aromatiques. Puis, à quelques mètres, se déploient deux *kolonilotterna*, ces lopins familiaux cultivés popularisés dès la fin du XIXe s. Plus loin, la ferme d'Älvros, du Nord du pays, où le feu de cheminée ardait jour et nuit. En direction de Lill-Skansen, on atteint la très belle Seglora kyrka (1730), une église œcuménique au décor en bois, venue toute droit de Borås dans le Sud-Ouest, et l'une des préférées pour se marier !

Le zoo

Petits et grands apprécieront le zoo du parc : loups, élans, phoques, loutres, ours, lynx... et il y a même des animaux exotiques ! Les enfants seront ravis de dire *hej !* aux chèvres, aux cochons miniatures, aux poules naines de l'île d'Öland et aux canards bleus.

La vie du parc

Été comme hiver, le parc de Skansen célèbre les us et coutumes suédois : à Noël, entre autres, on ne manquera pas chaque week-end le marché de l'avent, sur la place Bollnästorget et le long de Marknadsgatan. Et pour le folklore moderne suédois, on prolonge la soirée dans le parc à la belle saison. Tous les mardis soirs, entre fin juin et mi-août, se produit un événement né dans les années 1930, "Allsång på Skansen" — des concerts diffusés à la télévision et dont le principe est de chanter en chœur avec les artistes sur scène. Les Suédois, toujours très organisés, ont même leur petit carnet de paroles à la main !

✪ Millesgården

Un jardin de sculptures d'inspiration italienne

MILLESGÅRDEN

→ *Herserudsvägen 32 Lidingö* ***Métro*** *Ligne rouge, arrêt Ropsten, puis bus 201, 204, 205, 206, 211, 212 ou 221, arrêt Torsviks Torg, ou tram L21, arrêt Lidingö Baggeby Trajet 20 min Tél. 08 446 75 90 www.millesgarden.se Mai-sep. : tlj. 11h-17h ; oct.-avr. : mar.-dim. 11h-17h Tarif 150kr*

En dehors de la cité, sur l'île de Lidingö, se trouvent la maison et le jardin que Carl Milles (1875-1955) et sa femme Olga (1874-1967), également artiste et portraitiste de talent, aménagèrent à partir de 1906. L'occasion de découvrir ce sculpteur suédois majeur, inspiré par la statuaire antique et la mythologie. Visite de sa demeure, de son atelier, de la maison de son assistante Anne et balade inoubliable dans le jardin.

Le jardin

C'est le joyau de Millesgården ! Tout en terrasses, il offre une vue idyllique entre sculptures, verdure, ciel et eau. Tout d'abord, on découvre le studio de plein air du sculpteur Carl Milles, et l'aile ajoutée à la maison dans les années 1911-1913. À l'époque, l'artiste a développé une silicose en inhalant la poussière et a besoin d'un espace de travail aéré pour mieux respirer. La terrasse du milieu est aménagée en 1920 : on admire sur l'escalier qui nous y mène les sculptures du *Chantre du Soleil* et du *Sanglier sauvage*. La terrasse supérieure, partie la plus ancienne de Millesgården, rassemble *Le Petit Triton*, inspiré de la mythologie grecque, ainsi que *Les Filles dansantes* et *La Fontaine de Susanne*, où l'on pouvait nager à l'origine, mais qui dut être reconstruite plusieurs fois car endommagée par les racines des arbres alentour. Carl Milles fit aussi construire une terrasse nommée "Petite Autriche" dédiée à sa femme qui, en raison de son faible état de santé, ne pouvait se rendre dans son pays natal. On y observe la fontaine *Aganippe*, où les muses semblent glisser sur l'eau. Mais l'espace le plus impressionnant demeure l'immense terrasse inférieure, totalement dégagée, ouverte sur le bras de mer, et où Carl Milles installa des répliques de ses œuvres exposées aux États-Unis et en Suède. Se tiennent là *L'Astronome*, *L'Europe et le Taureau*, la plus grande fontaine du jardin, mais aussi *Poséidon* — une reproduction également au centre de la fontaine de Götaplatsen à Göteborg. Surtout, on admire les *Anges musiciens* jouant différents instruments et *La Main de Dieu*, sculptures posées au sommet de hautes colonnes, pour être plus proches du ciel qui fascinait tant Carl Milles. Les jardins, quant à eux, tirent une partie de leur inspiration de l'Italie méditerranéenne, à l'instar de l'atelier de plein air cité plus haut, pour lequel le créateur commanda une fresque de la baie de Naples et, tout près, planta des pins et des bouleaux pour la touche scandinave.

La demeure

La belle propriété que Carl et Olga Milles, nouvellement mariés, se font construire en 1908, est pensée à la fois comme une maison à vivre et comme un atelier d'artiste. On remarquera entre autres la Chambre rouge pavée de marbre noir et blanc, inspirée par un voyage à Pompéi. Dès la fin des années 1930, une partie de la propriété fut ouverte à la visite.

La salle des expositions

Le bâtiment situé après l'entrée accueille des expositions temporaires souvent très intéressantes. On passe aussi par la boutique très bien fournie.

Stockholm en 3 jours

L'essentiel de la ville en un grand week-end

VENDREDI

9h Départ obligé de Gamla Stan, la Vieille Ville historique. Pour bien démarrer la journée, on prend un *fika* chez **Fabrique** (**A** D3). Puis on rejoint la grand-place **Stortorget** (**A** E2), bordée de riches demeures des XVIIe-XVIIIe s., et la gothique et baroque cathédrale **Storkyrkan** (**A** E2), avant de se balader le long des rues commerçantes Österlånggatan et Västerlånggatan. En se dirigeant vers le sud de l'île, on passe par **Mårten Trotzigs gränd** (**A** E3), la plus étroite des ruelles.

11h En remontant vers le nord, une fois passée **Tyska kyrkan** (**A** E3), l'église allemande construite au XVe s., à l'époque de la ligue hanséatique, on traverse la jolie place en triangle **Brända Tomten** (**A** E3). En quelques pas, on est prêts pour la visite du Palais royal **Kungliga slottet** (**A** E2). La relève de la garde royale se déroule à 12h15 !

13h Pour un déjeuner suédois, rejoindre le très beau restaurant du **Nationalmuseum** (**B** B3). En route, on admire le terminal des ferries de **Strömkajen**, tout en miroirs et plaques de laiton (Marge Arkitekter).

14h30 Une fois rassasié, on visite le musée, “Louvre suédois” récemment rénové et qui laisse entrer la lumière de toute part. C'est le moment de s'extasier devant les grands peintres suédois, italiens et français.

16h30 On s'accorde un petit repos et une balade requinquante dans le “jardin du Roi” **Kungsträdgården** (**C** E3), à deux pas. Si l'on veut vraiment faire comme les Suédois, on chausse ses patins à glace l'hiver et on flâne entre les cerisiers japonais en fleur au printemps.

17h30 Les amateurs de shopping peuvent partir à l'assaut des boutiques *mainstream* sur **Biblioteksgatan** et **Stureplan** (**C** E2), les autres se diriger vers les magnifiques bains Art nouveau de **Centralbadet** (**C** D2) pour un moment de détente et de volupté. Ensuite, un *fika* chez **Vete-Katten** (**C** D3) sera bienvenu, accompagné d'un *princesstårta* parfait, un gâteau vert, à la pâte d'amandes enrobant des couches de génoise, de crème et de confiture. En passant sur Hötorget, admirer l'imposante **Konserthuset** (**C** D2).

19h Passer par le controversé mais incontournable **Sergels torg** (**C** D3), le centre culturel **Kulturhuset Stadsteatern** (**C** D3) et **Drottninggatan** (**C** D3). Puis rejoindre, au sud, le Parlement, **Riksdagshuset** (**C** E4), dont on distingue l'hémicycle à la forme ronde et contemporaine. Continuer pour atteindre **Riddarholmen** et s'offrir un moment de contemplation sur **Evert Taubes terrass** (**A** C2) : somptueuse vue sur Stadshuset d'un côté et Södermalm de l'autre !

20h30 Dîner (en ayant pensé à réserver), dans le plus ancien restaurant stockholmois, **Den Gyldene Freden** (**A** E3) – dans l'assiette, les meilleures boulettes de viande de la ville ! –, ou chez **Kagges** (**A** D3) pour un repas scandinave inventif.

22h Soirée très chic dans le centre-ville, à Stureplan, temple de la nuit, chez **Sturecompagniet** (**C** E2), qui réunit bars et clubs, à moins de préférer le **Spy Bar** (**C** E2), plus *lounge*.

SAMEDI

9h Bonjour Södermalm ! Du haut de la passerelle de **Katarinahissen** (**A** E4), on regarde Stockholm se réveiller. Puis on rejoint Slussen par Mosebacke torg et on achète un *kanelbulle* au Pressbyrå de la station de métro Slussen avant de grimper le long de **Monteliusvägen** (**A** B4). **Ivar Los Park** (**A** B4) est idéal pour savourer son petit déjeuner.

10h30 Après cette vue iconique sur la capitale, on redescend à pied vers Gamla Stan et Skeppsbrokajen pour prendre le bateau Djurgårdsfärjan (**A** F4) qui nous emmène à **Skeppsholmen** (**B** D4). Sur place, au **Moderna museet** (**B** C4), on se délecte des œuvres de Matisse, Picasso et Warhol.

12h En sortant du musée, **Paradiset** (**B** C4), le réjouissant parc de sculptures de Tinguely et Niki de Saint Phalle est un must ! Puis, on se dégourdit les jambes au bord de l'eau. Autre option : passer le pont au sud, pour découvrir l'îlot de **Kastellholmen** (**B** D5) et son minuscule château insolite.

13h Sauter dans le bateau (**B** D4) de Djurgården pour aller s'attabler chez **Skroten Café & Skeppshandel** (**E** C3) en vue d'un déjeuner typiquement suédois et très iodé.

14h30 Balade dans le musée de plein air **Skansen** (**E** C2), où l'on explore des pans entiers de la culture et des traditions suédoises.

16h On se met au chaud au **Vasamuseet** (**E** A2) pour un *fika* bien mérité, puis on découvre l'immense bateau Vasa.

18h30 Remonter **Strandvägen** (**D** B4) à pied ou en tram pour prendre un verre au bar de **Dramaten** (**B** A1), sur la terrasse en été.

20h On rejoint une table réservée chez le bistronomique **Speceriet** (**D** A3), où l'on goûte à une cuisine raffinée à base de produits frais.

22h30 Quelques stations de métro plus loin, le **Södra Teatern** (**F** D2) est parfait pour finir la soirée en dansant !

DIMANCHE

9h30 La journée commence au pied d'une superbe silhouette, celle de la mairie **Stadshuset** (**C** C4), d'où l'on admire la vue sur le lac et la ville, avant de visiter l'intérieur.

11h30 Après avoir grimpé au sommet de la tour (l'été), on prend le bateau (**C** B4) pour rejoindre Södermalm (**F**). Une fois arrivé, remonter la commerçante **Götgatan** (**F** D2) pour du lèche-vitrine de marque, avant de descendre vers SoFo et ses créateurs branchés — voir *Les balades* (**G**).

13h On s'élève, grâce à l'ascenseur, à 104 m de hauteur pour déjeuner ou juste apprécier la vue grandiose sur la capitale chez **Himlen** (**F** D2). **Pelikan** (**F** D3) est à deux pas et sert lui aussi des plats suédois.

14h30 Descendre vers la station de métro **Skanstull** (**F** D3) et rejoindre les promeneurs du dimanche le long de la baie de **Årstaviken** (**F** C3) jusqu'au parc de **Tantolunden** (**F** B2).

16h S'il fait beau, faire un détour au marché aux puces de Hornstull (**F** A2), puis se prélasser au soleil sur la promenade de **Loopen** (**F** A2) en prenant un verre en terrasse. L'hiver, on se réfugie chez **Hornhuset** (**F** A2). Pas fatigué ? On continue la balade bucolique sur l'île de **Långholmen** (**F** A1) !

19h Trois stations de métro et dix minutes de marche plus loin, on rejoint **Fotografiska** (**F** E2). Le musée ferme tard, alors autant en profiter pour reprendre des forces avec un dîner gastronomique dans son restaurant.

20h30 On découvre ensuite les dernières expositions du lieu, l'une des Mecque internationales de la photographie.

22h Pourquoi ne pas remonter au bar du musée pour jouir des derniers rayons du soleil en été autour d'un verre de cava ?

UN JOUR DE PLUS ?

Une journée dans l'archipel
→ *Accès voir p. 24*
L'île la plus proche est Fjärderholmarna ; Vaxholm est à privilégier pour une journée entière ; à moins de préférer une croisière (*www.stromma.se*). Balades dans les bois et baignade aux beaux jours ! Voir *Les échappées* (**G**).

Rosendals trädgård
(**E** F2)
→ *Rosendalsterrassen 12*
Tél. 08 54 58 12 70
Avr.-sep. : tlj. 11h-17h ; fév.-mars, oct.-déc. : tlj. 11h-16h
Flânerie à l'ombre des pommiers ou *fika* dans la serre de ce jardin écologique.

Snösätragränd
(hors plan **F** B4)
→ *Accès métro Rågsved*
Depuis 2004, cette rue d'une ancienne zone industrielle est dédiée au graffiti. Un mur est même réservé aux débutants !

Midsommarkransen
(hors plan **F** A3)
→ *Accès métro Midsommarkransen*
La popularité de ce quartier monte en flèche chez les *cool kids* : bars design, et architecture peps de L'école maternelle Paletten sur Telefonplan !

Hagaparken
(hors plan **C** B1)
→ *Accès bus 515 arrêt Haga Norra ou Haga Södra*
Une véritable perle que ce parc immense où la princesse Victoria vit avec sa famille. On peut pique-niquer au bord de l'eau.

KAGGES

Vivre à l'heure de Stockholm !

10 bonnes idées pour découvrir Stockholm autrement !

Prendre un fika
En suédois, *fika* signifie "pause-café". On en prend souvent plusieurs dans la journée, c'est l'occasion de retrouver des amis ou des collègues. Pour calmer une petite faim, on aura l'embarras du choix : *kanelbullar* géants (brioches à la cannelle), *morotskaka* (gâteau à la carotte), parts de *prinsesstårta* (gâteau enrobé de pâte d'amandes verte)... À accompagner d'un *latte*, grand café au lait. Ceux qui préfèrent le salé se laisseront tenter par les *smörgåsar*, ces tartines inventives.
→ *Sundbergs Konditori* (**A** E3), *Vete-Katten* (**C** D3), *Sturekatten* (**C** F2)

S'initier au design suédois
Pour cela, rien de mieux que la très pédagogique exposition permanente consacrée au design scandinave au Nationalmuseum (**B** B3). Sinon, dans toute la ville, de nombreuses boutiques spécialisées offrent des déclinaisons à l'infini de cet art vivant, pour tous les goûts et à tous les prix.
→ *Svenskt Tenn* (**B** B1), *boutiques du quartier SoFo à Södermalm* (**F** D2-E2)

Se vêtir d'occasion
Jeunes ou âgés, quel que soit leur rang social, les Suédois fréquentent assidûment les friperies et les magasins de vêtements de seconde main. Certaines enseignes tiennent même leur propre magasin d'occasions !
→ *Beyond Retro* (**F** B2) *et les charity shops de Hornsgatan* (**F** A2-C2)

Assister à une vente aux enchères
C'est à Stockholm que se trouve la plus ancienne salle des ventes au monde, Auktionsverket, fondée en 1674. Depuis cette époque, le goût des Suédois pour les enchères n'a pas diminué. On peut admirer les œuvres d'art et objets anciens qui seront mis en vente, souvent exposés des semaines à l'avance.
→ *Stockholms Auktionsverk* (**D** A3) *Nybrogatan 32 ; Bukowskis* (**B** A1) *; Åmells* (**C** F2), *spécialiste d'art scandinave, Birger Jarlsgatan 14*

Visiter Stockholm à vélo
Pour circuler en ville, le vélo est idéal ! Ici, les pistes cyclables ne manquent pas et les automobilistes respectent les deux-roues.
→ *De mai à sep., on peut louer un vélo chez Rent a Bike* (**B** B1), *Strandvägen kajplats 18*

TENDANCE(S)

Hornstull (**F** B2)
Ce quartier de l'ouest de Södermalm est le spot qui monte, qui monte... volant la vedette à son voisin de l'Est, SoFo, repaire des hipsters de Stockholm. Aller au **Hornstulls Marknad**, marché aux puces sur les berges *(Avr.-oct. : w.-e. 11h-17h)*.

Street food
Nombreux food-trucks, pour manger à moindre coût : cuisines indienne, thaïe, végane, burgers.

Rooftops
Ils fleurissent dès l'arrivée des beaux jours. **TAK** (**C** E3), **Södra Teatern** (**F** D2), **Urban Deli Sveavägen** (**C** D2, *www.urbandeli.org*), **Stockholm Under Stjärnorna** (**C** E3, *www.sthlmunder stjarnorna.com*)

Concept bars
Outre les bars à jus, ou à smoothies et à *bowls* comme chez **Mahalo** à Södermalm et sur Vasastan (*www.mahalosthlm.se*), s'ouvrent des bars à falafels, comme : **Falafelbaren** (**F** C2)
→ *Hornsgatan 39 Lun.-sam. 11h-19h (16h sam.)*

Terrasses au bord de l'eau
Très courues dans cette ville-archipel ! **Mälarpaviljongen** (**C** A4), **Loopen** (**F** A2)

DESIGN SUÉDOIS

KANELBULLAR

Faire la promenade de Monteliusvägen (**F** C1)
Suivre ce sentier de 400 m, ponctué de palissades en bois rouge, qui longe le lac Mälaren : une vue imprenable se dégage sur la ville et l'île de Riddarholmen, avec son église au clocher en dentelle de fonte. C'est le point de vue favori des Stockholmois, idéal pour admirer le coucher de soleil !

Prendre de la hauteur
Plusieurs tours permettent de prendre de la hauteur : celle de l'hôtel de ville, Stadshuset (**C** C4), culmine à 106 m et offre une superbe vue sur le centre, alors que celle du restaurant Himlen, Skrapan, à 104 m, donne les plus belles photos de tout Södermalm (dire que des étudiants y logent !). Pour des sensations encore plus fortes, direction l'Ericsson Globe et son SkyView : le long de cet étonnant hémisphère abritant une gigantesque salle de spectacle, s'élèvent des nacelles vitrées à 130 m du sol !
→ *SkyView* (hors plan **F** E4)
Métro Globen Lun.-ven. 10h-18h, w.-e. 10h-16h
www.stockholmlive.com

Patiner en ville
À Kungsträdgården (**C** E3), petits et grands s'amusent sur un anneau de glace illuminé quand il fait nuit. La patinoire de Vasaparken (**C** B1) est plus grande. On peut aussi glisser sur le lac Mälaren s'il est gelé. Pour cela, s'informer des précautions à prendre auprès du Stockholm Tourist Center et s'équiper de patins de randonnée.
→ *Cykelstallet* (**C** B3)
Scheelegatan 15
Tél. 08 651 00 66
www.cykelstallet.se

Aller à la plage
Utö, Grinda, Nåttarö : on peut se baigner sur le rivage de nombreuses îles dans l'archipel de Stockholm. La mer Baltique est calme et peu salée, et les citadins en profitent tout l'été. Plus près du centre-ville, plusieurs plages sont accessibles en transports en commun.
→ *Rålambshovsbadet, plage de Rålambshovsparken Métro Fridhemsplan* (**C** A2) *; Långholmsbadet, plages de Långholmen et de Reimersholme* (hors plan **F** A1) *; Tantobadet, plage de Tantolunden* (**F** A2) *Métro Hornstull*

Faire du ski
Quatre pistes de ski et un *fun park* : c'est ce que propose la petite station de Hammarbybacken, juchée sur une colline à la sortie de la capitale. La station ouvre dès que la température descend au-dessous de 0 °C. On glisse alors au-dessus des lumières de la ville !
→ *Hammarbybacken* (**F** D4)
Métro Gullmarsplan, puis tramway ou bus vers Sickla Udde, arrêt Sickla Kaj

PETITE ÎLE DANS L'ARCHIPEL

... ET MÊME PAR GRAND FROID !

S'équiper
Mieux vaut multiplier les couches que miser sur un seul vêtement très chaud. Le must : la marque Fjällräven (reconnaissable à son renard arctique en logo).
Naturkompaniet (**C** E2)

Luminothérapie
Pour prendre une heure de soleil en salle !
Nirvana (**F** E2)
→ *Asögatan 166 Avr.-sep. : lun.-ven. 10h-19h ; oct., mars : sam. 12h-16h ; nov.-fév. : w.-e. 12h-16h*

Spa
Rien de tel que de se délasser au sauna quand il gèle dehors !
Centralbadet (**C** D2)

Se réfugier dans les cafés
Toujours cosy et bien chauffés, comme **Chokladkoppen** (**A** E2) ou **Mellqvist Café** (**C** A1). Le musée est aussi une valeur sûre !

Boire un glögg
Le vin chaud traditionnel. À déguster sur les marchés de Noël (Skansen, Gamla Stan). Pour le préparer soi-même, ingrédients chez **Essencefabriken** (**C** C2).

Manger une glace !
Pour les courageux : les Suédois consomment des glaces toute l'année, peu importe la température.
Café Järntorget (**A** E3)

Les bons plans

Tout ce qu'il faut savoir pour dépenser moins à Stockholm !

GRATUIT

Musées nationaux
Les collections permanentes des grands musées stockholmois sont en libre accès ! **Nationalmuseum** (**B** B3), **Moderna museet** (**B** C4), **ArkDes** (**B** C4), **Hallwylska museet** (**B** A1), **Östasiatiska museet** (**B** B3), etc.

Patin à glace
→ *www.stockholm.se/sjoisbanor*
Plusieurs lacs gelés l'hiver, de déc. à fév. environ, en dehors du centre-ville : Drevviken, Långsjön, Magelungen, Trekanten.

Liljevalchs Konsthall
(**E** B2)
Expositions d'art contemporain gratuites tous les lundis !

Métro artistique
→ *sl.se/en/eng-info/contact/art-walks* ***Visites guidées gratuites*** *Juin-août : mar, jeu, sam. 15h Départ SL Customer Centre à T-Centralen* (**C** D3)
Les galeries du métro sont des œuvres d'art à elles seules, les plus belles étant Kungsträdgården, T-Centralen, Solna Centrum et Hallonbergen (ligne bleue), Stadion (ligne rouge) et Thorildsplan (ligne verte).

Cinéma de plein air
→ *www.stockholmfilmfestival.se M° Fridhemsplan*
À la mi-août, on s'installe à Rålambshovsparken (hors plan **F** A1) pour regarder des films en VO sous-titrés, sur écran géant.

Déjeuner musical
→ *Studio 4 à Radiohuset* (**D** D3), *Oxenstiernsgatan 20*
La Maison de la Radio suédoise ouvre ses portes le vendredi à 11h pour "Musikplats", un concert gratuit.

Spectacles en plein air
→ *www.kulturhusetstadsteatern.se*
De juin à août, des scènes éphémères se dressent dans tout Stockholm. Une tradition qui dure depuis 1942. Penser au pique-nique et arriver tôt !

Gym suédoise
→ *www.friskissvettis.se/stockholm M° Fridhemsplan*
La salle de sport Friskis & Svettis organise, de juin à août, des séances de gym suédoise en début de soirée dans Rålambshovsparken (hors plan **F** A1).
Sans réservation !

PETITS PRIX

Free walking tour
→ *www.freetour.com*
Tour de Stockholm en anglais (deux fois par jour au moins), au départ de la station de métro Gamla Stan. Participation libre.

Hermans (**F** E2)
Délicieux buffet végétarien et végan à 138kr au déjeuner, et des réductions pour les étudiants.

Stockholm pass
→ *www.stockholmpass.se*
Tarif 669kr/1 j., 929kr/2 j., 1129kr/3 j., 1479kr/5 j.
Accès à plus de 60 lieux, trajets en bus et bateau inclus.

Bière moins chère
On la trouve surtout à Södermalm (**F**), notamment sur Östgötagatan (**F** D2-D3) chez Bara, Lion Bar et Carmen, après 16h !

Aller danser tôt
Entrée gratuite dans certains clubs avant 22h ou 23h, comme chez **Underbron** (**F** D4, *www.underbron.com*) et **Södra Teatern** (**F** D2).

Marchés aux puces
→ *Avr.-sep. : w.-e. 11h-17h*
Les *loppis* sont très populaires. Le plus important se déroule sur Hornstulls strand (**F** A2). Consulter aussi *www.loppistajm.se*.

Bus pour Arlanda
→ *sl.se Trajet 1h-1h30*
Voir p. 26
Pour le prix d'un ticket avec sa carte de transports SL, on prend le Pendeltåg jusqu'à Märsta puis le bus 583 jusqu'à l'aéroport. Préparer le trajet sur le site Internet.

Prendre le bateau
→ *waxholmsbolaget.se, sl.se*
Waxholmsbolaget pratique des petits prix pour l'archipel ! On peut aussi passer d'île en île dans la capitale avec sa carte SL.

EN BATEAU DEVANT NORR MÄLARSTRAND

Se repérer à Stockholm

À chaque quartier, son caractère et son atmosphère !

Gamla Stan (A)
Le vieux centre historique de la capitale suédoise tisse un lacis de ruelles médiévales aux façades colorées. Au programme : le Château royal, la cathédrale Storkyrkan et la grand-place Stortorget. C'est le quartier touristique par excellence, mais ses bars et restaurants souvent haut de gamme sont aussi très appréciés des citadins.

Skeppsholmen (B)
Ancienne base de la marine royale longtemps fermée aux Stockholmois, l'île est à présent celle des musées et des promenades au vert. Très dépaysante !

Vasastan (C)
Apprécié des habitants de la capitale, Vasastan se révèle résidentiel et vivant à la fois. C'est là que vécut l'auteure de Fifi Brindacier, Astrid Lindgren, et qu'ABBA enregistra ses plus grands tubes. Idéal pour trouver un bon restaurant ou goûter au *fika* suédois. Au centre : Vasaparken, parc où l'on fait du patin à glace l'hiver et de la gym ou du foot l'été.

Norrmalm (C)
Bienvenue dans la City, l'épicentre de Stockholm. En partie rasé dans les années 1960-1970, le quartier aligne, entre des immeubles du XIXe s., des bâtiments tout de verre et d'acier — très critiqués par certains — où cohabitent bureaux, boutiques et cafés. On vient sur Sergels torg et Hötorget pour travailler, faire du shopping, se cultiver (à Kulturhuset), se balader dans le jardin du roi (Kungsträdgården) ou le long de la piétonne Drottninggatan. Le soir, tout le monde se donne rendez-vous pour sortir autour de Stureplan.

Kungsholmen (C)
Cette grande île résidentielle s'enorgueillit d'une vue superbe sur Stockholm, du haut du campanile de l'hôtel de ville (Stadshuset). Au début du XIXe s., le quartier était encore industriel et insalubre ; les ouvriers vivaient dans des taudis sur Kungsklippan tandis que leurs patrons logeaient à Norrmalm. Désormais, les jeunes actifs et les familles colonisent le quartier, où il fait bon déambuler jusqu'à Rålambshovsparken, à l'ouest de Norr Mälarstrand.

Östermalm (D)
Le quartier huppé de Stockholm a été aménagé à la fin du XIXe s. Sur Strandvägen, au bord de l'eau, se trouvent les appartements les plus recherchés de la capitale, et c'est dans les rues adjacentes que la jeunesse dorée vient faire la fête.

Djurgården (E)
L'immense poumon vert de la ville ! Au XVIe s., le roi Johan III y amène des rennes, des cerfs et des élans pour en faire "l'île des animaux" (*djur*). Viennent ensuite les premières résidences privées à la fin du XVIIIe s., puis les parcs d'attractions et les musées au XIXe s. De nos jours, seuls quelques privilégiés y habitent et s'y promener donne une impression de grandes vacances.

Södermalm (F)
Hipster par excellence, Södermalm était encore pauvre il y a 100 ans. Autour de la commerçante Götgatan, en partie piétonne, foisonnent cafés et restaurants cosy et végans, tandis que SoFo (South of Folkungagatan) regorge de boutiques où faire des emplettes stylées *made in Sweden*. À l'ouest, le quartier de Hornstull est de plus en plus en vogue, alors qu'à l'est, des paysages bucoliques entourent le parc de Vitabergen.

Långholmen (F)
Une petite île verte reliée à Hornstull par un pont, paradis pour les promeneurs du dimanche et les baigneurs en été.

Hammarby Sjöstad (hors plan F)
La friche industrielle d'Hammarby Sjöstad aurait pu rester telle quelle si Stockholm n'avait pas candidaté aux Jeux olympiques d'hiver en 2004. Aujourd'hui, elle caracole en tête des quartiers les plus durables au monde — les habitants recyclent consciencieusement, l'énergie est renouvelable et tout est organisé pour éviter de prendre sa voiture. On s'y déplace donc à vélo !

STORTORGET

Se repérer à Stockholm

A Gamla Stan
B Nybroplan / Blasieholmen / Skeppsholmen
C Vasastan / City / Norrmalm / Kungsholmen
D Östermalm
E Djurgården
F Södermalm

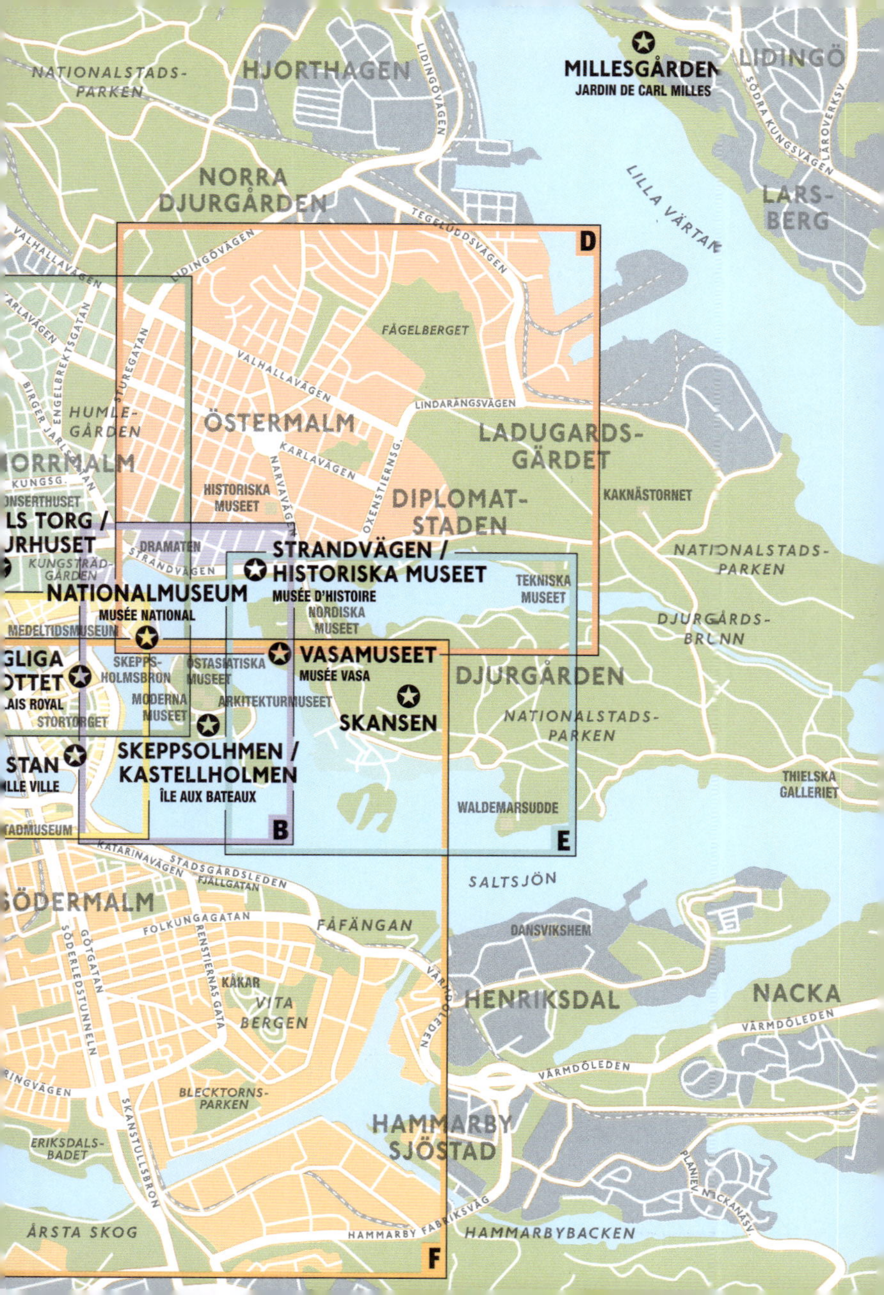

NATIONALSTADS-PARKEN
HJORTHAGEN
LIDINGÖVÄGEN
MILLESGÅRDEN
JARDIN DE CARL MILLES
LIDINGÖ
SÖDRA KUNGSVÄGEN
LÄROVERKSV.
NORRA DJURGÅRDEN
LILLA VÄRTAN
LARS-BERG
TEGELUDDSVÄGEN
D
VALHALLAVÄGEN
LIDINGÖVÄGEN
KARLAVÄGEN
STUREGATAN
ENGELBREKTSGATAN
FÅGELBERGET
BIRGER JARLSGATAN
HUMLE-GÅRDEN
VALHALLAVÄGEN
LINDARÄNGSVÄGEN
ÖSTERMALM
LADUGARDS-GÄRDET
NORRMALM
KUNGSG.
KARLAVÄGEN
NARVAVÄGEN
OXENSTIERNSG.
HISTORISKA MUSEET
DIPLOMAT-STADEN
KAKNÄSTORNET
KONSERTHUSET
LS TORG / URHUSET
DRAMATEN
STRANDVÄGEN
STRANDVÄGEN / HISTORISKA MUSEET
NATIONALSTADS-PARKEN
KUNGSTRÄD-GÅRDEN
MUSÉE D'HISTOIRE
TEKNISKA MUSEET
NATIONALMUSEUM
MUSÉE NATIONAL
NORDISKA MUSEET
DJURGÅRDS-BRUNN
MEDELTIDSMUSEUM
SKEPPS-HOLMSBRON
ÖSTASIATISKA MUSEET
VASAMUSEET
MUSÉE VASA
DJURGÅRDEN
GLIGA OTTET
LAIS ROYAL
MODERNA MUSEET
ARKITEKTURMUSEET
SKANSEN
NATIONALSTADS-PARKEN
STORTORGET
STAN
ILLE VILLE
SKEPPSOLHMEN / KASTELLHOLMEN
ÎLE AUX BATEAUX
THIELSKA GALLERIET
WALDEMARSUDDE
TADMUSEUM
B
E
KATARINAVÄGEN
STADSGÅRDSLEDEN
FJÄLLGATAN
SALTSJÖN
SÖDERMALM
FOLKUNGAGATAN
FÅFÄNGAN
DANSVIKSHEM
GÖTGATAN
SÖDERLEDSTUNNELN
RENSTIERNAS GATA
KÅKAR
VÄRMDÖLEDEN
VITA BERGEN
HENRIKSDAL
NACKA
VÄRMDÖLEDEN
RINGVÄGEN
VÄRMDÖLEDEN
BLECKTORNS-PARKEN
HAMMARBY SJÖSTAD
ERIKSDALS-BADET
SKANSTULLSBRON
PLANIEV.
NACKANÄSV.
ÅRSTA SKOG
HAMMARBY FABRIKSVÄG
HAMMARBYBACKEN
F

NOBEL PRIZE MUSEUM

BRÄNDA TOMTEN

MÅRTEN TROTZIGS GRÄND

★ Stockholms Medeltidsmuseum E1
→ *Strömparterren 3, Norrbro*
Tél. 08 508 31 620
Mar.-dim. 12h-17h (20h mer.)
Les vestiges archéologiques prennent vie grâce à une belle mise en scène sonore et visuelle, et plongent le visiteur dans le passé moyenâgeux de la ville.

★ Kungliga slottet E2
→ *Tél. 08 402 61 00*
Mai-juin, sep. : tlj. 10h-17h ; juil.-août : tlj. 9h-17h ; oct.-avr. : tlj. 10h-16h
Détruit par le feu en 1697, le Château royal renaît en 1754 sous la forme d'un palais baroque italien, créé par l'architecte Nicodemus Tessin le Jeune. Une façade Renaissance et plus de 600 pièces mêlent rococo et classicisme... Le palais accueille les réceptions, mais la famille royale lui préfère le château de Drottningholm comme lieu de résidence. Voir aussi p. 3.

Appartements d'apparat
Superbes pièces décorées des XVIIe, XVIIIe et XIXe s., où le monarque loge ses invités.

Armurerie royale
→ *Mar.-dim. 11h-17h*
Une collection d'armes et d'armures, de carrosses, de costumes d'apparat et de couronnement, sans oublier le cheval naturalisé du roi héros Gustave II Adolphe (1594-1632).

Musée des Antiquités de Gustave III
Superbe galerie de sculptures classiques ramenées d'Italie par Gustave III.

Trésor royal
Les joyaux de la Couronne (la clef, la couronne, le sceptre et la "pomme du royaume") sont conservés sous la salle du Trône.

Relève de la garde royale
→ *Tél. 08 402 63 17*
Tlj. 12h15 (13h15 dim.)
Durée 40 min
Dans la grande cour du palais, spectaculaire parade en musique des gardes du château : uniformes bleus et casques miroitants.

★ Storkyrkan E2
→ *Trångsund 1*
Tél. 08 723 30 00
Jan.-mars, oct.-déc. : tlj. 9h-16h ; avr.-mai, sep. : tlj. 9h-17h ; juin-août : tlj. 9h-18h
Malgré sa façade baroque, la cathédrale de Stockholm (1279) reste un joyau de l'âge gothique avec ses briques rouges et son *Saint Georges terrassant le dragon danois* (XVe s.), chef-d'œuvre de la sculpture médiévale scandinave. À voir aussi, la toile de Jacob Elbfas, la plus ancienne représentation de la capitale (1535). Voir aussi p. 2.

STOCKHOLMS MEDELTIDSMUSEUM

KUNGLIGA SLOTTET

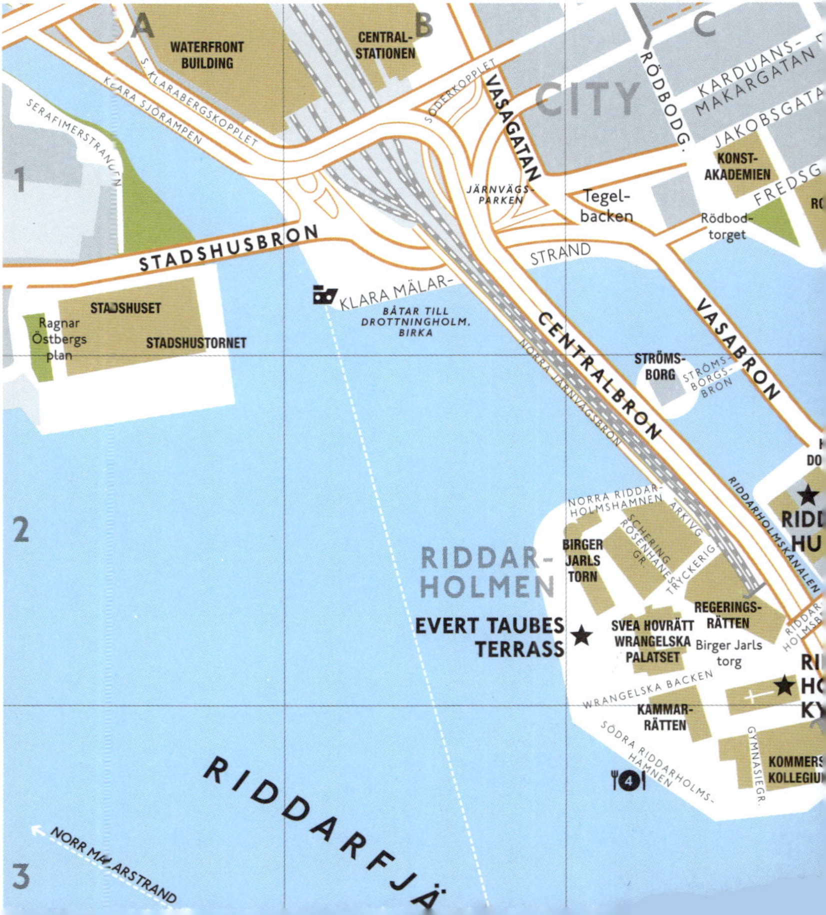

Berceau historique de Stockholm, fondée en 1252 par Birger Jarl, Gamla Stan surprend par son décor médiéval aux accents italiens : façades ocres et colorées, entrelacs de ruelles pavées, placettes aux airs de *piazza*... Les touristes se pressent pour assister à la relève de la garde devant l'imposant Palais royal, avant de descendre Västerlånggatan, rue piétonne bordée de boutiques de souvenirs, pour se poser enfin en terrasse, dans les cafés de la Grand-Place, Stortorget. Mêlant gothique et baroque, les églises de Gamla Stan, les plus belles de Stockholm, permettent d'échapper un temps à l'agitation.

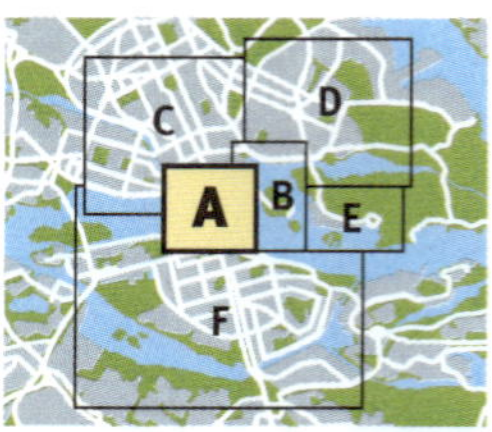

MÄLARDROTTNINGEN

KAGGES

RESTAURANTS

Grillska Huset E2 1
→ *Stortorget 3*
Tél. 08 684 233 64
Lun.-sam. 10h-21h (19h lun.), dim. 11h-19h
On mange à la bonne franquette dans ce self idéalement situé dans la Vieille Ville. Le menu change chaque jour. Plat 98-115kr.

Hermitage D2 2
→ *Stora Nygatan 11*
Tél. 08 411 95 00 Mai-sep. : tlj. 11h (12h w.-e.)-21h ; oct.-avr. : tlj. 11h (12h w.-e.)-20h
Cuisine végétarienne moderne, souvent épicée. La carte varie d'un jour à l'autre et fait voyager d'Asie en Afrique. Buffet 140-150kr.

Den Gyldene Freden E3 3
→ *Österlånggatan 51*
Tél. 08 24 97 60 Lun.-sam. 11h30 (13h sam.)-22h
Gastronomie suédoise (et d'inspiration française) de haute volée dans cette institution, rendez-vous des artistes et écrivains suédois depuis 1721. Dîner en salle ou sous les voûtes de la cave. Plat 150-510kr.

Mälardrottningen C3 4
→ *Södra Riddarholmshamnen*
Tél. 08 12 09 02 00
Mar.-sam. 17h-22h
Amarré au quai de Riddarholmen, le yacht (1924) de feu Barbara Hutton, la célèbre millionnaire américaine, abrite un restaurant suédois traditionnel. On s'y rend aussi pour le décor de vieux galion et la jolie vue sur la ville. Plat 155-235kr.

Gästabud E2 5
→ *Österlånggatan 7*
Tél. 08 21 99 21 Tlj. 12h-22h30
Un restaurant typiquement suédois où les *köttbullar* (boulettes de viande) sont faites maison. Ambiance familiale et portions généreuses. Plat 160-340kr.

Bistro / Grill Ruby E2 6
→ *Österlånggatan 14*
Tél. 08 20 60 15
Bistro *Lun.-sam. 17h-tard*
Gril *Tlj. 11h30 (12h w.-e.)-23h*
Un restaurant de poisson "à la française", qui se double d'un gril tex mex (plat midi 110-215kr, soir 179-495kr). Plat 185-310kr.

Kagges D3 7
→ *Lilla Nygatan 21*
Tél. 08 796 81 02
Mer.-dim. 17h-22h
Un petit restaurant ambitieux, qui permet de varier les plaisirs avec ses plats de taille moyenne. La cuisine est scandinave et créative, le menu change

SUNDBERGS KONDITORI

BLÅ GUNGAN

E. TORNDAHL

au fil du temps, on se régale ! Réserver. Plat (en prendre 4) 110-200kr.

CAFÉS, BARS

Bistro Nobel E2 8
→ *Stortorget 2*
Tél. 08 53 48 18 12
Juin-août : tlj. 9h-20h ; sep.-mai : mar.-ven. 11h-17h (20h ven.), w.-e. 10h-18h
Le *fik* du musée Nobel (Nobel Prize Museum) sert une glace Nobel, digne du banquet de gala qui suit la remise du célèbre prix.

Chokladkoppen E2 9
→ *Stortorget 18*
Tél. 08 20 31 70
Juin-août : tlj. 9h-23h ; sep.-mai : mar.-ven. 10h-22h (23h ven.), w.-e. 9h-23h (22h dim.)
Ce petit café *gay friendly* aux murs ocre propose de bons *mackor* et l'un des meilleurs chocolats chauds de Stockholm.

Fabrique D3 10
→ *Lilla Nygatan 12*
Tél. 08 20 81 44 Lun.-ven. 7h30-18h, w.-e. 8h-17h
Une lumineuse boulangerie aux murs carrelés de blanc qui sent bon la cannelle et le pain chaud. Très courue le w.-e. pour un *fika* en couple, en famille ou entre amis.

Café Järntorget E3 11
→ *Västerlånggatan 81*
Tél. 08 22 68 20 Juin-août : tlj. 8h (10h w.-e.)-23h ; sep.-mai : tlj. 8h (10h w.-e.)-18h
L'un des bons glaciers de Gamla Stan. Préférer les cornets faits maison et essayer la glace safran-miel, un vrai délice !

Sundbergs Konditori E3 12
→ *Järntorget 83*
Tél. 08 10 67 35
Tlj. 9h (10h w.-e.)-20h
Le plus ancien *konditori* de Stockholm (1785) a conservé son charme d'antan. Selon la tradition suédoise du *påtår*, la deuxième tasse est offerte par la maison.

Mr French F3 13
→ *Skeppsbrokajen, Tullhus 2*
Tél. 08 20 20 95 Tlj. 11h30-1h (16h lun. ; 18h dim.)
Sur la terrasse abritée, on sirote un verre de vin, une coupe de champagne ou un cocktail en profitant de la vue à 180° sur les eaux du Strömmen ! Belle carte pour les petits creux.

Stampen D2 14
→ *Stora Gråmunkegränd 7*
Tél. 08 20 57 93
Lun.-sam. 17h (13h sam.)-1h
Ancienne église puis mont-de-piété (d'où son décor et son nom, "Au clou"), Stampen est depuis 1968 un club de jazz aux variations joyeuses ou *bluesy*. Bœufs le samedi après-midi.

SHOPPING

Tyger o tidlösa ting E2 15
→ *Köpmangatan 1*
Tél. 07 060 66 96 Mai-déc. : tlj. 10h-18h (17h dim.) ; jan.-avr. : tlj. 10h30-17h (16h w.-e.)
Une véritable caverne d'Ali Baba, un peu hors du temps, où l'on trouve de jolies boîtes à musique, des boules en verre pour Noël et plein de petits objets d'artisanat en bois.

Antique Maps & Prints E2 16
→ *Köpmantorget 2*
Tél. 08 10 73 01
Lun.-sam. 11h-18h (16h sam.)
Belles eaux-fortes et cartes anciennes.

Fartygsmagasinet E2 17
→ *Österlånggatan 19*
Tél. 08 20 93 98
Jeu.-sam. 11h-18h (15h sam.)
Une longue-vue pour la salle de séjour, une ancre pour la pelouse, une maquette de navire pour la chambre d'enfant : tout pour enchanter les amateurs d'objets de marine.

Blå Gungan E3 18
→ *Österlånggatan 16*
Tél. 08 20 23 73
Lun.-sam. 11h-18h (16h sam.) et le dim. avr.-oct.
Adorable boutique où dénicher de jolis trésors : bijoux, objets de déco, vaisselle, affiches et gadgets en tout genre.

Made In Stockholm E3 19
→ *Västerlånggatan 58*
Tél. 08 411 [illegible]6 07
Tlj. 11h-18h (16h w.-e.)
Trois artistes, dont les ateliers se trouvent dans l'archipel de Stockholm, vendent leurs œuvres sous forme de bijoux, verre, céramique, fer forgé, etc.

E. Torndahl E3 20
→ *Västerlånggatan 63*
Tél. 08 10 3[illegible] 09
Juin-août : tlj. 10h-20h ; sep.-mai : tlj. 10h-18h
Vaste choix d'artisanat et de design scandinave.

Kerstin Adolphson D3 21
→ *Västerlånggatan 40/44*
Tél. 08 20 1[illegible] 27 Lun.-ven. 10h-18h, w.-e. 11h-17h
Le sabot suédois sous toutes ses formes : rustique, couvert de poil de vachette, peint à la main ou tout cuir.

Iris Hantverk D2 22
→ *Västerlånggatan 24*
Tél. 08 698 [illegible]9 73
Lun.-ven. 10h-18h, w.-e. 11h (12h dim.)-16h
Des brosses conçues par des designers suédois, toujours très originales : elles sont produites par une petite fabrique depuis plus de 100 ans.

B

Nybroplan / Blasieholmen / Skeppsholmen

Haut lieu de la culture, le quartier de Nybroplan abrite de nombreux musées et le Théâtre dramatique royal. Son complexe financier de Blasieholmen et son illustre Grand Hôtel rappellent que c'est aussi le centre de l'argent et du pouvoir. Un joli pont en fer forgé orné de couronnes dorées mène à Skeppsholmen, qui abrita dès le XVIIe s. une base de la marine royale. Aujourd'hui, l'île accueille, dans un écrin de verdure, les bateaux de plaisance et plusieurs musées et galeries d'art contemporain. Un lieu de promenade qui ménage de magnifiques vues sur la Vieille Ville et les façades bourgeoises de Strandvägen.

VERANDAN

BERNS

RESTAURANTS

Krogkonst B4 1
→ *Amiralitetsbacken 3*
Tél. 08 611 99 89
Mars-mi-juil., mi-août-mi-nov. : lun.-ven. 11h30-14h
Décor grandiose et vue sublime sur Gamla Stan et le Château royal de la terrasse. Cuisine suédoise et quelques spécialités de Méditerranée.
Plat 95-125kr.

Restaurang Nationalmuseum B3 2
→ *Södra Blasieholmshamnen*
Tél. 08 51 95 43 00
Mar.-sam. 11h-19h (21h jeu.)
En harmonie avec le musée national modernisé en 2018, le décor de son restaurant a été pensé par plusieurs designers suédois. Aux fourneaux, le chef primé Fredrik Eriksson travaille les produits du pays (hareng, fromage, herbes...). Aussi, une boulangerie artisanale et un bar. Plat 130-215kr.

Frippe B1 3
→ *Nybrogatan 6*
Tél. 08 665 61 42 Lun.-ven. 11h30-23h (14h lun.), sam. 16h-23h, dim. 17h-22h
Habitués et comédiens se croisent au restaurant "artistique chic" du Théâtre dramatique royal. Le menu change régulièrement.
Plat 145-320kr.

Matbaren A2 4
→ *Grand Hôtel*
Södra Blasieholmshamnen 6
Tél. 08 679 35 84
Lun.-ven. 12h-14h, 18h-oh ; sam. 18h-oh
Le "bistronomique" du chef étoilé Mathias Dahlgren. On s'attable devant un plateau de bois, signature de ce lieu chaleureusement design, et l'on commande à sa guise plusieurs petits plats.
Plat 145-795kr.

B.A.R. A2 5
→ *Blasieholmsgatan 4A*
Tél. 08 611 53 35
Lun.-sam. 11h30 (16h sam.)-1h
B.A.R. pour *Blasieholmen Akvarium o restaurang*. Poisson et fruits de mer illustrent la devise des chefs fondateurs (H. Norström, P. Johansson et J. Lundgren) : "proximité du producteur, fraîcheur du produit". Les plats simples respectent saisons et arrivages. Plat 165-215kr.

Verandan A2 6
→ *Grand Hôtel*
Södra Blasieholmshamnen 8
Tél. 08 679 35 86 Tlj. 7h-23h
Une vue inoubliable sur les quais et le Château et, toute l'année, le *smörgåsbord*, savoureux buffet suédois servi en soirée la semaine et à midi

THE SOAP BAR

MALMSTENBUTIKEN

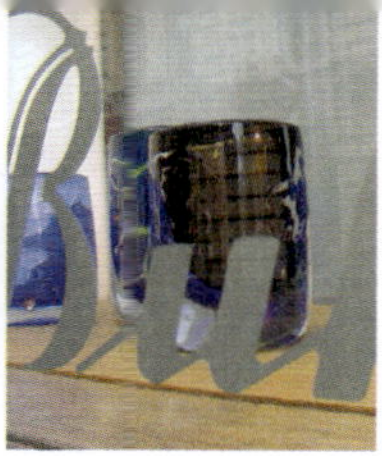
BUKOWSKIS

le week-end. Réservation et *dresscode* ! Buffet 585kr, plat 195-345kr.

Wedholms Fisk A1 7
→ *Arsenalsgatan 1*
Tél. 08 611 78 74 Lun. 11h30-14h, 18h-23h ; mar.-sam. 11h30 (17h sam.)-23h
Le restaurant de poisson de Stockholm, et sa cuisine très fraîche, sans fioritures : turbot vapeur au beurre noir et au raifort. Carte fixe et un menu du marché. Plat 265-645kr.

CAFÉS, BARS

Af Chapman B4 8
→ *Flaggmansvägen 8*
Tél. 08 463 22 66 Été : tlj. 15h-tard (variable selon le temps)
Un trois-mâts reconverti en auberge de jeunesse, dont le café offre une vue imprenable sur Gamla Stan.

Cadierbaren A2 9
→ *Grand Hôtel Södra Blasieholmshamnen 8*
Tél. 08 679 35 85 Lun.-ven. 7h-2h, w.-e. 8h-2h (1h dim.)
Élégance et raffinement au bar du Grand Hôtel. Pour croiser quelques célébrités et jouir d'une vue royale sur le Château.

Pauli Café / Dramaten Terrassen A1 10
→ *Nybroplan 2*
Tél. 08 665 61 43 www.dramatenrestaurangerna.se
Superbe décor Belle Époque et superbe terrasse du Théâtre dramatique royal. On s'y régale en suivant l'activité en contrebas, à terre comme sur l'eau.

Berns A1 11
→ *Berzelii park*
Tél. 08 56 63 22 00
www.berns.se
Deux restaurants, trois bars entre tradition et tendance, sous d'opulentes dorures fin XIXe s. Des lustres en cristal aux éclairages laser, on passe du monde de Strindberg au clubbing ! DJ et concerts le w.-e.

The Soap Bar A1 12
→ *Nybrogatan 1*
Tél. 08 611 00 21
Lun.-sam. 16h (12h sam. ; 22h lun.)-3h Restaurant jusqu'à 22h, sauf lun.
Juste à côté du Théâtre dramatique, ce restaurant, bar et night-club attire les oiseaux de nuit ! Salades, poisson et autres plats valsent le soir sur les *beats* des DJ, et la fête se prolonge jusque tard, très tard !

MUSIQUE

Musikaliska A2 13
→ *Nybrokajen 11*
Tél. 08 407 17 00 (billetterie)
www.musikaliska.se
Inaugurée en 1878 par Oscar II, l'ancienne Académie de musique a vu des chanteurs de renommée internationale comme Jussi Björling et Birgit Nilsson faire leurs premiers pas. Aujourd'hui, la grande salle accueille toutes les musiques : classique, chanson, jazz...

SHOPPING

Malmstenbutiken B1 14
→ *Strandvägen 5B*
Tél. 08 23 33 80
Lun.-sam. 10h-18h (16h sam.), dim. 11h-16h
Les créations de Carl Malmsten (1888-1972), un grand nom du design suédois, s'inspirent des intérieurs bourgeois du XIXe s., dans un esprit bien différent des œuvres en acier et bois des fonctionnalistes.

Svenskt Tenn B1 15
→ *Strandvägen 5A*
Tél. 08 670 16 00
Lun.-sam. 10h-18h30 (17h sam.), dim. 11h-16h
La marque naît en 1924, quand Estrid Ericson et Nils Fougstedt se lancent dans la création d'objets d'art en étain. Dans les années 1930, la jeune femme forge avec le Viennois Josef Frank un concept d'intérieur conjuguant lignes douces et couleurs vives. La boutique de décoration et d'ameublement est ainsi devenue la vitrine du style Swedish Modern, une véritable institution.

Bukowskis A1 16
→ *Arsenalsgatan 2*
Tél. 08 61[illegible] 08 00
Lun.-ven. [illegible]h-17h
La salle des ventes la plus réputée de Scandinavie, fondée en 1870 par Henryk Bukowski, un aristocrate polonais en exil. Les salles d'exposition méritent le détour pour apercevoir notamment une toile d'Anders Zorn (1860-1920).

Polstjernan antiques A2 17
→ *Arsenalsgatan 5*
Tél. 08 61[illegible] 39 73
Lun.-sam. 11h-18h (16h sam.)
Ouverte depuis les années [illegible]0, cette élégante galerie d'antiquités haut de gamme se visite comme un musée. Beaucoup de meubles et objets de style Empire, glanés dans toute l'Europe.

Moderna Museet Butiken C3 18
→ *Slupskjulsvägen 7*
Tél. 08 52[illegible]2 35 06
Mar.-ven. 10h-18h (20h mar.-ven.), w.-e. 11h-17h
Une belle librairie-boutique où plus de 3 000 livres d'art côtoient de ravissants objets design.

SKEPPSHOLMEN

ÖSTASIATISKA MUSEET

▶ Plan D

▼ Plan E

ARKDES / ARKITEKTUR-OCH DESIGNCENTRUM

PARADISET

ubens, Goya, Renoir, Degas u Gauguin, et l'on se laisse blouir par les maîtres uédois, notamment arl Larsson (1853-1919) ses peintures aquarelles croquant es scènes familiales et la alécarlie, et Anders Zorn 860-1920), chantre de au, de la vie rurale et de on folklore. Voir aussi p. 4.

★ Skeppsholmen B3
dis siège de la marine yale, l'"île des bateaux" fre une promenade 1,5 km. Partant du pont keppsholmsbron, vue sur château, la cathédrale, trafic intense de Slussen, uis les hauteurs de Söder.

Au sud, la petite île de Kastellholmen (citadelle), et au nord, le boulevard chic de Strandvägen. On salue en chemin le trois-mâts *Af Chapman*. Voir aussi p. 5.

★ Östasiatiska museet B3
→ *Tyghusplan 2*
Tél. 010 456 12 00
Mar.-dim. 11h-17h (20h mar.)
Dans une ancienne caserne du XVIIIe s., de riches collections d'art asiatique, de la préhistoire à la fin du XIXe s. Département indien et bouddhique, arts japonais, coréen et l'une des plus belles collections de céramiques chinoises visibles en Europe.

★ Moderna museet C4
→ *Exercisplan 4*
Tél. 08 52 02 35 00
Mar.-ven. 10h-18h (20h mar., ven.), w.-e. 11h-18h
Conçu par l'architecte Rafael Moneo, ce temple de l'art du XXe s. a rouvert ses portes en 1998. Les grandes figures des courants modernes "classiques" (fauves, cubistes, expressionnistes, surréalistes...) sont toutes représentées, tandis que la section d'art contemporain fait la part belle aux artistes américains. Fantastique café aux baies ouvertes sur l'eau, Djurgården et Östermalm. Voir aussi p. 5.

ArkDes C4
À l'intérieur du Moderna museet, expositions sur l'architecture et le design suédois dont l'une, permanente, sur l'art de construire en Suède : pour comprendre l'influence des modes de vie sur le bâti.

Paradiset C4
→ *Devant le Moderna museet*
Un *Paradis fantastique*, groupe de 16 sculptures oniriques de Niki de Saint Phalle et de Jean Tinguely, élaboré pour le pavillon français de l'Exposition de 1967 de Montréal. L'une des *Nanas* se serait-elle perchée dans les arbres ? Juste à côté, des mobiles de Calder.

SVEN-HARRYS KONSTMUSEUM

STOCKHOLMS STADSBIBLIOTEK

★ Stadshuset C4
→ Hantverkargatan 1
Tél. 08 50 82 90 58 ***Visite guidée***
Tlj. 10h-15h (ttes les heures)
Accès à la tour *Mai, sep. : tlj. 9h10-15h50 ; juin-août : tlj. 9h10-17h10 (ttes les 40 min)*
L'hôtel de ville, à la silhouette éminemment emblématique ! Ragnar Östberg en esquisse les plans dès 1893 et parfait son œuvre de style romantique national jusqu'en 1923 : cour à arcades, dont certains angles évoquent Venise, salles de réception – à noter l'éblouissante Gyllene Salen, tout en mosaïques dorées – et tour offrant une vue grandiose sur la ville ! Le banquet du prix Nobel se tient dans le Hall bleu... en réalité rouge brique. Voir aussi p. 6.

★ Kungsträdgården E3
Réaménagé dans les années 1990, cet ancien jardin royal est devenu l'un des rendez-vous favoris des Stockholmois qui s'y retrouvent sur les gradins disposés tout autour de la fontaine ! Aux beaux jours, les cerisiers du Japon créent l'événement, tout comme les concerts et les animations ! La statue de Charles XII (1682-1718), célèbre roi guerrier, se dresse au sud, à deux pas de la Wetterling Gallery, un temple de l'art contemporain suédois et international.

★ Sergels torg / Kulturhuset Stadsteatern D3
L'esthétique de ce vaste rond-point dédié à Sergel (1740-1814), un maître de la sculpture suédoise, prête à controverses depuis les années 1950 ! Au centre, un obélisque haut de 37 m, surnommé Pinnen ("le bâton"), équipé de LED multicolores. Autour, cinq tours, une vaste galerie commerciale en sous-sol et, point d'orgue, la maison de la Culture (Kulturhuset), vaste structure en verre et en béton : le "Beaubourg" de Stockholm affiche son dynamisme avec ses théâtres, son auditorium, ses espaces d'exposition, ses bibliothèques et ses cafés. À ne pas manquer ! Voir aussi p. 7.

★ Centralbadet D2
→ Drottninggatan 88
Tél. 08 54 52 13 00 Lun.-ven. 7h-20h30, w.-e. 8h-19h30
Expérience suédoise inoubliable dans ces luxueux bains Art nouveau (1904), dessinés par l'architecte Klemming. Le ticket d'entrée donne accès aux jacuzzis, au restaurant, à une salle de gym, à des saunas et, surtout,

STADSHUSET

KUNGSTRÄDGÅRDEN

SERGELS TORG / KULTURHUSET

Au nord, Vasastan, quartier cossu ponctué de squares verdoyants paraît bien tranquille. Pourtant l'animation bat son plein sur Drottninggatan, une rue piétonne qui file tout droit vers le sud. Dans les années 1950, de grands chantiers ont doté la City de tours et de ronds-points, reléguant les piétons dans des galeries marchandes souterraines. Aujourd'hui, autour de Sergels torg, de Kulturhuset et des tours de Hötorget, foisonnent grands magasins, boutiques et cafés ! Quartiers résidentiels aménagés à la charnière des XIXe et XXe s., Kungsholmen et Norrmalm vivent à un rythme moins soutenu, avec leurs bars et leurs restaurants familiaux.

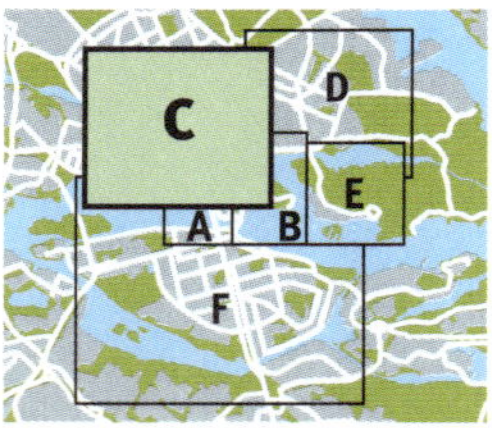

MÄLARPAVILJONGEN

OPERAKÄLLARENS BAKFICKA

RESTAURANTS

Rolfs kök D2 (1)
→ *Tegnérgatan 41*
Tél. 08 10 16 96
Tlj. 11h30 (17h w.-e.)-1h
Déco pleine de fantaisie et cuisine suédoise teintée d'influences françaises et espagnoles. Essayer les joues de bœuf aux truffes du Gotland. Plat midi 165-395kr, soir 245-315kr.

Taverna Brillo E2 (2)
→ *Sturegatan 6 / Humlegårdsgatan 19*
Tél. 08 51 97 78 00 Lun.-ven. 7h-23h (2h jeu.-ven.), w.-e. 11h30-2h (23h dim.)
Une adresse pour toutes les envies, où l'on peut faire son marché, savourer une cuisine sous influence italienne, boire un verre au soleil, profiter de concerts, d'expos... Plat 170-350kr.

Mälarpaviljongen A4 (3)
→ *Norr Mälarstrand 64*
Tél. 08 650 87 01
Avr.-sep. : tlj. 11h-1h
Posé au bord de l'eau, ce lieu saisonnier *gay friendly* sert sur sa grande terrasse en bois de bons petits plats (*mackor*, harengs, salades), le tout rythmé par un DJ les samedis d'été. Plat 179-245kr.

L'Avventura C1 (4)
→ *Sveavägen 77*
Tél. 08 519 422 74 Mar.-sam. 17h (16h ven.-sam.)-1h
La salle majestueuse de l'Avventura, celle d'un ancien cinéma, vaut à elle seule la visite. *Spaghetti alle vongole* (aux palourdes), *pappardelle* à la truffe délicieuses...
Plat 185-315kr.

Operakällarens bakficka E3 (5)
→ *Karl XII : s torg*
Tél. 08 676 58 00
Lun.-ven. 11h30-22h (23h ven.), w.-e. 12h-23h (17h dim.)
Cuisine suédoise de bonne tenue dans cette cantine de *traders* collée à l'opéra : saumon mariné à l'aneth, sole meunière, boulettes de viande... Plat 215-345kr.

Prinsen E2 (6)
→ *Mäster Samuelsgatan 4*
Tél. 08 611 13 31 Lun.-ven. 11h30-23h30 (23h lun.), sam. 12h-23h30, dim. 13h-22h
Lieu culte des "intellos", inchangé depuis un siècle et réputé pour ses grillades et sa salade de crevettes.
Plat 225-425kr.

Stadshuskällaren C4 (7)
→ *Hantverkargatan 1*
Tél. 08 58 62 18 30
Lun.-mar. 11h30-14h30 ; mer.-ven. 11h30-14h30, 17h-23h ; sam. 17h-23h
Que mangent les lauréats du prix Nobel après la remise des prix ? Réponse dans le prestigieux

ETE-KATTEN

NALEN

NATURKOMPANIET

restaurant de l'hôtel de ville, qui sert le menu exact des "nobelisés" (1 865 kr). Plat 265-320kr.

TAK E3 8

→ *Brunkebergstorg 4*
Tél. 08 58 72 20 80 ***Raw Bar*** *Lun.-sam. 17h-22h (23h jeu.-sam.)* ***Restaurant*** *Lun.-sam. 11h30 (12h sam.)-0h*

Installé sur un toit (*tak*) entre des parois de verre, on déguste une fine cuisine nippo-scandinave, avec des petits plats "crus" au Raw Bar, et plus apprêtés au restaurant. Bar à cocktails et terrasse au-dessus de la ville ! Tapas 50-170kr, plat 295-415kr.

CAFÉ, SALONS DE THÉ, BARS, CLUBS

Mellqvist Café A1 9

→ *Rörstrandsgatan 4*
Tél. 08 30 23 80
Tlj. 6h-21h (19h w.-e.)

Affaire familiale depuis 1907, le Mellqvist, rendez-vous des Stockholmois, servirait le meilleur café de la ville. Sympathique et décontracté.

Vete-Katten D3 10

→ *Kungsgatan 55*
Tél. 08 20 84 05 Lun.-ven. 7h30-20h, w.-e. 9h30-19h

Une institution ! Fondé en 1928, ce salon de thé chéri des locaux bourdonne de conversations animées. On y déguste aussi les *semla* (brioche à la crème) les plus réputés.

Sturekatten F2 11

→ *Riddargatan 4*
Tél. 08 611 16 12 Lun.-sam. 9h-19h (18h sam.), dim. 10h-18h

Dans un immeuble des années 1700, un salon de thé au charme désuet, avec son décor de maison de poupée du début du XXe s. Jolie cour pavée et délicieuses pâtisseries.

Fasching C3 12

→ *Kungsgatan 63*
Tél. 08 20 00 66 ***Restaurant*** *Tlj. 18h-0h (4h ven.-sam.)*
www.fasching.se

Les plus grands noms du jazz contemporain.

Nalen E2 13

→ *Regeringsgatan 74*
Tél. 08 50 52 92 00
www.nalen.com

Un haut lieu de concerts ! Artistes du monde entier.

Sturehof E2 14

→ *Stureplan 2*
Tél. 08 440 57 30 Tlj. 11h-2h

Une brasserie à la française bondée en fin de semaine et, à l'étage, le bar Obaren, plus jeune et débridé. Un must de Stureplan.

Sturecompagniet E2 15

→ *Sturegatan 4 Jeu.-sam. 22h-5h (23 ans min.)*

Nombreux bars sur deux étages, avec chacun son ambiance musicale, du jazz à la house. Ne pas manquer juste à côté le Hell's Kitchen. Tenue chic de rigueur !

Spy Bar E2 16

→ *Birger Jarlsgatan 20*
Tél. 08 54 50 76 00 Jeu.-sam. 23h-5h (23 ans min.)

Une boîte de nuit sélect à l'ambiance plutôt *lounge* gérée par la société Stureplansgruppen, comme une bonne partie des adresses branchées du quartier.

THÉÂTRE

Konserthuset D2 17

→ *Hötorget 8*
Tél. 08 50 66 77 88
www.konserthuset.se

Un *Orphée* monumental de Carl Milles (1875-1955) signale l'escalier d'honneur de ce splendide théâtre (1926) aux accents néoclassiques. C'est le siège de l'orchestre royal philharmonique. Ici a lieu chaque 10 décembre la cérémonie de remise des prix Nobel.

SHOPPING

Filippa K F2 18

→ *Grev Turegatan 18*
Tél. 08 54 58 88 88 Lun.-sam. 11h-19h (17h sam.), dim. 12h-16h (fermé dim. en été)

La marque tendance fondée en 1993 par Filippa Knutsson. Vêtements intemporels, simples, fluides et de qualité.

Anna Holtblad F2 19

→ *Grev Turegatan 13*
Tél. 08 54 50 22 20 Lun.-ven. 11h-18h, sam. 12h-16h

Tricots, blouses, et robes de couleurs vives, signés par une pionnière de la mode suédoise.

Norrgavel E2 20

→ *Birger Jarlsgatan 27*
Tél. 08 54 52 20 50
Lun.-sam. 10h-18h (16h sam.), dim. 12h-16h

Meubles, vaisselle et linge de maison dans la plus pure tradition nordique.

Naturkompaniet E2 21

→ *Kungsgatan 26*
Tél. 08 24 19 96 Lun.-sam. 10h-19h (17h sam.), dim. 12h-16h

Le "Vieux Campeur" suédois, très *hype*. Collections de la marque Fjällräven. Au n° 32, Alewalds Sport propose aussi une belle sélection de vêtements techniques.

Essencefabriken C2 22

→ *Wallingatan 14*
Tél. 08 20 83 26 Lun.-ven. 10h-18h, sam. 11h-15h

Épices, thés, huiles essentielles, préparations pour aquavit et *glögg*... On se croirait presque chez Harry Potter !

TEATERN

CENTRALBADET

STRINDBERGSMUSEET

ENGELBREKTSKYRKAN

HUMLEGÅRDEN

OPERAN

la sublime piscine
ncadrée de colonnades.

★ **Strindbergsmuseet**
2

→ *Drottninggatan 85*
Tél. 08 441 91 70
Sep.-juin : mar.-dim. 12h-16h ;
juil.-août : mar.-dim. 10h-16h
L'écrivain August Strindberg (1849-1912) passa la fin de sa vie dans cet appartement intime.

★ **Sven-Harrys Konstmuseum** B1

→ *Eastmansvägen 10*
Tél. 08 51 16 00 60 Mer.-dim. 11h-19h (21h jeu. ; 17h w.-e.)
Derrière une étincelante façade dorée en laiton, la collection privée de Sven-Harry Karlsson (né en 1931) dédiée à l'art nordique, et de belles expositions.

★ **Stockholms stadsbibliotek** C1

→ *Sveavägen 73*
Lun.-ven. 10h-21h, w.-e. 11h-17h
Tout en brique et dénuée d'ornement, coiffée d'une tour massive à toit plat, la bibliothèque municipale de Stockholm lève le voile sur le modernisme. C'est le chef-d'œuvre (1928) de Gunnar Asplund qui, après un voyage aux États-Unis, imagina pour la première fois en Suède des rayons de livres à la portée de tous. Passé l'escalier aux lignes de fuite dignes d'un temple égyptien, on entre dans la salle de lecture circulaire éclairée de lumière naturelle.

★ **Engelbrektskyrkan** E1

→ *Östermalmsgatan 20B*
Tél. 08 406 98 00
Mar.-dim. 11h-15h
Dans cette église, la voûte la plus haute de Scandinavie (1914) a été conçue par Lars Israel Wahlman dans un style typiquement Art nouveau. La sérénité émane de ses volumes et de son sobre intérieur.

★ **Humlegården** E2

Selon les dires, le "jardin du houblon" doit son nom à Gustave II Adolphe, amateur de bière qui implanta là, en 1619, des cultures pour la fabrique. Le parc, ouvert au public au XIXe s., a vu naître depuis la bibliothèque royale (1877) et la statue de Carl von Linné (1885), le père de la botanique moderne. Un lieu de pique-nique verdoyant et prisé.

★ **Operan** E3

→ *Gustav Adolfs torg*
Tél. 08 791 44 00 ***Billetterie***
Lun.-ven. 15h-18h, sam. 12h-15h
L'opéra royal de Stockholm, bâti en 1898 dans un style néo-Renaissance, renferme un superbe intérieur baroque, magnifié dans le foyer par les peintures de Carl Larsson, influencé par l'opéra de Paris.

SJÖHISTORISKA MUSEET

TEKNISKA MUSEET

ETNOGRAFISKA MUSEET

★ **Armémuseum** A3
→ *Riddargatan 13*
Tél. 08 519 563 00
Juin-août : tlj. 10h-17h ; sep.-mai : mar.-dim. 11h-17h (20h mar.)
Des raids vikings aux combats de l'après 1945, plus de 1 000 ans de guerres mis en scène au travers d'une série de tableaux réalistes (maquettes, vidéos) et de nombreuses expositions d'armes et d'objets militaires.

★ **Scenkonst museet** A3
→ *Sibyllegatan 2*
Tél. 08 51 95 67 00
Mar.-dim. 11h-17h
C'est dans l'ancienne boulangerie royale (1640) que ce musée des Arts du spectacle s'est installé. Il abrite de riches collections d'instruments de musique, de costumes, de décors, de marionnettes, etc.

★ **Strandvägen** B4
Entre 1880 et 1910, des immeubles cossus remplacèrent peu à peu les baraquements en bois et les jardinets qui s'étendaient sur les quais. Devenue l'artère la plus chic de la ville, Strandvägen servit d'avenue d'apparat à l'exposition générale d'Art et d'Industrie de 1897. Ses contre-allées arborées invitent toujours à la promenade. Voir aussi p. 8.

★ **Historiska museet** B3
→ *Narvavägen 13-17*
Tél. 08 51 95 56 00
Juin-août : tlj. 10h-17h ; sep.-mai : mar.-dim. 11h-17h (20h mer.)
L'histoire de Suède, de la préhistoire au règne de Gustave Vasa (10 000 av. J.-C.-XVIe s.) en passant par les Vikings (env. 800-1050) : squelette vieux de 9 000 ans, tête d'élan sculptée, bijoux, outils, maquette de la ville de Birka — disparue au Xe s., et splendides retables médiévaux.
La Salle d'or éblouit avec ses objets d'or et d'argent datant de l'époque des Vikings et du Moyen Âge, dont un collier impressionnant, gravé de 458 figures. Voir aussi p. 8.

★ **Diplomatstaden** D4
Endroit de détente, lieu de balade et paradis des joggeurs, le quartier des ambassades s'étire au bord de l'eau, face à Djurgården. Passé le parc Nobel, on déambule parmi les maisons huppées aux jolies façades colorées. Belle église anglicane, Engelska kyrkan (1866).

ARMÉMUSEUM

SCENKONST MUSEET

STRANDVÄGEN

jusqu'en 1885, ce quartier excentré de la capitale appartint à l'État et porta le nom de Ladugårdslandet ("pays des fermes"). Mais vers 1870, alors que Stockholm était en plein essor, il se dota de beaux immeubles, de places en étoile et de grands boulevards sur le modèle parisien. Östermalm est depuis lors le fief de la bourgeoisie aisée, avec ses appartements cossus, ses magasins luxueux, ses galeries d'art, ses beaux restaurants et ses grands musées. Un quartier calme, proche des grands espaces verts de Gärdet et de Djurgården.

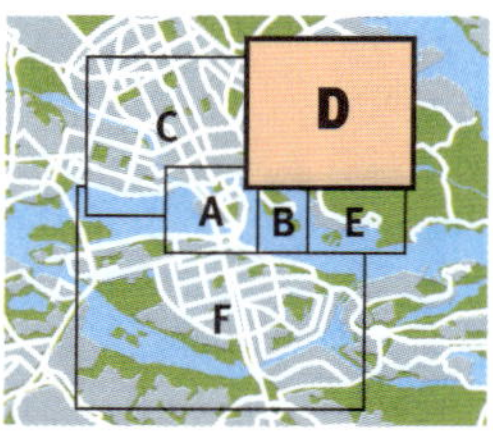

SPECERIET

ERIKS BAKFICKA

RESTAURANTS

Speceriet A3 1
→ *Artillerigatan 14*
Tél. 08 662 30 60 Lun. 11h30-14h ; mar.-ven. 11h30-14h, 18h-22h ; sam. 17h-22h
Pour un aperçu à prix doux de la cuisine innovante de Jacob Holmström et Anton Bjuhr servie juste à côté, au Gastrologik. Même qualité et même ambition : chaque jour, le menu s'inspire des meilleurs producteurs locaux, sélectionnés avec soin. Réserver. Plat midi 135-165kr, petit plat soir 85-215kr (prendre 2-3 plats).

Brasserie Elverket B3 2
→ *Linnégatan 69*
Tél. 08 661 25 62 Lun.-ven. 11h-14h, 17h-22h ; sam. 17h-22h
Un restaurant, un bar et un théâtre. Le premier, plutôt *hype*, propose des plats variés au goût du jour : agneau rôti, timbale de turbot, soupe à l'artichaut... À faire suivre d'un *combo* : une boule de glace, un expresso et un verre de grappa. Plat midi 135-245kr, soir 169-265kr.

Hantverket A2 3
→ *Sturegatan 15*
Tél. 08 121 321 60 Lun.-ven. 11h30-14h, 17h-23h (0h mer.-jeu. ; 1h ven.) ; sam. 17h-1h
Le chef Stefan Ekengren se veut artisan-aventurier de la cuisine suédoise. Au programme : du hareng, des pommes de terre Hasselback, un tartare de truite ou encore des pâtes à la truffe. Plat du jour (midi) 145kr, petit plat (soir, en prendre 2-3) 110-195kr.

Artilleriet A3 4
→ *Artillerigatan 13*
Tél. 08 664 34 30
Mar.-dim. 11h-22h (23h ven.-sam. ; 17h dim.)
Dans la cour intérieure de l'Armémuseum, un joli bistrot design pour des spécialités nordiques, des cocktails et l'*afterwork* du vendredi avec tapas... et DJ ! Plat 175-335kr.

Eriks Bakficka
C4 5
→ *Fredrikshovsgatan 4*
Tél. 08 660 15 99 Mi-août-mi-juil. : lun.-mar. 11h30-14h30, 17h-21h ; mer.-ven. 11h30-14h30, 16h30-22h (22h30 ven.) ; sam. 16h30-22h30
Le "menu du soir" inscrit au tableau noir et le champagne servi à la coupe donnent le ton de ce lieu plutôt raffiné. Incontournable, la cassolette de fruits de mer ; indémodable, le filet de bœuf haché à la Rydberg. Plat 205-325kr.

Villa Källhagen
E4 6
→ *Djurgårdsbrunnsvägen 10*

RESTAURANG VOLT

NORDISKA GALLERIET

ASPLUND

Tél. 08 665 03 00
Tlj. 7h-22h (21h dim.)
Le cabillaud poêlé au raifort accompagné de crevettes, d'un œuf poché et de pommes de terre est l'une des spécialités de ce restaurant de cuisine traditionnelle suédoise. Vue sur la baie de Djurgårdsbrunn.
Plat 235-375kr.

Brasserie Godot A3 7
→ *Grev Turegatan 36*
Tél. 08 660 06 14
Lun.-sam. 17h-23h (0h mer.-jeu. ; 1h ven.-sam.)
Le restaurant des célébrités. Sous de beaux luminaires danois, des classiques français relevés d'une touche rustique suédoise et d'une bonne dose d'inventivité. Belle carte de vins.
Plat 265-335kr.

Restaurang Volt A2 8
→ *Kommendörsgatan 16*
Tél. 08 662 34 00
Mar.-sam. 18h-0h
Décor lumineux pour ce bistronomique où l'on déguste une cuisine de saison faisant la part belle aux produits naturels, du terroir, de la forêt et de la mer. Carte des vins de petits producteurs.
Menu 4-6 plats 685-885kr.

CAFÉS, BARS

Foam B2 9
→ *Karlavägen 75*
Tél. 08 660 09 96 Lun.-ven. 7h30-19h, w.-e. 9h-18h
Tout en fuschia, gris et crème, un café tellement design que même la carte parle de mobilier. *Mackor* inventifs.

Nybrogatan 38 Kvarterskrog & Barservering A2 10
→ *Nybrogatan 38*
Tél. 08 662 33 22 Lun.-ven. 7h30-0h (23h lun. ; 1h ven.), w.-e. 10h-1h (23h dim.)
Ce bistrot de quartier ne désemplit jamais et un vent de liberté souffle sur son ardoise, où s'invitent des saveurs du Sud de la France et de l'Europe.

Tudor Arms B3 11
→ *Grevgatan 31*
Tél. 08 660 27 12
Sep.-juin : lun.-ven. 11h30-23h (16h lun.), w.-e. 13h-23h (19h dim.) ; juil.-août : tlj. 16h-23h
Le premier pub de la ville (1969). Bière pression, sandwiches et *fish & chips*.

Riddarbageriet A3 12
→ *Riddargatan 15*
Tél. 08 660 33 75
Lun.-ven. 7h30-17h, sam. 8h-15h, dim. 9h-13h
Quelques tables et un comptoir sur lequel toutes les pâtisseries font envie. Gâteaux et miches changent souvent !

Strandbryggan C4 13
→ *Strandkajsvägen 27*
Tél. 08 660 37 14
Avr.-sep. : tlj. 10h-1h
Un bar lounge posé sur l'eau, tout près du pont de Djurgården. On peut y louer une motomarine !

SHOPPING

L'un des fiefs des antiquaires et du design se trouve ici, autour de Nybrogatan.

Nordiska Galleriet A3 14
→ *Nybrogatan 11*
Tél. 08 442 83 60
Dim.-ven. 11h-18h (16h dim.), sam. 10h-17h
Depuis 1912, mobilier et objets de déco de grands créateurs suédois et européens, et leurs mille modèles aux lignes pures, sur deux étages !

Östermalms Saluhall A3 15
→ *Östermalmstorg*
Lun.-sam. 9h30-19h (17h sam.) ***Restaurants*** *Tlj. 11h-23h (22h lun.-mar.)*
Ce marché couvert à clocher d'ardoises, inauguré en 1888 et rénové en 2018, est un temple de la gastronomie. Ses vastes volumes résonnent de la clameur des gourmets, venus s'approvisionner ou s'attabler entre les stands !

Asplund A3 16
→ *Sibyllegatan 31*
Tél. 08 665 [illegible]3 60 Sep.-juin : lun.-ven. 11h-18h ; juil.-août : lun.-sam. 1[illegible]h-18h (14h sam.)
Le meilleur du design suédois (Thomas Sandell, Pia Wallén, Jonas Bohlin) et international (Antonio Citterio, Tom Dixon, Marc Newson) sélectionné par les célèbres frères architectes Asplund.

Wahlström B&L, Tropius Antik A2 17
→ *Nybrogatan 42*
Tél. 08 662 33 37 Sur rdv
Meubles et objets d'art de la fin du XVIIIe au début du XXe s., dont une partie vient de Russie.

Jacksons A2 18
→ *Sibyllegatan 53*
Tél. 08 665 33 50 Lun.-sam. 11h-17h30 (15h sam.)
Mobilier, bijoux, tapis et nombreux bibelots scandinaves, italiens et américains des années 1880 à 1[illegible]80. Beaucoup d'objets 1940 et 1950.

Polarn O. Pyret C2 19
→ *Fältöversten, Karlaplan 13*
Tél. 08 660 62 75
Lun.-sam. 10h-19h (18h sam.), dim. 11h-[illegible]h
Mode on ne peut plus suédoise, pour femme enceinte et pour enfant.

HISTORISKA MUSEET

DIPLOMATSTADEN

FILMHUSET

MÖBELDESIGN MUSEUM

Sjöhistoriska useet F4
Djurgårdsbrunnsvägen 24
l. 08 51 95 49 00
ar.-dim. 10h-17h
musée de la Marine, yale et marchande, cupe un élégant âtiment blanc (1938) Ragnar Östberg, rchitecte de l'hôtel de lle. Maquettes (voiliers, rgos, paquebots), eintures, photographies vaisselle évoquent vie en mer.

Tekniska museet F4
Museivägen 7
l. 08 450 56 00
. 10h-17h (20h mer.)
évolution des sciences et technologies suédoises retracée par des inventions marquantes : automobile, machine à vapeur, avion... Petits et grands peuvent ensuite se livrer à des tests dans divers espaces interactifs ou entrer dans une mine de fer reconstituée.

★ **Etnografiska museet** F4
→ *Djurgårdsbrunnsvägen 34*
Tél. 01 04 56 12 00
Mar.-dim. 11h-17h (20h mer.)
Arts et traditions populaires des civilisations non européennes, au travers d'une collection d'objets des plus exotiques : masques africains en peau de crocodile, manteau inuit en fourrure d'ours polaire, tente mongole, etc. Le restaurant du musée sert des plats du monde entier et mérite à lui seul le déplacement !

★ **Filmhuset** D2
→ *Borgvägen 1-5*
Tél. 08 665 11 00
www.filminstitutet.se
La Maison suédoise du film vaut le coup d'œil d'abord à l'extérieur : Peter Celsing, l'architecte de Kulturhuset et de la banque de Suède, dessina ce bâtiment de style brutaliste, tout en béton, en 1970. Les petites fenêtres rappellent les bandes de film. À l'intérieur : des studios d'enregistrement et deux salles de cinéma.

★ **Möbeldesign museum** hors plan F1
→ *Frihamnsgatan 50*
Tél. 07 27 15 85 25
Mer. 12h-19h
Ce nouveau musée, ouvert en 2018 par les designers et architectes suédois Kersti Sandin et Lars Bülow, présente leur collection privée de mobilier : soit 500 pièces, de la fin du XIXe s. à nos jours. Un rendez-vous de passionnés !

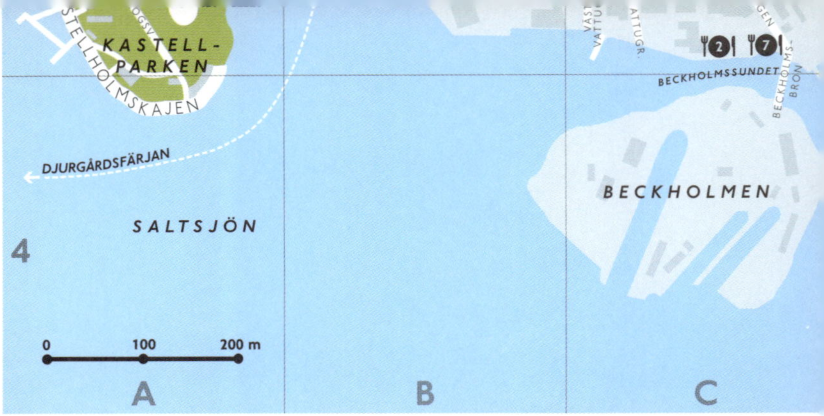

DJURGÅRDSSTADEN

SKANSEN

ROSENDALS SLOTT

★ **Junibacken** A1
→ *Galärvarvsvägen 48*
Tél. 08 58 72 30 00
Mi-août-juin : tlj. 10h-17h ; juil.-mi-août : tlj. 10h-18h
Un musée de contes de fées à visiter en famille. Un petit train circule parmi des reconstitutions de scènes tirées des livres d'Astrid Lindgren (1907-2002), la grande dame de la littérature enfantine suédoise : on rend visite à la malicieuse Fifi Brindacier et à l'incorrigible Zozo la Tornade !

★ **Nordiska museet** B1
→ *Djurgårdsvägen 6-16*
Tél. 08 51 95 46 00
Juin-août : tlj. 9h-18h ; sep.-mai : tlj. 10h-17h (20h mer.)
Ce monumental palais de style Renaissance nordique (1907) présente les arts et traditions populaires scandinaves du XVIe s. à nos jours. Mises en scène de la vie quotidienne à toutes les époques, meubles, vaisselle fine, costumes folkloriques.

★ **Vasamuseet** A2
→ *Galärvarvsvägen 14*
Tél. 08 51 95 48 80
Juin-août : tlj. 8h30-18h ; sep.-mai : tlj. 10h-17h (20h mer.)
Le joyau de Djurgården ! Avec ses 700 sculptures en bois, ses 64 canons en bronze et ses 52 m de haut, le vaisseau royal Vasa avait été conçu pour exalter la puissance suédoise. Mais il sombra dès son baptême, en 1628. En 1961, une incroyable opération de sauvetage parvint à renflouer le navire de guerre, presque intact avec son mobilier, de la figure de proue à la boîte à biscuits ! Désormais, le Vasa trône dans ce musée unique. Voir aussi p. 9.

★ **Vikingaliv** B2
→ *Djurgårdsvägen 48*
Tél. 08 40 02 29 90 Tlj. 10h-17h
Un musée interactif dédié aux Vikings ! Pas de casque à cornes à l'horizon, mais un véritable voyage dans le temps à la rencontre de Harald et de sa femme Ragnfrid, dévoilant le quotidien de ces peuples les plus (mal) connus de Scandinavie, au-delà des mythes et des clichés.

★ **Liljevalchs Konsthall** B2
→ *Djurgårdsvägen 60*
Tél. 08 50 83 13 30
Horaires : voir www.liljevalchs.s
Peintures, dessins, gravures vidéos... Depuis un siècle, les expositions d'art contemporain défilent dans ce bel édifice néoclassique (1916), qui s'est doté d'une nouvelle aile (Gert Wingård et Ingegerd Råman, 2017) en béton perforé et en verre coloré, et poursuit son extension jusqu'en 2020. Un Salon de printemps réputé se tient ici de mi-jan.

JUNIBACKEN

NORDISKA MUSEET

VASAMUSEET

Voici l'île de Djurgården, vaste oasis de verdure en plein cœur de la capitale ! On s'y rend pour visiter le musée en plein air de Skansen, s'étourdir sur les montagnes russes de Gröna Lund, remonter le temps jusqu'à l'époque des Vikings ou revivre la saga du célèbre groupe pop ABBA ! Surtout, on ne manque pas d'aller admirer le Vasa, navire conservé intact après son naufrage au XVIIe s., un must à Stockholm. À deux pas de là, de ravissantes villas abritent de somptueux musées et galeries d'art. Enfin, retour au vert avec la jolie balade de 7 km qui fait le tour de la baie de Djurgårdsbrunn, parmi les étangs et les marais peuplés de hérons.

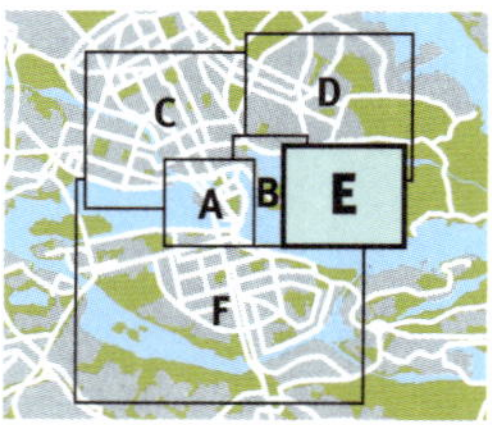

SPRITMUSEUM RESTAURANT

OAXEN KROG & SLIP

RESTAURANTS

Glöd B2 1
→ *Djurgårdsvägen 48*
Tél. 08 55 80 61 30 Tlj. 11h-17h
À l'intérieur du Vikingaliv, face au port de Vasa, la chef Anna Broms orchestre une cuisine à base de produits bio et à l'esprit... viking : œuf crémeux dans du pain de seigle, saumon fumé chaud en salade, saucisse... Sandwich, plat 65-185kr.

Skroten Café & Skeppshandel C3 2
→ *Beckholmsvägen 14*
Tél. 07 03 80 80 80 Tlj. 11h-16h (22h mer., ven.-sam.)
Entre gilets de sauvetage, amarres et lampes-tempête, on déjeune de spécialités suédoises (*köttbullar*, sandwiches aux crevettes, etc.) ou l'on chine de drôles de trésors : décapsuleur-sirène, vaisselle aux motifs marins... Plat 85-265kr.

Spritmuseum Restaurant B2 3
→ *Djurgårdsvägen 38*
Tél. 08 12 13 13 09
Lun.-mer. 12h-14h30 ; jeu.-ven. 12h-14h30, 18h-20h30 ; sam. 18h-20h30
Posé au bord de l'eau, le restaurant du Spritmuseum (qui accueille l'Absolut Art Collection), au décor sobre et épuré. Cuisine inventive signée Petter Nilsson. Plat midi 145kr, menu dîner 820-1 070kr.

Villa Godthem C2 4
→ *Rosendalsvägen 9*
Tél. 08 68 42 38 40
Lun.-ven. 11h30-21h30 (16h lun. ; 23h ven.), w.-e. 12h-23h (21h30 dim.)
Cadre enchanteur pour ce pavillon de la fin du XIXe s., à la sa superbe véranda et aux boiseries blanches. Dans l'assiette, omble chevalier du lac Vättern ou aloyau de bœuf. Café dans le jardin aux beaux jours. Plat 159-359kr.

Hasselbacken C3 5
→ *Hazeliusbacken 20*
Tél. 08 51 73 43 07
Lun.-ven. 11h30-13h30, 17h-23h ; w.-e. 12h-23h (15h dim.)
Un charmant restaurant d'hôtel à deux pas de Skansen. Mets suédois : gravad lax, filet de veau rôti, truite poêlée, etc. Brunch (w.-e.) 285kr, plat 175-320kr.

Ulla Winbladh C2 6
→ *Rosendalsvägen 8*
Tél. 08 53 48 97 01 Lun.-ven. 11h30-23h (22h lun.), w.-e. 12h30-23h (22h dim.)
Installée dans une maison bâtie en 1897 lors de l'Exposition de Stockholm, une table réputée : harengs de la Baltique et marmite de poisson. Plat 195-365kr.

MAMMA MIA ! THE PARTY

SKANSENBUTIKEN

NORDISKA MUSEET

Oaxen Krog & Slip
C3 7
→ *Beckholmsvägen 26*
Tél. 08 55 15 31 05
Slip *Mar.-ven. 11h30-16h, 17h-23h ; w.-e. 12h-23h*
Krog *Mar.-sam. 18h-22h*
Dans un ancien hangar à bateaux, Magnus Ek revisite la gastronomie nordique. Au choix : le Krog, doublement étoilé, ou le Slip, moins onéreux (néanmoins il faut prendre 2-3 plats, servis en petites portions). Menu (Krog) 2 300kr, plat (Slip) 155-425kr.

CAFÉS

Vasamuseets Restaurang A2 8
→ *Vasamuseet*
Tél. 08 661 16 20 Juin-août : tlj. 8h30-17h30 ; sep.-mai : tlj. 10h-16h (19h30 mer.)
Le restaurant et la cafétéria du Vasamuseet. Tenter le menu à la mode du XVIIe s., avec, en dessert, des douceurs d'antan, tels les fruits secs au rhum avec une boule de glace à la cardamome, et les *skorpor* (petits pains grillés).

Flickorna Helin & Voltaire C2 9
→ *Rosendalsvägen 14*
Tél. 08 664 51 08
Tlj. 9h (10h dim.)-17h
Après la visite de Skansen, pause dans ce magnifique pavillon en brique et céramique de l'Exposition de Stockholm (1897). On craque pour les *nötbomber*, succulentes pâtisseries aux noix maison.

Rosendals trädgårdskafé F2 10
→ *Rosendalsterrassen 12*
Tél. 08 54 58 12 70
Avr.-sep. : tlj. 11h-17h ; fév.-mars, oct.-déc. : tlj. 11h-16h
Le bucolique café d'une ferme bio nichée au cœur de Djurgården. En-cas et pâtisseries se dégustent sous un pommier du verger quand il fait beau, ou dans la serre par temps frais. Pain maison cuit au feu de bois.

Rosendals Wärdshus E2 11
→ *Rosendalsterrassen 3*
Tél. 08 661 39 70 Mai-août : tlj. 11h-16h ; avr., sep.-oct. : w.-e. en fonction du temps
Un café moins branché que son voisin, mais plus calme et doté d'une plus belle vue.

Café Ektorpet E3 12
→ *Waldemarsudde*
Tél. 08 662 22 18
Mai-août : tlj. 11h-18h ; sep.-avr. : w.-e. 11h-17h
Une charmante bicoque en bois pour grignoter et se reposer à l'entrée de Waldermarsudde, le manoir du prince Eugène. Kiosque à gaufres.

ACTIVITÉS

Strömma Stockholm Sightseeing A2 13
→ *Strömkajen*
Tél. 08 12 00 40 00
www.stromma.se
Pour découvrir Djurgården en bateau avec le Royal Canal Tour (50 min). Départ de Strömkajen (**B** A2).

Sjöcaféet B1 14
→ *Galärvarvsägen 2, sous Djurgårdsbron*
Tél. 08 661 44 88
Tlj. 9h-21h (20h dim.-mar.)
Le parfait café au bord de l'eau où s'arrêter avant de s'aventurer sur l'île : location de vélos, de kayaks, de pédalos et de voitures de golf !

Gröna Lund B3 15
→ *Lilla Allmänna gränd 9*
Tél. 01 07 08 91 00
Mai-sep., horaires variables, voir : www.gronalund.com
Le plus vieux parc d'attractions de Suède, pour s'amuser à tout âge : montagnes russes, auto-tamponneuses, palais des glaces, loterie... Théâtre pour enfants dans la journée et concerts le soir.

MAMMA MIA ! The Party B3 16
→ *Gröna Lund www.mammamiatheparty.com*
Un dîner-spectacle dans une taverne grecque pour vivre grandeur nature le succès d'ABBA ! Très joyeux !

SHOPPING

Rosendals Trädgårdsbutik & Plantbod F2 17
→ *Rosendalsterrassen 12*
Tél. 08 54 58 12 75
Avr.-sep. : tlj. 11h-17h ; fév.-mars, oct.-déc. : tlj. 11h-16h
Fleurs, légumes et fruits bio poussent au cœur de ces serres campagnardes. À rapporter, conserves, confitures, plantes, épices et tasses en céramique.

Skansenbutiken C3 18
→ *Djurgårdsslätten 49*
Tél. 08 442 82 68
Jan.-mars, oct. : tlj. 11h-16h (17h w.-e.) ; avr., nov.-déc. : tlj. 11h-17h ; mai, sep. : tlj. 11h-18h ; juin-août : tlj. 11h-19h
Excellente boutique d'objets design mais aussi d'artisanat de Skansen (bois, poterie, jouets...).

Nordiska museet / The Museum Shop B1 19
→ *Djurgårdsvägen 6-16*
Juin-août : tlj. 9h-18h ; sep.-mai : tlj. 10h-17h (20h mer.)
Des copies d'objets du musée et une très bonne librairie.

'IKINGALIV

ABBA THE MUSEUM

▶ Plan D

WALDEMARSUDDE

THIELSKA GALLERIET

mars (artistes connus
ı en devenir).

★ ABBA The Museum
3
Djurgårdsvägen 68
l. 08 12 13 28 60
raires variables : voir
ww.abbathemuseum.com
n musée pour revivre
épopée du célèbre groupe
e variétés suédois et...
anter ses tubes !

★ Djurgårdsstaden C3
n adorable ensemble
e petites maisons
olorées et pittoresques,
ties au XVIIe s. pour
s ouvriers du chantier naval
e Gälarvarvet,
des entrepôts
e poix de Beckholmen.

★ Skansen C2
→ *Tél. 08 442 80 00*
Fin juin-août : tlj. 10h-20h ; mai-fin juin, sep. : tlj. 10h-18h ; oct.-mars : tlj. 10h-15h (16h w.-e.) ; avr. : tlj. 10h-16h
En 1891, Artur Hazelius fonda l'un des premiers musées en plein air au monde, à la gloire de la culture et des traditions suédoises. Habitat urbain et rural de différentes régions, artisans à l'œuvre, zoo scandinave (ours, loups, élans, rennes et bétail), danses folkloriques l'été et marché de Noël. Voir aussi p. 10.

★ Rosendals slott F2
→ *Rosendalsvägen 49*
Tél. 08 402 61 00
***Visites guidées** Juin-août : mar.-dim. 12h, 13h, 14h, 15h*
Ce palais d'été fut bâti en 1827 pour le Français Jean-Baptiste Bernadotte, couronné roi de Suède sous le nom de Charles XIV Jean en 1818. Belle illustration du style Empire suédois, avec d'élégants intérieurs restés en l'état.

★ Waldemarsudde E4
→ *Prins Eugens väg 6*
Tél. 08 54 58 37 00
Mar.-dim. 11h-17h (20h jeu.)
Achevé en 1905, le manoir fut conçu par Ferdinand Boberg pour le prince Eugène. Il sert d'écrin aux œuvres de ce talentueux peintre paysager, et à celles de ses amis peintres et sculpteurs : Bergh, Hasselberg, Milles, Zorn... Nombreuses expositions temporaires.

★ Thielska galleriet
hors plan F3
→ *Sjötullsbacken 8*
Tél. 08 662 58 84
Mar.-dim. 12h-17h (20h jeu.)
Le riche banquier Ernest Thiel (1859-1947) fait bâtir en 1907 une résidence qu'il décore d'œuvres achetées à ses amis peintres – dont Carl Larsson, Bruno Liljefors, Anders Zorn et le Norvégien Edvard Munch. En 1926, l'État acquiert les collections et ouvre au public la splendide villa dessinée par Ferdinand Boberg (1860-1946).

KATARINA KYRKA

FÅFÄNGAN

★ Stockholms Stadsmuseum D1
→ *Ryssgården, Slussen*
Tél. 08 50 83 16 20
Mar.-ven. 12h-18h (20h jeu.), w.-e. 10h-16h
Sis dans un bâtiment baroque de Tessin l'Ancien, achevé par son fils en 1685, le musée municipal rénové a rouvert ses portes en 2019 sur une exposition enrichie, issue d'un fonds de 300 000 pièces : objets, œuvres d'art, peintures et photos jaunies retracent l'histoire de la ville de 1527 à nos jours. Visites guidées sur les lieux de la trilogie *Millenium* et, de juil. à sep., au parc-cimetière de Skogskyrkogården — voir *Les échappées* (**H**).

★ Katarinahissen D1
Lors de son inauguration, en 1883, l'ascenseur de Katarina représentait une prouesse technique. De la passerelle (accessible par un escalier ou l'ascenseur gratuit du Gondolen), panorama à 38 m au-dessus de la Vieille Ville, de Mosebacke et de la mer.

★ Almgrens Sidenväveri & Museum D2
→ *Repslagargatan 15A*
Tél. 08 642 56 16 Fin juin-mi-août : lun.-sam. 11h-15h ; mi-août-fin juin : lun.-ven. 10h-16h, sam. 11h-15h
Dans cette filature fondée en 1833, les Almgren, tisserands de père en fils, fabriquent des soieries de grande qualité, en utilisant notamment la dernière carte perforée des métiers Jacquard ! On peut y voir des ouvriers devant leur métier à tisser et des expositions d'étoffes commandées par la maison royale.

★ Söder torn D2
→ *Medborgarplatsen*
"Trop grands, trop froids, pas assez suédois." Tels furent jugés les deux bâtiments postmodernes de la "place des Citoyens" : le complexe en hémicycle (1992) de Ricardo Bofill, et la tour Söder, édifice octogonal de 24 étages (1997) d'Henning Larsen. Selon certains, cependant, ces œuvres audacieuses sont en harmonie avec l'esprit multiculturel du quartier.

★ Stockholms moské D2
→ *Kapellgränd 10*
Tél. 08 50 91 09 00 Tlj. 9h-17
En 1903, le grand architecte Ferdinand Boberg conçut une centrale électrique dans un style arabo-andalou. Voilà qui incitait à une reconversion : en l'an 2000, le bâtiment est devenu... un mosquée ! L'ancienne salle des machines peut accueilli 2 000 fidèles.

STOCKHOLMS STADSMUSEUM

KATARINAHISSEN

ALMGRENS SIDENVÄVERI & MUSEUM

Södermalm, le faubourg du Sud, est devenu l'île la plus en vogue de la capitale depuis qu'écrivains, artistes, gens des médias et autres bobos ont colonisé cette ancienne banlieue ouvrière. Au sud de Folkungagatan, le quartier alternatif de SoFo regorge de cafés de bric et de broc, de restaurants exotiques et de boutiques aux allures de bazar. La balade se poursuit le long de Götgatan jusqu'à Slussen, où la silhouette du Katarinahissen domine le paysage. Hornsgatan, vibrante artère commerçante émaillée de magasins vintage, s'élance vers l'ouest, et rejoint Hornstull, où pulsent les dernières tendances.

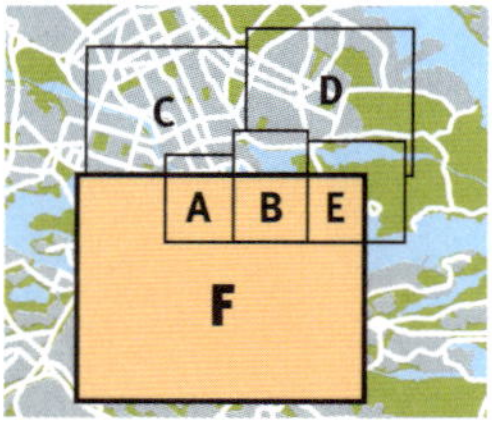

CAFÉ BLÅ LOTUS

URBAN DELI

RESTAURANTS

Café Blå Lotus
D2 1
→ *Katarina Bangatan 21*
Tél. 08 644 50 43
Lun.-ven. 8h30-20h (19h ven.), w.-e. 9h30-19h
La clientèle féminine adore cet apaisant café végétarien, à la jolie déco ethnique. Plat 48-100kr.

Urban Deli E2 2
→ *Nytorget 4*
Tél. 08 42 55 00 30 Tlj. 8h-23h (0h mer.-jeu. ; 1h ven.-sam.)
***Brunch** W.-e. 11h30-15h30*
Une épicerie-restaurant bobo chic de SoFo. Juste à côté, au n° 76, la boulangerie vend des pains exquis. Plat midi 95-195kr, soir 195-255kr.

Hermans E2 3
→ *Fjällgatan 23B*
Tél. 08 643 94 80 Tlj. 11h-22h
On court dans ce restaurant végétarien prisé des étudiants et des hipsters pour son buffet haut en couleurs (et en saveurs !) et, l'été, pour sa terrasse verdoyante avec vue sur la ville. Buffet déj. 138kr, après 15h et le w.-e. 198kr (réductions étudiantes !).

Madam D2 4
→ *Tjärhovsgatan 5*
Tél. 08 33 03 88 Lun. 11h30-14h ; mar.-ven. 11h30-14h, 17h-23h ; sam. 17h-23h
Kimchi, piment, soja, anchois, riz, toilettes du futur et déco minimaliste… Bienvenue en Corée ! Tenter le *tteokbokki* (galettes ou pâtes de riz) ou le *maeun kalbi jim* (travers de porc). Plat 175-240kr.

Himlen D2 5
→ *Götgatan 78*
Tél. 08 660 60 68 Lun.-jeu. 11h-1h (0h lun.), ven.-sam. 11h30 (12h sam.)-3h
Vue incroyable sur la capitale suédoise du haut de ce gratte-ciel de 104 mètres de haut ! On y mange choux fleur rôti, salades, renne, hareng et terrine de veau à la suédoise. Plats 175-395kr.

Pelikan D3 6
→ *Blekingegatan 40*
Tél. 08 55 60 90 90
Lun.-jeu. 16h-0h (1h mer.-jeu.), ven.-dim. 12h-1h
Un vieux bar à bière toujours au goût du jour. Jarret de porc et purée de rutabagas, *pyttipanna* et l'inévitable assiette de harengs marinés. Plat 188-345kr.

CAFÉS, BARS

Gondolen D2 7
→ *Stadsgården 6*
Tél. 08 641 70 90
Lun.-ven. 11h30-1h (23h lun.), sam. 16h-1h
Vue imprenable sur le lac

OOPEN

SWEDISH HASBEENS

LAKRITSROTEN

Mälaren et la Baltique depuis ce fin restaurant qui abrite un bar à cocktails réputé !

Södra Teatern D2 8
→ *Mosebacke Torg 1-3*
Tél. 08 48 00 44 01
***Restaurants** Sam.-mar. 11h-14h (23h sam. ; 16h dim.) ; mer.-ven. 11h-14h, 17h-23h*
***Club et Bar** Ven.-sam. 22h-3h*
"Le" foyer de la culture alternative à Södermalm. Des salles de concert, deux restaurants, cinq bars, dont le Champagnebaren à la terrasse dominant la ville. L'été, concerts en plein air et cours de salsa pour les enfants !

Café String E2 9
→ *Nytorgsgatan 38*
Tél. 08 714 85 14
Tlj. 8h-19h (22h mer.-jeu.)
Chaises dépareillées et sol à damier... Une déco bohême, à l'image de la clientèle jeune et *arty* !

Café Rival C2 10
→ *Mariatorget 3*
Tél. 08 54 57 89 25
Lun.-ven. 8h-20h, w.-e. 9h-20h (19h dim.)
Avec ses murs aux tons vifs et ses pâtisseries à se damner, on comprend que le café de l'hôtel Rival soit devenu le salon de thé favori des bobos de Söder !

Rost Bistro & Mekotek B2 11
→ *Wollmar Yxkullsgatan 52*
Tél. 072 303 32 98 Mer.-jeu. 17h-22h, ven.-sam. 16h-23h
Un drôle de lieu où l'on mange écolo et où l'on trouve un studio de yoga, un atelier de motos et une scène musicale.

Hornhuset A2 12
→ *Långholmsgatan 15B*
Tél. 08 52 52 02 60 Horaires sur www.hornhuset.se
Cet imposant vaisseau noir abrite plusieurs bars et restaurants, dont le Barrio, agréable *rooftop* où faire le plein de vitamine D pendant l'été. Le centre névralgique de Hornstull.

Debaser Strand A2 13
→ *Hornstulls strand 4*
Tél. 08 658 63 50
www.debaser.se
Un bar, un restaurant mexicain, une boîte et une salle de concerts à la programmation éclectique.

Loopen A2 14
→ *Hornstulls strand 6*
Tél. 08 84 42 85
Mai-août : tlj. 11h-22h ; sep.-avr. : w.-e. 12h-16h
Sous le Liljeholmsbron, un bar flottant avec palmiers et bière caribéenne. Un coin tropical à Stockholm !

GALERIES

Konsthantverkarna D1 15
→ *Södermalmstorg 4*
Tél. 08 611 03 70
Lun.-sam. 11h-18h (16h sam.)
La plus vieille coopérative d'artisans de la ville. Joli choix d'objets en verre, métal, bois et céramique.

Hornsgatspuckeln C1 16
→ *Hornsgatan 2-50*
www.hornsgatspuckeln.se
Ce tronçon surélevé de Hornsgatan regorge de galeries d'art et d'ateliers : verrerie et céramique chez **Blås & Knåda** (n° 26), peintures contemporaines chez **Konstochfolk** (n° 38), céramique scandinave audacieuse chez **Kaolin** (n° 50).

SHOPPING

Swedish Hasbeens E2 17
→ *Nytorgsgatan 36A*
Lun.-ven. 11h30-18h30, sam. 12h-17h
Une marque très *hype* de chaussures à semelles en bois : sabots, sandales et bottines faits main dans des cuirs aux très jolis tons jaune d'or, vert amande ou bleu canard. *Eco-friendly*.

Coctail D2 18
→ *Bondegatan 34*
Tél. 08 642 07 41 Lun.-sam. 12h-18h (16h30 sam.)
Des objets par milliers, résolument kitsch et insolites, venant du monde entier.

Grandpa E2 19
→ *Södermannagatan 21*
Tél. 08 643 60 80
Lun.-sam. 10h-18h30 (17h sam.), dim. 11h-17h
L'adresse chérie des hipsters de SoFo : vêtements de créateurs et objets design, le tout dans un superbe espace digne d'une galerie d'art.

Pet Sounds D2 20
→ *Skånegatan 53*
Tél. 08 702 97 98
Lun.-sam. 11h-18h (17h sam.) (qq. sem. en été : tlj. 14h-18h)
Le disquaire légendaire de Stockholm.

Lakritsroten C2 21
→ *Hornsgatan 45*
Tél. 08 42 26 08
Lun.-sam. 10h-18h30 (17h sam.), dim. 11h-17h
Une boutique spécialisée dans la réglisse. Variété impressionnante : parfumée ou salée (comme l'aiment les Suédois), et dérivés (poudres, sirops, confitures...).

Beyond Retro B2 22
→ *Brännkyrkagatan 82*
Tél. 08 55 91 36 43
Lun.-sam. 11h-19h (17h sam.), dim. 12h-16h
Mode vintage de seconde main. Aussi, des pièces uniques créées à partir de vêtements recyclés. Un bon point de départ pour une session shopping d'occasion sur Hornsgatan.

ÖDER TORN

STOCKHOLMS MOSKÉ

KONSERTHUSET

1. Les architectures de Stockholm La capitale a évité les guerres et conservé un beau patrimoine architectural à la fois néoclassique, Art nouveau et contemporain.

→ **Départ** *Stockholms stadsbibliotek*
→ **Arrivée** *Stadshuset*
→ **Durée** *½ journée*

PAS À PAS

De Stadsbiblioteket à Clarion Hotel Sign

On commence par **Stockholms stadsbibliotek** (**C** C1), dessinée par Gunnar Asplund et ouverte en 1928, conclusion moderniste de l'ère architecturale classique. L'intérieur est magistral. Poursuivre vers **Odenplan** et sa station de métro insolite, idéale pour un bain de soleil avec ses escaliers blanc-gris en amphithéâtre. Au sud de Vasaparken s'impose le **Sven-Harrys Konstmuseum** (**C** B1), repérable à sa façade ultra-horizontale et dorée qui tranche dans le paysage. En sortant, faire une pause chez **Ritorno** (cf. encadré) pour un *fika* ou un plat roboratif. Un peu plus loin, allons voir la galerie d'art **Bonniers Konsthall** (cf. encadré), nef de verre épousant la courbe de la rue. On rejoint ensuite le **Flat Iron Building** (Rosenbergs Arkitekter, 2009) au n° 13 de Torsgatan, l'un des dix finalistes pour le prix du bâtiment de l'année en 2010. Puis on atteint le **Clarion Hotel Sign** (cf. encadré), à la façade vitrée, et son spa incroyable, perché sur la terrasse du 8e étage !

Du Clarion Hotel Sign à Konstnärsbaren

En sortant, quelques pas suffisent pour rejoindre l'ancienne école **Norra Latin** (Drottninggatan 71b), de style néo-Renaissance. Envie d'Art nouveau ? On se dirige vers le massif **Centralposthuset** (Vasagatan 28-34), le bureau de poste central signé en 1904 par Ferdinand Boberg. Le bâtiment, tout de brique rouge, évoque un château avec sa tour d'horloge. Au n° 22, le tout récent hôtel **Scandic Continental** aux modules affichant un damier. On arrive ensuite à **Vete-Katten** (**C** D3) pour un *fika* bien mérité ! L'imposante **Konserthuset** (**C** D2) est toute proche. Cette salle de concert de style

2. La boucle verte

ROSENDALS TRÄDGÅRD

2. La boucle verte Sur Djurgården, on se croirait à la campagne, au milieu d'une nature luxuriante parcourue d'animaux, pourtant ponctuée de musées, de sculptures... Le tout à deux pas du centre !

→ **Départ / Arrivée** *Djurgårdsbron*
→ **Durée** *½ journée*

PAS À PAS

De Djurgårdsbron à Rosendals slott

La balade commence sur **Djurgårdsbron**, ce pont inauguré pour l'Exposition de Stockholm en 1897 et qui offre une vue sublime sur Strandvägen. Observer les statues en zinc représentant Tor, Freyja, Heimdall et Frigga, dieux de la mythologie scandinave. **Blå Porten**, la copie d'une porte bleue qui refermait autrefois l'île royale qu'était Djurgården, est à gauche. Un peu plus loin se trouvent deux agréables cafés : l'ancien pavillon **Villa Godthem** (**E** C2) et la table d'**Ulla Winbladh** (**E** C2), hébergée dans une maison bâtie à l'occasion de l'Exposition. Sans s'y arrêter nécessairement, il faut jeter un œil au **Flickorna Helin & Voltaire** (**E** C2) : à l'époque de l'Exposition, les industriels venus de Scanie y avaient construit une fausse mine avec ascenseur compris, un sacré coup de com' ! Du côté de **Framnäsudden** et **Kärleksudden**, une sculpture de la chanteuse Jenny Lind (1820-1887) et celle d'un couple amoureux. Bientôt, on est au palais d'été **Rosendals slott** (**E** F2), commandé par Jean-Baptiste Bernadotte (1763-1844), ce soldat français devenu roi de Suède sous le nom de Charles XIV Jean. Toute la baie de Djurgårdsbrunn fut ainsi creusée pour qu'il puisse rejoindre son château en bateau.

De Rosendals slott à Djurgårdsstaden

On visite le château l'été, et on profite en toute saison du très agréable **Rosendals trädgård** (cf. encadré) doté d'un café, d'un verger de pommiers et d'un potager en biodynamie. Puis on part à l'aventure dans l'immense **Kungliga djurgården**, où le roi Jean III installa rennes, élans, loups, ours et cerfs au XVIe s. Aujourd'hui, on peut observer

LA BOUCLE VERTE

de beaux oiseaux à **Isbladskärret** (cf. encadré), notamment sur un petit lac où des cygnes, hérons, sarcelles et grèbes ont élu domicile. On continue ensuite la route vers **Waldemarsudde** (**E** E4), la résidence (1905) du prince Eugène. Son beau parc de sculptures est ouvert en journée et, à l'intérieur, on admire les peintures suédoises des maîtres Anders Zorn (1860-1920) et Bruno Liljefors (1860-1939). De l'autre côté du bras de mer, vers le sud, on aperçoit au loin la monumentale Danvikshem, une maison de soins construite au début du XXe s. Vers le nord, le palais **Oakhill** (Ferdinand Boberg, 1910) est perché sur une colline : ce fut le cadeau de mariage du prince Wilhelm à la princesse russe Maria Pavlovna. Il accueille de nos jours l'ambassade italienne.

De Djurgårdsstaden à Djurgårdsbron

Tout près du pont menant à l'île de **Beckholmen**, on trouve **Skroten Café & Skeppshandel** (**E** C3), où la carte fait la part belle au poisson et aux fruits de mer. Logique, on est au bord de la Baltique ! On déambule alors dans **Djurgårdsstaden** (**E** C3), vieux quartier remontant au XVIIe s. À l'angle de Breda gatan et Långa gatan, on note que l'on pouvait autrefois acheter son pain chez Djurgårdsbageriet. Sur Lilla Allmänna gränd, se trouvait la station de pompiers (repérable à sa tour et à ses murs rouge et jaune) et, sur Långa gatan, on apercoit Bellmanshuset, du nom du poète populaire Bellman (XVIIIe s.), qui chanta maintes fois le quartier. Au n° 10 vivait le fossoyeur, dans la minuscule Dödgrävarens hus composée d'une pièce unique. Aux nos 85-87 de Nordenskiöldsgatan, s'épanouit une architecture classique des années 1920 et au n° 81, les bâtiments ont été dessinées par David Dahl en 1923-1924. On est maintenant dans le quartier de loisirs le plus dense (et varié !) de Suède, comprenant le parc d'attraction **Gröna Lund** (**E** B3), **ABBA The Museum** (**E** B3), la salle de concert **Cirkus** (cf. encadré) ou le musée de plein air **Skansen** (**E** C2) ! On y trouve aussi le très élégant restaurant **Hasselbacken** (**E** C3) et la galerie d'art contemporain **Liljevalchs Konsthall** (**E** B2). L'été, on s'offrira quelques tours de manège au parc d'attraction ou on assistera au concert d'une star internationale. Pour clore ce circuit, on entre dans le **Vasamuseet** (**E** A2) pour y découvrir le navire colossal qui sombra en 1628 et fut repêché… en 1961 ! Le soir, finir en beauté au prestigieux restaurant **Oaxen Krog & Slip** (**E** C3).

ADRESSES

Rosendals trädgård
→ *Avr.-sep. : tlj. 11h-17h ; fév.-mars, oct.-déc. : tlj. 11h-16h*

Isbladskärret
→ *À 20 min à pied de Rosendals slott en longeant Djurgårdsbrunnsviken*

Cirkus
→ *Djurgårdsslätten 43-45*
Tél. 08 58 79 87 00
(pour réserver)
cirkus.se

NTOLUNDEN

LÅNGHOLMENS MUSEUM

★ **Katarina kyrka** D2
Högbergsgatan 13
l. 08 743 68 00
. 11h (8h30 dim.)-17h
une des trois églises uciformes à coupole e Stockholm. Le bâtiment iginal fut conçu par Jean de Vallée et achevé en 1695. ais en 1723, un incendie ravagea, et en 1990, feu détruisit presque toute église rebâtie. Aujourd'hui, réplique parfaite présente ne architecture en forme de oix grecque et un superbe ôme baroque.

★ **Fotografiska** E2
Stadsgårdshamnen 22
l. 08 50 90 05 00
. 9h-23h (1h jeu.-sam.)
Ce musée donne une chance aux photographes qui n'ont encore jamais exposé en Suède d'en côtoyer certains déjà mondialement reconnus. Une vingtaine d'expositions par an.

★ **Fjällgatan / Fåfängan** E2-F2
→ *Café Tél. 08 642 99 00*
Horaires sur www.fafangan.se
Au XVIIIe s., les promeneurs venaient déjà profiter de la superbe vue qu'offre Fjällgatan, la "rue de la montagne", et de son enfilade de maisons pittoresques. Légèrement plus à l'est, sur une terre stérile appelée *fåfäng*, furent érigés des pavillons de jardin où se délecter du plus beau panorama sur Stockholm. Celui du riche négociant Fredrik Lundin accueille aujourd'hui un café.

★ **Högalidskyrkan** A2
→ *Högalids Kyrkväg 11*
Lun.-sam. 11h-17h (16h sam.), dim. 10h-16h
Avec ses tours jumelles octogonales, cette église se repère de loin. Cet impressionnant bâtiment de brique rouge, achevé en 1923, illustre à merveille le style romantique-national suédois et recèle le plus grand crucifix de Scandinavie.

★ **Tantolunden** B2
Ce vaste parc se prête à la luge en hiver, à la baignade en été, et au printemps, à d'agréables promenades champêtres parmi les ravissants jardins ouvriers, qui explosent de couleurs !

★ **Långholmen** A1
→ *Långholmens Museum*
Tél. 08 720 85 00 Tlj. 11h-16h
L'île est un havre de paix où pique-niquer ou nager aux beaux jours. Jusqu'en 1975, elle abritait la plus grande prison de Suède, à présent reconvertie en hôtel et en musée sur l'histoire des lieux. Vue de rêve sur la ville depuis Västerbron, le pont qui enjambe l'île.

néoclassique (1926) accueille la cérémonie des prix Nobel en décembre. Autre surprise sur Kungsgatan, au croisement de Malmskillnadsgatan : les majestueux **Kungstornen**, deux gratte-ciel jumeaux de 1925, à l'époque les plus hauts (60 m) et les plus modernes d'Europe. Quelques numéros et l'on pousse la porte des clinquants cinémas **Saga** et **Rigoletto** (cf. encadré). Puis on passe par **Stureplan** et son champignon *Svampen*, lieu de rendez-vous idéal par temps de pluie. Rejoindre ensuite **Konstnärshuset** (Smålandsgatan 7), la "maison des artistes" aux allures de palais vénitien datant de 1899.

LES ARCHITECTURES DE STOCKHOLM

De Konstnärsbaren à Stadshuset

Continuer jusqu'à **Strömkajen** pour découvrir une construction pas comme les autres.
Le terminal de ferry, signé Marge Arkitekter (2013), est un sublime ovni en plaques de tombac bruni (un alliage particulier de cuivre et de zinc), tout en angles aigus. Il est placé au milieu de grands monuments : le Château royal en face, le Grand Hôtel dans son dos et le Nationalmuseum à quelques mètres. Orné de grands miroirs, le message est clair : c'est vers ces monuments qu'il faut (aussi) regarder ! On rejoint le **Nationalmuseum** (**B** B3), à l'architecture néo-Renaissance de 1866. Puis retour au XXIe s., au terme d'une petite flânerie au bord de l'eau, en passant devant le **Waterfront Building** (White Arkitekter, 2011 — Klarabergsviadukten 63), un bâtiment durable qui puise l'eau du lac Malaren pour le stocker dans des réservoir de glace de 250 tonnes, permettant ainsi de réguler la température ! On se dirige enfin vers l'emblématique **Stadshuset** (**C** C4), la mairie de Stockholm. Ce chef d'œuvre à l'architecture métissée (1923) est coiffé des trois couronnes nationales sur sa tour haute de 365 marches. Au prestigieux **Stadshuskällaren** (**C** C4), on se transforme en invité de marque en goûtant au menu des prix Nobel !

ADRESSES

Ritorno
→ *Odengatan 80-82*
Tél. 08 32 01 06
Lun.-ven. 7h-20h (22h ven.), w.-e. 8h (10h dim.)-18h
www.ritorno.se

Bonniers Konsthall
→ *Torsgatan 19*
Tél. 08 736 42 48 Mer.-dim. 12h-20h (17h jeu.-dim.) bonnierskonsthall.se

Clarion Hotel Sign
→ *Östra Järnvägsgatan 35*
Tél. 08 676 98 00
Lun.-mar., jeu.-ven. 10h-20h (22h ven.) ; mer. 6h30-20h ; w.-e. 9h-21h (18h dim.)
www.nordicchoice hotels.com

Saga
→ *Kungsgatan 24*
Tél. 08 562 600 00
Tlj. à partir de 11h30
www.filmstaden.se

Rigoletto
→ *Kungsgatan 16*
Tél. 08 562 600 00
Tlj. à partir de 16h30
www.filmstaden.se

De Vitabergsparken à Himlen
En quittant le parc, on peut se reposer au café très tendance **Pom & Flora** (cf. encadré), où l'on se régale de smoothies, toasts à l'avocat et chia-pudding. Pourquoi ne pas prendre les trois ? Faire un détour par la **Gallery Steinsland Berliner** (cf. encadré), spécialisée dans l'art contemporain. Ensuite, direction Södermannagatan pour dénicher des vêtements et des sacs *made in Sweden* chez **Grandpa** (**F** E2), et s'offrir des fleurs à la même adresse, chez Christoffers Blommor, ou de la céramique chez **Krukmakeriet Anne Junsjö** (cf. encadré). À quelques mètres, **Coctail** (**F** D2) est le royaume du kitsch ! S'il pleut, ou en prévision, on peut se réfugier chez **Stutterheim** (cf. encadré) et y dégoter un imperméable tendance. Ne pas hésiter non plus à aller faire un tour chez **Adesso** (cf. encadré) pour un aperçu de la déco d'intérieur scandinave. Voisine, la librairie **Konst-ig** (cf. encadré) se dédie aux arts visuels (du graffiti à l'architecture brutaliste). Pour compléter la boucle du village de SoFo, on pousse la porte du disquaire légendaire **Pet Sounds** (**F** D2) pour passer la main entre les vinyles. Enfin, on prend l'ascenseur de l'immeuble **Skatteskrapan**, pour rejoindre, à 104 m de haut, au 25e étage, le restaurant **Himlen** (**F** D2) — "le ciel" en suédois. La vue est sensationnelle, surtout s'il neige, ou au coucher de soleil. Dans les années 1960, ce bâtiment était le plus haut de Suède !

ADRESSES

Meatballs for the People
→ Nytorgsgatan 30
Tél. 08 466 60 99
Tlj. 11h-21h (23h ven.-sam.)

Stockholm Stadsmission
→ Skånegatan 75
Tél. 08 68 42 34 50
Lun.-ven. 10h-19h, w.-e. 11h (12h dim.)-17h

Pom & Flora
→ Bondegatan 64
Tél. 07 62 49 67 01
Lun.-ven. 7h-15h, w.-e. 9h-16h

Gallery Steinsland Berliner
→ Bondegatan 70
Tél. 07 22 32 31 02
Mer.-sam. 12h-17h (16h sam.)

Krukmakeriet Anne Junsjö
→ Bondegatan 32
Tél. 07 39 80 05 93
Mer.-jeu. 14h-18h, ven.-sam. 12h-16h

Adesso
→ Åsögatan 126
Tél. 08 642 06 10
Dim.-lun. 12h-18h (16h dim.), mar.-sam. 11h-18h (16h sam.)

Konst-ig
→ Åsögatan 124
Tél. 08 20 45 20 Lun.-sam. 11h-18h30 (17h sam.), dim. 12h-16h

Stutterheim
→ Åsögatan 136
Tél. 08 40 81 03 98
Lun.-sam. 11h-18h (16h sam.), dim. 12h-16h

GRANDPA

SWEDISH HASBEENS

SOFO TENDANCE

3. SoFo tendance Södermalm a bien changé ! Autrefois ouvrier, le quartier au nom clinquant de SoFo accueille maintenant créateurs suédois, cafés végans et friperies proprettes.

→ **Départ** *Medborgarplatsen*
→ **Arrivée** *Himlen*
→ **Durée** *½ journée*

PAS À PAS

Un conseil : commencer la balade vers 11h, car les boutiques de SoFo ouvrent tard.

De Medborgarplatsen à Vitabergsparken
Depuis **Medborgarplatsen**, aller jusqu'au sud de Folkungagatan. Comme le nom de ce quartier en vogue de Södermalm l'indique, on entre dans SoFo, South of Folkungagatan. On longe **Meatballs for the People** (cf. encadré), une adresse sympathique où manger des boulettes en version classique ou inventive, et l'on poursuit sur Nytorgsgatan, pour essayer une paire de sandales faites mains de chez **Swedish Hasbeens** (**F** E2). À quelques pas, sur **Nytorget,** place ultra animée, l'été arrive plus vite que son ombre et, aux premières vagues de chaleur, les Suédois prennent une glace ou se détendent sur le faux gazon. En hiver, on peut se réchauffer chez **Café String** (**F** E2) ou **Urban Deli** (**F** E2). Södermalm regorge de boutiques *second-hand* et l'une des plus connues n'est autre que **Stockholms Stadsmission** (cf. encadré). Ici, tout est bien rangé, parfait pour repérer une perle ! Une fois sortis, on rejoint **Vitabergsparken** par Skånegatan et son escalier de bois. Difficile de résister aux *kåkar*, ces petites maisonnettes rouges idylliques disséminées le long des allées — serait-on vraiment au centre d'une capitale ? Là, vivaient à l'étroit les habitants les plus pauvres de Stockholm au XVIIIe s. mais désormais y logent des artistes. Au sommet de la colline, l'église **Sofia kyrka** trône, majestueuse, et son intérieur clair et aéré vaut le coup d'œil. Autour, les pelouses sont fort prisées des habitants dès le retour du soleil ! On continue la balade et l'on tombe sur l'amphithéâtre **Friluftsteatern**. Désert en hiver, il l'est d'autant moins en été pendant les spectacles du Parkteatern. Il y en a pour tout le monde : cirque, théâtre, danse... Tout près, le **Musikpaviljongen** a un peu plus de 100 ans – il fut construit pour offrir des concerts en plein air aux Stockholmois. La légende dit que les musiciens rangeaient leurs instruments sous le plancher du kiosque.

VAXHOLM

À 1 heure de Stockholm, balades et bonnes adresses !

Millesgården

→ *Herserudsvägen 32 Lidingö* ***Métro*** *Ligne rouge, arrêt Ropsten, puis bus 201, 204, 205, 206, 211, 212 ou 221, arrêt Torsviks Torg, ou tram L21, arrêt Lidingö Baggeby Trajet 20 min Tél. 08 446 75 90 Mai-sep. : tlj. 11h-17h ; oct.-avr. : mar.-dim. 11h-17h*

La maison et l'atelier de Carl Milles (1875-1955), grand sculpteur suédois, élève de Rodin. Dans les jardins en terrasses, des anges graciles perchés sur des colonnes vertigineuses, se détachent dans le ciel : magique ! Expositions temporaires. Voir aussi p. 11.

Millesgården Lanthandel

→ *Tél. 08 446 75 93 Mai-sep. : tlj. 11h-17h ; oct.-avr. : mar.-dim. 11h-17h*

Le café tranquille où prendre une boisson chaude au coin du feu en hiver, ou déjeuner à ciel ouvert aux beaux jours. Plat 145-220kr.

Fjäderholmarna

→ ***Bateau*** *De Nybrokajen* (**B** A1) *ou de Strömkajen* (**A** F1, **B** A2) *Trajet 20-30 min*

Le groupe d'îles de l'archipel le plus proche de la ville, apprécié des artisans. Aquarium, musée maritime et plages.

Fjäderholmarnas Krog

→ *Stora Fjäderholmen Tél. 08 718 33 55 Mai-août, fin nov.-mi-déc. : tlj. 12h-23h*

Sur Stora Fjäderholmen, l'île principale, un restaurant au décor de bois clair et de blanc, ouvert sur la mer. Menu 585-710kr, plat 185-315kr.

Hellasgården

→ *Ältavägen 101 Nacka* ***Bus*** *De Slussen* (**F** D1), *bus 401 Trajet 15 min Tél. 08 716 39 61 Tlj. 10h-21h (18h w.-e.)*

Un centre d'activités de plein air à 15 min du centre-ville. Minigolf, canoë, tennis, sauna, ski, patinage... De quoi s'occuper en toute saison.

Hellasgården Café

→ *Tlj. 10h-21h (18h w.-e.)*

À côté de la réception, un café tout simple qui propose sandwichs, pizzas, hot-dogs et snacks. Parfait pour pique-niquer au bord du lac. Plat 110-155kr, soupe le lun. 95kr.

Skogskyrkogården

→ *Sockenvägen 492* ***Métro*** *Ligne verte, arrêt Skogskyrkogården 24h/24*

Ce "cimetière boisé", construit en 1917 et inscrit dans le mouvement moderniste, est classé au patrimoine mondial par l'Unesco.

MILLESGÅRDEN

LES ÉCHAPPÉES

Le lieu invite à la promenade entre pins et bouleaux — surtout à la Toussaint, quand des torches géantes brûlent au pied de la très photogénique colline aux ormes, Almhöjden. Gunnar Asplund et Sigurd Lewerentz sont derrière les plans de cet immense havre de paix. Le cimetière est multiconfessionnel et la grande croix n'est là que pour symboliser le cycle de la vie et de la mort.

Café du Visitors Center

→ *À 15 min à pied de l'entrée principale Mai-sep. : tlj. 11h-16h ; oct. : w.-e. 11h-16h*

Dans un bâtiment datant de 1923, on peut prendre un *fika* après un tour à l'exposition ou à la boutique.

Matateljén

→ *Stora Gungans Väg 7 Tél. 08 40 91 98 10 Mar.-sam. 11h30 (13h sam.)-22h*

Une petite perle que cet "atelier" qui sert des plats bien servis et adaptés à tous les goûts : salade de fenouil, pâtes, morue confite, betterave blanche, moules, etc. 95-145kr.

ARTIPELAG

→ *Artipelagstigen 1 Värmdö* ***Bus*** *De Slussen (**F** D1), bus 474, arrêt Gustavsbergs Centrum, puis bus 468, arrêt Hålludden Trajet 45 min* ***Bateau*** *De Nybrokajen (Strömma Kanalbolaget) Trajet 1h30 Tél. 08 57 01 30 00 Horaires variables, voir www.artipelag.se*

Artipelag, pour "art, activités et archipel". Près de 10 000 m² de salles d'exposition et un espace polyvalent, l'Artbox qui reçoit concerts, conférences, tournages... Le bâtiment de l'architecte Johan Nyrén a été conçu en harmonie avec le cadre naturel exceptionnel.

Bådan Café & Konditori, Artipelag Restaurang

→ *Tél. 08 57 01 30 50 Horaires variables, voir www.artipelag.se*

Buffet et alléchants gâteaux maison. Au 3e étage, l'élégant restaurant (réserver) aux grandes verrières donne sur la baie de Baggensfjärden. Produits de saison, bio et locaux (souvent cultivés sur place sur le toit-terrasse). Buffet 265-395kr, brunch 295kr.

VAXHOLM

→ ***Bateau*** *De Nybrokajen (**B** A1) ou de Strömkajen (**A** F1, **B** A2) Trajet 1h*

Porte d'entrée de l'archipel, l'île de Vaxholm est réputée depuis le XIXe s. pour ses jolies maisons en bois, ses plages et sa forteresse, bâtie au mitan du XVIe s. par le roi Gustave Vasa. Très appréciée pour les pique-niques !

Waxholms Hotell

→ *Hamngatan 2 Tél. 08 54 13 01 50 Lun.-ven. 11h30-22h, sam. 12h-22h30, dim. 12h-18h (22h en été)*

UPPSALA

Un choix assez classique pour se restaurer, avec vue sur la forteresse et sur le port. Le menu fait la part belle aux produits de la mer et change au gré des saisons. Plat 185-315kr.

DROTTNINGHOLMS SLOTT

→ ***Métro** Ligne verte, arrêt Brommaplan, puis bus 301 à 323, 176 ou 177 (trajet 30 min)* ***Bateau** De Stadshusbron* (**C** C4) *Tél. 08 402 62 80 Mai-sep. : tlj. 10h-17h ; avr., oct. : tlj. 10h-16h ; nov.-mars : w.-e. 12h-16h*

C'est dans ce château du XVIIe s., entouré d'un parc exquis, que réside la famille royale. À ne pas manquer : Kina Slott, un pavillon rococo à motifs chinois, et l'un des plus vieux théâtres conservés du monde (1766).

Karamellan

→ *Tél. 08 759 00 35 Jan.-fév. : mer.-dim. 10h-16h ; mars : mer.-dim. 10h-16h (17h w.-e.) ; avr. : tlj. 10h-17h ; mai-sep. : tlj. 9h30-17h ; oct.-nov. : tlj. 11h-16h www.drottningholm.org*

Dans un bâtiment des années 1880, la pêche est à l'honneur : hareng frit, soupe de poisson, saumon fumé... Plat 160-215kr.

BIRKA

→ ***Bateau** Fin avr.-sep. : de Stadshusbron* (**C** C4) *www.stromma.se Trajet 2h Tél. 08 12 00 40 00*

L'émouvant site archéologique de Birka, vestige de ce comptoir de l'époque viking, est classé au patrimoine mondial par l'Unesco. Reconstitutions de cette première cité de Suède datant du milieu des années 700.

Restaurang Särimner

→ *Horaires variables www.birkavikingastaden.se*

La cafétéria du site, avec sa terrasse. La star : le sanglier sauvage grillé. Plat 125-145kr.

UPPSALA

→ *Uppsala **Train** De Centralstationen* (**C** D3) *Trajet 40 min*

La quatrième ville de Suède possède la plus ancienne université de Scandinavie, à quelques rues d'une haute cathédrale en briques rouges (119 m). Musées, parcs et jardins honorent le naturaliste Carl von Linné, natif d'ici. Au nord, à Gamla Uppsala (le Vieil Uppsala) : tertres funéraires du VIe s., église du XIIe s. et musée.

Odinsborg

→ *Ärnavägen 4 Tél. 01 832 35 25 Mai-août : tlj. 10h-18h ; sep.-avr. : tlj. 10h-16h (18h w.-e.)*

Dans Gamla Uppsala, les traditionnelles *köttbullar* sont servies lors de dîners vikings en costume, avec airelles et hydromel ! Plat midi 85kr, brunch 175kr, menu (soir) 365-495kr.

CARNET PRATIQUE

Les infos essentielles pour séjourner à Stockholm

CARTE DE VISITE

- Capitale de la Suède
- 910 000 hab. (2,3 M pour le comté)
- 187 km²
- Couronne suédoise (kr) 1€ = 10,53kr
- Monarchie parlementaire
- Temp. moyennes jan. - 3 °C, juil. 17-25 °C
- 7 M de visiteurs par an
- Située entre le lac Mälaren et la Baltique
- 24 000 îles dans l'archipel

VUE SUR RIDDARHOLMEN, DU HAUT DE STADSHUSET

SUR PLACE

Stockholm est idéale en plein été ou en plein hiver. En juin, le soleil se couche pour quelques heures à peine, et les Suédois sont tout le temps dehors ! Revers de la médaille l'hiver : l'obscurité est bien présente... Mais la neige, entre janvier et mars magnifie la ville. À partir de la mi-septembre et en avril, les averses sont fréquentes.

INTERNET

→ *www.visitstockholm.com*
→ *www.visitsweden.com*
Sites des offices de tourisme de Stockholm et de Suède.
→ *www.yourlivingcity.com/stockholm*
Infos en anglais.

Wifi
Répandu et gratuit dans les restaurants, cafés, hôtels, 7-Eleven et *Pressbyrån*.

INFORMATIONS TOURISTIQUES

Stockholm Visitor Center (**C** D3)
→ *Kulturhuset Sergels Torg 5*
Tél. 08 50 82 85 08
Jan.-avr., mi-sep.-déc. : lun.-sam. 9h-18h (16h sam.), dim. 10h-16h ; mai-mi-sep. : lun.-sam. 9h-19h (16h sam., 18h sam. juil.-août), dim. 10h-16h
Office de tourisme de Stockholm : réservations d'hôtels, billetterie, guides francophones.

Stockholm Info (**A** E3)
→ *Västerlånggatan 52*
Mai-sep. : jeu.-dim. 9h-17h
Renseignements, billetterie pour les musées et lieux de visite, tours guidés.

TÉLÉPHONE

Indicatifs
France-Stockholm
→ *00 46 + n° de tél. de 7 à 9 chiffres sans le 0 initial*
Stockholm-France
→ *00 33 + n° de tél. sans le 0 initial*
À Stockholm
→ Fixe *08 + n° de tél. de 6 à 8 chiffres*
→ Portable *07 + n° de tél. à 8 chiffres*

Numéros utiles
Urgences
→ *Tél. 112 (appel gratuit)*

CALENDRIER

Jours fériés
→ *1er jan. ; 6 jan. ; ven. saint ; lun. de Pâques ; 1er mai ; Ascension ; 6 juin (fête nat.) ; ven. et sam. entre 19 et 26 juin (St-Jean) ; sam. entre 31 oct. et 6 nov. (Toussaint) ; 24-26 déc. ; 31 déc.*

Avril
Kulturnatt
→ *www.kulturnattstockholm.se*
Nuit de la culture dans les galeries, théâtres, musées.
Nuit de Walpurgis
→ *30 avr.*
Grands bûchers marquant la fin de l'hiver.

Mai-juin
Stockholm Marathon
→ *Fin mai-déb. juin*
Smaka på Stockholm / Festival de la restauration
→ *Déb. juin*
Stands gastronomiques sur Kungsträdgården.
Midsommar
→ *Ven. et sam. entre les 19 et 26 juin*
Danses et chants autour du mât de Midsommar, notamment à Skansen.

Juillet-août
Parkteatern
→ *www.kulturhusetstadsteatern.se/parkteatern*
Théâtre, concerts, danse et cirque dans les parcs.
Stockholm Pride
→ *Fin juil.-début août*
La plus importante Gay Pride d'Europe du Nord.
Summer Cinema
→ *5 j. en août*

STOCKHOLM, ENTRE LAC MÄLAREN ET MER BALTIQUE

www.stockholmfilmfestival.se
Projections en plein air à Rålambshovsparken (hors plan **C** A3).

Stockholm Culture Festival / We Are Sthlm
→ *6 j. mi-août www.kulturfestivalen.stockholm.se*
Plus de 600 événements culturels gratuits !

Summerburst
→ *2 j. fin août*
www.summerburst.se
Grand festival de musique contemporaine.

Popaganda
→ *2 j. fin août*
www.popaganda.se
Festival de musique contemporaine autour de Eriksdalsbadet (**F** D3).

Octobre

Stockholm Jazz Festival
→ *Env. 10 j.*
www.stockholmjazz.com

Novembre

Stockholm Film Festival
→ *Env. 10 j.*
www.stockholm filmfestival.se

Novembre-décembre

Julmarknader
Marchés de Noël.

Remise des prix Nobel
→ *10 déc.*

Luciafirande
→ *13 déc.*
Célébration de la Sainte-Lucie dans les églises, bibliothèques, etc.

BUDGET

Cartes de crédit
Paiement par carte dominant (parfois seul moyen de paiement accepté) et distributeurs partout dans la ville.

Hébergement
Prévoir un gros budget, sauf en auberge de jeunesse : 200-400kr/nuit/pers. Chambre double en centre-ville avec petit déjeuner : 1 250kr.

Restaurants
Collation du midi : env. 70-150kr.
Repas le soir : 250-400kr.

Sorties
Un café : 25kr. Une bière (pinte) : 65kr. Entrée en boîte : 150-200kr après 23h (la plupart gratuites avant).

Visites, musées
Une entrée : env. 75-150kr.

Réduction étudiants
Dans certains musées et auberges de jeunesse.

SE REPÉRER

Ville bâtie sur 14 îles, là où le lac Mälaren rencontre la Baltique. L'île du centre (Gamla Stan), la Vieille Ville, est encadrée par le quartier de Normalm (au nord), l'île de Södermalm (au sud), l'île du roi, Kungsholmen (à l'ouest) et Djurgården (à l'est).
Bro : pont ; **Gata** : rue ; **Kyrka** : église ; **Norr** : nord ; **Öst** : est ; **Slott** : château ; **Söder** : sud ; **Torg** : place ; **Väster** : ouest.

ARCHITECTURE

Gothique
Brique rouge et ogives… Vestiges dans les églises de Gamla Stan.
Storkyrkan (**A** E2)

Baroque suédois
Mélange d'influences française et italienne, avec Jean de la Vallée, Tessin et Tessin le Jeune.
Katarina kyrka (**F** D2), **Drottningholm slott** – voir *Les échappées* (**H**).

Gustavien
Sous Gustave III (1746-1792), un rococo tempéré par le classicisme sobre.
Kungliga slottet (**A** E2)

Romantique national
Un style néoclassique authentiquement suédois, faisant référence au Moyen Âge et à la Renaissance, et porteur de progrès social.
Stadshuset (**C** C4), **Nordiska museet** (**E** B1)

Art nouveau
Volutes végétales sur les façades des immeubles de Strandvägen et d'Östermalm.
Dramaten (**B** A1)

Fonctionnalisme
Style fonctionnel et épuré, initié dès 1930 par Gunnar Asplund.
Cimetière de Skogskyrkogården – voir *Les échappées* (**H**)

Post-modernisme
À partir des années 1970, bâtiments audacieux.
Söder torn (**F** D2)

XXIe s.
Lignes minimalistes en harmonie avec la nature. **Hammarby Sjöstad** (**F** F3), éco-quartier.

STORTORGET / GAMLA STAN

MACKA AUX CREVETTES

DESIGN À 125 KVADRAT

L'ARCHIPEL

→ *Ferries au départ de Nybrokajen* (**B** A1) *et Strömkajen* (**B** A2)
Tours guidés toute l'année
24 000 îles et îlots au charme irrésistible : **Vaxholm** et les **Fjäderholmarna** — voir *Les échappées* (**H**) ; **Grinda** (2h), rendez-vous des amateurs de verdure et d'eaux cristallines ; **Finnhamn** (2h30-3h30), nature intacte dans ce groupe d'îles idéales pour la balade ; **Sandhamn** (2h), connue pour ses régates estivales, ses belles plages et ses maisons pittoresques.

HORAIRES

Fermetures annuelles
Activité réduite l'après-midi des veilles de jours fériés, et de fin juin à début août.

Restaurants
→ *En général, tlj. 11h-14h, 17h-23h*
Déjeuner servi tôt, dîner à partir de 17h, souper jusqu'à 0h dans les lieux branchés.

Magasins
→ *Lun.-ven. 10h-18h, sam. 10h-16h ou 17h (grands magasins et certaines boutiques du centre-ville : aussi dim. 12h-16h)*
Supermarchés
7 j./7 jusqu'à 20h et plus

Musées
→ *En général, 10h-17h*
Souvent fermés lun.

Sorties
→ ***After work** très courus*
En général, lun.-ven. 17h-22h
***Bars** En général, mer.-sam. 17h-23h/1h **Clubs** En général, mer.-sam. 22h-1h/3h*

SE RESTAURER

Usages
Petits déjeuners sucrés-salés si consistants qu'une collation suffit à midi, surtout dans les *fik*. Dans les restaurants : un *dagens lunch* (salade, plat, pain, boisson et café) de 11h à 14h. Dans les petits établissements, on prend soi-même son couvert, mais pain, eau et café sont à volonté ! Et plusieurs fois par jour, on prend un *fika* (pause café et pâtisseries).

Service
Compris dans le prix. Laisser 10 % si l'on est satisfait.

Établissements
Konditori
Pâtisserie-salon de thé.
Fik
Cafés à restauration légère (*mackor*, plats simples, pâtisseries), avec buffet.
Restaurants
Plats suédois et d'ailleurs. De plus en plus d'excellents établissements. Cuisine fusion très en vogue : cher (sauf à midi), mais original et souvent bien présenté !

Spécialités suédoises
Ärtsoppa : soupe aux pois et au lard servie le jeudi.
Gravad lax : saumon mariné.
Hjortron : baies polaires jaune orangé.
Husmanskost : plats traditionnels de la cuisine familiale suédoise.
Kanelbulle : petit pain à la cannelle.
Kaviar : sorte de tarama, se vend en tube.
Knäckebröd : pain croquant.
Köttbullar : boulettes de viande.
Lingon : airelles.
Mackor/smörgåsar : tartines ou sandwiches garnis.
Pyttipanna : poêlée de dés de viande, pommes de terre, lardons et oignons.
Renkött : viande de renne.
Semla : brioche à la pâte d'amande et à la crème.
Sill (inlagd sill) : hareng mariné.
Skorpa : petit pain grillé.
Skomakarlåda : tranche de bœuf, lardons, poireau et purée de pommes de terre.
Smörgåsbord : buffet traditionnel suédois.
Strömming : hareng de la Baltique.
Snaps : eau-de-vie.

SORTIES

Programme
→ *www.visitstockholm.com*
Section "Events".

Billetterie
Ticketmaster
→ *Tél. 0771 70 70 70*
www.ticketmaster.se
Manifestations culturelles et sportives.

Bars, discothèques
Rendez-vous sous le "champignon" (*Svampen*)

HORNSTULL MARKNAD, MARCHÉ AUX PUCES

de la place Stureplan (**C** E2) avant d'écumer les boîtes les plus *trendy*. Ambiance moins B.C.B.G. et plus alternative à Södermalm sur Götgatan et dans SoFo, quartier très à la mode.

SHOPPING

Grands magasins

NK (**C** E3)
→ *Hamngatan 18-20*
Lun.-sam. 10h-20h (18h sam.), dim. 11h-17h
Le grand magasin, depuis 1915.

Åhléns (**C** D3)
→ *Klarabergsgatan 50*
Lun.-sam. 10h-21h (19h sam.), dim. 11h-19h
Le "Monoprix" suédois. Mode pour tous, beauté et maison.

Sturegallerian (**C** E2)
→ *Stureplan Lun.-sam. 10h-19h (17h sam.), dim. 12h-17h*
Luxueuse galerie commerciale, depuis 1885.

Mall of Scandinavia (hors plan **C** A1)
→ *Stjärntorget 2, Solna*
Tlj. 10h-21h
Un centre commercial dans l'air du temps : *pop-up stores* et Designer Gallery.

Hennes&Mauritz (**C** E3)
→ *Hamngatan 22*
Lun.-sam. 10h-20h (19h sam.), dim. 11h-18h
Le plus grand H&M de Suède, dans le pays d'origine de la grande marque de prêt-à-porter, ici depuis 1952.

IKEA (**C** D3)
→ *Vasagatan 38* ***Navette***
Lun.-ven. 10h-19h15 (ttes les h)
Navette gratuite pour le plus grand IKEA du monde.

Mode

Prêt-à-porter, grandes marques internationales et suédoises à Drottninggatan (**C** D2) et shopping chic à Biblioteksgatan (**C** E2). Mode plus alternative à Södermalm : fripes et *charity shops* à Hornsgatan (**F** B2-C2) et à SoFo (**F** D2).

Design

Un concept (simple, beau, utile), une histoire (né à la fin du XIXe s., populaire depuis les années 1950), des références (le peintre Carl Larsson et sa femme Karin, J. Frank, S. Persson, J. Bohlin, T. Sandell) et des boutiques partout en ville ! Chics et chères autour de Nybrogatan (**D** A2-A3) et de Strandvägen (**B** B1), plus abordables à Södermalm, sur Hornsgatan (**F** B2-C2) et Götgatan (**F** D2). Guetter les enseignes Design Torget, Royal Design et Design House Stockholm.

Artisanat

Adventljusstake (chandelier de l'Avent), étoiles lumineuses en papier, objets en bois, sabots, etc. dans Österlånggatan et Västerlångatan à Gamla Stan (**A**). Belle production à Skansenbutiken (**E** C3).

STOCKHOLM AUTREMENT

Hop on-hop off

Strömma (**C** E3)
→ *Gustav Adolfs torg*
Tél. 08 12 00 40 00
En bateau ou en bus.

Sur les toits

Rooftop tours
→ *Tél. 08 22 30 05*
www.takvandring.com

Dans les airs

Far & Flyg
→ *Tél. 07 03 40 41 07*
www.farochflyg.se
Tours en montgolfières.

À en avoir des frissons

Ghost Walk (**A** E3)
→ *Tyska Brinken 13*
Tél. 07 61 46 66 00
www.stockholmghostwalk.com
En quête des fantômes de la ville !

AÉROPORTS

Stockholm-Arlanda
→ *À 40 km au nord de Stockholm Tél. 01 01 09 10 00 www.swedavia.se/arlanda*
Aéroport international. Aussi vols nationaux, charters et low-cost.

Stockholm-Bromma
→ *À 8 km à l'ouest de Stockholm Tél. 01 01 09 40 00 www.swedavia.se/bromma*
Vols intérieurs et internationaux.

Stockholm-Skavsta
→ *À 100 km au sud de Stockholm et à 7 km de Nyköping Tél. 01 55 28 04 00 www.skavsta.se*
Vols low-cost.

STRÖMKAJEN

LIAISONS CENTRE-VILLE

Arlanda
Train Arlanda Express
→ *Toutes les 20 min 295kr (2 pers. 350kr) Trajet 20 min*
Bus
→ *Toutes les 10 ou 15 min 119kr Trajet 45 min*
Arrivée à Cityterminalen (**C** C3), la gare routière.

Bromma / Skavsta
Bus Flygbussarna
→ *Selon les atterrissages*
Bromma 85kr Trajet 20 min
Skavsta 159kr Trajet 1h20
Arrivée à Cityterminalen.
Taxi
→ *Arlanda 535kr Trajet 40 min / Bromma 300-390kr Trajet 20 min / Skavsta 1 600kr Trajet 1h15*

TRANSPORTS

Les informations relatives aux transports figurent dans les encadrés.

HÉBERGEMENT

Sauf mention contraire, les tarifs indiqués sont ceux d'une chambre double standard avec salle de bains (sdb) et petit déjeuner (pdj) compris en semaine, exception faite pour les auberges de jeunesse. L'été et le week-end, la plupart des hôtels consentent des réductions de 30 à 50 %. Penser à réserver.

APPARTEMENTS ET CHAMBRES D'HÔTES

→ *www.airbnb.fr*
La fameuse centrale de réservation chez des particuliers donne l'embarras du choix. Plus de 1 000 locations, chambres, appartements ou maisons à tous les prix !

Stockholm Guesthouse
→ *www.stockholmguesthouse.com*
Appartements et chambres chez l'habitant pour une ou plusieurs nuits.

AUBERGES DE JEUNESSE

Hostel Bed & Breakfast (**C** D1)
→ *Rehnsgatan 21 Tél. 08 15 28 38 www.hostelbedandbreakfast.com*
À côté du métro, un hôtel tout simple en sous-sol. Pas de fenêtres mais une déco sympathique, des lits superposés (chambres de 1 à 10 lits) et une ambiance conviviale. 280-780kr/pers. en ch. de 2 à 4 lits.

City Backpackers (**C** C2)
→ *Upplandsgatan 2 Tél. 08 20 69 20 www.citybackpackers.org*
À 500 m de Centralen, idéal pour sillonner la ville. Cuisine, wifi, café et sauna : appréciable après une journée de visite ! 300kr/pers. en ch. de 4.

Zinkensdamms Vandrarhem (**F** B2)
→ *Zinkens väg 20 Tél. 08 616 81 00 www.zinkensdamm.com*
Central, proche de Tantolunden. Bar, sauna (50kr), locations de vélos. Idéal avec des enfants. 300-1 300kr/pers. en ch. de 4.

Castanea (**A** E2)
→ *Kindstug. 1 Tél. 08 22 35 51 www.castaneahostel.com*
Deux Stockholmoises ont redonné un coup de jeune à cette auberge pimpante située en plein Gamla Stan. Des dortoirs aux chambres privées, un coup de cœur ! 310-1 120kr/pers. en ch. de 4.

Långholmens vandrarhem
(hors plan **F** A1)
→ *Långholmsmuren 20 Tél. 08 720 85 00 www.langholmen.com*
Une expérience insolite dans les anciennes cellules du pénitencier de Långholmen. Cadre enchanteur et petite plage à deux pas. À partir de 395kr/pers. en ch. de 4.

STF Hostel af Chapman & Skeppsholmen (**B** B4)
→ *Flaggmansvägen 8 Tél. 08 463 22 80 www.stfchapman.com*
Magnifique trois-mâts reconverti et remis à neuf ! La vue sur le Château fait oublier le relatif manque de confort. Ceux qui n'ont pas le pied marin choisiront le STF Skeppsholmen, juste à côté (même nº de tél.). 480-650kr/pers. en ch. de 4.

ACCÈS AÉROPORTS

- DE 1 400KR

Rygerfjord Hotel (**F** C1)
→ *Söder Mälarstrand*
Tél. 08 84 08 30
www.rygerfjord.se
Un navire-hôtel composé de trois bateaux, dont le principal, d'origine norvégienne date de 1950 et a gardé son décor. Cabines de toutes catégories, du confort simple à la suite, et magnifiques vues. 800-1 000kr (pdj en sus).

Tre Små Rum (**F** C2)
→ *Högbergsgatan 81*
Tél. 08 641 23 71
www.tresmarum.se
"Trois petites chambres"... qui sont à présent sept, succès oblige ! Déco simple et gaie dans ce mini-hôtel propret situé à l'entresol. Sdb communes. 900kr.

Wasa Park Hotel (**C** A1)
→ *Sankt Eriksplan 1*
Tél. 08 54 54 53 00
www.wasaparkhotel.se
Aménagé dans deux appartements du XIXe s., un petit hôtel simple avec sdb privée ou à partager. Pratique : métro et bus pour Arlanda tout à côté. 950-1 100kr.

Den Röda Båten Mälaren (**F** D1)
→ *Söder Mälarstrand Kajplats 10 Tél. 08 644 43 85*
www.theredboat.com
Avant de devenir un hôtel flottant de Söder, ce vapeur en bois rouge transportait des marchandises sur le lac Vänern et le Göta Kanal. En été, service de restauration sur le pont. Exiger la vue sur la Stadshuset, l'hôtel de ville. Cabine double 950-1 550kr.

Ersta Hotell (**F** E2)
→ *Erstagatan 1K*
Tél. 08 714 63 41
www.erstadiakoni.se/hotell
22 chambres au cachet ancien dans cette maison de 1896, sur les hauteurs de Södermalm, face au vieux Stockholm. Coup de cœur pour la 28 ! 975-1 995kr.

Crystal Plaza Hotel (**C** E2)
→ *Birger Jarlsgatan 35*
Tél. 08 406 88 00
www.crystalplazahotel.se
Derrière une imposante façade en brique, une centaine de chambres standard et bien tenues, à deux pas de Humlegården. Sauna et table asiatique. 1 000-2 000kr, suite 2 500kr.

Hotel Tegnérlunden (**C** C2)
→ *Tegnérlunden 8*
Tél. 08 54 54 55 50
www.hoteltegnerlunden.se
Une façade un peu triste, mais 102 chambres claires, donnant pour certaines sur le parc de Tegnérlunden. 1 000- 1 600kr.

Queen's Hotel (**C** D2)
→ *Drottninggatan 71 A*

GARE FERROVIAIRE

Centralstationen (**C** D3)
→ *Horaires des trains SJ Tél. 07 71 75 75 75 www.sj.se*
La gare centrale est aussi un nœud de communication : métro, bus, navettes aéroports et Arlanda Express.

TAXI

Selon les compagnies, prise en charge env. 45kr, puis env. 10 kr/km (majoration nuit et w.-e.).

Taxi Stockholm
→ *Tél. 08 15 00 00*

Taxi Kurir
→ *Tél. 08 30 00 00*

Sverigetaxi
→ *Tél. 02 020 20 20*

DEUX ROUES

Rent a Bike (**B** B1)
→ *Strandvägen Kajplats 18*
Tél. 08 660 79 59
Mai-sep. : tlj. 10h-18h
www.rentabike.se
Location de vélos.

Trottinettes électriques
→ *10kr, puis 1,50-3kr/min*
Avec les Applications VOI et Lime.

BATEAU DANS L'ARCHIPEL

Trajets simples, dîners-croisières... Départs de Nybrokajen et Strömkajen (**B** A2-B1).

Waxholmsbolaget
→ *Tél. 08 600 10 00*
waxholmsbolaget.se Pass 5 j. dans l'archipel : 445kr

Strömma Kanalbolaget
→ *Tél. 08 12 00 40 00*
www.stromma.se

FERRY DE DJURGÅRDEN (DJURGÅRDSFÄRJAN) ET TRAM LIGNE 7 (DJURGÅRDSLINJEN)

FERRY, TRAMWAY DE DJURGÅRDEN

→ *https://sl.se*

Ferry

Djurgårdsfärjan

→ *Tél. 08 600 10 00 Lun.-ven. 6h40-19h, w.-e. 9h-19h (été tlj. jusqu'à 0h) Tarif 36kr*

De Slussen (**A** E4), il dessert Djurgården par Allmänna Grand (**E** B3) et Skeppsholmen (**B** D4).

Tramway ligne 7

Djurgårdslinjen

→ *Avr.-juin, sep.-nov. : w.-e. 11h-18h ; juil.-août : mar.-dim. 11h-19h*

Tramway à l'ancienne, de Kungsträdgården (**C** E3) à Waldemarsudde (**E** E4).

Tél. 08 24 94 60
www.queenshotel.se
Centenaire et central : dans la rue piétonne et commerçante de la ville, à deux pas de nombreux lieux de visite.
1 000-1 700kr.

Scandic Sjöfartshotellet (**F** D2)
→ *Katarinavägen 26*
Tél. 08 51 73 49 00
www.scandichotels.com
Bien situé, à côté de Slussen, belle vue sur la mer depuis la terrasse sur le toit. 1 080-1 500kr.

Scandic Anglais (**C** E2)
→ *Humlegårdsgatan 23*
Tél. 08 51 73 40 00
www.scandichotels.com
230 chambres au design nordique parfaitement étudié. Demander la vue sur le parc Humlegården.
1 100-2 000kr.

Hotel Bema (**C** C2)
→ *Upplandsgatan 13*
Tél. 08 23 26 75
www.hotelbema.se
Derrière une façade ocre, 12 chambres claires et cosy, où les rideaux colorés introduisent une touche de vivacité. Certaines donnent sur le parc voisin, d'autres sur la cour intérieure. Pdj en sus.
1 250-1 600kr.

Nordic Light Hotel / Hotel C Stockholm (**C** C3)
→ *Vasaplan 7 / Vasaplan 4*
Tél. 08 50 56 32 00
www.nordiclighthotel.se
En pleine City, des chambres au design chic que l'on peut éclairer de lumières colorées selon son humeur (Mood room). En face, moins original mais meilleur marché, l'Hotel C Stockholm réserve 367 chambres à une clientèle d'affaires et abrite le célèbre Ice Bar.
1 300-1 600kr.

Hotell Wellington (**D** A3)
→ *Storgatan 6*
Tél. 08 667 09 10
www.wellington.se
Au cœur d'Östermalm, 60 chambres confortables, pleines de couleurs, parfois dotées d'un balcon, dans un hôtel à la fois moderne et cosy. Sauna.
1 300-1 900kr.

1 400-1 700KR

Lord Nelson Hotel (**A** D2)
→ *Västerlånggatan 22*
Tél. 08 50 64 01 20
www.thecollectorshotels.se
Un hôtel de charme, installé dans une maison haute du XVIIe s. et décoré d'objets de marine anciens. Dans la rue la plus vivante de Gamla Stan. 1 400-2 000kr.

First Hotel Fridhemsplan (hors plan **C** A3)
→ *S:t Eriksgatan 20*
M° Fridhemsplan
Tél. 08 653 88 00
www.fridhemsplan.se
Un vaste hôtel légèrement excentré, mais remis à neuf et très bien tenu.
1 480kr.

Wellingtons Gästvåning (**D** A3)
→ *Skeppargatan 27*
Tél. 08 667 09 10
www.wellington.se
6 doubles et 3 simples au décor cossu dans un appartement patricien, non loin du Dramaten (Théâtre royal). 1 430-1 980kr.

Hotel Anno 1647 (**F** D2)
→ *Mariagränd 3*
Tél. 08 442 16 80
www.anno1647.se
Hôtel classique et élégant avec ses belles chambres à l'ancienne, donnant sur une ruelle calme ou avec vue sur Gamla Stan.
1 600-2 000kr.

Scandic Gamla Stan (**A** D3)
→ *Lilla Nygatan 25*
Tél. 08 51 73 83 00
www.scandichotels.com

RANGÉE DE VÉLOS

STATION DE MÉTRO T-CENTRALEN, DÉCORÉE PAR PER O. ULTVEDT

52 chambres de style gustavien dans un bel édifice du XVIIe s. Tout près de la paisible place Kornhamnstorg et des rues animées de Gamla Stan. 1 600-2 200kr.

NOFO Hotel (**F** D2)
→ *Tjärhovsgatan 11*
Tél. 08 50 31 12 00
www.nofohotel.se
De l'allure et du charme dans ce beau bâtiment de 1780 donnant sur le paisible parc de Katarina kyrka. 1 600-2 300kr.

+ DE 1 700KR

Hotell Kung Carl (**C** E2)
→ *Birger Jarlsgatan 21*
Tél. 08 463 50 00
www.hotellkungcarl.se
Cet hôtel élégant donne sur les allées verdoyantes de Humlegården. Shopping chic et bars branchés à proximité. 1 700-2 600kr.

Unique Hotel (**C** C2)
→ *Kammakargatan 62*
Tél. 08 796 96 00
www.uniquehotel.se
Un charmant hôtel aux chambres lumineuses, simples, et douillettes, la plupart aménagées pour les familles. Vastes espaces, sols parquetés, et coins bureau. 1 800-2 300kr.

Victory Hotel (**A** D3)
→ *Lilla Nygatan 5*
Tél. 08 50 64 00 00
www.thecollectorshotels.se
Le charme cossu et bourgeois d'un vieil édifice de Gamla Stan (XVIIe s), décoré sur le thème de la marine. Beau, quoiqu'un peu sombre ! Au sous-sol, gastronomie de haute volée au Djuret. 1 800-2 900kr.

Birger Jarl Hotel (**C** D1)
→ *Tulegatan 8*
Tél. 08 674 18 00
www.birgerjarl.se
Le meilleur du design contemporain et tout le confort suédois dans les chambres de cet hôtel haut de gamme, à quelques pas du centre. 1 850-2 400kr.

PALACES

Grand Hôtel (**B** A2)
→ *Södra Blasieholmshamnen 8 Tél. 08 679 35 00*
www.grandhotel.se
Le plus prestigieux hôtel de Stockholm, où séjournent la jet-set, les hommes politiques, et les lauréats du prix Nobel. Face au Château Royal. À partir de 2 190kr.

Berns Hotel (**B** A1)
→ *Näckströmsgatan 8*
Tél. 08 56 63 22 00
www.berns.se
Lignes pures derrière une façade Art nouveau. Restaurant et bar fréquentés par les *beautiful people*. Central. À partir de 2 290kr.

MÉTRO, BUS, TRAIN, TRAMWAY

SL-trafik
Informations (bus/train/métro)
→ *Tél. 08 600 10 00 sl.se*
SL-Center à Centralen (**C** D3)
→ *Tlj. 7h-21h*
SL-Center à Sergels torg (**C** D3)
→ *Lun.-ven. 10h-19h, w.-e. 10h-17h*

Titres de transport
Achat dans les SL-Center, les 7-Eleven, les bureaux de presse (*Pressbyrån*) et sur l'Application SL. Tarif réduit pour les -20 ans et les retraités. Valables sur métro, bus, bateau et tramway.
Ticket à l'unité
→ *45/31kr (tarif plein/réduit) + carte magnétique SL Access-Kort obligatoire : 20kr*
Cartes
→ *Carte 24h : 130/90kr*
→ *Carte 72h : 260/170kr*
Stockholm pass
→ *www.stockholmpass.se*
Tarif 669kr/1 j., 929kr/2 j., 1129kr/3 j., 1479kr/5 j.
Accès à plus de 60 lieux, trajets en bus et bateau inclus.

Métro (T-banan)
→ *Tlj. 5h-1h (toute la nuit ven.-sam.)*
3 lignes.

Bus
Bus bleus (lignes 1-6) plus fréquents que les bus rouges (lignes 25-96). Pas de vente de ticket à bord.

Train de banlieue (Pendeltåg)
→ *Ttes les 15 min*
4 lignes, jusqu'à 200 km.

Tramway (Lokalbanor)
6 lignes.

Lexique

Expressions utiles

Oui : Ja
Non : Nej
Bonjour : God morgon (matin) ou Hej
Au revoir : Hej då
Comment vas-tu ? : Hur mår du ?
Merci (ou à la fin des phrases pour dire s'il vous plaît) : Tack
Je vous en prie : Varsågod
Excusez-moi : Ursäkta mig
Je suis francais : Jag är fransk
Je ne parle pas suédois : Jag kan inte svenska
Je ne comprends pas : Jag förstår inte
Combien coûte... ? : Hur mycket kostar... ?
Y a-t-il... ? : Finns det... ?
Où est... ? : Var är... ?
Je cherche : Jag letar efter...
Je voudrais... : Jag skulle vilja...

Temps et chiffres

Aujourd'hui : Idag
Hier : Igår
Demain : Imorgon
Matin : Morgon, förmiddag
Après-midi : Eftermiddag
Soir : Kväll
Quelle heure est-il ? : Vad är klockan ?
Il est 1h : Klockan är ett
À midi : På middagen
À minuit : Vid midnatt
Lundi : Måndag
Mardi : Tisdag
Mercredi : Onsdag
Jeudi : Torsdag
Vendredi : Fredag
Samedi : Lördag
Dimanche : Söndag
Un : Ett
Deux : Två
Trois : Tre
Quatre : Fyra
Cinq : Fem
Six : Sex
Sept : Sju
Neuf : Nio
Dix : Tio
Onze : Elva
Douze : Tolv
Treize : Tretton
Quatorze : Fjorton
Quinze : Femton
Seize : Sexton
Dix-sept : Sjutton
Dix-huit : Arton
Dix-neuf : Nitton
Vingt : Tjugo
Cent : Hundra
Mille : Tusen

Transports et repères

Métro : Tunnelbana
Bus : Buss
Arrêt de bus : Busshållplats
Taxi : Taxi
Station de taxi : Taxistation
Car : Buss / långfärdsbuss
Train : Tåg
Gare : Tågstation
Gare routière : Busstation
Vélo : Cykel
Voiture : Bil
Rue : Gata
Avenue : Aveny, allé
Place : Torg
Tour : Torn
Maison : Hus
Pont : Bro
Ville : Stad
Château : Slott
Marché : Marknad
Colline : Kulle
Montagne : Berg, fjäll
Musée : Museum
Église : Kyrka
Fleuve : Flod
Rivière : Älv
Baie : Vik
Mairie : Stadshus
Office du tourisme : Turistbyrå
Trajet : Väg
Plan, carte : Karta
Proche : Nära
Loin : Långt borta
Entre : Mellan
En face : Mittemot
Devant : Framför
À côté de : Bredvid
À gauche : Till vänster
À droite : Till höger
Tout droit : Rakt fram
Tournez à droite : Sväng höger
Je me suis perdu : Jag gick vilse
Essence : Bensin
Sans plomb : Blyfri bensin
Station-service : Bensinmack
Louer une voiture : Hyra en bil
Parking : Parkering
Adulte : Vuxen
Enfant(s) : Barn
Aller simple : Enkelbiljett
Aller-retour : Returbiljett

Signalétique

Entrée : Ingång
Sortie : Utgång
Ascenseur : Hiss
Escalier : Trappa
Pousser : Trycka
Tirer : Dra
Rdc : Bottenvåningen
Premier étage : Första våningen
Deuxième étage : Andra våningen
Toilettes : Toalette
Hommes : Män
Femmes : Kvinnor
Interdit : Förbjuden
Ouvert : Öppen
Fermé : Stängd

Hébergement

Auberge de jeunesse : Vandrarhem
Chambre simple / double : Enkel / dubbelrum
Complet : Fullbokad
Douche / baignoire : Dusch / badkar
Drap : Lakan, sängkläder
Oreiller : Kudde
Couverture : Täcke
Je voudrais réserver une chambre : Jag skulle vilja boka ett rum
Petit déjeuner inclus : Frukost ingår
Internet tillgång
Réservation : Bokning

Restauration

Avez-vous une table pour deux ? : Har ni ett bord för två ?
Puis-je avoir l'addition ? : Kan jag få notan, tack ?
Sur place : Äta här
À emporter : Ta med
Chocolat chaud : Varm choklad
Jus d'orange : Apelsinjuice
Vin rouge / rosé / blanc : Rött / rosé / vitt vin
Bière : Öl
Entrée : Entré
Plat principal : Varm rätt / huvudrätt
Dessert : Dessert
Carte : Meny
Plat du jour : Dagens rätt
Eau du robinet : Kranvatten

High-tech

Wifi : Internet, wifi
Mot de passe : Lösenord
Téléphone : Telefon
Téléphone portable : Mobiltelefon
Ordinateur portable : Laptop, bärbar dator

Argent

Argent : Pengar
Gratuit : Gratis
Tarif réduit : Rabatterat pris
Visite guidée : Guidad tur
Distributeur : Bankomat
Carte crédit : Kreditkort

PRONONCIATION

å se prononce "ô"
ä : "è"
ö : "eu"
y : "u mouillé"
o : "o" ou "ou"
u : "u"
j : "ille"
h : aspiré

Les noms de rues et de lieux de visite, classés par ordre alphabétique, sont suivis d'un carroyage, dont la lettre en gras **A, B, C...** indique le quartier et la carte correspondante. L'étoile ✪ renvoie à la page "Les incontournables" en début d'ouvrage.

Rues

Monuments et lieux de visite